MW01608431

Nora Roberts est la plus grande autrice de littérature féminine contemporaine. Ses romans ont reçu de nombreuses récompenses et sont régulièrement classés parmi les meilleures ventes du *New York Times*. Des personnages forts, des intrigues originales, une plume vive et légère... Nora Roberts explore à merveille le champ des passions humaines et ravit le cœur de plus de quatre cents millions de lectrices à travers le monde. Du thriller psychologique à la romance en passant par le roman fantastique, ses livres renouvellent chaque fois des histoires où, toujours, se mêlent suspense et émotion.

LES TROIS SŒURS

1 – MAGGIE LA REBELLE

NORA ROBERTS

LES TROIS SŒURS

1 – MAGGIE LA REBELLE

———

Traduit de l'anglais (États-Unis)
par Pascale Haas

Titre original
BORN IN FIRE

Éditeur original
Jove Books are published
by The Berkley Publishing Group, New York

© Nora Roberts, 1994

Pour la traduction française
© Éditions J'ai lu, 1996

1

Il était sûrement au pub. Où donc ailleurs qu'au pub irait se réchauffer un homme avisé comme lui par une journée aussi glaciale et venteuse ? Certainement pas chez lui, au coin du feu.

C'est là que Maggie trouverait Tom Concannon, son père, au milieu de ses amis et des éclats de rire. Il adorait rire, pleurer, caresser toutes sortes de rêves impossibles. Un homme ridicule, selon certains. En aucun cas aux yeux de Maggie.

Elle enclencha la vitesse de son camion brinquebalant pour aborder le dernier virage avant le village de Kilmihil. Il n'y avait pas un chat dans les rues. Ce qui n'était guère surprenant ; l'heure du déjeuner était passée depuis longtemps et il soufflait un vent glacé de l'Atlantique qui n'encourageait nullement à se promener. La côte ouest de l'Irlande frissonnait en rêvant au printemps.

Maggie aperçut la vieille Fiat de son père parmi d'autres voitures qu'elle connaissait. Il y avait foule ce jour-là chez Tim O'Malley. Elle se gara aussi près que possible de l'entrée du pub niché entre une rangée de boutiques.

Alors qu'elle descendait la rue, une violente bour-rasque lui cingla le dos. Elle resserra les pans de sa veste molletonnée et enfonça son chapeau de laine noire au ras des yeux. Le sang afflua à ses joues. Une odeur d'humidité flottait dans l'air glacé, comme une vilaine menace. Il gèlerait sans doute avant la nuit.

Maggie ne se rappelait pas avoir connu un mois de janvier aussi exécrable, ni aussi obstiné à produire un vent glacial sur le comté de Clare. Le petit jar-din attenant à l'une des boutiques qu'elle longea en avait gravement souffert. Le peu qu'il en restait, noirci par le vent et le gel, gisait lamentablement sur le sol détrempé.

Maggie en éprouva quelque regret, mais les nou-velles qu'elle venait annoncer étaient si fabuleuses qu'elle s'étonna de ne pas voir de fleurs éclore un peu partout, comme au beau milieu du printemps.

Chez *O'Malley's* régnait une douce chaleur. Elle la sentit l'envelopper dès qu'elle franchit la porte. De la tourbe brûlait en rougeoyant dans l'âtre et les effluves du délicieux ragoût que Deirdre, la femme de O'Malley, avait dû servir au déjeuner flottaient dans la salle. Des odeurs de tabac, de bière et de frites bien grillées imprégnaient l'atmosphère.

Murphy fut le premier à attirer son attention. Assis devant une petite table, jambes allongées, il jouait de son accordéon irlandais dont le son s'harmonisait si bien à la douceur de sa voix. Les autres clients du pub l'écoutaient en rêvassant devant un verre de bière, blonde ou brune. C'était un air triste, comme le sont les plus beaux airs irlandais, tendre et mélancolique comme les larmes d'un amant. Il s'intitulait « Maggie » et parlait de vieillesse.

En apercevant la jeune fille, Murphy esquissa un sourire. Des mèches de cheveux noirs tombèrent sur ses épais sourcils, qu'il chassa d'un coup de tête. Tim

O'Malley se tenait derrière le bar, rond et râblé comme une barrique, au point que son tablier avait du mal à emprisonner son imposant tour de taille. Il avait un visage large, tout plissé, et ses yeux disparaissaient dans les plis de sa peau dès qu'il riait. Il essuyait des verres. En voyant Maggie, il poursuivit imperturbablement sa tâche, sachant qu'elle se comporterait comme il se devait, et attendrait la fin de la chanson pour commander à boire.

Elle aperçut alors David Ryan, en train de tirer sur une des cigarettes américaines que son frère lui envoyait chaque mois de Boston, et l'impeccable Mme Logan, qui tricotait de la laine rose tout en tapant du pied en rythme. Il y avait aussi le vieux Johnny Conroy au sourire édenté, sa main noueuse refermée sur celle tout aussi tordue de son épouse âgée d'une cinquantaine d'années. Serrés l'un contre l'autre, tels des jeunes mariés, ils écoutaient avec béatitude la chanson de Murphy.

Le son de la télévision qui trônait au-dessus du bar était coupé, mais l'image d'un feuilleton anglais animait l'écran. Des gens aux vêtements élégants et aux cheveux brillants se disputaient autour d'une grande table éclairée par des chandeliers en argent qui faisaient scintiller les verres en cristal.

Cette scène pleine de paillettes semblait se dérouler à des années-lumière du petit pub au bar couvert d'inscriptions et aux murs noircis par la fumée.

Le mépris de Maggie à l'égard de ces personnages clinquants se querellant dans leur salle à manger rutilante fut instantané et automatique. Tout comme le petit pincement d'envie qu'elle ne put s'empêcher d'éprouver.

Si *elle* était à la tête d'une telle fortune, songea-t-elle – bien que, naturellement, elle s'en fichât éperdument – elle saurait certainement quoi en faire.

C'est alors qu'elle le remarqua, tout seul dans un coin, sans donner toutefois l'impression de se tenir à l'écart. Non, il faisait partie intégrante de la pièce, au même titre que la chaise sur laquelle il était assis à califourchon. Un bras appuyé sur le dossier, il tenait dans l'autre main une tasse qu'elle devina contenir du thé bien fort, arrosé de whisky irlandais.

Aussi imprévisible qu'il fût, et malgré ses fréquentes sautes d'humeur, elle le connaissait bien. De tous les hommes qu'elle avait rencontrés, jamais elle n'en avait aimé aucun avec autant de confiance et de sincérité que Tom Concannon.

Sans un mot, elle s'approcha de lui, s'assit et posa la tête sur son épaule.

Une bouffée d'amour monta alors en elle, un amour qui réchauffait le cœur sans jamais le brûler. Il la prit par le cou et l'attira contre lui pour effleurer sa tempe d'un baiser.

À la fin de la chanson, elle prit sa main entre les siennes et l'embrassa tendrement.

— Je savais que je te trouverais ici.

— Comment as-tu deviné que je pensais à toi, Maggie chérie ?

— Sans doute parce que je pensais à toi, moi aussi.

Elle se cala sur sa chaise en lui souriant. Il n'était pas grand, mais solidement bâti. « Comme un avorton de taureau », aimait-il à dire lui-même en plaisantant. Les rides qui soulignaient ses yeux se creusaient et s'élargissaient dès qu'il souriait, ce qui ne l'en rendait que plus séduisant. Sa tignasse rousse, qui s'était un peu clairsemée au fil des ans, était maintenant parsemée de quelques mèches grises, comme de la fumée qui s'échappe du feu. Pour Maggie, c'était le plus bel homme du monde.

Et cet homme était son père.

— Papa, j'ai de bonnes nouvelles.

— Ça ne m'étonne pas, je le lis sur ton visage.

Il lui fit un clin d'œil, puis lui retira son chapeau, et sa chevelure d'un roux flamboyant s'éparpilla sur ses épaules. Tom avait toujours adoré admirer les cheveux resplendissants de sa fille. Il se souviendrait toujours de la première fois où il l'avait tenue dans ses bras, avec son petit visage exprimant une éclatante rage de vivre, ses petits poings serrés et tout crispés. Et ses cheveux flambant comme le cuivre.

Nullement déçu de ne pas avoir eu un fils, il avait humblement accepté l'arrivée de Maggie.

— Tim, apporte à boire à ma fille !

— Je prendrai du thé, cria-t-elle. Il fait un froid de canard.

Maintenant qu'elle était là, Maggie avait envie de prendre tout son temps et d'en savourer chaque seconde avant d'annoncer la nouvelle.

— Qu'est-ce que tu fais là à chanter et à boire, Murphy ? lança-t-elle. Qui garde tes vaches ?

— Elles se gardent toutes seules ! Et si ce temps continue, au printemps, j'aurai des veaux à ne plus savoir qu'en faire, car les bêtes font exactement la même chose que le reste du monde par les longues nuits d'hiver.

— Ah bon, elles restent assises au coin du feu avec un bon livre ? plaisanta Maggie.

Toute la salle éclata de rire. La passion de Murphy pour la lecture n'était un secret pour personne, toutefois, il parut vaguement embarrassé.

— J'ai bien essayé de les initier aux joies de la littérature, mais ces vaches préfèrent regarder la télévision, poursuivit-il en levant son verre vide. Et toi, avec cette tempête qui fait rage jour et nuit, pourquoi n'es-tu pas devant ton four, à jouer les souffleuses de verre ?

Voyant Murphy s'éloigner vers le bar, Maggie prit la main de son père.

— Papa, je voulais que tu sois le premier à le savoir. Tu sais que j'ai apporté quelques pièces à la boutique de McGuinness à Ennis, ce matin ?

— C'est vrai ? dit-il en tapant sa pipe sur le coin de la table. Tu aurais dû me prévenir, je t'aurais tenu compagnie sur le chemin.

— Je préférais y aller toute seule.

— Mon incorrigible petit ermite, dit-il en lui tapotant affectueusement le bout du nez.

— Eh bien, figure-toi qu'il m'a tout acheté ! s'écria-t-elle, une lueur faisant briller son regard aussi vert que celui de son père. Les quatre pièces que j'avais apportées ! Et il m'a payée comptant !

— Ça, Maggie, pour une nouvelle, c'est une nouvelle !

Tom se leva d'un bond en l'entraînant au milieu de la salle.

— Écoutez ça, messieurs dames, ma fille, ma petite Margaret Mary, a vendu ses œuvres à Ennis !

Spontanément, les applaudissements fusèrent de toutes parts, entrecoupés de rafales de questions.

— Je les ai vendues à McGuinness, répondit-elle à quelqu'un. Quatre pièces, et il va venir en voir d'autres. Deux vases, un saladier et un... je suppose qu'on pourrait appeler ça un presse-papiers.

Maggie éclata de rire en voyant Tim poser des whiskies pour elle et son père sur le comptoir.

— Bon, d'accord !

Elle prit son verre et le leva pour porter un toast.

— À Tom Concannon, qui a cru en moi !

— Oh non, Maggie, s'empressa-t-il de dire en secouant la tête, les larmes aux yeux. À toi... tu ne dois rien à personne d'autre qu'à toi !

Il trinqua avec elle et but son verre d'un trait.

— Allez, Murphy, fais chanter ta boîte à musique, je veux danser avec ma fille.

Sans se faire prier, Murphy attaqua une gigue. Au son des cris joyeux et des mains frappant en mesure, Tom fit tournoyer sa fille tout autour de la salle. Deirdre sortit de sa cuisine en s'essuyant les mains sur son tablier. Le visage cramoisi à force d'être penchée au-dessus de la cuisinière, elle entraîna son mari dans la danse. Enchaînant gigues, quadrilles et matelotes, Maggie passa d'un partenaire à l'autre jusqu'à en avoir mal aux jambes.

Au fur et à mesure que les clients affluaient au pub, attirés par la musique ou par la perspective d'une joyeuse compagnie, la nouvelle se propagea. À la nuit tombée, Maggie se dit que tout le monde, à vingt kilomètres à la ronde, devait maintenant être au courant.

C'était le genre de célébrité dont elle avait toujours rêvé, même si, en secret, elle espérait plus encore.

— Oh, je n'en peux plus ! souffla-t-elle en se laissant tomber sur la chaise pour boire son thé qui avait refroidi. Mon cœur va exploser !

— Le mien aussi. Mais ce sera de fierté, rétorqua Tom, le sourire toujours aussi radieux, mais le regard légèrement brillant. Nous devrions aller annoncer cela à ta mère, Maggie. Et aussi à ta sœur.

— Je le dirai à Brianna ce soir.

L'humeur de la jeune fille changea subitement à l'évocation de sa mère.

— Comme tu voudras, dit Tom en se penchant pour lui caresser la joue. Cette journée est la tienne, Maggie Mae, rien ne viendra la gâcher.

— Oh, c'est plutôt la nôtre. Sans toi, je n'aurais jamais commencé à souffler le verre !

— Alors, partageons-la rien que nous deux pendant un petit moment.

Tom se sentit soudain mal à l'aise. La tête lui tournait, il avait chaud. De l'air. Il lui fallait un peu d'air.

— J'ai bien envie d'aller faire un tour, Maggie. D'aller respirer la mer. Tu m'accompagnes ?

— Bien sûr, dit-elle en se levant aussitôt. Mais il fait un froid glacial, et le vent souffle très fort. Tu es sûr de vouloir aller sur les falaises aujourd'hui ?

— J'en ai besoin.

Tom prit son manteau, enroula une écharpe autour de son cou et se retourna. Le pub sombre et enfumé se mit à danser devant ses yeux. Il pensa piteusement qu'il devait être un peu saoul. Mais, après tout, c'était le jour ou jamais.

— Nous allons donner une fête ! annonça-t-il à la cantonade. Demain soir. Avec plein de bonnes choses à manger et à boire et de la bonne musique pour fêter le succès de ma fille. J'espère y voir tous mes amis.

Maggie attendit qu'ils fussent sortis pour réagir.

— Une fête ? Mais, papa, tu sais bien qu'elle ne voudra jamais.

— Je suis tout de même encore maître chez moi, rétorqua-t-il en redressant fièrement le menton comme le faisait souvent sa fille. Nous allons faire la fête, Maggie. Je m'arrangerai avec elle. Tu veux bien conduire ?

— Bien sûr.

Quand Tom Concannon avait décidé quelque chose, il était inutile de discuter, elle le savait. Ce dont elle lui était d'ailleurs très reconnaissante. Sans lui, elle n'aurait jamais pu partir à Venise faire son apprentissage dans une soufflerie de verre. Jamais elle n'aurait eu l'occasion d'apprendre tout ce qu'elle avait appris, ni même de rêver et de se construire son propre atelier. Elle savait que sa mère avait fait payer cela très cher à Tom. Et malgré tout, il avait tenu bon.

— Raconte-moi sur quoi tu travailles en ce moment.

— Eh bien, c'est une sorte de bouteille. Je veux qu'elle soit très longue, très fine. Fuselée de bas en haut, de forme légèrement évasée. Un peu comme un lys. Et d'une couleur très délicate, comme l'intérieur d'une pêche.

Elle se la représentait aussi distinctement que la main qu'elle agitait pour la décrire.

— Tu vois de bien jolies choses dans ta tête.

— Les imaginer n'a rien de difficile, répliqua-t-elle dans un sourire. Ensuite, il faut les réaliser.

— Tu y arriveras.

Tom lui tapota la main puis se renferma dans un profond silence.

Maggie s'engagea sur la route étroite et sinueuse qui menait vers l'océan. Au loin, vers l'ouest, de gros nuages noirs chargés de pluie se rapprochaient à toute vitesse, poussés par le vent. Ils engloutirent des lambeaux de ciel plus clair qui réapparurent quelques secondes plus tard, scintillant telles des pierres précieuses sur un fond d'étain.

Aussitôt, elle imagina une grande coupe parée de ces couleurs guerrières et commença à l'élaborer dans sa tête.

La route tortueuse redevint plus droite. Maggie engagea le camion poussif entre de hautes haies aux feuilles jaunies par l'hiver. Au bord de la route, une statue de Marie gardait les abords du village. Le visage serein malgré le froid, la Vierge écartait les bras en signe de bienvenue, et de ridicules fleurs en plastique aux couleurs criardes étaient déposées à ses pieds.

En entendant son père soupirer, Maggie se tourna vers lui. Il lui parut un peu pâle, les yeux tirés.

— Tu as l'air fatigué, papa. Tu es sûr que tu ne préfères pas que je te ramène à la maison ?

— Non, non.

Il sortit sa pipe qu'il tapa machinalement contre sa paume.

15

— Je veux aller voir la mer. Une tempête se prépare, Maggie Mae. Nous allons admirer le spectacle du haut des falaises de Loop Head.

— Là, nous serons aux premières loges, c'est certain.

Au-delà du village, la route se rétrécissait à nouveau dangereusement. Maggie se faufila avec le camion habilement, comme un fil à travers le chas d'une aiguille. Un homme, recroquevillé pour lutter contre le froid, avançait dans leur direction, son chien fidèle sur les talons. Ils se plaquèrent contre la haie quand le camion passa près d'eux et l'homme rendit courtoisement leur salut à Maggie et à Tom.

— Tu sais à quoi je pense, papa ?

— Non, à quoi ?

— Si j'arrivais à vendre encore quelques pièces – rien que quelques-unes –, je pourrais m'offrir un autre four. Je voudrais travailler avec davantage de couleurs, tu comprends. Et puis, si j'arrivais à construire un autre four, je pourrais fondre plus de pièces. Les briques ne coûtent pas si cher que ça, mais il m'en faudrait un peu plus de deux cents.

— J'ai quelques sous de côté.

— Ah non, pas cette fois !

Désormais, elle se montrerait ferme.

— C'est très gentil de ta part, mais je veux me débrouiller toute seule.

Immédiatement, Tom en prit ombrage et se renfrogna, le regard rivé sur sa pipe.

— J'aimerais que tu me dises à quoi sert un père s'il ne peut rien donner à ses enfants ? Tu ne demandes jamais aucune tenue extravagante, ni colifichet d'aucune sorte, alors, si c'est un four à briques que tu veux, eh bien, tu l'auras.

— Je l'aurai. Mais je me l'achèterai. Toute seule. Ce n'est pas d'argent dont j'ai besoin, c'est de confiance.

— Tu m'as déjà rendu au centuple ce que je t'ai donné.

Il se cala au fond de son siège et entrouvrit la fenêtre par laquelle le vent s'engouffra tandis qu'il allumait sa pipe.

— Je suis un homme comblé, Maggie. J'ai deux filles adorables, belles comme des joyaux. Et, bien qu'un homme ne puisse guère en demander davantage, j'ai aussi une maison confortable et des amis sur lesquels je peux compter.

Maggie nota qu'il n'incluait pas sa mère dans la liste de ses trésors.

— Et la fortune se trouve toujours au pied de l'arc-en-ciel, je sais !

— Oui, toujours.

Il retomba dans le silence, l'air maussade. Ils passèrent devant de vieilles maisons en pierre, sans toit, abandonnées, à la limite de champs gris-vert qui s'étendaient à l'infini et étaient d'une beauté incomparable sous la lumière sinistre. Plus loin, une église, dressée contre le vent qui soufflait de plus en plus fort, surgit entre des arbres tout tordus et dépourvus de feuilles.

Ce paysage, qui pouvait sembler triste et lugubre, Tom le trouvait magnifique. Il ne partageait pas le goût de Maggie pour la solitude, mais lorsqu'il contemplait un paysage comme celui-ci, avec ce ciel bas et cette terre désolée sans une seule âme en vue, il la comprenait.

Par la vitre entrouverte à travers laquelle sifflait le vent, il sentit l'odeur de l'océan. Autrefois, il avait souvent rêvé de le traverser.

Autrefois, il avait rêvé de tant de choses...

Toute sa vie, il avait cherché à faire fortune, et aujourd'hui, il était conscient de son échec. Fermier par sa naissance, non par inclination, il ne lui restait plus que quelques hectares de terre, juste assez pour faire pousser les fleurs et les légumes dont sa fille Brianna s'occupait si bien. Juste assez pour lui rappeler qu'il avait échoué.

Trop de projets, songea-t-il en laissant échapper un nouveau soupir. Sur ce point, sa femme, Maeve, avait raison. Il avait toujours eu des tonnes de projets, mais n'avait eu ni la possibilité ni la chance d'en faire aboutir aucun.

Ils longèrent un autre petit groupe de maisons, ainsi qu'un établissement : selon le propriétaire, le dernier pub avant New York. Comme toujours, Tom retrouva sa bonne humeur en l'apercevant.

— Et si on s'embarquait pour New York, Maggie, histoire d'aller s'offrir une pinte !

— J'offre la première tournée !

Tom ricana entre ses dents. Un sentiment d'urgence s'empara de lui lorsqu'elle arrêta le camion au bout de la route, là où celle-ci laissait place aux herbes et aux rochers, face à l'océan fouetté par le vent de l'autre côté duquel s'étendait l'Amérique.

Ils sortirent dans le vent rugissant, face aux vagues déchaînées qui s'abattaient sur les rochers noirs. Bras dessus, bras dessous, titubant comme deux ivrognes, ils se mirent en marche en riant.

— C'est de la folie de venir ici un jour pareil !

— Oh, une folie bien douce. Respire donc un peu cet air, Maggie ! Tu sens ? Il serait capable de nous pousser jusqu'à Dublin. Tu te souviens du jour où nous y sommes allés ?

— On avait vu un jongleur, avec des balles de toutes les couleurs. Cela m'avait tellement plu que tu t'es mis dans la tête d'apprendre à jongler.

Le rire puissant de Tom déferla telle la mer déchaînée.

— Oh, le nombre de pommes que j'ai pu esquinter !

18

— Nous avons dû manger des tartes aux pommes pendant des semaines et des semaines !

— Grâce à ce nouveau talent, j'espérais pouvoir me rendre à la foire de Galway.

— Et dépenser tout ce que tu aurais gagné en nous achetant des cadeaux, à Brianna et moi.

Il avait repris des couleurs, remarqua-t-elle, et son regard brillait. Pleine d'allant, elle avança sur la lande à l'herbe inégale et affronta la morsure du vent. Ils restèrent là, au bord de la falaise, face à l'Atlantique dont les vagues guerrières s'abattaient impitoyablement sur les rochers, projetant de gigantesques gerbes d'eau avant de se retirer, laissant derrière elles des dizaines de cascades bouillonnantes d'écume dans les moindres interstices. Au-dessus d'eux, des mouettes virevoltaient en criant, et leurs cris aigus résonnaient contre le bruit de tonnerre des vagues.

Des embruns transparents tournoyaient dans l'air glacé. Aujourd'hui, aucun bateau ne s'était aventuré à la surface creusée de l'océan. Seuls de gros moutons blancs d'écume chevauchaient la mer.

Maggie se demanda si son père aimait venir ici si souvent parce que la rencontre de la mer et des rochers symbolisait autant le mariage que l'affrontement à ses yeux. Son mariage avait été une longue bataille, l'amertume et les reproches constants de sa femme pesant en permanence sur son cœur, au point de lentement, très lentement, l'étouffer.

— Pourquoi restes-tu avec elle, papa ?

— Comment ?

Tom détourna son regard de l'horizon.

— Pourquoi restes-tu avec elle ? répéta Maggie. Brie et moi sommes grandes, maintenant. Pourquoi restes-tu, alors que tu n'es pas heureux ?

— C'est ma femme, dit-il simplement.

— Ce n'est pas une réponse ! Pourquoi rester comme ça ? Il n'y a pas d'amour entre vous, ni même d'affection. Aussi loin que je m'en souvienne, elle a toujours fait de ta vie un enfer.

— Tu es trop dure avec elle.

Cela aussi le perturbait. Il avait aimé cette enfant si fort qu'il n'avait pu qu'accepter l'amour inconditionnel qu'elle lui vouait. Et cet amour ne lui avait laissé aucune disponibilité pour s'efforcer de comprendre les déceptions de la femme qui lui avait donné le jour.

— Ce qui se passe entre ta mère et moi est ma faute autant que la sienne. Un mariage est une chose fragile, Maggie, un équilibre subtil entre deux cœurs et deux espoirs. Quelquefois, le poids penche un peu trop lourdement d'un côté, et l'autre ne peut plus le soulever. Tu comprendras cela quand tu seras toi-même mariée.

— Je ne me marierai jamais ! déclara-t-elle fièrement, comme si elle en faisait le serment devant Dieu. Jamais je n'autoriserai qui que ce soit à me rendre aussi malheureuse.

— Ne dis pas cela. Tu as tort, dit-il en la serrant contre lui d'un air inquiet. Il n'y a rien de plus précieux que le mariage et la famille. Rien de plus précieux au monde.

— Dans ce cas, pourquoi peuvent-ils devenir une telle prison ?

— Les choses n'auraient pas dû se passer ainsi.

Son malaise lui reprit, et il sentit soudain un froid mordant s'infiltrer jusque dans ses os.

— Nous ne t'avons pas donné le bon exemple, ta mère et moi, et je... je le regrette. Mais je sais une chose, Maggie, ma fille. Quand on aime de tout son être, on ne risque pas seulement d'être malheureux. Il arrive aussi que l'on trouve le paradis.

Elle enfouit son visage dans le col de son manteau, trouvant une sorte de réconfort à respirer son odeur. Elle ne pouvait pas lui dire qu'elle savait, depuis maintenant des années, que son mariage n'avait jamais été un paradis pour lui. Et qu'il n'aurait pas refermé la porte de la prison derrière lui si ça n'avait été pour elle.

— L'as-tu jamais aimée ?

— Bien sûr que je l'ai aimée ! D'un amour aussi brûlant que les flammes de ton four. C'est comme ça que tu es née, Maggie Mae. Dans le feu de la passion, comme les plus belles et les plus resplendissantes de tes sculptures. Et même si ce feu s'est éteint, il a un jour brûlé avec une magnifique ardeur. D'ailleurs, s'il n'avait pas été si intense, si fort, peut-être aurions-nous réussi à le faire durer.

Quelque chose dans le ton de sa voix poussa Maggie à redresser la tête pour observer son visage.

— Il y a eu quelqu'un d'autre ?

Ce souvenir, semblable à une lame de couteau trempée dans le miel, lui était à la fois doux et douloureux. Tom se tourna vers l'océan, comme s'il avait pu y apercevoir la femme qu'il avait laissée partir.

— Oui, il y a eu quelqu'un. Mais il ne fallait pas. Je n'en avais pas le droit. Tu sais, quand l'amour vous prend, quand il vous plante sa flèche dans le cœur, rien ne peut l'arrêter. Et souffrir peut même devenir un plaisir. Alors, ne dis pas ça, Maggie. Je veux pour toi ce que je n'ai pas pu avoir.

Elle ne dit rien, mais n'en pensait pas moins.

— J'ai vingt-trois ans, papa, et Brie n'a qu'un an de moins que moi. Je sais ce que dit l'Église, mais j'ai du mal à croire qu'il existe un dieu qui prenne plaisir à punir un homme toute sa vie à cause d'une erreur.

— Une erreur ? dit Tom en coinçant sa pipe entre ses dents. Mon mariage n'a pas été une erreur, et je te prie de ne plus dire cela. Toi et Brie êtes nées de ce mariage. Une erreur… non, un miracle. J'avais plus de quarante ans quand tu es venue au monde, et je n'avais encore jamais envisagé de fonder une famille. Tu imagines à quoi aurait ressemblé ma vie sans toi et ta sœur ? Que serais-je aujourd'hui ? Un vieil homme de presque soixante-dix ans. Seul. Tout seul.

Il prit son visage entre ses mains et la regarda au fond des yeux.

— Tous les jours, je remercie Dieu d'avoir rencontré ta mère, et d'avoir fait avec elle quelque chose que je peux laisser derrière moi. De toutes les choses que j'ai faites, ou que je n'ai pas faites, toi et Brie êtes ma première et ma plus grande joie. Non, je ne veux plus jamais t'entendre parler d'erreur ou de malheur, compris ?

— Je t'aime, papa.

L'expression du visage de Tom se radoucit.

— Je sais. Beaucoup trop, à mon avis, quoique je ne le regrette pas.

Le même brusque sentiment d'urgence le saisit de nouveau, comme si le vent lui soufflait de se hâter.

— Je veux te demander une chose, Maggie.

— Laquelle ?

Il l'observa un instant en lui caressant le visage comme pour s'imprégner de chacun de ses traits – le menton pointu et fier, la joue délicatement rebondie, les yeux verts et vifs comme la mer qui déferlait devant eux.

— Tu es forte, Maggie. Résistante et forte, avec un cœur tendre sous cette carapace d'acier. Et Dieu sait si tu es intelligente. Je me demande comment tu as fait pour savoir tout ce que tu sais. Tu es ma petite étoile scintillante, Maggie. De même que Brie est ma petite rose. Je veux que toutes les deux vous alliez là où vous emmèneront vos rêves. C'est ce que je désire le plus au monde. Et en poursuivant vos rêves, vous le ferez pour moi autant que pour vous.

Le rugissement des flots résonnait à ses oreilles, la lumière se reflétait dans ses yeux. Pendant quelques secondes, le visage de Maggie se troubla.

— Qu'est-ce que tu as, papa ?

Affolée, elle s'agrippa à lui. Son teint était aussi gris que le ciel, et soudain il lui parut affreusement vieux.

— Papa, tu es malade ? Je vais te ramener au camion.

— Non.

Pour des raisons qui lui échappaient, il semblait vital à Tom de rester ici, à l'extrême pointe de son pays, et d'achever ce qu'il avait commencé.

— Ça va. C'est juste un petit malaise.

— Tu es gelé...

En effet, elle avait l'impression de tenir un sac d'os glacés entre les mains.

— Écoute-moi, reprit-il d'une voix ferme. Ne laisse jamais rien ni personne t'empêcher de suivre ta route, ni de faire ce que tu dois faire. Efforce-toi de laisser ton empreinte dans ce bas monde, et veille à ce qu'elle soit assez profonde pour durer longtemps. Mais ne...

— Papa ! s'écria Maggie, désemparée, en le voyant vaciller puis tomber à genoux. Oh, mon Dieu, papa, qu'est-ce que tu as ? C'est ton cœur ?

Non, ce n'était pas le cœur, pensa-t-il, ressentant soudain une douleur sourde. Car son cœur, il l'entendait battre à ses oreilles, fort et régulier. Pourtant, quelque chose en lui était en train de se briser, d'éclater et de doucement l'emporter.

— Prends garde de ne pas trop t'endurcir, Maggie. Promets-le-moi. Ne perds jamais ce qui est au fond de toi. Prends bien soin de ta sœur. Et de ta mère. Je veux que tu me le promettes.

— Relève-toi, dit-elle en le tirant et en luttant contre son désarroi.

Sur l'océan, la tempête faisait rage, une tempête de cauchemar qui allait les faucher sur la falaise et les précipiter contre les rochers acérés.

— Tu m'entends, papa ? Il faut te relever.

— Promets-le-moi.

— Oui, je te le promets, je le jure devant Dieu. Je veillerai sur elles deux, toujours.

Maggie claquait des dents, des larmes brûlantes roulaient sur ses joues.

— Il me faut un prêtre.

— Non, ce qu'il te faut, c'est te mettre au plus vite à l'abri du froid.

Toutefois, en disant cela, elle savait bien que c'était un mensonge. Son père lui échappait ; elle avait beau le tenir de toutes ses forces, à l'intérieur de lui, quelque chose l'emportait.

— Ne m'abandonne pas. Pas comme ça...

Désespérée, Maggie jeta un coup d'œil alentour, vers les chemins que tant de gens avaient empruntés depuis tant d'années pour venir là où ils se trouvaient en cet instant. Mais elle ne vit rien, ni personne, et le cri d'appel à l'aide qu'elle s'apprêtait à pousser s'étouffa dans sa gorge.

— Essaye, papa, essaye de te relever ! Je vais t'emmener chez le médecin.

Tom posa la tête sur l'épaule de sa fille en soupirant. Il n'avait plus mal, il n'éprouvait plus maintenant qu'une immense sensation de vide.

— Maggie... dit-il dans un souffle.

Puis il murmura un autre nom, un nom qu'elle ne connaissait pas, et ce fut tout.

— Non !

Elle l'enveloppa de ses bras, comme pour le protéger du souffle glacé qu'il ne sentait plus, et le berça longuement, tendrement, en sanglotant.

Alors, le vent se mit à rugir de plus belle au-dessus de l'océan, apportant avec lui des gouttes de pluie cinglantes comme des milliers d'aiguilles glacées.

2

La veillée funèbre de Tom Concannon alimenterait les conversations pendant de longues années. Il y eut un grand buffet, et de la bonne musique, ainsi qu'il l'avait souhaité pour fêter le succès de sa fille. La maison où il avait vécu les dernières années de sa vie fut envahie par une foule chaleureuse.

Tom n'avait jamais été un homme riche, mais il avait de nombreux amis.

Ils vinrent en masse du village, et de bien d'autres villages encore. Abandonnant leurs fermes, lèurs boutiques et leurs chaumières, ils apportèrent de la nourriture, comme le font les voisins en pareille occasion, et des miches de pain, des pâtés de viande et des gâteaux s'amoncelèrent bientôt dans la cuisine. Ils burent en évoquant des épisodes de sa vie et jouèrent des sérénades en son hommage.

On fit un grand feu afin de se protéger de la tempête qui faisait trembler les fenêtres et du froid glacé qu'entraîne toujours le deuil.

Malgré cela, Maggie était persuadée qu'elle n'arriverait plus jamais à se réchauffer. Elle alla s'asseoir devant l'âtre du petit salon tandis que les gens envahissaient la maison. Au milieu des flammes, elle revit les falaises, la mer déchaînée – et elle-même, seule, tenant son père agonisant dans ses bras.

— Maggie.

Elle se retourna en sursautant et vit Murphy accroupi devant elle. D'un geste autoritaire, il lui mit une tasse fumante entre les mains.

— Qu'est-ce que c'est ?

— Du whisky, avec un peu de thé pour le réchauffer.

Son regard était bienveillant et rempli de chagrin.

— Bois d'un trait. Voilà… Tu ne veux pas manger un peu ? Ça te ferait du bien.

— Je n'ai pas faim.

Toutefois, elle suivit ses conseils et avala une gorgée du liquide fort qui lui brûla la gorge.

— Je n'aurais pas dû l'emmener là-bas, Murphy. J'aurais dû me rendre compte qu'il était malade.

— Ne dis pas de bêtises. En partant du pub, il était en pleine forme. Il a même dansé, tu ne te souviens pas ?

Dansé… Elle avait dansé avec son père le jour même de sa mort. Elle se demanda si cette idée lui serait un jour d'un quelconque réconfort.

— Mais si nous n'avions pas été si loin de tout. Si isolés…

— Le médecin te l'a dit, Maggie. Cela n'aurait rien changé. C'est une rupture d'anévrisme qui l'a tué et, heureusement, tout s'est passé très vite.

— Oui, très vite.

Sa main trembla, et elle but une nouvelle gorgée. C'était juste après sa mort que le temps lui avait paru s'étirer à n'en plus finir. Quand elle avait emporté son corps loin de l'océan et l'avait ramené en camion, la gorge nouée, les mains rivées au volant.

— Je n'ai jamais vu un homme aussi fier de sa fille qu'il l'était de toi, dit Murphy d'une voix hésitante en regardant ses mains. Tu sais, Maggie, pour moi, il était un peu comme un second père.

— Je le sais, répliqua-t-elle en écartant une mèche rebelle des yeux de Murphy. Et il le savait aussi.

C'était comme s'il avait perdu son père deux fois, pensa le jeune homme. Et pour la seconde fois, il sentait le poids du chagrin et de la responsabilité peser sur ses épaules.

— Je voulais te dire… je voulais que tu saches que si jamais tu as besoin de quelque chose, de quoi que ce soit, pour toi ou ta famille, tu n'as qu'à me le demander.

— C'est gentil de dire ça… et de le penser.

Il releva la tête ; son regard d'un bleu profond et pénétrant croisa le sien.

— Je sais que ça n'a pas été facile pour lui quand il a dû vendre sa terre. D'autant plus que c'est moi qui l'ai achetée.

— Non, dit Maggie en posant la tasse et en lui touchant la main. La terre était sans importance pour lui.

— Ta mère…

— Elle aurait blâmé quiconque l'aurait achetée, fût-ce un saint, reprit vivement Maggie. Même si l'argent qu'a rapporté la vente lui a permis de se remplir le ventre. Au contraire, il valait mieux que ce soit toi. Brie et moi ne te reprochons pas le moindre brin d'herbe, Murphy, tu peux me croire.

Maggie se força à lui sourire. Ils en avaient grand besoin tous les deux.

— Tu as réussi ce qu'il ne pouvait pas, ce qu'il ne voulait tout simplement pas faire. Tu as fait prospérer cette terre. Aussi, je ne veux plus jamais t'entendre parler comme ça.

Maggie regarda autour d'elle et eut tout à coup la sensation de passer d'une salle vide à une autre noire de monde. Quelqu'un jouait de la flûte, et la fille de O'Malley, enceinte de son premier enfant, chantait un air empreint d'une douce mélancolie. Des rires retentirent au fond de la pièce, vibrants de vie et de liberté. Un bébé pleurait. Des hommes s'étaient rassemblés ici et là ; ils parlaient de Tom, du mauvais temps, de la jument rouanne de Jack Marley qui était malade et du toit de la chaumière des Donovan qui fuyait de plus en plus.

Les femmes aussi parlèrent de Tom, ainsi que du temps, d'enfants, de mariages et de veillées funèbres.

Maggie aperçut une vieille femme, une vieille cousine éloignée portant des chaussures éculées et des bas tout raccommodés, en train de tricoter tout en racontant une histoire à un groupe de jeunes enfants aux yeux écarquillés.

— Il aimait tellement avoir du monde autour de lui, murmura Maggie.

Le chagrin se devinait dans le ton de sa voix, telle une profonde blessure.

— S'il avait pu, la maison aurait été pleine tous les jours. Il a toujours trouvé étonnant que je préfère la solitude.

Elle inspira longuement et s'efforça de prendre un ton détaché.

— Murphy, t'est-il arrivé de l'entendre parler d'une certaine Amanda ?

— Amanda ? répéta le jeune homme en fronçant les sourcils pour mieux réfléchir. Non. Pourquoi me poses-tu cette question ?

— Oh, pour rien. J'ai dû mal comprendre.

D'un haussement d'épaules, elle s'empressa de chasser cette idée. Le dernier mot qu'avait prononcé son père juste avant de mourir ne pouvait pas être le nom d'une femme dont elle ne savait rien.

— Je ferais mieux d'aller aider Brie à la cuisine. Merci pour le whisky, Murphy. Et pour tout le reste.

Elle l'embrassa et se leva.

Se frayer un chemin jusqu'à la cuisine s'avéra relativement difficile. Maggie dut s'arrêter à plusieurs reprises, pour entendre quelques mots de réconfort, ou une anecdote sur son père, ou encore – ce fut le cas de Tim O'Malley – pour consoler quelqu'un.

— Seigneur, il va me manquer ! dit-il en s'essuyant les yeux sans aucune retenue. Je n'ai jamais eu d'ami aussi cher, et je n'en aurai jamais plus. Tu sais, il disait pour plaisanter qu'il allait ouvrir un pub. Histoire de me faire concurrence.

— Je sais.

Maggie savait toutefois que ce n'était nullement pour plaisanter. Une fois de plus, son père avait rêvé.

— Il aurait voulu être poète, ajouta quelqu'un d'autre pendant que Maggie serrait Tim dans ses bras en lui tapotant le dos. Il disait toujours qu'il ne lui avait manqué que les mots.

— Il avait le cœur d'un poète, reprit Tim d'une voix brisée. Le cœur et l'âme d'un poète, c'est sûr. Jamais homme plus merveilleux que Tom Concannon n'a foulé cette terre.

Maggie échangea encore quelques mots avec le prêtre au sujet des obsèques fixées au lendemain matin avant de parvenir à s'éclipser enfin dans la cuisine.

Elle était bourdonnante de monde, comme le reste de la maison. Des femmes s'affairaient à servir à manger ou à préparer des plats. Les bruits et les odeurs étaient ceux de la vie – des bouilloires chantaient, des soupes frémissaient sur le feu, un jambon cuisait dans le four. Des enfants allaient et venaient entre leurs jambes, et les femmes – avec cette grâce maternelle si naturelle qu'elles semblaient posséder depuis leur naissance – s'activaient au milieu d'eux, les poussant et les rabrouant à l'occasion.

Le jeune chien-loup que Tom avait offert à Brianna pour son dernier anniversaire ronflait tranquillement sous la table. Brianna, debout devant la cuisinière, affichait une attitude composée et ses mains s'agitaient activement. Cependant, Maggie décela des traces discrètes de son chagrin dans son regard paisible et au coin de sa bouche qui ne souriait pas.

— Je vais te préparer une assiette, dit une des femmes en apercevant Maggie et en commençant à entasser de la nourriture. Et tu as intérêt à tout manger, ou bien tu auras affaire à moi !

— Je venais juste pour aider.

— Eh bien, tu nous aideras en mangeant un peu. Il y a de quoi nourrir un régiment ! Tu sais, un jour, ton père m'a vendu un coq. En prétendant que c'était le meilleur coq de tout le comté et qu'il rendrait mes poules heureuses pendant – de longues années. Tom avait une façon de présenter les choses qui vous faisait croire à ce qu'il disait, en sachant pourtant que ce n'était pas vrai.

Tout en parlant, elle empilait d'énormes quantités de nourriture sur l'assiette et réussit à repousser un enfant venu se blottir entre ses jambes sans s'interrompre pour autant une seconde.

— Eh bien, ce coq s'est avéré un oiseau épouvantable, qui n'a jamais été capable de chanter une seule fois dans sa vie !

Maggie esquissa un sourire et prononça les mots qu'on attendait d'elle, bien qu'elle connût l'histoire par cœur.

— Et qu'avez-vous fait du coq de papa, madame Mayo ?

— Je lui ai tordu le cou et l'ai passé à la casserole ! J'en avais gardé un peu pour ton père. Et il m'a dit qu'il n'avait jamais rien mangé de meilleur de toute sa vie.

Elle rit de bon cœur et fourra l'assiette dans les mains de Maggie.

— Et c'était vrai ?

— La viande était filandreuse et dure comme du vieux cuir, mais Tom n'en a pas laissé une miette. Dieu le bénisse !

Finalement, Maggie mangea, parce qu'il n'y avait rien d'autre à faire que de continuer à vivre. Elle écouta des histoires, en raconta quelques-unes. Lorsque le soleil déclina, la cuisine se vida progressivement et elle s'assit sur une chaise en prenant le chiot sur ses genoux.

— Il était très aimé, dit-elle.

— Oui, très.

Brianna était devant la cuisinière, un torchon à la main, le regard dans le vague. Il ne restait plus personne à faire manger, plus rien pour lui occuper les mains et l'esprit. Un profond chagrin emplissait son cœur prêt d'éclater. Refusant de se laisser aller, elle entreprit de débarrasser les assiettes.

Elle était mince, presque frêle, et se déplaçait avec une extrême agilité. S'ils avaient eu de l'argent, des moyens, elle aurait pu devenir danseuse. Ses cheveux épais, d'un blond doré, étaient sagement rassemblés en chignon sur sa nuque. Un tablier blanc était noué sur sa robe noire toute simple.

Par contraste, la chevelure de Maggie formait une auréole flamboyante autour de son visage. Elle portait une jupe qu'elle avait négligé de repasser et un pull qui aurait eu grand besoin d'être raccommodé.

— Ça ne se calmera sans doute pas d'ici demain, remarqua Maggie.

Brianna, oubliant les plats qu'elle tenait à la main, regardait par la fenêtre. La tempête continuait à se déchaîner dans la nuit.

— Non, sûrement pas. Mais les gens viendront quand même, comme ils l'ont fait aujourd'hui.

— Nous les recevrons ici après l'enterrement. Il reste tellement de choses à manger. Je ne sais pas ce que nous allons faire de tout ça...

— Elle n'est pas sortie de sa chambre ?

Brianna resta figée un instant, puis recommença à empiler les assiettes.

— Elle ne se sent pas bien.

— Oh, arrête, je t'en prie ! Son mari est mort, et tous ceux qui l'ont connu ont pris la peine de venir ici. Elle aurait quand même pu faire comme si cela avait de l'importance pour elle !

— Mais ça en a, répliqua Brianna d'une voix tendue.

L'idée de se disputer avec sa sœur lui était insupportable.

— Elle a vécu plus de vingt ans avec lui.

— Pour ce qu'elle en a fait... Mais pourquoi la défends-tu comme ça ? Encore maintenant ?

La main de Brianna se referma si fort sur une assiette qu'elle fut étonnée de ne pas la voir se fendre en deux. Toutefois, sa voix resta parfaitement calme, parfaitement raisonnable.

— Je ne défends personne, je me contente de dire la vérité. Ne pourrait-on pas avoir la paix ? Au moins jusqu'à ce qu'il soit enterré, ne pourrait-on pas avoir un peu la paix dans cette maison ?

— Cette maison n'a jamais connu la paix.

Maeve venait d'apparaître sur le seuil de la cuisine. Loin d'être ravagé de larmes, son visage arborait une expression dure, froide, impitoyable.

— Votre père s'y est employé, reprit-elle. Il y a veillé, comme il continue d'ailleurs à le faire. Même mort, il faut qu'il fasse de ma vie un supplice.

— Je t'interdis de parler de lui comme ça !

La rage que Maggie avait soigneusement dissimulée tout au long de la journée éclata subitement, comme un caillou lancé sur une vitre fragile. Elle s'éloigna brusquement de la table, et le chien courut se mettre à l'abri.

— Je t'interdis de dire du mal de lui !

— Je dis ce qui me plaît, rétorqua Maeve en serrant son châle qu'elle remonta sur sa gorge.

Il était en laine ; elle avait toujours voulu de la soie.

— Il ne m'a apporté que du chagrin tout au long de sa vie. Et aujourd'hui, bien qu'il soit mort, c'est encore pire.

— Je ne vois pourtant pas de larmes dans tes yeux, maman.

— Et tu n'en verras pas. Je n'ai pas l'intention de vivre ni de mourir en hypocrite, mais de dire la vérité. Il ira en enfer pour la journée qu'il m'a fait passer.

Son regard, glacial et rempli d'amertume, se posa tour à tour sur Maggie et Brianna.

— Et puisque Dieu ne le lui pardonnera pas, moi non plus.

— Parce que tu lis dans les pensées de Dieu ? demanda Maggie. À force de lire ton livre de prières et d'égrener ton chapelet, tu as sans doute fini par obtenir une ligne directe avec le Seigneur ?

— Arrête de blasphémer ! répliqua Maeve, les joues en feu. Personne ne blasphémera dans cette maison.

— Je dis ce qui me plaît, riposta Maggie en imitant sa mère. Et laisse-moi ajouter que Tom Concannon n'a rien à faire de ton pardon.

— Ça suffit !

Brianna posa une main ferme sur l'épaule de sa sœur et poursuivit d'une voix posée :

— Je te l'ai dit, maman. Je te donnerai la maison. Tu n'as à t'inquiéter de rien.

— Quoi ? s'écria Maggie en se retournant vers sa sœur. Qu'est-ce que c'est que cette histoire de maison ?

— Tu as entendu ce qui a été dit à la lecture du testament ? interrogea Brianna.

Maggie secoua vigoureusement la tête.

— Je n'ai rien entendu. Tout ça, c'est du jargon de notaire. Je n'y ai prêté aucune attention.

— Il lui a laissé la maison ! s'écria alors Maeve en pointant un doigt tremblant et accusateur vers Brianna. À elle ! Après tant d'années de souffrances et de sacrifices, il m'a enlevé la maison.

— Elle se calmera sûrement quand elle saura qu'elle a un toit au-dessus de la tête et nul besoin de travailler pour le conserver, dit Maggie une fois que sa mère eut quitté la pièce.

C'était sans doute vrai. Brianna, forte de longues années d'expérience, espérait réussir à maintenir la paix.

— Je vais garder la maison, et elle restera vivre ici. Je peux m'occuper des deux.

— Sainte Brianna ! murmura Maggie, mais il n'y avait aucune malice dans le ton de sa voix. Nous nous arrangerons entre nous.

Le nouveau four serait pour plus tard… Tant que McGuinness continuerait à lui acheter des pièces, il y aurait de quoi entretenir les deux maisons.

— Je pensais… J'en ai parlé avec papa il y a quelque temps et je me disais que…

Brianna hésita.

Maggie repoussa ses propres pensées.

— Allez, dis ce que tu as à dire.

— La maison a besoin de quelques réparations et il ne me reste plus grand-chose de ce que grand-mère m'a laissé… Et puis, il y a le remboursement du prêt…

— Je le rembourserai.

— Non, ce n'est pas juste.

— Si, c'est tout à fait juste.

Maggie alla chercher la théière.

— Papa a fait cet emprunt pour m'envoyer à Venise. Il a pris une hypothèque sur la maison et a dû supporter la fureur de maman à cause de cela. Grâce à lui, j'ai pu bénéficier de trois années d'apprentissage. Il est normal que je rembourse.

— La maison est à moi, dit Brianna d'une voix plus ferme. C'est à moi de rembourser l'emprunt.

Sa sœur avait un visage d'une infinie douceur, mais Maggie savait qu'elle pouvait être têtue comme une mule quand elle le décidait.

— Bon, nous n'allons pas nous disputer pour ça. Nous le rembourserons toutes les deux. Si tu ne veux pas que je le fasse pour toi, Brie, laisse-moi au moins le faire pour lui. J'en ressens le besoin.

— Nous verrons.

Brianna prit la tasse de thé que Maggie venait de lui servir.

— Raconte-moi ce à quoi tu as pensé.

— D'accord.

C'était de la folie. Il ne lui restait plus qu'à espérer que ça n'en aurait pas trop l'air.

— Je veux transformer la maison en *Bed and Breakfast*.

— En hôtel ! s'écria Maggie, ahurie. Avec des gens qui viendront fourrer leur nez partout dans la maison ? Tu n'auras plus aucune intimité, Brianna, et tu devras travailler comme une folle du matin au soir !

— J'aime bien avoir du monde autour de moi, expliqua-t-elle froidement. Tout le monde n'a pas envie de vivre en ermite, comme toi. Et puis, je crois que je suis douée pour ça, pour mettre les gens à l'aise. C'est héréditaire.

Elle redressa fièrement le menton.

— D'ailleurs, grand-père tenait un hôtel que grand-mère a dirigé après sa mort. Je suis sûre que j'en suis capable.

— Je n'ai jamais dit que tu ne l'étais pas... seulement, je ne comprends pas que tu en aies envie. Des inconnus qui vont et viennent, comme ça, sans arrêt...

Rien que d'y penser, elle en avait des frissons.

— L'important, c'est qu'ils viennent. Les chambres du premier étage auront besoin d'être rafraîchies, évidemment.

Les yeux de Brianna se troublèrent tandis qu'elle réfléchissait aux détails.

— Il faudra refaire la peinture et le papier, trouver un ou deux nouveaux tapis. La plomberie a sacrément besoin d'être révisée. En fait, il faudrait une nouvelle salle de bains, mais je pense que le placard qui est au bout du couloir fera l'affaire. J'ajouterai peut-être un petit appartement à côté de la cuisine, pour maman, pour qu'elle ne soit pas dérangée. Et je réaménagerai un peu le jardin, puis j'accrocherai un écriteau. Aucun changement à très grande échelle, comme tu vois. Juste ce qu'il faut pour que ce soit un petit endroit confortable et de bon goût.

— C'est vraiment ce que tu veux ? murmura Maggie en voyant la lueur qui animait le regard de sa sœur. Tu en as envie ?

— Oui, vraiment.

— Alors, fais-le ! dit Maggie en lui prenant les mains. Fais-le, Brie. Rafraîchis tes chambres, répare ta plomberie et accroche un écriteau. C'est ce que papa désirait pour toi.

— Oui, je crois. Il a ri quand je lui en ai parlé, de ce rire de stentor qu'il avait.

— Ah, quel rire magnifique !

— Et il m'a embrassée et s'est moqué de moi gentiment, en me traitant de petite-fille d'aubergiste soucieuse de perpétuer la tradition. Si je commence petit, je pourrai ouvrir l'été prochain. C'est surtout en été que les touristes viennent dans les régions de l'Ouest, et ils sont toujours à la recherche d'un endroit agréable où passer la nuit. Je pourrais...

Tout à coup, Brianna ferma les yeux.

— Oh, tu entends comment je parle... alors que nous enterrons notre père demain matin !

— C'est exactement ce qu'il aurait souhaité t'entendre dire, affirma Maggie en retrouvant son sourire. Devant un grand projet comme celui-ci, il aurait applaudi des deux mains !

— Nous, les Concannon, nous sommes vraiment des champions pour échafauder des projets !

— Brianna, l'autre jour, sur la falaise, papa m'a parlé de toi. Tu étais sa petite rose. Et il rêvait de te voir t'épanouir.

Quant à elle, elle avait été son étoile, repensa Maggie. Et elle était décidée à faire tout ce qui serait en son pouvoir pour scintiller.

3

Elle était seule – ainsi qu'elle aimait à l'être. Du seuil de son cottage, elle regardait la pluie s'abattre sur les champs de Murphy Muldoon, fouettant violemment l'herbe et les pierres tandis que le soleil s'obstinait à briller derrière la maison. Le ciel, capricieux, semblait sans cesse prêt à varier de la pluie au beau temps d'une seconde à l'autre.

C'était l'Irlande.

Mais pour Margaret Mary Concannon, la pluie était une bonne chose. Elle la préférait souvent à la chaleur du soleil et à la luminosité aveuglante d'un ciel d'azur. La pluie était comme un rideau gris pâle qui la protégeait du reste du monde. Mieux, qui la coupait du monde qui s'étendait au-delà des collines, des champs et des vaches au poil lisse et tacheté.

Car si la ferme, les murets de pierre et les prés verts qui s'étendaient au-delà du massif de fuchsias n'appartenaient plus à Maggie ou à sa famille, cet endroit, avec son petit jardin sauvage et son air printanier humide, était bien à elle.

Fille de fermier, Maggie n'était pas devenue fermière pour autant. Depuis maintenant cinq ans que son père était mort, elle avait réussi à se faire une place et à laisser son empreinte, comme il le lui avait demandé. Une empreinte pas encore très profonde, certes, mais elle continuait à vendre ce qu'elle créait, à Galway et à Cork ainsi qu'à Ennis.

Elle n'avait besoin de rien de plus que ce qu'elle avait. Peut-être voulait-elle davantage, mais elle savait que les désirs, aussi profonds et stimulants soient-ils, ne permettent pas de payer les factures. Tout comme elle savait que certaines ambitions, une fois réalisées, peuvent se payer très cher.

Il lui arrivait parfois de se sentir frustrée ; il lui suffisait alors de se dire qu'elle était là où elle devait être et faisait ce qu'elle avait choisi.

Mais des matins comme celui-ci, cette pluie alternant avec ce soleil, lui rappelaient son père et les rêves qu'il n'avait jamais pu réaliser.

Il était mort sans être devenu riche ni avoir réussi, dépossédé de la ferme exploitée et cultivée par les Concannon pendant des générations.

Maggie ne regrettait pas vraiment que son héritage ait servi à payer des impôts, des dettes ou les fantaisies de son père. Peut-être éprouvait-elle un peu de nostalgie pour les collines et les prés dans lesquels elle avait couru avec l'arrogance et l'innocence propres à l'enfance. Mais c'était du passé. En fait, elle n'avait aucune envie de travailler ces champs, ni même de s'en soucier. Elle n'avait pas la passion de faire pousser des choses qui animait Brianna. En revanche, elle adorait son jardin et les parfums qui en émanaient. Mais les fleurs s'y épanouissaient même lorsqu'elle les négligeait.

Maggie avait son endroit à elle ; tout ce qui se trouvait au-delà était pour elle sans intérêt et, la plupart du temps, inexistant dans son esprit. Elle préférait n'avoir besoin de personne, de rien qu'elle ne pût elle-même se procurer.

Être dépendant, vouloir plus que ce que l'on avait, rendait immanquablement malheureux et insatisfait. Ses parents en avaient été pour elle un parfait exemple.

Elle franchit le seuil de la maison et s'arrêta sous la pluie pour respirer l'air à pleins poumons. Une douce humidité printanière s'élevait de la haie de prunelliers à l'est du jardin et des premières roses en bouton plantées à l'ouest. Maggie était petite et bien faite. Vêtue d'un jean trop grand et d'une chemise en flanelle, elle portait un chapeau informe, du même gris que la pluie, sur ses cheveux roux qui lui descendaient aux épaules. Sous le rebord, ses yeux avaient le vert mystérieux et profond de l'océan.

La pluie coula sur son visage, longeant la courbe délicate de sa joue et de son menton, de sa bouche charnue au sourire mélancolique. Des gouttes humectèrent son teint crémeux de rousse et rebondirent sur les taches de rousseur qui parsemaient son nez.

Elle but un peu de thé fort et sucré dans une tasse en verre qu'elle avait elle-même dessinée et ignora le téléphone dont la sonnerie stridente retentissait dans la cuisine. Le refus de se soumettre aux ordres était chez elle une volonté autant qu'une habitude, surtout lorsqu'elle avait l'esprit occupé par un nouveau projet. Une nouvelle sculpture prenait forme dans sa tête, transparente comme une goutte de pluie. Pure, fine et délicate. Du verre coulé à l'intérieur du verre.

L'attrait de la vision fut la plus forte. Oubliant le téléphone qui continuait à sonner, Maggie partit sous la pluie vers l'atelier et le feu ronronnant du four.

Dans ses bureaux de Dublin, Rogan Sweeney entendait à l'autre bout du fil la sonnerie du téléphone résonner dans le vide. Il jura entre ses dents. C'était un homme très occupé, trop occupé pour perdre son temps avec une artiste mal élevée et caractérielle qui refusait de répondre quand la chance frappait à sa porte.

Il avait des affaires à régler, des coups de fil à donner, des dossiers à étudier, des chiffres à vérifier. Puisqu'il était encore tôt, il aurait dû en profiter pour passer à la galerie afin de jeter un coup d'œil sur le dernier arrivage. D'autant que la poterie amérindienne était un peu son enfant chéri et qu'il avait passé des mois et des mois à sélectionner les plus belles pièces.

Mais cela représentait un défi d'ores et déjà relevé. La prochaine exposition prouverait une fois de plus que Worldwide étaient de grandes galeries de classe internationale. En attendant, cette femme, cette maudite femme têtue du comté de Clare, monopolisait ses pensées. Bien qu'il ne l'eût pas encore rencontrée, elle et son génie hantaient son esprit.

Bien entendu, il consacrerait toute sa compétence, son énergie et le temps nécessaires à cette nouvelle exposition, comme pour toutes les autres. Mais un nouvel artiste l'excitait toujours d'une manière différente, particulièrement celle-ci dont le travail l'avait complètement captivé. Le frisson de la découverte était aussi vital à Rogan que de se charger du suivi soigneux, du marketing et de la vente des œuvres d'un artiste.

Il voulait Concannon, en exclusivité, pour les Worldwide Galleries et ne connaîtrait le repos qu'une fois sa volonté accomplie.

Rogan avait été élevé dans le but de réussir – il avait derrière lui trois générations de marchands prospères qui avaient été assez malins pour convertir les pence en livres. Il avait considérablement développé l'affaire créée par son grand-père soixante ans plus tôt à force de ténacité. Pour atteindre ses objectifs, il était prêt à suer sang et eau, à déployer tout son charme, à faire preuve d'une volonté à toute épreuve, ou à recourir à tout moyen qu'il jugeait bon. Rogan Sweeney refusait de s'entendre dire non.

Margaret Mary Concannon, avec son talent débridé, était son objectif le plus récent, et le plus frustrant.

Loin de se trouver déraisonnable, il aurait été choqué et se serait même senti insulté en apprenant que son entourage le décrivait ainsi. Car s'il exigeait de longues heures de présence et un dur labeur de la part de ses employés, il n'en exigeait pas moins de lui-même. L'entrain, le dévouement n'étaient pas simplement des qualités indispensables aux yeux de Rogan, c'était une nécessité qu'on lui avait insufflée dans les veines dès sa naissance.

Il aurait fort bien pu confier les rênes de Worldwide à un directeur et vivre confortablement de ses rentes. De même qu'il aurait pu voyager, non pas pour affaires, mais pour le plaisir, et profiter des fruits de son héritage sans se soucier de le faire prospérer.

Il aurait pu. Mais un sens aigu des responsabilités et une ambition démesurée l'habitaient depuis toujours.

Et Margaret Mary Concannon, artiste verrier excentrique, vivant comme un ermite, était devenue son obsession.

Il comptait procéder à quelques changements au sein des Worldwide Galleries, changements qui refléteraient sa propre vision des choses et rendraient hommage à son propre pays. M.M. Concannon représentait le premier pas dans ce sens, et ce serait bien le diable si l'entêtement de cette femme l'empêchait de réussir.

Elle ne se doutait pas – pour la bonne raison qu'elle refusait d'écouter – que Rogan avait l'intention de faire d'elle la première vedette irlandaise de Worldwide. Par le passé, quand son père et son grand-père dirigeaient l'affaire, les galeries s'étaient spécialisées dans l'art international. Rogan ne voulait nullement rétrécir leur champ d'action, mais comptait changer de cap et présenter au monde le meilleur du pays qui l'avait vu naître.

Il était prêt à risquer son argent et sa réputation pour y parvenir.

Si cette exposition s'avérait un succès, ce dont il ne doutait pas une seconde, son investissement serait amorti, son intuition confirmée, et son rêve, une nouvelle galerie exposant exclusivement des œuvres d'artistes irlandais, deviendrait réalité.

Mais pour commencer, il lui fallait Margaret Mary Concannon.

Préoccupé, il se leva de son vieux bureau en chêne et s'approcha de la fenêtre. La ville s'étalait devant lui, avec ses larges avenues, ses parcs de verdure. Le ruban argenté de la rivière scintillait sous les ponts qui l'enjambaient gracieusement.

Sous la fenêtre, la circulation était fluide, des travailleurs et des touristes déambulaient dans la rue inondée de soleil. Ils lui parurent lointains, marchant en petits groupes ou à deux. Il regarda un jeune couple s'enlacer avec naturel pour s'embrasser. Tous deux portaient un sac à dos ; ils avaient l'air heureux, enivrés, ravis.

Rogan se détourna avec un petit pincement de jalousie.

Il était rarement aussi nerveux. Une pile de dossiers l'attendaient sur son bureau, son agenda était rempli de rendez-vous, et pourtant il n'arrivait pas à travailler. Depuis l'enfance, il avait toujours tout maîtrisé, passant allégrement des études à la vie professionnelle, volant de succès en succès. Comme on l'attendait de lui. Comme il l'attendait de lui-même.

Il avait perdu ses parents sept ans plus tôt. Son père, victime d'une crise cardiaque au volant de sa voiture, avait percuté un poteau. Il se souvenait de l'effroyable panique qui s'était abattue sur lui pendant le vol entre Dublin et Londres, où ses parents se rendaient en voyage pour affaires. De l'horrible odeur aseptisée de l'hôpital. De cette étrange impression de vivre un cauchemar.

Son père avait été tué sur le coup. Sa mère ne lui avait survécu qu'une heure à peine. Tous deux étaient morts avant son arrivée.

D'eux, il tenait ses vraies valeurs : l'importance de la famille, la responsabilité des héritiers. Mais aussi l'amour de l'art, la passion des affaires, et comment combiner les deux.

À vingt-six ans, Rogan s'était retrouvé à la tête de Worldwide et de ses filiales, seul responsable du personnel, des décisions à prendre et des œuvres placées entre ses mains. Pendant sept ans, il avait travaillé non seulement dans le but de faire prospérer l'affaire, mais aussi de la faire rayonner.

Cette sensation de trouble qui le perturbait en cet instant remontait, il le savait, à cet après-midi d'hiver venteux où il avait découvert pour la première fois le travail de Maggie Concannon.

Cette première œuvre, remarquée en allant prendre le thé rituel chez sa grand-mère, avait réveillé en lui son irrésistible besoin de posséder – non, le terme ne convenait pas, de contrôler, se corrigea-t-il. Il voulait exercer un contrôle sur le devenir de cet art, et sur la carrière de l'artiste. Depuis ce jour, il n'avait réussi à acheter que deux œuvres. La première avait la délicatesse d'un rêve éveillé ; c'était une colonne très fine, comme en apesanteur, incrustée d'arcs-en-ciel chatoyants et à peine plus large que la paume de sa main.

La seconde l'obsédait et le fascinait. Elle évoquait un violent cauchemar sorti d'un esprit passionné, emprisonné dans un enchevêtrement torturé de verre. Cette sculpture aurait dû être déséquilibrée, songea-t-il en examinant l'objet posé sur son bureau. Elle aurait même dû être laide, avec ces couleurs et ces formes guerrières, ces vrilles crochues qui s'échappaient du socle et l'enserraient.

Toutefois, c'était une œuvre fascinante, d'où se dégageait quelque chose de sexuellement dérangeant. Rogan se demandait quel genre de femme avait pu créer deux œuvres aussi différentes avec autant de force et de talent.

Il les avait achetées deux mois plus tôt. Depuis, il avait essayé d'entrer en contact avec l'artiste pour lui proposer son patronage. En vain.

Il l'avait eue deux fois au téléphone, mais la conversation avait été très brève, sur son initiative à elle, à la limite de la grossièreté. Elle avait affirmé ne pas avoir besoin de mécène, et encore moins d'un homme d'affaires de Dublin avec de l'éducation mais pas de goût.

Cette remarque avait piqué Rogan au vif.

Avec son accent musical de l'Ouest, Mlle Concannon lui avait expliqué qu'elle était ravie de créer à son propre rythme et de vendre son travail quand cela lui convenait, là où elle le voulait. Elle n'avait nul besoin de contrats, ni de qui que ce fût pour lui dire quoi vendre. Et puis, il s'agissait de son travail à elle, alors pourquoi ne retournait-il pas à ses dossiers – car elle ne doutait pas qu'il en eût beaucoup – et ne la laissait-il pas tranquille ?

Insolente petite idiote ! pensa-t-il en s'énervant à nouveau. Il lui offrait son aide, aide que de nombreux artistes lui quémandaient sans cesse, et elle le rabrouait d'un ton hargneux.

Il ferait mieux de la laisser tomber. Qu'elle continue à créer dans l'obscurité ! Ni lui ni Worldwide n'avaient besoin d'elle.

Mais Rogan la *voulait*, c'était plus fort que lui.

Pris d'une soudaine impulsion, il décrocha le téléphone et appela sa secrétaire.

— Eileen, annulez tous mes rendez-vous pour les deux jours qui viennent. Je pars en voyage.

Il était rare que Rogan eût à se rendre dans les comtés de l'Ouest pour son travail. Il se rappelait y avoir passé des vacances en famille lorsqu'il était enfant. En général, ses parents préféraient aller à Paris ou à Milan, ou encore dans la villa qu'ils possédaient dans le sud de la France, au bord de la Méditerranée. Ils s'arrangeaient toujours pour faire des voyages combinant travail et plaisir. New York, Bonn, Venise, Boston. Mais une année, quand il avait neuf ou dix ans, ils étaient partis en voiture dans la région de Shannon admirer les splendides paysages sauvages de la côte Ouest. Il se souvenait par bribes de vues étourdissantes du haut des falaises de Mohr, de panoramas éblouissants et de l'eau couleur de jade des lacs, des villages paisibles et du vert des champs s'étendant à l'infini.

C'était magnifique. En revanche, ce n'était pas très pratique. Il commençait à regretter d'avoir décidé de partir sur un coup de tête, d'autant plus que les renseignements qu'on lui avait donnés au village précédent l'avaient entraîné sur un chemin creusé d'ornières. Son Aston Martin s'en sortait plutôt bien, malgré la poussière qui se transformait en boue sous la pluie incessante. Son humeur s'arrangeait nettement moins bien de tous ces trous que sa voiture.

Toutefois, sa ténacité l'empêcha de faire demi-tour. Cette femme finirait bien par entendre raison. Il s'y emploierait. Si elle tenait à s'enterrer au milieu des ajoncs et des buissons d'aubépines, libre à elle. Mais son art était à lui. Ou le serait.

Suivant la route qu'on lui avait indiquée à la poste du village, il passa devant le Blackthorn Cottage, un

Bed and Breakfast aux volets d'un bleu pimpant entouré de ravissants jardins. Un peu plus loin, il perçut des maisons en pierre, des étables, une grange à foin et une cabane au toit d'ardoises devant laquelle travaillait un homme, juché sur un tracteur.

L'homme le salua d'un geste de la main, puis se remit à l'ouvrage tandis que Rogan s'engageait dans un virage serré. Hormis le bétail, le fermier était le premier être vivant qu'il eût aperçu depuis qu'il avait quitté le village.

Que des gens puissent survivre dans un endroit aussi retiré dépassait sa compréhension. Supporter les rues encombrées de Dublin lui semblait plus facile que de devoir passer tous les jours de la semaine sous une pluie battante, au milieu de ces champs qui s'étendaient à perte de vue. Au diable le paysage...

Si elle avait voulu se cacher, c'était réussi. Rogan faillit ne pas voir le portail, pas plus que la maison blanchie à la chaux qui se dressait derrière, entre des haies cascadantes de troènes et de fuchsias.

Bien que roulant déjà pratiquement au pas, Rogan ralentit. Un camion bleu délavé rongé par la rouille était garé dans la petite allée. Il arrêta son Aston Martin d'un blanc étincelant juste derrière et descendit.

Il poussa le portail, puis s'avança sur le petit sentier tracé entre des fleurs éclatantes dont les têtes énormes ployaient sous la pluie. Il frappa trois petits coups sur la porte, peinte en magenta vif, puis trois autres, et s'approcha avec impatience d'une fenêtre pour jeter un coup d'œil à l'intérieur.

Un feu flambait doucement dans l'âtre devant lequel se trouvait un fauteuil à bascule. Un vieux divan bancal recouvert d'un tissu à fleurs dans les tons rouge, bleu et violet occupait l'un des coins. Il aurait pensé s'être trompé d'adresse s'il n'avait aperçu les œuvres d'art dispersées un peu partout dans la petite pièce. Des statues et des bouteilles, des vases et des bols étaient posés ou couchés sur la moindre surface disponible.

Rogan essuya la buée qui recouvrait la fenêtre et regarda attentivement le candélabre à plusieurs branches placé en plein milieu du manteau de la cheminée. Il était fait dans un verre si transparent, si pur, qu'on eût dit de l'eau ayant gelé sur place. Les branches s'élevaient dans un mouvement fluide et la base ressemblait à une cascade. Il ressentit le petit pincement intérieur qu'il éprouvait avant chaque acquisition.

Finalement, il l'avait trouvée.

Si seulement elle daignait venir ouvrir cette satanée porte...

S'éloignant de la façade, il avança dans l'herbe mouillée pour faire le tour de la maison. Derrière, les fleurs étaient encore plus abondantes, aussi vivaces que des mauvaises herbes. *Non*, se reprit-il, *vivaces* malgré *les mauvaises herbes*. Manifestement, Mlle Concannon ne passait guère de temps à tailler ses parterres.

Sous un appentis, à côté de la porte, étaient empilées des mottes de tourbe. Un vieux vélo avec un pneu à plat était abandonné devant, ainsi qu'une paire de bottes en caoutchouc maculées de boue jusqu'aux chevilles.

Il s'apprêtait à aller frapper à nouveau lorsqu'un bruit étrange le fit se retourner vers la remise. Un rugissement, sourd et continu, qui lui fit penser à celui de la mer. De la cheminée s'échappait une fumée qui s'élevait en grosses volutes dans le ciel plombé.

Le bâtiment avait plusieurs fenêtres et, malgré la fraîcheur et l'humidité, certaines étaient grandes ouvertes. Visiblement, c'était là son atelier, songea Rogan en s'approchant, soulagé de l'avoir enfin localisée et confiant quant à l'issue de leur rencontre.

Il frappa et, bien que n'ayant pas reçu de réponse, poussa la porte. Aussitôt, le souffle de la chaleur et l'intensité des odeurs l'assaillirent. Il aperçut une petite femme assise sur un grand fauteuil en bois, une longue canne à souffler le verre dans les mains.

La scène lui fit penser à un conte de fées.

— Bon sang, fermez la porte, il y a un courant d'air !

Rogan obéit sans broncher, hérissé par le ton furieux sur lequel lui avait été intimé l'ordre.

— Vos fenêtres sont ouvertes.

— Pour la ventilation. L'air, imbécile.

Elle n'en dit pas plus, ni ne prit la peine de lui accorder un regard. Elle prit la canne dans sa bouche et commença à souffler.

Rogan regarda la bulle se former, fasciné malgré lui. Le procédé était d'une étonnante simplicité, rien qu'un peu de souffle et du verre en fusion. Ses doigts s'agitèrent sur la canne, la tournant et la retournant dans tous les sens afin de lutter contre la gravité et de l'utiliser jusqu'à obtention de la forme désirée.

Sans lui prêter la moindre attention, entièrement absorbée par sa tâche, elle coupa la bulle de pâte à l'aide de pinces et pratiqua une légère incision juste à l'extrémité de la canne. Il restait encore de nombreuses étapes, des dizaines, mais Maggie voyait déjà clairement à quoi ressemblerait l'objet une fois terminé, aussi clairement que si elle l'avait tenu dans sa main.

Elle alla déposer la bulle sous le verre en fusion dans le four pour faire une seconde prise. Revenue à sa place, elle la plongea dans un seau en bois de manière à refroidir le verre et former la « peau ». Pendant tout ce temps, la canne continua à s'agiter entre ses mains avec une stupéfiante maîtrise, tout comme elle avait contrôlé le premier stade de l'œuvre de son simple souffle.

Elle répéta la même procédure à plusieurs reprises avec une infinie patience, parfaitement concentrée, sous le regard attentif de Rogan, debout près de la porte. Elle utilisait des pinces plus grosses au fur et à mesure que la forme grossissait. Et comme le temps passait et qu'elle ne disait toujours rien, il retira son imperméable et attendit.

La pièce était imprégnée de la chaleur étouffante qui se dégageait de la fournaise. Il avait l'impression que ses vêtements lui collaient à la peau. La jeune femme, elle, semblait ne pas s'en rendre compte. Toujours aussi concentrée sur son travail, elle attrapait de temps à autre un nouvel outil d'une main tandis que de l'autre elle faisait tourner la canne sans répit.

Le fauteuil sur lequel elle était installée était visiblement de fabrication maison. Il était profond, avec de longs accoudoirs munis de crochets auxquels étaient suspendus des outils. Juste à côté, il y avait des seaux remplis d'eau, de sable et de cire chaude.

Elle prit un outil, une sorte de longue pince aux bouts acérés, et le fixa à l'extrémité du vase qu'elle était en train de créer. On eût dit que les branches allaient passer au travers tant le verre ressemblait à de l'eau, mais elle modela la forme, l'étirant et l'allongeant délicatement.

Lorsqu'elle se redressa, Rogan faillit dire quelque chose, mais la jeune femme émit un vague grognement qui lui fit froncer les sourcils et garder le silence.

Très bien, pensa-t-il. Il savait se montrer patient. Une heure, deux heures, il attendrait aussi longtemps qu'il faudrait. Si elle arrivait à supporter cette chaleur infernale, diable, il en ferait autant. Mais elle était si concentrée qu'elle ne la sentait même pas.

Elle appliqua un autre bout de verre en fusion sur le flanc de l'objet qu'elle était en train de réaliser. Quand le verre brûlant eut ramolli la paroi, elle enfonça une tige pointue, recouverte de cire, à l'intérieur du verre.

Doucement, délicatement.

Des flammes étincelèrent sous ses mains tandis que la cire brûlait. Il lui fallait maintenant faire très vite pour empêcher l'outil de coller au Verre. La pression devait être parfaitement mesurée afin d'obtenir l'effet souhaité. La paroi intérieure entra en contact avec la paroi extérieure, laissant apparaître la forme intérieure, l'aile d'un ange.

Du verre dans le verre, transparent et fluide.

Maggie esquissa un sourire.

Avec soin, elle souffla à nouveau la forme avant d'en aplatir le fond à l'aide d'une spatule. Après avoir fixé l'objet sur un ponton chauffé, elle plongea la tige dans un seau d'eau et en aspergea le cou effilé du vase. Puis, d'un coup sec qui fit sursauter Rogan, elle frappa la tige contre la canne à souffler le verre avant de placer le vase dans la fournaise pour en chauffer le col. L'emportant ensuite dans le four à recuire, elle arracha le ponton d'un coup sec avec une tige pour le desceller.

Ensuite, elle régla le temps et la température de cuisson, puis se dirigea directement vers un petit réfrigérateur.

Il était assez bas, aussi Maggie dut-elle se pencher. Rogan la suivit des yeux. Le jean trop grand laissait deviner une silhouette mince. Elle se redressa, se retourna et lança une des deux canettes de jus de fruits qu'elle venait de prendre dans sa direction.

Instinctivement, Rogan attrapa le projectile avant qu'il ne s'écrase sur son nez.

— Encore là ? dit-elle en ouvrant sa canette et en buvant avidement. Vous devez cuire, dans ce costume.

Maintenant qu'elle avait l'esprit libre, et qu'elle n'avait plus de visions devant les yeux, elle pouvait l'observer tout à loisir.

Grand, mince, brun. Elle but encore une gorgée. Des cheveux bien coupés, d'un noir aile-de-corbeau, et des yeux bleus comme un lac du Kerry. *Pas désagréable à regarder*, se dit-elle en tambourinant du bout des doigts sur la canette tandis qu'ils se dévisageaient mutuellement. Il avait une belle bouche, bien dessinée, généreuse. Toutefois, il ne devait pas s'en servir souvent pour sourire. Pas avec un regard pareil. Bien que très bleu, et très attirant, celui-ci était glacial, calculateur et très assuré.

Les traits du visage étaient séduisants, bien structurés. Noble visage, noble sang, comme avait coutume de dire sa grand-mère. Celui-ci, à moins qu'elle ne se trompe, avait probablement du sang bleu dans les veines.

Son costume était fait sur mesure, vraisemblablement chez un tailleur anglais. La cravate était discrète. Des boutons de manchettes en or dépassaient de ses manches. Et il se tenait raide comme un soldat – du genre de ceux qui ont été décorés de nombreuses médailles.

Maggie lui sourit, ravie de se montrer aimable maintenant que son travail était accompli.

— Vous vous êtes perdu ?

— Non.

Son sourire lui donnait un air de lutin, un lutin capable de magie comme de sorcellerie. Il préférait encore l'air renfrogné qu'elle arborait en travaillant.

— Je suis venu de très loin pour discuter avec vous, mademoiselle Concannon. Je suis Rogan Sweeney.

Le sourire disparut aussitôt pour laisser place à une moue méprisante. Sweeney... L'homme qui voulait s'occuper de son travail. Le type de Dublin.

— Eh bien, on peut dire que vous êtes sacrément têtu, monsieur Sweeney. J'espère que votre voyage a été agréable et que vous n'avez pas complètement perdu votre temps.

— La route a été épouvantable.

— Dommage.

— Mais je n'ai pas l'impression d'avoir perdu mon temps.

Bien qu'il eût de loin préféré une bonne tasse de thé bien fort, il ouvrit la canette de jus de fruits.

— Vous êtes bien installée, ici.

Il examina la pièce, avec la fournaise vrombissante, les fours, les bancs, le bric-à-brac d'outils en métal et en bois, les tiges, les cannes, les étagères et les placards qu'il supposa renfermer les produits chimiques nécessaires à la fabrication du verre.

— Je me débrouille plutôt bien, je vous l'ai d'ailleurs dit au téléphone.

— Cette œuvre à laquelle vous étiez en train de travailler quand je suis arrivé... elle est très belle.

Il s'approcha d'une table où étaient entassés des carnets de croquis, des crayons, des fusains et des craies. Il souleva le dessin d'une sculpture en verre qui était en train de cuire. Une sculpture délicate, fluide.

— Vous vendez vos croquis ?

— Je souffle le verre, monsieur Sweeney. Je ne suis pas peintre.

Il lui jeta un bref regard, puis reposa le dessin.

— Si vous le signiez, je pourrais en tirer une centaine de livres.

Maggie laissa échapper un petit cri de surprise et lança sa canette vide dans une poubelle.

— Et la pièce que vous venez de terminer ? Combien en demanderiez-vous ?

— En quoi cela vous regarde-t-il ?

— J'ai peut-être envie de l'acheter.

Grimpant sur l'établi, elle s'assit en balançant les jambes et le considéra un instant. Personne ne pouvait juger de la valeur de son travail, pas même elle. Quant au prix – ma foi, un prix se décidait. Maggie le savait bien. Car, artiste ou pas, il fallait manger.

Sa façon d'établir les prix était vague et très variable. Contrairement à la façon de souffler le verre et de mélanger les couleurs, fixer un prix n'avait rien de très scientifique. Aussi tenait-elle généralement compte du temps passé à réaliser la pièce, mais également de son humeur et de son opinion sur l'acheteur.

Or, l'opinion qu'elle avait de Rogan Sweeney risquait de coûter très cher à celui-ci.

— Deux cent cinquante livres, annonça-t-elle.

Sur cette somme, cent livres étaient dues à ses boutons de manchettes en or.

— Je vais vous faire un chèque.

Puis il lui décocha un sourire, et Maggie réalisa qu'il valait mieux pour elle qu'il n'abuse pas de cette arme. Une arme mortelle, songea-t-elle en voyant ses lèvres s'incurver et son regard bleu s'assombrir. Un charme étrange émanait de lui, léger et vaporeux comme un nuage.

— Bien que j'aie l'intention de le garder dans ma collection personnelle – pour des raisons, disons, sentimentales – je pourrais facilement le revendre le double dans ma galerie.

— Je m'étonne que vous soyez encore en activité, monsieur Sweeney. Si vous roulez tous vos clients comme ça...

— Vous vous sous-estimez, miss Concannon.

Rogan s'avança alors vers elle, convaincu tout à coup d'avoir pris l'avantage. Il attendit qu'elle redresse la tête pour croiser son regard.

— Et c'est pour cette raison que vous avez besoin de moi.

— Je sais exactement ce que je fais.

— Ici, dit-il, embrassant l'atelier d'un grand geste de la main. J'ai pu le constater de mes propres yeux. Mais le monde des affaires est très loin de tout cela.

— Cela ne m'intéresse pas.

— Justement, répliqua-t-il en souriant comme si elle venait d'apporter la réponse à un problème particulièrement épineux. Moi, au contraire, ça me passionne.

Assise sur l'établi, avec cet homme qui la regardait de toute sa hauteur, Maggie n'était pas à son avantage. Mais elle s'en moquait.

— Je ne veux voir personne se mêler de mon travail, monsieur Sweeney. Je fais ce qui me plaît, quand ça me plaît, et je m'en tire très bien.

— Vous faites ce qui vous plaît, quand ça vous plaît...

Il prit un moule en bois sur l'établi comme pour en admirer la patine.

— ... et vous vous en tirez très bien. Il serait dommage que ce ne soit pas le cas, pour quelqu'un ayant votre talent. Quant à... me mêler de votre travail, je n'en ai nullement l'intention. Bien que vous regarder travailler ait été fort intéressant.

Son regard glissa du moule à Maggie avec une rapidité qui la déconcerta.

— Vraiment très intéressant.

Elle sauta de l'établi, et le poussa pour récupérer un peu d'espace.

— Je ne veux pas d'un manager.

— Ah, mais vous en avez besoin, Margaret Mary. Vous en avez grand besoin.

— Comme si vous pouviez savoir ce dont j'ai besoin ! marmonna-t-elle en se mettant à arpenter la pièce. Un citadin de Dublin, avec des chaussures de luxe !

Le double, avait-il dit. Intérieurement, elle se répéta ses mots. Le double de ce qu'elle avait demandé. Et il y avait sa mère à faire vivre, les factures à payer, sans compter le prix des produits chimiques qui était proprement exorbitant.

— Ce dont j'ai besoin, c'est de paix et de tranquillité. Et d'espace.

Elle se retourna brusquement vers lui. Sa simple présence dans l'atelier l'encombrait.

— Oui, d'espace. Je n'ai pas besoin que quelqu'un comme vous vienne me dire qu'il lui faut trois vases pour la semaine suivante, ou vingt presse-papiers, ou une demi-douzaine de verres avec des pois roses. Je ne travaille pas à la chaîne, Sweeney. Je suis une artiste.

Très calmement, Rogan sortit un carnet et un stylo en or de sa poche et commença à écrire.

— Qu'est-ce que vous faites ?

— Je note que vous ne prenez de commandes ni de vases, ni de presse-papiers, ni de verres avec des pois roses.

La bouche de Maggie se tordit encore une fois de rage malgré elle.

— Je ne prends pas de commandes du tout !

Rogan la transperça du regard.

— Je pense que j'ai compris, mademoiselle Concannon. Je possède une ou deux usines et je crois pouvoir faire la différence entre une chaîne de montage et une œuvre d'art. Il se trouve que je gagne ma vie grâce aux deux.

— Eh bien, tant mieux pour vous, rétorqua-t-elle en levant les bras au ciel avant de poser les poings sur les hanches. Félicitations. Dans ce cas, pourquoi avez-vous besoin de moi ?

— Je n'ai pas besoin de vous, dit-il en rangeant son stylo et son carnet. Mais je vous veux.

Maggie releva fièrement le menton.

— Eh bien pas moi.

— Peut-être, mais vous avez besoin de moi. Et c'est là que nous sommes complémentaires. Je ferai de vous une femme riche, mademoiselle Concannon. Mieux que cela, une femme célèbre.

Il vit une petite lueur briller dans son regard. Ah, elle avait donc de l'ambition... Autant battre le fer quand il était chaud...

— Créez-vous uniquement dans le but d'aligner vos œuvres sur des étagères ou de les ranger dans des placards ? Pour vendre quelques pièces ici et là afin de ne pas être à la rue ? Ou bien voulez-vous que votre travail soit apprécié, admiré, voire applaudi ?

Sa voix avait changé de façon subtile, adoptant une intonation sarcastique qui la blessa profondément.

— Ou bien... avez-vous peur que ce ne soit pas le cas ?

Ses yeux verts se radoucirent, et elle encaissa le coup.

— Je n'ai pas peur du tout. Je sais ce que vaut mon travail. J'ai passé trois ans en apprentissage dans une soufflerie de verre à Venise, à suer comme un simple ouvrier. J'ai appris la technique, mais pas l'art. Parce que l'art est en moi.

Elle se frappa la poitrine.

— Il est en moi, et c'est moi qui l'insuffle dans le verre. Et ceux qui n'aiment pas ce que je fais peuvent aller se faire voir ailleurs.

— Très bien. Je vous expose dans ma galerie et nous verrons combien ils seront à aller se faire voir ailleurs.

Maudit soit-il ! Elle ne s'attendait pas à cela.

— Pour qu'une poignée de snobs viennent renifler mes œuvres en sirotant du champagne...

— Vous voyez, vous avez peur.

Maggie siffla entre ses dents et fonça vers la porte.

— Partez. Partez et laissez-moi réfléchir en paix. Vous me prenez la tête.

— Nous en reparlerons demain matin, dit-il en prenant son manteau. Peut-être pourriez-vous me recommander un endroit où passer la nuit. Pas trop loin, si possible.

— Le Blackthorn Cottage, au bout de la route.

— Ah oui, je suis passé devant, dit-il en enfilant son manteau. Ravissant jardin, très bien entretenu.

— Lisse et net comme une aiguille. Vous trouverez là un lit confortable et une excellente table. Ma sœur en est la propriétaire, et c'est une vraie fée du logis.

Le ton de sa voix lui fit dresser un sourcil, mais il ne dit rien.

— Alors, j'y serai sûrement très bien jusqu'à demain matin.

— Maintenant, allez-vous-en !

Elle ouvrit la porte. La pluie continuait à tomber.

— Je vous appellerai dans la matinée si je décide de vous reparler.

— Je suis vraiment ravi de vous avoir rencontrée, mademoiselle Concannon.

Bien qu'elle ne la lui ait pas tendue, il lui prit la main et la garda un instant entre les siennes en la regardant au fond des yeux.

— Et plus encore de vous avoir vue travailler.

Pris d'une impulsion qui les surprit tous les deux, il porta sa main à ses lèvres et savoura quelques secondes le parfum de sa peau.

— Je reviendrai demain.

— Attendez d'y être convié, dit-elle.

Puis elle referma sèchement la porte derrière lui.

4

Au Blackthorn Cottage, les scones étaient toujours chauds, les fleurs toujours fraîches et la bouilloire toujours sur le feu. La saison touristique n'avait pas encore commencé, mais Brianna Concannon mit Rogan immédiatement à l'aise, avec tact et efficacité, comme elle le faisait avec tous les clients qu'elle avait reçus depuis l'été qui avait suivi la mort de son père.

Elle lui servit le thé dans le petit salon impeccablement ciré où flambait un bon feu et où un vase rempli de freesias embaumait l'air.

— Le dîner, sera servi à sept heures, si cela vous convient, monsieur Sweeney.

Elle était déjà en train d'imaginer diverses façons d'accommoder le poulet prévu afin de nourrir une personne de plus.

— Ce sera parfait, mademoiselle Concannon.

Rogan but une gorgée de thé qu'il trouva délicieux, nettement meilleur que la boisson horriblement sucrée que Maggie lui avait lancée à la figure.

— Vous avez là un endroit charmant.

— Merci.

C'était, sinon sa seule fierté, du moins sa seule joie.

— Si vous avez besoin de quoi que ce soit, n'hésitez pas à me le demander.

— Puis-je utiliser votre téléphone ?

— Bien sûr.

Brianna commença à s'éloigner pour le laisser seul quand il leva la main, signe reconnu comme un ordre par tous ceux qui ont l'habitude de servir.

— Le vase qui est sur cette table est de votre sœur ?

Les yeux de Brianna s'écarquillèrent de surprise.

— Oui, en effet. Vous connaissez le travail de Maggie ?

— Oui. Je possède moi-même deux de ses œuvres. Et je viens d'en acheter une autre qu'elle a faite sous mes yeux.

Il but un peu de thé tout en observant Brianna. Elle était aussi différente de Maggie que l'étaient entre elles les œuvres de celle-ci. Ce qui signifiait sans doute qu'elles se ressemblaient beaucoup malgré les apparences.

— Je sors de son atelier.

— Vous êtes allé dans l'atelier de Maggie ?

Seul un vrai choc pouvait conduire Brianna à poser une question à un hôte sur un tel ton de doute.

— Dedans ?

— C'est si dangereux que ça ?

Un vague sourire passa sur le visage de Brianna, illuminant ses traits.

— Vous semblez avoir survécu.

— Plutôt bien. Votre sœur a un immense talent.

— Ça, c'est vrai.

Rogan reconnut le même mélange de fierté et de regret dans sa remarque que lorsque Maggie avait fait allusion à sa sœur.

— Vous avez d'autres œuvres d'elle ?

— Quelques-unes. Elle en apporte quand elle est d'humeur. Si vous n'avez besoin de rien d'autre, monsieur Sweeney, je vais aller m'occuper du dîner.

Une fois seul, Rogan se cala dans son fauteuil en savourant l'excellent thé. Les sœurs Concannon formaient une drôle de paire, pensa-t-il. Brianna était plus grande, plus mince et certainement plus jolie que Maggie. Ses cheveux blond cendré retombaient en boucles souples sur ses épaules, elle avait de grands yeux d'un vert très pâle, presque translucide. Elle était calme, et même légèrement distante, comme l'étaient ses manières. Ses traits étaient plus fins, ses gestes plus souples, elle sentait les fleurs sauvages, et non la fumée et la sueur.

Dans l'ensemble, elle correspondait davantage au type de femmes que Rogan trouvait attirantes.

Cependant, il se surprit à penser encore une fois à Maggie, à son corps robuste, à son regard changeant et à son caractère imprévisible. Les artistes, avec leur ego démesuré, leur insécurité permanente, avaient besoin d'être guidés. D'une main ferme. Il laissa errer son regard sur le vase rose orné de guirlandes de verre de bas en haut. Il lui tardait vraiment de pouvoir guider Maggie Concannon.

— Alors, il est là ?

Maggie surgit du rideau de pluie et se glissa dans la cuisine chaude et accueillante.

Brianna continua d'éplucher les pommes de terre sans broncher. Elle attendait sa visite.

— De qui parles-tu ?

— De Sweeney.

Elle s'approcha du comptoir et attrapa une carotte dans laquelle elle mordit à belles dents.

— Grand, brun, séduisant et riche comme Crésus. Tu ne peux pas le rater.

— Dans le salon. Tu n'as qu'à prendre une tasse et aller boire le thé avec lui.

— Je ne tiens pas à lui parler, répliqua Maggie en se hissant sur le comptoir et en croisant les pieds. Ce que je voudrais, ma chère Brie, c'est connaître ton opinion sur lui.

— Il est poli et bien élevé.

Maggie leva les yeux au ciel.

— Les enfants de chœur à l'église aussi !

— C'est un hôte de ma maison.

— Un hôte payant.

— Et je n'ai aucune intention de dire du mal de lui dans son dos, poursuivit Brianna sans s'interrompre.

— Sainte Brianna...

Maggie croqua un bout de carotte et continua à parler en agitant ce qu'il en restait.

— Et si je te disais qu'il est en train d'essayer de prendre ma carrière en main ?

— De la prendre en main ?

Brianna s'immobilisa un instant avant de reprendre sa tâche. Les épluchures tombaient régulièrement sur le journal étalé sur le comptoir.

— Mais de quelle manière ?

— Financièrement, pour commencer. En exposant mon travail dans ses galeries et en persuadant de riches clients de l'acheter pour de grosses sommes d'argent.

Elle brandit ce qui restait du bout de carotte avant de l'engloutir.

— Cet homme ne pense qu'à faire de l'argent.

— Des galeries ? répéta Brianna. Il possède des galeries d'art ?

— À Dublin et à Cork. Et il a des intérêts dans d'autres galeries à Londres et à New York. À Paris aussi, je crois. Et sans doute à Rome. Dans le monde de l'art, tout le monde connaît Rogan Sweeney.

Le monde de l'art était aussi étranger à la vie de Brianna que l'était la lune. Mais elle éprouva immédiatement une pointe de fierté en apprenant que sa sœur pouvait s'en réclamer.

— Et il s'est pris d'intérêt pour ton travail.

— Il est venu y fourrer son nez d'aristocrate, voilà ce qu'il a fait, rétorqua Maggie. Il m'appelle au téléphone, m'envoie des lettres, tout ça pour exiger des droits sur tout ce que je fais. Et aujourd'hui, voilà qu'il débarque sur le pas de ma porte en me disant que j'ai besoin de lui. Ha !

— Et, bien entendu, tu n'as pas besoin de lui.

— Je n'ai besoin de personne.

— Non, évidemment...

Brianna emporta les pommes de terre dans l'évier pour les rincer.

— Pas toi, pas Margaret Mary.

— Oh, je déteste quand tu prends ce ton distant et supérieur. On dirait maman.

Maggie se laissa glisser du comptoir et se dirigea vers le réfrigérateur. Tout à coup, à cause de ce qu'elle venait de dire, elle se sentit coupable.

— Nous nous débrouillons plutôt bien, ajouta-t-elle en prenant une bière. Nous payons nos factures, nous avons de quoi manger et un toit sur la tête.

En voyant le dos de sa sœur se raidir, elle poussa un soupir d'impatience.

— Écoute, Brie, ça ne peut plus être comme avant.

— Tu crois que je ne le sais pas ? répliqua Brianna d'un ton agacé. Tu penses que je veux davantage ? Que je ne suis pas contente de ce que j'ai ?

Soudain envahie d'une tristesse insupportable, elle se tourna vers la fenêtre en laissant son regard errer sur les champs.

— Je n'y suis pour rien, Maggie, ce n'est pas de ma faute.

Maggie baissa les yeux et contempla sa bière. C'était Brianna qui souffrait, elle le savait. Brianna avait toujours été au milieu. Désormais, elle avait une occasion de changer tout cela. Il lui faudrait pour cela vendre un bout de son âme.

— Je suppose qu'elle a recommencé à se plaindre.

— Non, dit Brianna en remontant une mèche échappée de son chignon. Pas vraiment.

— Je devine en te regardant qu'elle a encore été de mauvaise humeur – et qu'elle l'a passée sur toi.

Avant que Brianna puisse répondre, Maggie agita la main.

— Elle ne sera jamais heureuse, Brianna. Tu ne peux pas la rendre heureuse. Et Dieu sait que moi non plus. Elle ne lui pardonnera jamais d'avoir été ce qu'il était.

— Et qu'est-ce qu'il était ? demanda Brianna en se retournant. Quel genre d'homme était notre père, Maggie ?

— Humain. Faillible.

Elle posa sa bière et s'approcha de sa sœur.

— Et merveilleux. Brie, tu te souviens du jour où il a acheté la mule ? Il espérait faire fortune en la faisant prendre en photo par des touristes, avec une casquette à visière et notre vieux chien assis sur son dos.

— Je m'en souviens.

Brie voulut s'éloigner, mais Maggie lui prit les mains.

— Il a dépensé dix fois plus d'argent pour nourrir cette mule au foutu caractère qu'il ne l'avait prévu.

— Oh, mais c'était si drôle ! Nous sommes allés aux falaises de Mohr, c'était une journée d'été splendide. Il y avait des touristes partout, de la musique, et papa était là, tenant cette stupide mule… et le pauvre Joe était aussi terrifié que s'il s'était retrouvé devant un lion rugissant.

L'expression de Brianna se radoucit. C'était plus fort qu'elle.

— Pauvre Joe... assis tout tremblant sur le dos de la mule. Et puis un Allemand est arrivé pour qu'on le prenne en photo avec les animaux...

— ... Et la mule lui a donné un coup de pied, poursuivit Maggie avec un sourire en levant sa bière comme pour porter un toast. L'Allemand s'est soudain mis à hurler en trois langues différentes en sautant à cloche-pied. Alors Joe, terrorisé, a bondi et a atterri sur un présentoir de cols de dentelle, et le bourricot est parti au galop, faisant fuir tous les touristes. Oh, quel spectacle ! Les gens criaient et couraient dans tous les sens, les femmes hurlaient. Il y avait un joueur de violon, tu te rappelles ? Il a continué à jouer comme si nous allions tous nous mettre à danser !

— Finalement, ce charmant garçon de Killarney a rattrapé la mule par la longe et l'a ramenée. Papa a même essayé de la lui vendre à plusieurs reprises.

— Il a d'ailleurs presque réussi ! C'est vraiment un bon souvenir, Brie...

— C'est vrai, il nous a laissé beaucoup de souvenirs très drôles. Mais dans la vie, on ne peut pas se contenter de rire.

— Mais on ne peut pas vivre sans rire... comme elle. Lui, il était vivant. Maintenant, notre famille est plus morte que lui.

— Elle est malade, remarqua simplement Brianna.

— Comme elle l'a été pendant plus de vingt ans. Et elle restera malade aussi longtemps qu'elle t'aura pour lui passer tous ses caprices.

C'était vrai, mais en avoir conscience ne changeait rien à ce que ressentait Brianna.

— C'est notre mère.

— Ça, c'est sûr.

Maggie termina sa bière et la reposa, un goût de levure mêlée d'amertume sur la langue.

— J'ai vendu une autre pièce. J'aurai de l'argent pour toi à la fin du mois.

— Je t'en suis très reconnaissante. Elle aussi.

— Tu parles !

Maggie regarda sa sœur dans les yeux avec toute la passion, la colère et la douleur qui l'habitaient.

— Je ne le fais pas pour elle. Quand il y aura assez d'argent, tu engageras une infirmière et tu la feras emménager dans une maison à elle.

— Ce ne sera pas nécessaire.

— Si ! coupa Maggie. C'est ce que nous avions décidé. Je ne vais pas rester là à te regarder faire ses quatre volontés le restant de ma vie. Une infirmière et une maison dans le village.

— Si c'est ce qu'elle veut.

— En tout cas, c'est ce qu'elle aura.

Maggie inclina la tête.

— Elle t'a encore obligée à veiller hier soir.

— Elle était agitée...

L'air embarrassé, Brianna se retourna pour préparer le poulet.

— Toujours ses maux de tête.

— Ah, oui.

Maggie connaissait parfaitement les maux de tête de sa mère, qui tombaient toujours au bon moment : une dispute dans laquelle Maeve n'avait pas l'avantage ? aussitôt, une migraine. Une sortie en famille qu'elle n'approuvait pas ? la douleur se déclenchait...

— Je sais comment elle est, Maggie, lança Brianna, qui commençait elle-même à avoir mal à la tête. Elle n'en est pas moins ma mère.

Sainte Brianna, pensa une nouvelle fois Maggie, avec beaucoup d'affection. Sa sœur avait beau avoir un an de moins qu'elle, c'était toujours elle qui prenait tout en charge.

— Tu ne changeras pas, dit-elle en serrant sa sœur dans ses bras. Papa disait toujours que tu étais le bon ange et moi le mauvais. Là-dessus, en tout cas, il avait raison.

Elle ferma les yeux un instant.

— Dis à M. Sweeney de venir chez moi demain matin. Je parlerai avec lui.

— Tu vas finalement le laisser prendre en charge ta carrière ?

La phrase fit légèrement tiquer Maggie.

— Je parlerai avec lui, répéta-t-elle avant de repartir sous la pluie.

Maggie avait un point faible : sa famille. À cause de cela, elle avait veillé jusqu'à une heure avancée de la nuit et s'était réveillée à l'aube, sombre et glacée. Vis-à-vis du monde extérieur, elle prétendait n'avoir de responsabilités qu'envers elle-même et son art. Or, derrière cette façade, elle vouait un amour indéfectible à sa famille, avec les obligations parfois pénibles que cela impliquait.

Elle aurait voulu refuser l'offre de Rogan Sweeney, d'abord par principe : l'art et le commerce, selon elle, ne devaient pas se mélanger. Ensuite, ce type, riche, sûr de lui et de sang noble, l'irritait prodigieusement. Enfin, faire autrement serait revenu à admettre qu'elle n'était pas capable de diriger elle-même ses affaires.

Oh, la pilule était plutôt difficile à avaler !

Toutefois, elle ne refuserait pas. Elle avait décidé, au cours de cette longue nuit agitée, de permettre à Rogan Sweeney de faire d'elle une femme riche.

Depuis cinq ans, elle subvenait seule à ses besoins. Le *Bed and Breakfast* de Brianna marchait bien et l'entretien de deux maisons n'était pas un trop lourd fardeau pour elles deux. Néanmoins, elles n'avaient pas les moyens d'en entretenir une troisième.

Le but de Maggie, sa quête du Graal, consistait à installer leur mère dans une résidence séparée. Si Rogan pouvait l'aider à avancer dans sa quête, elle traiterait avec lui. Elle était prête à traiter même avec le diable.

Mais le diable risquait fort de très vite le regretter.

Tandis que la pluie continuait à tomber doucement et régulièrement, Maggie se prépara du thé dans la cuisine, tout en cogitant.

Il fallait manœuvrer Rogan Sweeney avec adresse. Avec juste ce qu'il fallait de dédain artistique et de flatterie féminine. Faire preuve de dédain ne lui poserait aucun problème, le reste serait plus difficile.

Maggie s'imagina Brianna faisant de la pâtisserie, du jardinage, ou bien encore roulée en boule avec un bon livre au coin du feu – sans la voix gémissante et exigeante de leur mère pour la déranger. Brianna se marierait, aurait des enfants. Maggie savait que c'était un rêve que sa sœur nourrissait secrètement dans son cœur. Et qu'il resterait secret aussi longtemps que Brianna aurait la responsabilité d'une hypocondriaque.

Elle ne comprenait pas l'envie de sa sœur de se retrouver coincée avec un homme et une ribambelle d'enfants, mais elle ferait tout pour l'aider à réaliser son rêve.

Il était possible que Rogan Sweeney puisse jouer les bonnes fées.

On frappa à la porte un coup sec et impatient. Cette bonne fée-là, pensa Maggie en allant ouvrir, ne ferait pas son apparition au milieu d'un nuage de poussière d'ange et de lumières multicolores.

En ouvrant la porte, elle ne put réprimer un petit sourire. Il était trempé, exactement comme la veille, mais toujours aussi élégant. Elle se demanda s'il gardait son costume et sa cravate pour dormir.

— Bonjour, monsieur Sweeney.

— Bonjour à vous, mademoiselle Concannon.

Il entra se mettre à l'abri de la pluie et de la brume tourbillonnantes.

— Je peux prendre votre manteau ? Il séchera près du feu.

— Merci.

Rogan retira son pardessus et la regarda l'étaler sur une chaise devant l'âtre. Aujourd'hui, elle était différente, remarqua-t-il. Elle était aimable. Ce changement le mit aussitôt sur ses gardes.

— Dites-moi, est-ce qu'il s'arrête parfois de pleuvoir dans le comté de Clare ?

— Au printemps, il fait souvent très beau. Ne vous inquiétez pas, monsieur Sweeney. La pluie de l'Ouest n'a jamais fait fondre personne, pas même un Dublinois.

Elle lui adressa un bref et charmant sourire, mais son regard pétillait de malice.

— Je suis en train de faire du thé, vous en voulez ?

— Avec plaisir.

Au moment où elle allait se diriger vers la cuisine, il l'arrêta en lui posant la main sur le bras. Son attention n'était pas fixée sur elle, mais sur une sculpture posée sur la table à côté d'eux. Une longue courbe sinueuse d'un magnifique bleu glacier. Couleur de lac arctique. Des vagues de verre jaillissaient du verre, coulant comme de la glace liquide.

— C'est une pièce intéressante, commenta-t-il.

— Vous trouvez ?

Maggie refréna son impatience à lui retirer sa main. Il la tenait légèrement, d'un air possessif qui la mettait ridiculement mal à l'aise. Elle sentait son odeur, un subtil parfum boisé d'eau de Cologne dont il devait s'asperger après s'être rasé. Quand il fit courir son doigt sur le verre incurvé, elle réprima un frisson. C'était absurde, mais, l'espace d'une seconde, ce fut comme s'il l'avait caressée du haut du cou jusqu'au creux des reins.

— Tellement féminin, murmura-t-il.

Son regard resta posé sur la sculpture, mais il était parfaitement conscient de sa présence, de la tension de son bras, du léger tremblement qu'elle s'appliquait à maîtriser et du parfum sauvage qui émanait de sa chevelure.

— C'est d'une puissance extraordinaire. Une femme sur le point de s'abandonner à un homme.

Maggie ne put s'empêcher de rougir devant la pertinence de sa remarque.

— Qu'est-ce que vous trouvez de puissant dans le fait de s'abandonner ?

Rogan se tourna alors vers elle en la dévisageant de ses yeux d'un bleu profond. Sa main se resserra sur son bras.

— Rien n'est plus puissant qu'une femme à l'instant où elle va se donner, dit-il en effleurant à nouveau le verre. À l'évidence, vous le savez.

— Et l'homme ?

Un léger sourire se dessina sur ses lèvres et sa main sur son bras se fit comme une caresse. Il fallait qu'il réponde. Il promena un regard amusé, et intéressé, sur son visage.

— Ça, Margaret Mary, ça dépend de la femme.

Elle ne bougea pas, accusa le coup et hocha la tête.

— Eh bien ! nous sommes au moins d'accord sur une chose. Le sexe et le pouvoir dépendent généralement de la femme.

— Ce n'est pas du tout ce que j'ai dit, ni voulu dire. Qu'est-ce qui vous pousse à créer une chose comme celle-ci ?

— Expliquer l'art à un homme d'affaires n'est pas facile.

Voyant qu'elle allait se dérober, il resserra son emprise sur son bras.

— Essayez tout de même.

— Ça vient comme ça vient ! répondit-elle, agacée. Rien n'est prévu, ni planifié. C'est essentiellement une question d'émotion, de passion, jamais de pragmatisme ou de profit. Si c'était le cas, je fabriquerais des petits cygnes en verre pour des boutiques de cadeaux. Seigneur, quelle idée !

— Quelle horreur ! dit-il en souriant. Je ne m'intéresse pas aux petits cygnes en verre. En revanche, je boirais volontiers ce thé.

— Nous allons le prendre dans la cuisine.

Maggie voulut s'écarter, mais cette fois encore, il la retint avec autorité. Un éclair de fureur passa dans ses yeux verts.

— Vous me bloquez le passage, Sweeney.

Enfin, il la lâcha et la suivit sans un mot dans la cuisine.

Le cottage de Maggie était loin d'offrir le confort rustique de Blackthorn. Il n'y avait ici ni bonne odeur de gâteau flottant dans l'air, ni oreillers moelleux, ni meubles amoureusement cirés. C'était spartiate, utilitaire et en désordre. Ce qui était sans doute la raison pour laquelle les œuvres d'art disséminées ici et là ressortaient de manière si frappante.

Rogan se demanda où elle dormait, si son lit était aussi moelleux et accueillant que celui dans lequel il avait passé la nuit. Et il se demanda si elle le partagerait avec lui. Ou plutôt, *quand...*

Maggie posa la théière sur la table avec deux tasses en grès épais.

— Votre séjour au Blackthorn Cottage vous a plu ? demanda-t-elle en le servant.

— Énormément. Votre sœur est charmante. Et sa cuisine inoubliable.

Se radoucissant quelque peu, Maggie mit trois généreuses cuillères de sucre dans son thé.

— Brie est une femme d'intérieur dans le meilleur sens du terme. Vous a-t-elle fait ses fameux *buns*, ce matin ?

— J'en ai mangé deux.

Se détendant quelque peu, Maggie rit et posa son pied botté sur son genou.

— Notre père disait toujours que Brianna avait hérité de l'or et moi du cuivre. Je crains que vous n'ayez guère l'occasion de manger des *buns* faits maison chez moi, Sweeney, mais je dois pouvoir vous trouver une boîte de biscuits.

— Ce n'est pas la peine.

— Vous préférez sans doute que nous parlions affaires tout de suite.

Prenant sa tasse entre ses mains, Maggie se pencha en avant.

— Si je vous disais que votre offre ne m'intéresse pas ?

Rogan prit le temps de réfléchir et de boire une gorgée de thé noir et fort avant de répondre.

— Je vous traiterais de menteuse, Maggie. Si vous n'étiez pas intéressée, vous n'auriez sûrement pas accepté de me revoir ce matin. Et je ne serais pas en ce moment dans votre cuisine à boire du thé.

Il leva la main avant qu'elle puisse réagir.

— Disons plutôt que vous ne voulez pas être intéressée.

Cet homme était rusé, pensa-t-elle, légèrement décontenancée. Or, les hommes rusés étaient dangereux.

— Je n'ai aucune envie d'être dirigée, conseillée ou guidée.

— Il est rare que nous ayons envie de ce dont nous avons besoin.

Il la regardait par-dessus sa tasse en se livrant à des calculs et en savourant la légère rougeur qui rehaussa soudain son teint soyeux et le vert de ses yeux.

— Je devrais peut-être m'expliquer plus clairement. Votre art ne regarde que vous. Je n'ai l'intention d'interférer en aucune manière avec ce qui se passe dans votre atelier. Vous créez ce qui vous plaît, selon votre inspiration.

— Si ce que je crée n'est pas à votre goût ?

— Il m'est arrivé maintes fois d'exposer et de vendre des œuvres que je n'aurais pas eu envie d'avoir chez moi. Les affaires sont les affaires, Maggie. Et, de même que je ne me mêlerai pas de ce que vous créez, vous ne vous mêlerez pas de mes affaires.

— Je n'aurai rien à dire sur les personnes qui achèteront mes œuvres ?

— Rien du tout, dit-il simplement. Si vous êtes sentimentalement attachée à une œuvre, il vous faudra soit passer outre, soit la garder pour vous. Une fois qu'elle sera entre mes mains, elle sera à moi.

Maggie entrouvrit la bouche d'un air outré.

— Et n'importe qui avec de l'argent pourra l'acquérir ?

— Exactement.

Elle reposa brusquement sa tasse et se leva pour faire les cent pas. Ses jambes, ses bras, ses épaules, tout son corps bougeait en rythme, exprimant sa colère. Il termina son thé et se redressa pour profiter du spectacle.

— Je sors quelque chose de mes tripes, je le crée, je le rends palpable, tangible, réel, et n'importe quel abruti de Kerry ou de Dublin, ou même de Londres, peut venir l'acheter pour l'anniversaire de sa femme sans même comprendre de quoi il s'agit ?

— Entretenez-vous des relations personnelles avec tous les gens qui achètent vos œuvres ?

— En tout cas, je sais où elles vont, qui les achète ! Enfin, en général, ajouta-t-elle pour elle-même.

— Je vous rappelle que j'ai acheté deux de vos œuvres avant de vous rencontrer.

— Oui. Et regardez où cela m'a menée !

Quel caractère ! songea-t-il en soupirant. Depuis le temps qu'il travaillait avec des artistes, il ne les comprenait toujours pas.

— Maggie, commença-t-il en s'efforçant de prendre un ton raisonnable. C'est justement pour être débarrassée de ces difficultés que vous avez besoin d'un manager. Vous n'aurez plus à vous occuper des ventes, seulement de création. Eh oui, si quelqu'un de Kerry ou de Dublin, ou même de Londres, entre dans l'une de mes galeries et s'intéresse à l'une de vos œuvres, elle sera à lui – à condition qu'il paye le prix. On ne demande ni curriculum vitae, ni références. Et à la fin de l'année, grâce à moi, vous serez riche.

— Parce que vous croyez que c'est ça que je veux ?

Furieuse, se sentant insultée, elle se précipita vers lui.

— Croyez-vous, Rogan Sweeney, que je souffle chaque jour dans ma canne en calculant le profit que je vais pouvoir en tirer ?

— Non, pas du tout. C'est justement là que j'interviens. Vous êtes une artiste exceptionnelle, Maggie. Et, au risque de faire enfler votre ego déjà démesuré, je dois reconnaître que j'ai été littéralement captivé la première fois que j'ai vu votre travail.

— Peut-être avez-vous bon goût, lâcha-t-elle en haussant les épaules d'un air grincheux.

— C'est ce qu'on me dit généralement. Votre travail mérite mieux que la façon dont vous le traitez. *Vous* méritez beaucoup mieux.

Elle s'adossa au comptoir en le dévisageant intensément.

— Et vous allez m'aider à le faire uniquement par bonté de cœur.

— Le cœur n'a rien à voir là-dedans. Je vais vous aider parce que votre travail renforcera le prestige de mes galeries.

— Et remplira vos poches.

— Il faudra que vous m'expliquiez un jour d'où vient ce mépris que vous avez pour l'argent. En attendant, votre thé va refroidir.

Maggie soupira. Décidément, la flatterie n'était pas son fort...

— Rogan, dit-elle en se forçant à sourire, je suis convaincue que vous êtes très doué dans votre domaine. Vos galeries ont une réputation de qualité et d'intégrité incontestable, ce qui est certainement un reflet de ce que vous êtes vous-même.

Elle se donnait du mal, pensa-t-il, amusé, en passant sa langue sur ses dents.

— Je l'espère.

— N'importe quel artiste serait emballé à l'idée de susciter en vous un intérêt. Mais j'ai l'habitude de m'occuper moi-même de tous les aspects de mon travail. Du moment où je souffle le verre à celui où je vends l'œuvre terminée. J'aime la remettre entre les mains de quelqu'un que je connais et en qui j'ai confiance. Vous, je ne vous connais pas.

— Et vous ne me faites pas confiance ?

Elle leva une main qu'elle laissa retomber aussitôt.

— Ce serait vraiment stupide de ma part de ne pas faire confiance aux Worldwide Galleries. Mais j'ai quelque difficulté à imaginer une entreprise de cette taille. Je suis quelqu'un de très simple.

Il éclata de rire. Si fort qu'elle cligna des yeux. Il prit une de ses mains dans les siennes.

— Oh non, Margaret Mary, simple, c'est justement ce que vous n'êtes pas. Maligne, obstinée, brillante, coléreuse, belle, oui. Mais simple, sûrement pas.

— Je vous assure que si, dit-elle en retirant brusquement sa main, décidée à ne pas se laisser avoir au charme. Je me connais mieux que vous ne me connaîtrez jamais.

— Chaque fois que vous terminez une œuvre, vous criez au monde : voici ce que je suis. C'est ce qui fait l'art authentique.

Discuter avec lui était impossible. Elle ne s'était pas attendue à ce genre de remarques de la part d'un homme comme lui. Gagner de l'argent grâce à l'art ne signifiait pas qu'on était à même de le comprendre. Apparemment, lui le comprenait.

— Je suis quelqu'un de très simple, répéta-t-elle, le mettant au défi de la contredire une seconde fois. Et je préfère rester ainsi. Si j'accepte votre tutelle, il y aura des règles. Mais ce seront les miennes.

Il la tenait, il le savait. Or, un négociateur avisé ne doit pas se montrer frileux.

— Et quelles seront ces règles ? demanda-t-il.

— Je ne ferai aucune publicité, à moins de le décider moi-même. Et autant vous prévenir que ce n'est guère probable.

— Cela ne fera qu'ajouter à votre mystère.

Maggie faillit lui sourire, mais se reprit à temps.

— Je ne m'habillerai pas comme une gravure de mode pour venir à vos expositions – si toutefois j'y viens.

Cette fois, il se mordit la langue pour ne pas rire.

— Je suis certain que votre style sera un reflet parfait de votre tempérament artistique.

Cela ressemblait plus ou moins à une insulte, mais elle n'en était pas sûre.

— Et je ne serai pas aimable avec les gens si je n'en ai pas envie.

— Ce genre d'attitude est typique d'un artiste, dit-il en levant sa tasse de thé. Ça devrait faire bondir les ventes.

Bien qu'amusée, elle se cala sur sa chaise et croisa les bras d'un air sérieux.

— Et jamais, jamais, je ne ferai deux fois la même œuvre, ni ne créerai quoi que ce soit pour plaire à quelqu'un.

Rogan prit un air renfrogné et secoua vivement la tête.

— En revanche, cela risque d'annuler notre accord. J'avais justement envie d'une licorne, avec un peu de doré sur la corne et les sabots. Quelque chose de très bon goût.

Maggie fit la grimace, puis éclata de rire. — Très bien, Rogan. Par je ne sais quel miracle, nous allons peut-être pouvoir travailler ensemble. Comment allons-nous procéder ?

— Je vais faire établir un contrat. Worldwide exigera les droits exclusifs sur votre travail.

Ce détail la fit légèrement tiquer. Elle risquait de perdre une part d'elle-même. Peut-être la meilleure.

— Les droits exclusifs, mais uniquement sur les œuvres que je choisirai de vendre.

— Bien entendu.

Maggie leva les yeux vers la fenêtre pour contempler les champs qui s'étendaient à perte de vue. Il y avait longtemps, très longtemps, ils avaient représenté une part d'elle-même, à l'instar de son art. Maintenant, ils n'appartenaient plus qu'au paysage.

— Quoi d'autre ?

Rogan hésita. Elle avait l'air profondément triste.

— Cela ne modifiera en rien ce que vous faites. Ni ce que vous êtes.

— Vous vous trompez, murmura-t-elle.

Au prix d'un immense effort, elle chassa ses sombres pensées et lui fit face à nouveau.

— Alors, quoi d'autre ?

— Je compte organiser une exposition, d'ici deux mois, à la galerie de Dublin. Naturellement, j'aurai besoin de voir ce que vous aurez fait, et je m'occuperai de l'expédition. Il faudra également que vous me teniez au courant de ce que vous allez faire dans les semaines à venir. Nous fixerons le prix des œuvres, et ce qui restera de l'inventaire à la fin de l'exposition sera exposé à Dublin et dans nos autres galeries.

Maggie tenta de garder son calme.

— J'aimerais bien que vous ne parliez pas d'inventaire lorsque vous faites référence à mon travail. Du moins, pas en ma présence.

— D'accord, dit-il en joignant le bout des doigts. Bien entendu, vous recevrez une liste complète des œuvres vendues. Vous pourrez, si vous le désirez, donner votre avis sur les pièces qui figureront au catalogue. Ou nous pourrons nous en charger.

— Quand et comment serai-je payée ?

— Je peux acheter vos œuvres tout de suite. Je n'y vois aucune objection puisque j'ai confiance en votre travail.

Maggie repensa à ce qu'il lui avait dit la veille, qu'il pourrait vendre la pièce qu'elle venait de terminer le double de ce qu'elle avait demandé. Elle avait beau ne pas être une femme d'affaires, elle n'en était pas stupide pour autant.

— Sinon, comment ça se passe ?

— À la commission. Nous prenons une œuvre et, quand elle est vendue, nous déduisons notre pourcentage.

C'était plus risqué, se dit-elle avec ironie. Or, elle préférait le risque.

— Quel pourcentage prenez-vous ?

Guettant sa réaction, Rogan la regarda droit dans les yeux.

— Trente-cinq pour cent.

Un petit cri s'étrangla dans sa gorge.

— Trente-cinq ? Trente-cinq ! Espèce de voleur ! Bandit !

Maggie se leva d'un bond.

— Vous n'êtes qu'un vautour, Rogan Sweeney. Vous pouvez aller vous faire voir, vous et vos trente-cinq pour cent !

— Je prends tous les risques, je couvre toutes les dépenses, dit-il en écartant les mains. Vous, vous n'avez plus qu'à créer.

— Oh, comme s'il me suffisait de poser mon derrière et d'attendre que l'inspiration me tombe dessus comme des gouttes de pluie ! Vous n'y connaissez rien, rien du tout !

Elle se remit à arpenter la pièce de long en large en agitant rageusement les bras.

— Je vous rappelle que, sans moi, vous n'auriez rien à vendre. Sans compter que c'est pour mon travail, ma sueur et mon sang, que les gens dépenseront de grosses sommes d'argent. Vous aurez quinze pour cent.

— Trente.

— Que la peste vous emporte, Rogan, comme un vulgaire voleur. Vingt.

— Vingt-cinq, annonça-t-il en se levant et en se plantant devant elle. Worldwide gagnera un quart de votre sueur et de votre sang, Maggie, pas moins.

— Un quart ! siffla-t-elle entre ses dents. C'est bien d'un homme d'affaires de profiter ainsi de l'art des autres...

— Et d'assurer la sécurité financière de l'artiste. Pensez-y, Maggie. Votre travail sera vu à New York,

80

à Rome, à Paris. Tous ceux qui l'auront vu se souviendront de vous.

— Oh, c'est très rusé de votre part, Rogan, de glisser aussi subrepticement de l'argent à la gloire.

Fronçant les sourcils, elle écarta les bras d'un geste las.

— Soit ! Vous aurez vos vingt-cinq pour cent.

C'était exactement ce qu'il avait prévu. Il lui serra la main et la garda dans la sienne.

— Nous allons bien nous entendre, Maggie.

Suffisamment en tout cas pour parvenir à installer sa mère dans le village, loin de Blackthorn Cottage, espérait-elle.

— Si ce n'est pas le cas, Rogan, je m'arrangerai pour vous le faire payer.

Parce qu'il aimait le goût de sa peau, il porta sa main à ses lèvres.

— J'en prends le risque.

Sa bouche s'attarda assez longtemps pour que le pouls de Maggie s'accélère.

— Si vous espériez me séduire, vous auriez mieux fait de le faire avant que nous ayons conclu un accord.

Cette déclaration le surprit et l'ennuya à la fois.

— Je ne mélange jamais ma vie personnelle et ma vie professionnelle.

— Encore une différence entre nous, dit-elle, ravie de constater qu'elle avait réussi à faire craquer le vernis parfaitement lisse qui le recouvrait. Mes vies personnelle et professionnelle ne sont qu'une seule et même chose. Je laisse libre cours à l'une comme à l'autre, tout dépend de l'occasion.

En souriant, elle retira sa main.

— Mais ce n'est pas le cas à présent. Je vous le ferai savoir quand ça le sera.

— Essayez-vous de me tenter, Maggie ?

Elle se figea comme pour considérer l'idée une seconde.

— Non, je vous explique les choses, c'est tout. Bon, je vais vous emmener à l'atelier pour que vous choisissiez ce que vous voulez expédier à Dublin.

Elle se retourna pour prendre une veste accrochée à une patère derrière la porte.

— Vous devriez prendre votre manteau. Ce serait dommage de mouiller un si ravissant costume.

Il la dévisagea un instant en se demandant pourquoi il se sentait à ce point insulté. Sans un mot, il fit volte-face et partit chercher son manteau dans le salon.

Maggie en profita pour sortir se calmer sous la pluie glacée. Se laisser troubler ainsi à cause d'un simple petit baiser sur la main était vraiment ridicule. Rogan Sweeney savait très bien s'y prendre. Trop bien. Heureusement qu'il habitait à l'autre bout du pays. Et qu'il n'était pas du tout son genre.

Mais alors, pas du tout.

5

L'abbaye en ruine entourée de hautes herbes était un lieu de repos paisible pour les morts. Maggie avait voulu faire enterrer son père là plutôt que dans le cimetière glacial qui jouxtait l'église du village. Elle avait voulu pour lui un coin beau et tranquille. Brianna avait insisté auprès de leur mère pour qu'elle accepte de ne pas dire un mot sur les modalités de l'enterrement.

Maggie ne venait là que deux fois par an, une fois le jour de l'anniversaire de son père, une autre le jour du sien. Pour le remercier de lui avoir donné la vie. Elle ne venait jamais le jour anniversaire de sa mort, et ne s'autorisait jamais à le pleurer en privé.

Pas plus qu'elle ne le pleurait d'ailleurs en ce moment, assise dans l'herbe, les bras croisés sur ses genoux repliés. Le soleil qui jouait à cache-cache avec les nuages illuminait les tombes, le vent était frais et l'air sentait bon les fleurs sauvages.

Elle n'apportait jamais de fleurs. Brianna avait planté un magnifique parterre et, au fur et à mesure que le printemps réchauffait la terre, la tombe resplendissait de plus en plus de couleurs éclatantes.

De minuscules bourgeons commençaient à apparaître sur les primevères. Les ancolies hochaient doucement leurs jolies têtes parmi les tendres pousses de pieds-d'alouette et de bétoines. Elle regarda une pie fondre en piqué sur les pierres tombales avant de s'envoler vers un champ.

Un peu plus loin, des papillons virevoltaient dans un battement d'ailes fragile et silencieux. Elle les observa un moment, trouvant une sorte de réconfort dans la délicatesse de leurs couleurs et de leurs mouvements. Il n'y avait eu nulle part où enterrer son père à proximité de la mer, mais cet endroit lui aurait sûrement plu.

Maggie s'étendit confortablement à côté de la tombe et ferma les yeux.

J'aimerais tellement que tu sois encore là, songea-t-elle, *pour pouvoir te raconter ce que je fais. Mais pas pour écouter tes conseils, certainement pas. Quoique ça me ferait sans doute du bien de les entendre.*

Si Rogan Sweeney est un homme de parole, je vais devenir riche. Ça t'aurait tellement plu ! Nous aurions eu de quoi ouvrir ton pub, comme tu l'as toujours voulu. Oh, tu n'étais qu'un pauvre fermier, mon papa chéri. Mais le meilleur des pères. Le meilleur de tous.

Maggie faisait de son mieux pour tenir la promesse qu'elle lui avait faite : prendre soin de sa mère et de sa sœur, et d'aller jusqu'au bout de son rêve.

— Maggie.

Elle ouvrit les yeux et aperçut Brianna. *Nette et impeccable*, comme toujours, se dit-elle en observant sa sœur. Ses cheveux étaient sagement attachés, ses vêtements soigneusement repassés.

— Tu as l'air d'une maîtresse d'école, dit Maggie en riant. Une charmante maîtresse.

— Toi, tu as l'air d'une chiffonnière, rétorqua Brianna, jetant un regard de reproche sur le jean troué et le pull taché de Maggie. Mais charmante.

Brianna s'agenouilla près de sa sœur en croisant les mains. Pas pour prier, seulement pour bien se tenir.

Toutes deux restèrent un moment en silence à écouter le vent siffler dans l'herbe et s'engouffrer entre les tombes.

— C'est une journée superbe pour venir ici, remarqua Maggie.

Il aurait eu soixante et onze ans aujourd'hui, pensat-elle.

— Les fleurs commencent à s'épanouir, elles vont être magnifiques.

— Il faut que j'arrache les mauvaises herbes.

Ce disant, Brianna commença à le faire.

— J'ai trouvé l'argent que tu as déposé sur la table de la cuisine ce matin. C'est beaucoup trop, Maggie.

— J'ai fait une bonne vente. Tu n'as qu'à en mettre une partie de côté.

— Je préférerais que tu en profites.

— Mais c'est ce que je fais, en sachant que le moment de son déménagement se rapproche.

Brianna soupira.

— Elle n'est nullement un fardeau pour moi.

Voyant le regard sceptique de sa sœur, elle haussa les épaules.

— En tout cas, pas autant que tu le crois. Seulement quand elle se sent mal.

— Ce qui veut dire en gros la plupart du temps. Brie, je t'adore.

— Je sais.

— L'argent est le meilleur moyen pour moi de te le montrer. Papa voulait que je t'aide à t'occuper d'elle. Et Dieu sait que je serais incapable de vivre avec elle comme tu le fais. Je me retrouverais rapidement à l'asile, ou en prison, pour l'avoir tuée pendant son sommeil.

— Ce contrat avec Rogan Sweeney, tu l'as quand même signé pour elle.

— Pas du tout.

À cette idée, Maggie sentit ses poils se hérisser sur ses bras.

— À *cause* d'elle, peut-être, ce qui n'est pas du tout pareil. Une fois qu'elle sera installée et que tu pourras recommencer à vivre, tu te marieras, et tu me donneras une ribambelle de nièces et de neveux.

— Tu pourrais toi-même avoir des enfants.

— Je ne veux pas me marier, dit Maggie en s'étirant paresseusement et en refermant les yeux. Non, vraiment pas. Je préfère aller et venir comme je l'entends et n'avoir de comptes à rendre à personne. Je gâterai tes enfants, et ils se précipiteront chez tante Maggie chaque fois que tu auras été trop sévère avec eux.

Elle entrouvrit un œil.

— Tu pourrais épouser Murphy.

Le rire de Brianna résonna magnifiquement parmi les hautes herbes.

— S'il t'entendait, il serait choqué !

— Il a toujours eu un faible pour toi.

— Oui – quand j'avais treize ans. Non, c'est un homme adorable et je l'aime comme j'aimerais un frère, mais il n'est pas l'homme que je veux pour mari.

— Parce que tu as déjà tout planifié ?

— Je n'ai rien planifié du tout, répliqua Brianna d'un ton pincé, et d'ailleurs, nous nous éloignons du sujet. Je ne veux pas que tu te retrouves pieds et poings liés avec M. Sweeney parce que tu te crois redevable envers moi. Je pense que c'est une excellente chose pour ton travail, mais je ne voudrais pas que tu te rendes malheureuse en croyant que je le suis. Car je ne le suis absolument pas.

— Combien de fois as-tu dû lui apporter son repas au lit, ce mois-ci ?

— Je ne tiens pas de comptabilité.

— Tu devrais, coupa Maggie. De toute façon, c'est fait. J'ai signé le contrat la semaine dernière. Désormais, je suis sous la tutelle de Rogan Sweeney et des Worldwide Galleries. J'ai une exposition à Dublin dans quinze jours.

— Quinze jours ? C'est très rapide.

— Il n'a pas l'air d'être du genre à perdre son temps. Viens avec moi, Brianna, proposa Maggie en prenant les mains de sa sœur. Nous nous ferons payer un bel hôtel par Sweeney, nous mangerons dans de grands restaurants et nous dévaliserons les boutiques.

Les boutiques. Des repas qu'elle n'aurait pas à préparer. Un lit qu'elle ne serait pas obligée de faire. Brianna caressa l'idée un court instant.

— J'aimerais beaucoup venir avec toi, Maggie. Mais je ne peux pas la laisser comme ça.

— Mais si ! Diable, elle peut bien rester toute seule pendant quelques jours !

— Non, ce n'est pas possible.

Brianna hésita une seconde, puis s'assit par terre d'un air las.

— La semaine dernière, elle est tombée.

— Elle s'est fait mal ? demanda Maggie en serrant plus fort la main de sa sœur. Mais, bon sang, pourquoi ne m'as-tu rien dit ? Comment est-ce arrivé ?

— Je ne te l'ai pas dit parce que ce n'était rien de grave. Elle était dehors, toute seule, pendant que je faisais le ménage, là-haut dans les chambres. Apparemment, elle a trébuché. Elle s'est fait une ecchymose à la hanche et s'est cogné l'épaule.

— Tu as appelé le Dr Hogan ?

— Bien sûr. Il a dit qu'il n'y avait pas lieu de s'inquiéter. Elle avait seulement perdu l'équilibre. Si elle faisait davantage d'exercice et mangeait mieux, elle serait en bien meilleure forme.

— Tu parles d'un conseil !

Maudite soit cette femme, pensa Maggie. Et maudite soit la culpabilité permanente, incessante, qu'elle ressentait dans son cœur.

— Je parie qu'elle s'est aussitôt remise au lit. Et qu'elle n'en a pas bougé depuis.

Les lèvres de Brianna esquissèrent un petit sourire narquois.

— Je n'ai pas réussi à l'en faire bouger. Elle prétend qu'elle a une déficience de l'oreille interne et veut aller à Cork consulter un spécialiste.

— Ha ! s'exclama Maggie en renversant la tête en arrière pour contempler le ciel. C'est typique ! Je n'ai jamais connu personne qui se plaigne autant que Maeve Concannon. Elle te tient au bout de sa laisse, ma fille.

— Je ne le nie pas, mais je n'ai pas le courage de la couper.

— Moi, si, dit Maggie en se levant et en se frottant les genoux. L'argent est la seule solution, Brie. C'est ce qu'elle a toujours voulu. Elle lui a rendu la vie insupportable parce qu'il n'arrivait pas à en garder.

D'un geste protecteur, Maggie posa la main sur la tombe de son père.

— C'est vrai, dit Brianna, mais lui aussi lui a rendu la vie difficile. Je n'ai jamais vu deux êtres aussi mal assortis. Certains mariages ne sont ni un paradis ni un enfer. Seulement un purgatoire.

— Et quelquefois, les gens sont trop stupides, ou trop vertueux, pour prendre la décision de s'en aller.

Sa main effleura la pierre tombale, puis retomba.

— Je préfère les fous aux martyrs. Mets l'argent de côté, Brie. J'en aurai encore plus très prochainement. J'en rapporterai de Dublin.

— Tu passeras la voir avant de partir ?

— Je passerai, promit Maggie d'un air grave.

— Je pense qu'elle te plaira.

Rogan étala une cuillerée de crème sur son scone et sourit à sa grand-mère.

— C'est une femme intéressante.

— Intéressante ? répéta Christine Rogan Sweeney en soulevant un sourcil blanc.

Elle connaissait très bien son petit-fils, et était capable d'interpréter la moindre nuance dans sa voix ou son regard. Ce qu'il pensait de Maggie Concannon restait toutefois pour elle un mystère.

— De quelle manière ?

Légèrement décontenancé, Rogan prit le temps de tourner son thé.

— C'est une artiste très douée ; avec une vision des choses extraordinaire. Elle vit seule dans un petit cottage du comté de Clare qui est d'une beauté à couper le souffle. Son travail la passionne, cependant, elle hésite à le montrer. Elle peut être tour à tour charmante ou désagréable – et ces deux traits semblent faire partie autant l'un que l'autre de son caractère.

— Une femme pleine de contradictions...

— Absolument.

Rogan s'adossa à son siège, heureux d'être dans ce salon raffiné, une tasse en porcelaine à la main, la tête appuyée sur le coussin brodé d'une chaise de style Reine Anne. Un feu ronronnait doucement dans l'âtre. Les fleurs étaient fraîches et les scones sortaient du four.

Il venait prendre le thé régulièrement avec sa grand-mère et appréciait ces moments privilégiés. Autant qu'elle. Le calme et la paix qui régnaient dans sa maison étaient merveilleusement apaisants, tout comme elle-même l'était, avec son air toujours très digne et sa beauté à peine fanée.

Il savait qu'elle éprouvait une certaine fierté à paraître dix ans de moins que ses soixante-treize ans. Son teint était clair comme de l'albâtre. Certes, elle était ridée, mais les marques du temps ne faisaient qu'ajouter à la sérénité de son visage. Ses yeux étaient d'un bleu étincelant, et ses cheveux blancs et doux comme des flocons de neige.

Elle avait l'esprit vif, un goût irréprochable, un cœur généreux et un ton sec, parfois même mordant. Pour Rogan, comme il le lui disait souvent, elle représentait la femme idéale.

Cette remarque flattait Christine autant qu'elle l'inquiétait.

Son petit-fils lui semblait avoir failli dans un seul domaine. À savoir qu'il n'avait pas trouvé sur le plan personnel de satisfaction équivalente à celles que lui procurait son métier.

— Comment se passent les préparatifs de l'exposition ? demanda-t-elle.

— Très bien. Ce serait évidemment plus facile si notre artiste du moment prenait la peine de répondre au téléphone.

Il s'efforça de refouler son irritation.

— Les œuvres qui ont été expédiées sont fabuleuses. Il faudra que tu passes à la galerie pour me dire ce que tu en penses.

— Je viendrai sûrement.

Cependant, l'artiste l'intéressait bien davantage que ses œuvres d'art.

— Tu disais que c'était une jeune femme ?

— Pardon ?

— Maggie Concannon. Tu m'as bien dit qu'elle était jeune ?

— Oh, entre vingt et trente ans, je suppose. Très jeune, en tout cas, si l'on considère la maturité de son travail.

Seigneur, il avait l'impression d'être chez le dentiste !

— Et d'un style voyant ? Comme – quel était son nom – Miranda Whitfield-Fry, celle qui faisait de la sculpture sur métal et portait toujours d'énormes bijoux et des écharpes de couleurs très vives ?

— Rien à voir avec Miranda.

Dieu merci... Il repensa en frissonnant à cette femme qui l'avait poursuivie sans relâche de façon plutôt embarrassante.

— Maggie est plutôt du genre bottes et chemise en coton. On dirait qu'elle se coupe les cheveux avec des ciseaux de cuisine.

— Alors, elle n'est pas séduisante.

— Au contraire, elle l'est énormément – mais d'une façon peu banale.

— Masculine ?

— Non.

Vaguement troublé, il repensa à son étonnant sex-appeal, à la sensualité de son parfum, à sa main tremblant dans la sienne.

— Loin de là.

Ah, se dit Christine. Il faudrait donc qu'elle trouve le temps de rencontrer la jeune femme qui donnait cet air chagriné à Rogan.

— Elle t'intrigue ?

— Absolument, sinon, je n'aurais pas signé un contrat avec elle.

Il croisa le regard de Christine et haussa les sourcils de façon identique.

— Sur un plan professionnel, grand-mère. Stricte-ment professionnel.

— Bien entendu.

Christine sourit dans son for intérieur et lui servit une autre tasse de thé.

— Raconte-moi ce que tu as fait d'autre.

Le lendemain matin, Rogan arriva à la galerie à huit heures. Il avait passé une agréable soirée au théâtre, puis avait dîné en compagnie d'une amie de longue date. Comme toujours, il avait trouvé Patricia charmante et délicieuse. Veuve d'un de ses anciens camarades, il la considérait plus comme une cousine éloignée que comme une petite amie. Ils avaient parlé de la pièce d'Eugène O'Neill en mangeant du saumon arrosé de champagne, puis s'étaient quittés peu après minuit après avoir échangé un chaste baiser.

Et il n'avait pas fermé l'œil de la nuit.

Ce n'était pas le rire léger ou le parfum subtil de Patricia qui l'avait fait se tourner et se retourner dans son lit.

Maggie Concannon... Il était tout naturel que la jeune femme occupât ses pensées, puisqu'il consacrait tout son temps et ses efforts à la préparation de son exposition. Qu'il pense à elle n'avait rien de très surprenant – d'autant plus qu'il avait un mal fou à la joindre au téléphone.

Son aversion pour cet instrument avait contraint Rogan à recourir aux télégrammes, qu'il envoyait dans l'Ouest avec une régularité foudroyante.

La seule et unique réponse qu'il avait obtenue avait été aussi brève que directe : ARRÊTEZ DE M'EMBÊTER.

Imaginez un peu ! pensa Rogan en déverrouillant les élégantes portes vitrées de la galerie. Elle l'accusait de l'embêter, comme un enfant gâté et pleurnichard. Lui ! Un homme d'affaires ! S'apprêtant, qui plus est, à faire faire un bond prodigieux à sa carrière ! Et elle ne prenait même pas la peine de décrocher ce fichu téléphone pour avoir une conversation sensée avec lui.

Rogan avait l'habitude de fréquenter des artistes. Dieu sait s'il avait supporté leurs excentricités, leur sentiment d'insécurité permanent et leurs exigences souvent puériles. Cela relevait de son travail, et il se considérait expert en la matière. Mais Maggie Concannon faisait vraiment tout pour pousser sa patience à bout.

Il referma les portes derrière lui et respira l'air délicatement parfumé de la galerie. Construit par son grand-père, le bâtiment était vaste et dépouillé, vibrant hommage à l'art gothique avec ses balustres en pierre sculptée.

L'intérieur se composait d'une douzaine de salles, certaines petites, d'autres plus grandes, reliées les unes aux autres par d'immenses arches. Un escalier tournant s'envolait vers le premier étage où se trouvaient un espace grand comme une salle de bal ainsi que des petits salons particuliers meublés de vieux sofas.

C'était là qu'il comptait exposer le travail de Maggie. Dans la salle de réception, il y aurait un petit orchestre.

Les invités se régaleraient de musique, de champagne et de petits fours et pourraient se promener parmi les œuvres stratégiquement disposées. Les pièces les plus volumineuses et les plus frappantes seraient brillamment éclairées, tandis que les plus petites seraient exposées de façon plus intimiste.

Tout en imaginant le résultat et en mettant au point quelques détails dans sa tête, il traversa la galerie du rez-de-chaussée qui conduisait au bureau et aux pièces servant d'entrepôt.

Il trouva son directeur de galerie, Joseph Donahoe, dans la kitchenette.

— Tu es là de bonne heure, dit Joseph avec un sourire qui révéla une dent en or. Café ?

— Oui. Je voulais voir où en étaient les choses là-haut avant de passer au bureau.

— Tout se passe bien, lui assura Joseph.

Bien que du même âge que Rogan, Joseph commençait à perdre ses cheveux. Pour compenser sa calvitie, il s'était laissé pousser ceux qui lui restaient

suffisamment long pour pouvoir les attacher en cato-
gan. Son nez, cassé par un coup de maillet de polo,
était légèrement tordu vers la gauche, ce qui lui donnait l'air d'un pirate dans un élégant costume de Savile
Row.

Les femmes étaient toutes folles de lui.

— Tu as l'air fatigué.

— J'ai mal dormi, dit Rogan en prenant une tasse
de café noir. L'arrivage d'hier a été déballé ?

Joseph lui fit un clin d'œil.

— Je craignais que tu ne me poses pas la question, marmonna-t-il en prenant sa tasse. Il n'est pas
encore arrivé.

— Comment ?

Joseph leva les yeux au ciel. Il y avait maintenant
plus de dix ans qu'il travaillait pour Rogan et savait
très bien ce que ce ton de voix signifiait.

— S'il n'est pas arrivé hier, il va sûrement arriver
aujourd'hui. C'est d'ailleurs pour ça que je suis venu
de bonne heure.

— Mais que fabrique cette fille ? Les instructions
étaient pourtant claires et simples. Elle devait expédier
les dernières pièces hier soir.

— Allons, Rogan, c'est une artiste. Elle a sûrement
été prise d'une soudaine inspiration et a raté l'heure
limite pour tout envoyer. Nous avons largement le
temps.

— Je ne veux pas qu'elle traîne les pieds comme ça.

Furieux, Rogan décrocha le téléphone de la cuisine.
Il n'eut pas besoin de consulter le numéro de Maggie
dans son agenda. Il le connaissait par cœur. Il enfonça
les touches et entendit la sonnerie retentir à l'autre
bout. Encore et encore.

— Irresponsable petite idiote !

Quand Rogan raccrocha brutalement, Joseph sortit
une cigarette.

— Nous avons plus de trente pièces, dit-il en allumant un briquet en laque décorée. Même sans ce dernier envoi, ça suffit. Et ses œuvres... Même un vieux cheval comme moi en est resté tout ébloui.

— Là n'est pas le problème.

Joseph souffla un nuage de fumée et fit la moue.

— Mais si.

— Nous nous sommes mis d'accord sur quarante pièces, pas sur trente-cinq, ni trente-six ! Quarante. Et, crois-moi, j'aurai les quarante.

— Rogan... où vas-tu ? cria Joseph en voyant son ami sortir en trombe de la cuisine.

— Dans ce satané comté de Clare !

Joseph tira une bouffée de sa cigarette et leva sa tasse pour porter un toast.

— Bon voyage.

Le vol fut de très courte durée, aussi Rogan n'eut-il pas le temps de se calmer. Le ciel d'un bleu liquide et l'air merveilleusement doux ne changèrent rien à son humeur. Et ce fut en tempêtant copieusement contre Maggie qu'il claqua la portière de la voiture qu'il avait louée à l'aéroport de Shannon.

Le temps d'arriver au cottage, il fulminait de rage.

Elle avait tout de même un fieffé culot ! songea-t-il en se dirigeant à grandes enjambées vers la porte d'entrée. L'obliger à abandonner ainsi son travail, ses obligations... S'imaginait-elle être la seule artiste qu'il représentait ?

Il frappa sur la porte avec une telle vigueur qu'il se fit mal au poing. Faisant fi des convenances, il entra.

— Maggie ! appela-t-il en filant directement vers la cuisine. Bon sang !

Sans même s'arrêter, il ressortit par la porte de derrière pour se rendre dans l'atelier.

Il aurait dû se douter qu'elle serait là.

Penchée sur un établi, au milieu d'un monceau de lambeaux de papier, elle lui jeta un regard en biais.

— Vous tombez bien, j'ai justement besoin d'un coup de main.

— Pourquoi diable ne répondez-vous pas au téléphone ? Pourquoi en avoir un si c'est pour ne jamais y répondre ?

— C'est souvent ce que je me demande. Vous voulez bien me passer ce marteau ?

Il alla le prendre sur le banc et le soupesa un instant en caressant l'idée de lui en assener un bon coup sur la tête.

— Bon sang, où est mon colis ?

— Il est là, répondit-elle en passant une main dans ses cheveux en bataille et en lui prenant le marteau. Je suis en train de l'emballer.

— Il devait arriver à Dublin hier.

— Eh bien, ça n'a pas été possible, puisque je ne l'ai pas encore envoyé.

Avec des gestes rapides et précis, elle commença à enfoncer des clous dans une caisse posée par terre.

— Vous êtes venu jusqu'ici uniquement pour ça ? Vous ne savez vraiment pas quoi faire de votre temps !

Brusquement, il la souleva du sol et la posa sur l'établi. Le marteau atterrit sur le ciment, ratant son pied de justesse. Avant que Maggie ait le temps de reprendre son souffle et de lui cracher à la figure, il l'attrapa fermement par le menton.

— J'ai largement de quoi occuper mon temps, dit-il d'une voix neutre, et devoir surveiller une femme irresponsable et écervelée perturbe mon planning. J'ai des employés à la galerie, et leur emploi du temps est soigneusement, méticuleusement organisé. Vous n'aviez rien d'autre à faire que de suivre les instructions et expédier la marchandise.

Elle lui repoussa la main avec autorité.

— Je me fiche complètement de vos plannings et de vos emplois du temps. C'est une artiste que vous avez engagée, Sweeney, pas une fichue employée.

— Et puis-je savoir quel nouveau projet artistique vous a empêchée de suivre de simples instructions ?

Un sourire rageur découvrit ses dents ; elle envisagea une seconde de lui donner un coup de poing et se contenta finalement de tendre le bras.

— Ça.

Rogan se retourna et se figea sur place. Seule une colère aveugle avait pu l'empêcher de la voir et de s'émerveiller en entrant dans l'atelier.

Une sculpture se trouvait au fond de la pièce. Elle devait mesurer trois mètres de haut et était éclatante de couleurs, avec des formes sinueuses et compliquées. Un enchevêtrement de membres, se dit-il, ouvertement chargé de sensualité et bouleversant d'humanité. Il s'en approcha pour l'observer sous un autre angle.

On pouvait presque deviner des visages. Ils semblaient se confondre dans l'imagination, laissant une sensation de total accomplissement. Il était impossible de déterminer où commençait une forme et où finissait l'autre tant elles étaient complètement, parfaitement imbriquées.

Cette œuvre évoquait une célébration de l'esprit humain et de la sexualité animale.

— Comment l'avez-vous appelée ?

— *Abandon*, répondit-elle en souriant. Il semble que vous m'ayez inspirée, Rogan.

Prise d'un regain d'énergie, elle sauta au bas de l'établi. La tête lui tournait, elle éprouvait un mélange de vertige et de fierté.

— J'ai mis un temps fou à trouver les bonnes couleurs. Vous ne pouvez pas imaginer ce que j'ai dû faire refondre et mettre au rebut. Mais je la voyais clairement dans ma tête, et il fallait que ça corresponde exactement.

Elle rit et ramassa le marteau pour planter un autre clou.

— Je ne sais pas depuis combien de temps je n'ai pas dormi. Au moins deux ou trois jours.

Elle passa la main dans ses cheveux emmêlés en riant de plus belle.

— Mais je ne suis pas du tout fatiguée. Je me sens incroyablement bien. Pleine d'énergie. Je n'arrive pas à m'arrêter.

— Maggie, c'est magnifique.

— C'est la meilleure chose que j'aie jamais faite.

Jetant un coup d'œil vers la sculpture, elle tapa le marteau contre sa paume.

— Et sans doute la meilleure que je ferai jamais.

— Je vais me procurer une caisse... dit Rogan en la regardant par-dessus son épaule.

Elle était pâle comme de la craie. La fatigue commençait à se lire sur son visage.

— ... et je m'occuperai moi-même de l'expédier.

— J'allais justement fabriquer une caisse. Ce ne sera pas long.

— Vous ne savez pas faire ça.

— Bien sûr que si.

Elle était d'humeur si joyeuse qu'elle ne s'offusqua pas de sa remarque.

— D'ailleurs, ça me prendra moins de temps de la fabriquer qu'à vous d'en faire faire une. J'ai déjà les dimensions.

— Combien de temps vous faut-il ?

— Une heure.

Rogan hocha la tête.

— Je vais passer un coup de fil pour faire venir un camion. Votre téléphone marche, je suppose.

— Quel sarcasme ! dit-elle en ricanant et en venant vers lui. C'est bien vous. Comme l'est cette cravate impeccable.

Avant qu'aucun d'eux n'ait le temps de s'en rendre compte, Maggie l'attrapa par sa cravate et l'attira vers elle. Ses lèvres tièdes se plaquèrent sur les siennes, le clouant sur place. De sa main libre, elle lui ébouriffa les cheveux en se collant contre lui. Son baiser fit des étincelles, explosa, fondit sur sa bouche. Puis, aussi brusquement qu'elle avait commencé à l'embrasser, elle s'écarta.

— Simple caprice de ma part, dit-elle en lui souriant.

Son cœur bondissait follement dans sa poitrine, mais elle y repenserait plus tard.

— Vous n'avez qu'à mettre ça sur le compte du manque de sommeil et du trop-plein d'énergie. Et...

Rogan la saisit par le bras avant qu'elle puisse s'en aller. Elle ne s'en tirerait pas si facilement. Il n'allait pas se laisser hypnotiser une seconde et repousser la suivante.

— Moi aussi, j'ai un caprice à satisfaire, murmura-t-il.

Sa main se faufila derrière sa nuque, et il vit la surprise brouiller son regard. Mais elle ne résista pas. Il crut même déceler une pointe d'amusement sur son visage lorsque sa bouche descendit sur la sienne.

Toute trace d'amusement s'évanouit très vite. Ce baiser fut lent, doux, somptueux. Aussi inattendu que des pétales de rose dans la chaleur d'une fournaise, doux et intense à la fois. Maggie crut percevoir un léger bruit, quelque chose entre un gémissement et un soupir. Qu'il fût sorti de sa propre gorge en feu la stupéfia.

Cependant, elle ne bougea pas, même quand le petit bruit se répéta, soumis, captif. Pas une seconde elle ne chercha à se dérober. Sa bouche était trop experte, trop douce et persuasive. Elle entrouvrit les lèvres et s'abandonna à son baiser.

Elle eut l'impression de se fondre lentement en lui, degré par degré. La première flambée retomba quelque peu, laissant place à une lancinante brûlure. Rogan oublia sa colère et la façon dont elle l'avait défié, seulement conscient d'être extraordinairement vivant.

Sa langue était provocante, et le goût de sa bouche emplissait la sienne. Il fut soudain en proie à un violent besoin de l'emporter, de la conquérir, de l'enlever. L'homme civilisé qu'il était, élevé dans le respect d'une morale très stricte, s'effaça, scandalisé.

Maggie crut un instant qu'elle allait s'évanouir. Sentant ses jambes défaillir, elle posa la main sur l'établi pour ne pas perdre l'équilibre. Elle prit une longue inspiration, puis une autre, et les choses cessèrent de danser devant ses yeux. Elle le vit en train de la dévisager, un mélange de désir et d'étonnement dans le regard.

— Eh bien, parvint-elle à dire, voilà de quoi nous donner à réfléchir.

Il eût été idiot de sa part de s'excuser pour les pensées qui lui avaient traversé l'esprit, songea Rogan ; comme il eût été ridicule de se faire des reproches parce que son imagination lui avait donné envie de la coucher à même le sol et de lui arracher sa chemise et son jean. Il ne l'avait pas fait. Il l'avait seulement embrassée.

Tout était sa faute, à elle.

— Nous devons travailler ensemble, commença-t-il sur un ton laconique. Il serait peu sage et éventuellement dommageable de laisser quoi que ce soit interférer pour l'instant.

Maggie redressa la tête et s'arc-bouta sur ses talons.

— Et coucher ensemble embrouillerait les choses, je suppose ?

Il la maudit intérieurement de le faire passer ainsi pour un imbécile. Et il la maudit une seconde fois de l'avoir laissé tout tremblant et fou de désir.

— Pour l'instant, je pense que nous devrions nous concentrer sur la préparation de l'exposition.

— Hum...

Sous prétexte de mettre un peu d'ordre sur l'établi, Maggie se retourna. En fait, elle avait besoin d'un petit moment pour se reprendre. Se jeter dans les bras du premier homme qu'elle trouvait séduisant était loin d'être son genre. Toutefois, elle aimait à se croire suffisamment indépendante, libre et intelligente pour choisir ses amants avec soin.

Brusquement, Maggie réalisa qu'elle venait de jeter son dévolu sur Rogan Sweeney.

— Pourquoi m'avez-vous embrassée ?

— Vous m'agaciez.

Une moue charmante se dessina sur ses lèvres pulpeuses.

— Étant donné que je vous agace d'une manière générale, nous risquons de passer pas mal de temps les lèvres collées.

— Simple question de maîtrise de soi.

En disant cela, Rogan sentit qu'il devait avoir l'air guindé et collet monté, et lui en voulut.

— Je suis certaine que vous êtes très doué pour ça. Pas moi.

Elle inclina légèrement la tête et croisa les bras sur sa poitrine en le regardant droit dans les yeux.

— Et si je décide que je vous veux absolument, que ferez-vous ? Vous me repousserez ?

— Je doute que nous en arrivions là.

Rien qu'en y pensant, il sentit monter en lui une bouffée de rage mêlée de désespoir.

— Nous avons tous les deux besoin de nous concentrer sur notre projet, reprit-il. Cela pourrait constituer un tournant important dans votre carrière.

— Oui... Nous nous servirons donc l'un de l'autre professionnellement.

— Nous nous *aiderons* professionnellement, corrigea-t-il.

Seigneur, il avait une furieuse envie d'aller prendre l'air.

— Je vais aller donner ce coup de fil pour appeler un camion.

— Rogan...

Elle attendit qu'il arrive devant la porte et se retourne vers elle.

— J'aimerais venir avec vous.

— À Dublin ? Aujourd'hui ?

— Oui. Je peux être prête à partir dès que le camion sera là. Il faut juste que je m'arrête un instant chez ma sœur.

Maggie tint parole. Au moment même où le camion repartait avec le chargement, elle jeta une valise dans le coffre de la voiture qu'avait louée Rogan.

— Si vous pouviez m'accorder dix minutes, dit-elle tandis que Rogan s'engageait sur le chemin étroit, je suis sûre que Brie aura du thé ou du café tout prêt.

— Parfait.

Il arrêta la voiture devant le Blackthorn Cottage et remonta l'allée avec Maggie.

Sans frapper, elle entra et se rendit directement dans la cuisine. Brianna était là, un petit tablier blanc noué sur les reins, les mains couvertes de farine.

— Oh, monsieur Sweeney, bonjour. Maggie ! Ne prêtez pas attention au désordre. Nous avons du monde et je prépare un gâteau pour le dîner.

— Je pars à Dublin.

— Déjà ? s'exclama Brianna en attrapant un torchon pour s'essuyer les mains. Je croyais que l'exposition ne commençait que la semaine prochaine ?

— C'est bien ça. Je pars un peu plus tôt que prévu. Elle est dans sa chambre ?

Le sourire poli de Brianna se pinça imperceptiblement.

— Oui. Tu veux que j'aille lui dire que tu es là ?

— Je vais le faire moi-même. En attendant, tu peux peut-être offrir une tasse de café à Rogan.

— Bien sûr.

Brianna jeta un coup d'œil inquiet à Maggie lorsqu'elle sortit de la cuisine pour se rendre dans l'appartement adjacent.

— Si vous voulez vous installer tranquillement dans le salon, monsieur Sweeney, je vous apporte du café tout de suite.

— Ne vous dérangez pas, répliqua-t-il, piqué de curiosité. Je le prendrai ici, si toutefois je ne vous gêne pas.

Il lui adressa un charmant sourire.

— Et, je vous en prie, appelez-moi Rogan.

— Vous le prenez noir, si je me souviens bien.

— Vous avez bonne mémoire.

Et vous êtes un vrai paquet de nerfs, pensa-t-il en voyant Brianna sortir une tasse et une soucoupe.

— J'essaie de retenir les préférences de mes hôtes. Voulez-vous un peu de gâteau ? Il est au chocolat. Je l'ai fait hier.

— Le souvenir que j'ai de votre cuisine me pousse à accepter.

Il s'installa devant la table au bois usé.

— Vous faites tout vous-même ?

— Oui, je...

Entendant un premier éclat de voix, Brianna se raidit.

— Il y a un feu allumé dans le salon. Vous êtes sûr que vous ne seriez pas mieux là-bas pour boire votre café ?

Dans la pièce voisine, le ton monta brusquement, et les joues de Brianna s'empourprèrent aussitôt. Rogan souleva sa tasse.

— Après qui en a-t-elle cette fois-ci ?

Brianna ne put réprimer un petit sourire.

— Notre mère. Elles ne s'entendent pas très bien.

— Y a-t-il quelqu'un avec qui Maggie s'entende bien ?

— Uniquement quand ça lui plaît. Mais elle a un cœur extraordinaire, débordant de générosité. Seulement, elle le camoufle soigneusement.

Brianna soupira. Si Rogan n'était pas embarrassé par les cris, il n'y avait pas de raison qu'elle le fût.

— Je vais vous couper une part de gâteau.

— Tu ne changeras jamais, lança Maeve, regardant sa fille aînée en plissant les yeux. Exactement comme ton père.

— Si tu crois m'insulter en disant cela, tu te trompes.

Maeve lissa les manches en dentelle de sa chemise de nuit. Le temps et ses propres insatisfactions avaient emporté toute sa beauté. Elle avait le visage gonflé, le teint blême, et des rides profondes autour de ses lèvres boudeuses. Ses cheveux, autrefois dorés comme la lumière du soleil, étaient devenus gris, tirés en un chignon sévère.

Elle était affalée sur une montagne d'oreillers, sa bible d'un côté, une boîte de chocolats de l'autre. Au fond de la chambre, la télévision marchait à bas volume.

— Alors comme ça, tu vas à Dublin. Brianna m'a dit que tu partais. Pour dépenser de l'argent à l'hôtel, j'imagine.

— Cet argent est à moi.

— Oh, je ne risque pas de l'oublier.

L'amertume déforma les traits de Maeve lorsqu'elle se redressa dans son lit. Toute sa vie, quelqu'un s'était chargé pour elle de tenir les cordons de la bourse ; ses parents, son mari et maintenant, pis que tout, sa propre fille.

— Quand je pense aux sommes qu'il a gâchées à cause de toi, pour acheter du verre, pour t'envoyer à l'étranger... Et tout ça pour quoi ? Pour que tu joues à l'artiste et te croies supérieure à nous !

— Il n'a rien gâché du tout. Il m'a donné une occasion d'apprendre.

— Pendant que moi, je restais à la ferme, à travailler comme une damnée.

— Tu n'as jamais travaillé un seul jour de ta vie. C'est Brianna qui faisait tout pendant que tu te prélassais au lit, en étant tout le temps malade.

— Tu crois que ça m'amuse d'être de santé fragile ?

— Oh oui, se fit un plaisir de rétorquer Maggie. Je crois même que tu t'en délectes.

— C'est la croix que je dois porter.

Maeve prit sa bible et la serra contre elle comme un bouclier. Elle estimait avoir payé pour ses péchés. Au centuple.

— Ça et une fille ingrate.

— Et de quoi devrais-je t'être reconnaissante ? De te plaindre chaque jour que Dieu fait ? D'exprimer ton ressentiment vis-à-vis de mon père et ta déception à mon égard dans chacune de tes paroles et chacun de tes regards ?

— Je t'ai donné la vie ! s'écria Maeve. J'ai failli mourir en te mettant au monde. Et parce que j'étais enceinte de toi, j'ai épousé un homme qui ne m'aimait pas, et que je n'aimais pas non plus. Je me suis sacrifiée pour toi.

— Sacrifiée ? répéta Maggie d'un air las. Et quels sacrifices as-tu faits ?

Maeve se renfrogna avec rage et amertume dans son orgueil.

— Bien plus que tu ne crois. Pour toute récompense, j'ai eu des enfants qui n'ont aucun amour pour moi.

— Tu penses que parce que tu t'es retrouvée enceinte et que tu t'es mariée pour me donner un nom, je devrais oublier tout ce que tu as fait ? Et tout ce que tu n'as pas fait ?

Comme par exemple de m'aimer un peu, pensa douloureusement Maggie.

— C'est toi qui as fauté, maman. Je ne suis que le résultat, pas la cause.

— Comment oses-tu me parler ainsi ? tonna Maeve, rouge comme une pivoine, les doigts crispés sur les couvertures. Tu n'as jamais fait preuve d'aucun respect, ni d'un minimum de gentillesse ou de compassion pour moi.

— Non, répliqua Maggie d'une voix sèche comme un coup de fouet. Et ce manque, je l'ai hérité de toi. Je suis seulement venue te dire qu'il n'est pas question que tu fasses tourner Brie en bourrique pendant mon absence. Si j'apprends que tu l'as fait, je cesserai de te verser ta rente.

— Tu m'enlèverais le pain de la bouche ?

Maggie se pencha pour tapoter la boîte de chocolats.

— Oui, sois-en sûre.

— « Tu honoreras ton père et ta mère », récita Maeve en pressant sa bible contre sa poitrine. Tu désobéis à l'un des commandements, Margaret Mary, tu condamnes ton âme à l'enfer.

— Je préfère renoncer à ma place au paradis plutôt que de vivre sur terre comme une hypocrite.

— Margaret Mary ! cria Maeve quand Maggie arriva devant la porte. Tu ne seras jamais rien. Tu es comme lui. La malédiction du Seigneur pèse sur toi, car tu as été conçue en dehors du sacrement du mariage.

— Je n'ai jamais vu aucun sacrement de mariage dans cette maison, riposta Maggie. Seulement une parodie. Et s'il y a eu péché au moment de ma conception, ce n'est pas moi qui l'ai commis.

Sur ces mots, elle claqua la porte derrière elle et s'y adossa quelques secondes, le temps de se calmer.

C'était chaque fois la même chose. Elles ne pouvaient pas se retrouver dans la même pièce sans s'abreuver d'injures. Maggie savait depuis l'âge de douze ans pourquoi sa mère ne l'aimait pas, pourquoi elle la rejetait. Son existence même était la raison pour laquelle la vie de Maeve était passée du rêve à la dure réalité.

Un mariage sans amour, un bébé de sept mois dans le ventre et une ferme sans fermier.

Voilà ce que Maeve avait craché au visage de sa fille lorsqu'elle avait atteint l'âge de la puberté.

Voilà ce qu'elles ne se pardonneraient jamais.

Redressant les épaules, Maggie retourna dans la cuisine, sans réaliser que la colère continuait à animer son regard, ni qu'elle était toute pâle. Elle s'approcha de sa sœur et l'embrassa furtivement sur la joue.

— Je t'appellerai de Dublin.

— Maggie...

Il y avait trop à dire... En fin de compte, il n'y avait rien à dire. Brianna se contenta de prendre affectueusement les mains de sa sœur dans les siennes.

— Je regrette de ne pas pouvoir venir avec toi.

— Tu l'aurais pu, si tu l'avais vraiment voulu. Rogan, vous êtes prêt ?

Il se leva.

— Oui. Au revoir, Brianna. Merci.

— Je vais vous accompagner jusqu'à...

Brianna s'interrompit en entendant sa mère l'appeler.

— Va la voir, dit Maggie en sortant en hâte de la maison.

Elle essayait d'ouvrir la portière de la voiture quand Rogan posa une main sur son épaule.

— Ça va ?

— Non, mais je préfère ne pas en parler.

D'un coup sec, elle ouvrit la portière et monta.

Rogan fit le tour en vitesse et se glissa derrière le volant.

— Maggie...

— Ne dites rien. Surtout, ne dites rien. Tout ce que vous pourrez dire ou faire ne changera rien à ce qui a toujours été. Conduisez et laissez-moi tranquille. Je vous le demande comme une faveur.

Elle se mit alors à pleurer à chaudes larmes. Rogan hésita quelques secondes, tiraillé entre son envie de la consoler et celle de se soumettre à sa demande.

Finalement, il décida de conduire en silence, mais en lui tenant la main. Alors qu'ils approchaient de l'aéroport, les sanglots s'apaisèrent et ses doigts crispés se relâchèrent soudain. D'un bref coup d'œil, il vit qu'elle dormait.

Maggie ne se réveilla pas quand il la transporta dans son jet privé, ni quand il l'installa sur le siège. Pendant toute la durée du vol, elle continua à dormir et Rogan veilla sur elle. En se posant toutes sortes de questions.

6

Maggie se réveilla dans l'obscurité. La seule chose dont elle eut la certitude pendant ces premières secondes un peu floues fut qu'elle n'était pas dans son lit. L'odeur des draps, leur texture, rien ne lui était familier. Il n'était pas nécessaire d'avoir l'habitude de dormir dans des draps de lin pour s'apercevoir de la différence, remarquer le délicat parfum de verveine imprégnant la taie d'oreiller dans laquelle était enfoui son visage.

Une pensée désagréable lui traversa subitement l'esprit, et elle étendit le bras pour s'assurer qu'elle était seule dans le lit. Le matelas s'enfonça mollement, comme un lac de draps doux et de couvertures moelleuses. *Mais un lac vide, Dieu merci !* se dit-elle en roulant en travers du lit.

La dernière chose dont elle se souvenait était d'avoir pleuré à chaudes larmes dans la voiture de Rogan, et de cette sensation de vide qui lui avait donné l'impression de partir à la dérive, comme un morceau de bois mort au fil de l'eau.

En tout cas, cela s'était avéré une excellente purge, car elle se sentait beaucoup mieux – calme, fraîche et reposée.

Se prélasser dans la pénombre entre les draps délicatement parfumés la tenta une seconde, mais elle décida qu'elle ferait mieux de chercher à savoir où elle était, et comment elle y était arrivée. Après s'être laissée glisser au bord du lit, elle suivit à tâtons les contours de la table de nuit en bois ciré jusqu'à ce qu'elle trouve une lampe et son interrupteur.

La lumière doucement tamisée projeta une lueur chaude et dorée qui révéla une grande chambre, avec des boiseries au plafond, un joli papier peint parsemé de boutons de rose, et le lit, massif, surmonté par quatre colonnes.

Un vrai lit de reine, se dit Maggie en souriant. Dommage qu'elle eût été trop fatiguée pour l'apprécier.

Le feu n'était pas allumé dans la cheminée qui se trouvait à l'autre bout de la chambre, propre et lustrée comme un sou neuf, prête à accueillir une prochaine flambée. Sur le bureau majestueux était posé un vase Waterford, avec des roses à longues tiges, fraîches comme un matin d'été, ainsi qu'un nécessaire à beauté en argent et de ravissants petits flacons en verre coloré ornés de bouchons fantaisie.

Dans le miroir accroché juste au-dessus, Maggie se vit au milieu des draps, ébouriffée et les yeux encore gonflés de sommeil.

Tu n'as pas l'air à ta place, ma fille, songea-t-elle en esquissant un sourire et en tirant sur la manche de sa chemise de nuit en coton. Quelqu'un avait eu la bonne idée de la déshabiller avant de l'installer dans ce lit somptueux.

Peut-être une domestique, à moins que ce ne fût Rogan en personne. Peu importait, décida-t-elle avec pragmatisme ; de toute façon, c'était fait, et elle avait merveilleusement dormi. Selon toute vraisemblance, ses vêtements devaient être rangés dans l'armoire en bois de rose sculpté. Aussi déplacés, pensa-t-elle, amusée, qu'elle-même l'était dans ces draps en lin si doux.

Si elle était à l'hôtel, c'était en tout cas le plus raffiné de tous ceux dans lesquels elle était descendue. Se levant d'un bond, elle se dirigea vers la porte la plus proche et trébucha sur un épais tapis.

La salle de bains était aussi somptueuse que la chambre, entièrement carrelée dans des tons de rose et d'ivoire, avec une immense baignoire, mais également une douche, dissimulée derrière une grande paroi de verre ondulé. Poussant un petit soupir gourmand, elle retira sa chemise de nuit et se glissa sous le jet.

C'était divin ; l'eau chaude détendait son cou et ses épaules comme les doigts puissants d'une masseuse professionnelle – aucune comparaison avec le misérable filet d'eau qui coulait chez elle de la pomme de douche et éclaboussait dans tous les sens. Le savon parfumé au citron glissait sur sa peau comme de la soie.

Elle vit avec un certain amusement que ses maigres affaires de toilette avaient été disposées sur une grande étagère près du double lavabo rose en forme de coquillage. Sa robe de chambre, qui n'était guère reluisante, était suspendue à une patère en cuivre derrière la porte.

Décidément, quelqu'un prenait grand soin d'elle, et elle ne trouvait pour l'instant aucune raison de s'en plaindre.

Après être restée une quinzaine de minutes sous l'eau chaude, elle attrapa une des serviettes en grosse éponge pliées sur une barre chauffante. Elle était assez grande pour l'envelopper de la poitrine jusqu'aux chevilles.

Elle démêla ses cheveux mouillés, se mit de la crème qui se trouvait dans un pot en cristal, puis reposa la serviette pour enfiler sa vieille robe de chambre en flanelle.

Pieds nus et dévorée de curiosité, elle partit explorer la maison.

La chambre donnait sur un long et large couloir. Des petites lumières faisaient danser des ombres sur le sol étincelant et le chemin de couloir en moquette rouge. Pas un bruit ne lui parvint lorsqu'elle arriva devant un escalier qui s'envolait gracieusement vers un second étage, ou plongeait en bas. Maggie choisit de descendre et laissa courir ses doigts sur la rampe cirée.

Manifestement, elle ne se trouvait pas à l'hôtel, mais dans une maison particulière. La maison de Rogan, conclut-elle en jetant un coup d'œil envieux aux tableaux qui décoraient le hall d'entrée. Cet homme avait chez lui un Van Gogh et un Matisse, réalisa-t-elle, l'eau à la bouche.

Elle traversa un premier petit salon, avec de hautes fenêtres ouvrant sur la nuit douce, puis un grand salon, avec des fauteuils et des canapés disposés de façon à pouvoir converser agréablement. De l'autre côté de l'entrée se trouvait ce qu'on devait appeler la salle de musique, pourvue d'un immense piano, et d'une harpe dorée.

Tout était magnifique, avec assez d'œuvres d'art pour ravir Maggie pendant des jours. Pour l'instant, toutefois, elle avait une tout autre priorité.

Elle se demanda combien de temps il lui faudrait encore avant de trouver la cuisine.

Un rai de lumière sous une porte attira son attention. En s'approchant, elle aperçut Rogan assis à son bureau, des papiers empilés en tas bien nets devant lui. C'était une pièce à deux niveaux, avec un bureau en bas et quelques marches qui menaient à un petit salon. Les murs étaient entièrement tapissés de livres.

Des mètres et des mètres de livres dans un bureau qui sentait bon le vieux cuir et la cire d'abeille. Les tons de bordeaux et de bois sombre qui dominaient dans la pièce convenaient aussi bien à son occupant qu'à la littérature qu'elle abritait.

Elle l'observa, intéressée par la façon dont il examinait la feuille posée devant lui tout en prenant des notes à gestes rapides et décidés. Pour la première fois depuis qu'elle l'avait rencontré, il ne portait ni veste ni cravate. Nul doute qu'il en avait porté dans la journée, pensa-t-elle en plaisantant, mais pour l'instant le col de sa chemise impeccable était ouvert et ses manches roulées jusqu'aux coudes.

Ses cheveux, brillant légèrement à la lumière de la lampe, étaient en désordre. Comme s'il avait passé une main impatiente dedans en travaillant. Tandis qu'elle le regardait, il le fit à nouveau d'un air préoccupé.

Ce sur quoi il était penché l'absorbait pleinement, car il travaillait à un rythme soutenu et régulier qui, curieusement, avait quelque chose de fascinant.

Rogan n'était sûrement pas le genre d'homme à laisser son esprit vagabonder. Quand il décidait de faire une chose, il la faisait avec le maximum de concentration et d'application.

Maggie repensa à la manière dont il l'avait embrassée. Avec infiniment de concentration et d'application, en effet.

En arrivant à la clause suivante du contrat qu'il étudiait, Rogan fronça les sourcils. La formulation ne convenait pas. Une modification s'imposait. D'une main sûre, il raya toute une phrase avant de la réécrire. L'expansion de son usine de Limerick était cruciale pour son plan et devait à tout prix être réalisée avant la fin de l'année.

Des centaines d'emplois seraient créés, et avec la construction d'appartements à loyer modéré dont s'occupait une filiale de Worldwide, des centaines de familles trouveraient là de quoi se loger.

Ainsi, une branche de ses affaires en nourrirait une autre directement. Ce serait sa contribution, modeste mais importante, à faire rester les Irlandais – qui représentaient malheureusement ce qui s'exportait le mieux – en Irlande.

Il s'attaqua, au paragraphe suivant et avait presque terminé de le lire quand il se surprit à rêvasser. Quelque chose l'avait distrait de son travail. Rogan leva les yeux en direction de la porte et vit que ce n'était pas quelque chose, mais quelqu'un.

Il avait dû sentir qu'elle était là, pieds nus, les yeux encore ensommeillés, dans une robe de chambre grise toute râpée. Ses cheveux étaient lissés en arrière, flamboyants, dans un style qui aurait pu être sévère mais était au contraire superbe.

Sans maquillage et lavé de frais, son visage faisait penser à de l'ivoire incrusté d'une touche de rose. La pointe de ses cils humides soulignait ses yeux légèrement bouffis.

La réaction de Rogan fut immédiate, brutale et parfaitement humaine. Cependant, quand une onde brûlante de désir monta en lui, il la refoula, impitoyablement.

— Désolée de vous interrompre...

Maggie lui décocha un petit sourire coquin, véritable torture pour sa libido déjà en éveil.

— Je cherchais la cuisine. Je meurs de faim.

— Ce n'est pas très étonnant...

Il dut s'éclaircir la gorge pour continuer. La voix rauque et vaguement endormie de Maggie était aussi sexy que son regard.

— Quand avez-vous mangé pour la dernière fois ?

— Je ne sais plus très bien, dit-elle en bâillant et en s'appuyant paresseusement au chambranle de la porte. Hier, je crois. Je suis encore un peu dans le brouillard.

— Non, hier, vous avez dormi. Toute la journée d'hier – depuis le moment où nous sommes partis de chez votre sœur – et toute celle d'aujourd'hui.

— Oh ! murmura-t-elle en haussant les épaules. Quelle heure est-il ?

— Huit heures passées – et nous sommes mardi.

— Eh bien...

Elle pénétra dans le bureau et alla s'asseoir en boule dans un grand fauteuil en cuir face à lui, comme si elle avait l'habitude de venir le rejoindre là depuis des années.

— Ça vous arrive souvent de dormir comme ça trente heures d'affilée ?

— Seulement quand je suis restée debout trop longtemps.

Maggie s'étira langoureusement pour tenter de chasser les courbatures qu'elle commençait seulement à ressentir.

— Quelquefois, une pièce vous prend à la gorge et ne vous lâche plus avant d'être complètement terminée.

D'un air résolu, il détourna son regard de sa cuisse qu'un pan de sa robe de chambre venait de laisser entrevoir et fixa aveuglément le document posé devant lui, tout en s'étonnant de réagir comme un adolescent boutonneux...

— C'est dangereux, étant donné le travail que vous faites.

— Non, parce qu'on n'est pas fatigué. Au contraire, on se sent incroyablement lucide. Seulement, quand on a travaillé trop longtemps, on perd la boule ; il faut alors s'arrêter, et se reposer. Et quand tout est fini, je m'écroule n'importe où et je dors pendant des heures.

Elle lui sourit à nouveau.

— Où est la cuisine, Rogan ? J'ai une faim de loup.

Au lieu de lui répondre, il décrocha son téléphone et enfonça une touche.

— Mlle Concannon est réveillée. Elle voudrait manger. Servez dans la bibliothèque, s'il vous plaît.

— Génial ! dit-elle quand il eut raccroché. Mais j'aurais très bien pu me faire des œufs brouillés sans déranger vos domestiques.

— Ils sont payés pour cela.

— Oui, bien sûr.

Sa voix se fit plus sèche.

— Vous devez être quelqu'un de très riche, pour avoir ainsi des serviteurs jour et nuit.

Elle agita la main avant qu'il puisse répondre.

— Mieux vaut ne pas parler de ça l'estomac vide. Dites-moi, Rogan, comment suis-je arrivée dans ce grand lit là-haut ?

— Je vous y ai mise.

— Vraiment ?

S'il espérait la faire rougir, il en serait pour ses frais.

— Il faut que je vous remercie.

— Vous dormiez comme un loir. À un moment, j'ai même failli approcher un miroir de votre bouche pour m'assurer que vous étiez encore en vie.

En vie, elle l'était en tout cas, sans aucun doute maintenant, resplendissante dans le halo doré de la lampe.

— Vous voulez un cognac ?

— Pas avant d'avoir mangé, il ne vaut mieux pas.

Rogan se leva, s'approcha d'un petit bar et se servit un verre.

— Vous aviez l'air contrariée avant notre départ.

Maggie pencha la tête sur le côté.

— Quelle manière délicate et diplomatique de formuler les choses !

Avoir fondu en larmes devant lui ne l'embarrassait nullement. C'était une manière comme une autre de manifester son émotion, quelque chose de tout aussi naturel que le rire ou le désir. Mais elle se souvenait qu'il lui avait tenu la main et ne l'avait pas submergée de paroles inutiles pour la consoler.

— Si je vous ai mis mal à l'aise, j'en suis désolée.

C'était le cas, affreusement, mais Rogan haussa les épaules.

— Vous ne vouliez pas en parler.

— Non, et je ne veux toujours pas.

Elle regretta aussitôt de lui avoir répondu aussi brutalement. Après la gentillesse dont il avait fait preuve, il ne méritait vraiment pas une telle dureté.

— Ça n'a rien à voir avec vous, Rogan, il s'agit juste de vieilles querelles de famille. Puisque je suis d'humeur à faire des confidences, sachez que le fait que vous m'ayez pris la main m'a fait beaucoup de bien. Je ne pensais pas que vous étiez du genre à faire ça.

Il leva les yeux vers elle.

— Il me semble que nous ne nous connaissons pas encore suffisamment pour conclure à des généralités de ce genre.

— Je me suis toujours considérée comme bon juge, mais peut-être avez-vous raison. Alors dites-moi…

Elle appuya son coude sur le bras du fauteuil et posa son menton dans sa main.

— Qui êtes-vous, Rogan Sweeney ?

Ce fut avec soulagement qu'il vit arriver le dîner. Une domestique en uniforme impeccable entra en poussant une table roulante qu'elle arrêta délicatement, sans un bruit, sans même faire tinter l'argenterie. Quand Maggie la remercia, elle fit une petite révérence, puis disparut dès que Rogan lui eut dit qu'il n'avait plus besoin de rien.

— Hum, ça sent bon !

Maggie attaqua d'abord la soupe, un délicieux bouillon dans lequel nageaient des petits légumes.

— Vous en voulez un peu ?

— Non, j'ai déjà mangé.

Au lieu de retourner à son bureau, Rogan s'installa près d'elle dans un fauteuil. Il trouva très agréable de lui tenir compagnie pendant qu'elle mangeait ; autour d'eux, la maison semblait extraordinairement calme.

— Maintenant que vous êtes de retour dans le monde des vivants, peut-être aimeriez-vous passer à la galerie demain matin ?

— Mmm... marmonna-t-elle, la bouche pleine d'un petit pain croustillant. Quand ?

— À huit heures – j'ai des rendez-vous en milieu de matinée, mais je peux vous emmener et laisser une voiture à votre disposition.

— Une voiture à ma disposition...

Amusée, elle mit son poing devant sa bouche en riant.

— Oh, on doit pouvoir s'habituer très vite à ce genre de vie. Et que ferai-je avec cette voiture à ma disposition ?

— Ce que vous voudrez.

Sans qu'il comprît pourquoi, sa réaction l'agaça.

— Mais vous pouvez vous promener dans Dublin à pied, si vous préférez.

— Tiens, tiens, on est bien susceptible, ce soir...

La soupe terminée, Maggie enchaîna avec le poulet au miel.

— Votre cuisinier – ou cuisinière – est sensationnel, Rogan. Vous croyez que j'arriverai à lui extirper une recette pour Brianna ?

— C'est un cuisinier. Vous n'aurez qu'à essayer. Il est français, insolent et extrêmement capricieux.

— Alors, à part la nationalité, nous n'avons que des points communs. Dites-moi, faudra-t-il que j'aille m'installer à l'hôtel, demain ?

Il y avait longuement réfléchi. Ce serait sans doute plus simple pour lui de l'installer dans une suite au Westbury. Plus simple, mais bien moins amusant.

— Vous pouvez rester dans la chambre d'amis, si cela vous convient.

— Ça me convient merveilleusement !

Elle lui jeta un coup d'œil en biais en piquant une petite pomme de terre nouvelle. Il avait l'air parfaitement détendu. Tel un roi suffisant dans son château.

— Vous habitez seul dans cette grande maison ?

— Oui, répondit-il en levant un sourcil. Ça vous inquiète ?

— Si ça m'inquiète ? Oh, vous voulez dire parce que vous pourriez venir frapper à ma porte en pleine nuit ?

Elle émit un petit gloussement, ce qui l'irrita prodigieusement.

— Je suis capable de dire oui ou non, Rogan, comme vous en seriez capable si je venais frapper à votre porte. Je demandais cela uniquement parce que ça fait beaucoup de pièces pour une seule personne.

— C'est la maison de ma famille, dit-il sèchement. J'ai vécu ici toute ma vie.

— C'est un endroit superbe.

Maggie repoussa la table roulante et se dirigea vers le petit bar. Elle retira le bouchon d'une carafe pour en renifler le contenu. Une délicieuse odeur de whisky irlandais lui chatouilla les narines. Après s'être servi un verre, elle revint s'asseoir, les jambes repliées sous elle.

— *Slainte !* dit-elle en buvant cul sec.

Le liquide brûlant coula délicieusement dans sa gorge.

— Vous en voulez un autre ?

— Un me suffira. Un verre réchauffe l'âme, deux verres échauffent le cerveau, disait souvent mon père. Or, je préfère garder la tête froide.

Elle reposa son verre vide et s'installa plus confortablement. Sa robe de chambre effilochée laissa apercevoir un genou.

— Vous n'avez pas répondu à ma question, reprit-elle.

— Qui était ?

— Qui êtes-vous ?

— Je suis un homme d'affaires, comme vous me le rappelez régulièrement.

Rogan se cala dans son fauteuil, faisant un immense effort pour ne pas laisser dériver ses pensées, ou son regard, sur ses jambes nues.

— De la troisième génération. Né et élevé à Dublin, dans le respect et l'amour de l'art depuis le berceau.

— Et cet amour et ce respect ont été renforcés par l'idée d'en tirer profit.

— Précisément.

Il fit tourner son verre dans sa main, but une gorgée et eut soudain l'air de ce qu'il était profondément : un homme bien installé dans sa fortune et satisfait de sa vie.

— Car si en tirer profit apporte déjà en soi une satisfaction, il y en a une autre, plus spirituelle, qui consiste à faire connaître et à promouvoir un nouvel artiste. Surtout quand vous y croyez avec passion.

Maggie passa le bout de sa langue sur sa lèvre supérieure. Il avait décidément beaucoup trop confiance en lui, songea-t-elle, il était trop sûr de lui et de sa place en ce monde. Et cette certitude inébranlable méritait d'être ébranlée quelque peu.

— Si je comprends bien, Rogan, je suis donc là pour vous satisfaire.

Croisant son regard amusé, il hocha la tête.

— Je suis convaincu que vous y parviendrez, Maggie. Bientôt. Et sur tous les plans.

— Bientôt...

Elle n'avait pas du tout eu l'intention de l'attirer sur ce terrain dangereux, mais en étant ici avec lui, dans cette pièce si agréable, le corps reposé et l'esprit en éveil, cela semblait inévitable.

— Vous choisirez où et quand, c'est ça ?

120

— La tradition veut, si je ne m'abuse, que ce soit à l'homme de faire les avances.

— Ha !

Hérissée, elle se pencha en pointant un doigt accusateur sur son torse. Toutes les pensées romanesques qui avaient pu lui traverser l'esprit s'envolèrent soudain en fumée.

— Eh bien, vous pouvez mettre vos traditions dans votre poche et votre mouchoir par-dessus ! Je ne m'y conforme pas. Peut-être serez-vous intéressé de savoir que nous approchons du vingt et unième siècle, et que les femmes choisissent elles-mêmes. D'ailleurs, c'est ce que nous faisons depuis le commencement des temps, du moins les plus malignes, et les hommes ne font que nous rattraper.

Elle renvoya ses cheveux en arrière d'un geste ostentatoire.

— Je vous aurai, Rogan, où je le déciderai, quand je le déciderai.

Se sentir à la fois excité et agacé par cette déclaration péremptoire le laissa perplexe.

— Votre père avait raison, Maggie. Vous avez du culot à revendre.

— Et alors ? Oh, je connais les types comme vous, dit-elle d'un air dédaigneux. Vous aimez qu'une femme reste tranquillement assise sans rien faire et qu'elle cède à tous vos caprices, en espérant, le cœur battant, que vous finirez par lui accorder un regard. Il faut qu'elle soit impeccable en public, que jamais un gros mot ne franchisse ses lèvres roses. Et puis, bien entendu, quand vous décidez que c'est l'heure et l'endroit, elle doit se transformer en véritable tigresse et se plier à vos désirs lubriques avant que la lumière ne se rallume et qu'elle ne redevienne un vrai paillasson !

Rogan attendit pour s'assurer qu'elle en avait terminé, puis se cacha derrière son verre pour sourire.

— Quel merveilleux résumé...

— Vous n'êtes qu'un âne !

— Vous n'êtes qu'une mégère. Voulez-vous un dessert ?

Cette fois, Maggie ne résista pas à son envie de rire. Qui aurait pu prédire qu'elle en viendrait à apprécier Rogan Sweeney ?

— Ah non, certainement pas. Je ne vais pas obliger cette pauvre domestique à quitter son poste de télévision ou à interrompre son flirt avec le majordome ou qui que ce soit avec qui elle passe ses soirées.

— Mon majordome a soixante-seize ans, il ne risque pas de flirter avec la bonne.

— Décidément, vous êtes très prévoyant.

Maggie se leva à nouveau pour aller examiner un rayon de la bibliothèque. Les livres étaient classés alphabétiquement par auteur, nota-t-elle, ce dont elle aurait évidemment dû se douter.

— Comment s'appelle-t-elle ?

— Qui ça ?

— La bonne.

— Vous voulez connaître le nom de ma bonne ?

Maggie effleura la tranche d'un volume de James Joyce du bout du doigt.

— Non, je veux voir si vous le connaissez. C'est un test.

Rogan ouvrit la bouche, puis la referma, se félicitant que Maggie lui tourne le dos. Quelle importance cela avait-il qu'il connaisse le nom d'une de ses domestiques ? Colleen ? Maureen ? Bon sang, c'était le majordome qui s'occupait de ce genre de choses. Bridgit ? Non, c'était...

— Nancy, dit-il.

Il en était presque sûr.

— Elle est relativement nouvelle, Je crois qu'elle n'est là que depuis cinq mois. Voulez-vous que je la rappelle pour vous la présenter ?

— Non, non.

Maggie passa de Joyce à Keats.

— C'était juste par curiosité. Dites-moi, Rogan, vous n'avez rien d'autre que des classiques ? Vous voyez, quelque chose comme une bonne histoire de meurtre que je pourrais lire avant de m'endormir ?

Sa bibliothèque d'éditions originales était considérée comme l'une des plus importantes du pays, et elle lui reprochait de n'avoir que de la grande littérature ! Il prit sur lui pour répondre calmement.

— Vous devriez trouver quelques romans d'Agatha Christie.

— L'Anglaise ? fit-elle en haussant les épaules. Pas assez sanglant...

Elle se pencha alors en plissant les yeux.

— Et ça, qu'est-ce que c'est ? Dante en italien ?

— Oui, je crois.

— Vous pouvez le lire, ou c'est juste pour faire bien ?

— J'arrive à le déchiffrer assez bien.

Elle continua à chercher quelque chose de plus contemporain.

— Je n'ai pas appris autant d'italien que j'aurais dû, pendant mon séjour à Venise. Je sais dire pas mal de choses en argot, mais nettement moins en langage correct.

Maggie lui jeta un coup d'œil par-dessus son épaule et lui sourit.

— Les artistes sont tous un peu farfelus, quel que soit le pays.

— Ça, j'ai eu l'occasion de m'en rendre compte.

Rogan se leva et s'approcha d'une autre étagère.

— Ceci ressemble sans doute plus à ce que vous cherchez.

Il lui tendit un exemplaire de *Red Dragon*, de Thomas Harris.

— Je crois me souvenir qu'il y a plusieurs meurtres horribles.

— Fantastique ! s'exclama-t-elle en glissant le livre sous son bras. Je vous souhaite bonne nuit et je vous laisse travailler. Merci pour le lit... et pour le repas.

— Je vous en prie.

Il retourna s'asseoir à son bureau et prit un stylo qu'il fit tourner entre ses doigts tout en la regardant.

— J'aimerais partir à huit heures pile. La salle à manger est au bout de ce couloir à gauche. Le petit déjeuner sera servi à partir de six heures.

— Je ne peux pas vous promettre que je le prendrai à cette heure-ci, mais je serai prête à huit heures.

Tout à coup, sur une impulsion, elle s'avança vers lui, posa les mains sur les accoudoirs de son fauteuil et approcha son visage tout près du sien.

— Vous savez, Rogan, nous ne sommes absolument pas faits l'un pour l'autre – sur le plan personnel, je veux dire.

— Je suis entièrement d'accord. Sur le plan personnel.

Sa peau douce et blanche que laissait entrevoir l'échancrure de sa robe de chambre était une criante incitation au péché.

— C'est pourquoi, à mon avis, notre relation va être si fascinante. Nous n'avons pratiquement rien en commun, vous ne trouvez pas ?

— Oui, en effet, dit-il en contemplant un instant sa bouche avant de remonter à ses yeux. Rien de très solide, en tout cas.

— J'adore les ascensions difficiles.

Maggie se pencha encore un peu, à un centimètre à peine, et lui mordilla la lèvre du bout des dents.

Rogan eut aussitôt l'impression qu'une lance enflammée le transperçait de part en part.

— Je... je préfère garder les pieds sur terre, murmura-t-il.

— Je sais.

Maggie recula, le laissant les lèvres tremblantes et brûlant de désir.

— Nous allons commencer par essayer votre méthode. Bonne nuit.

Et, sans se retourner, elle sortit de la pièce. Rogan attendit d'être sûr qu'elle soit suffisamment loin pour se passer les mains sur le visage.

Seigneur, cette femme le mettait en rage... Elle avait le don de le transformer en une boule de désir. Il ne croyait pas aux relations fondées uniquement sur le désir, du moins, pas depuis qu'il avait quitté l'adolescence. Après tout, il se targuait d'être quelqu'un de civilisé, un homme de goût et bien élevé.

Il respectait les femmes, les admirait. Bien sûr, il avait eu des histoires dont l'intérêt essentiel consistait à se retrouver au lit, mais il s'était toujours efforcé de mieux connaître sa partenaire avant de faire l'amour. D'établir une relation raisonnable, réciproque et discrète. Il n'avait rien d'un animal se laissant mener par son seul instinct.

En outre, il n'était même pas certain d'apprécier Maggie Concannon en tant que personne. Quel genre d'homme serait-il donc s'il se laissait aller à faire ce qu'il mourait d'envie de faire en cet instant ? S'il se précipitait en haut de l'escalier et ouvrait la porte de sa chambre pour la prendre sans un mot.

Il serait un homme comblé, pensa-t-il avec un petit sourire moqueur.

Du moins jusqu'au lendemain matin, quand il se retrouverait face à elle, et face à lui-même, avec ce travail qu'ils devaient faire ensemble.

Agir autrement serait sans aucun doute plus difficile. Il ne manquerait pas de souffrir, et il était convaincu que c'était même ce qu'elle espérait. Mais quand le moment viendrait de l'emmener au lit, il aurait la haute main sur elle.

Et cela en vaudrait très certainement la peine.

Cela valait même la peine de passer une affreuse nuit blanche, songea Rogan en repoussant ses papiers.

Maggie dormit comme un bébé. Malgré les images évoquées dans le roman que lui avait donné Rogan, elle s'était endormie comme une souche juste après minuit et avait dormi d'une traite jusque vers sept heures.

Débordant d'énergie et d'impatience, elle se mit en quête de la salle à manger et eut le plaisir d'y découvrir un vrai petit déjeuner irlandais qui l'attendait au chaud sur le buffet.

— Bonjour, mademoiselle.

La domestique qui lui avait apporté à dîner la veille surgit de la cuisine.

— Désirez-vous autre chose ?

— Non, merci. Je peux me servir toute seule.

Maggie prit une assiette sur la table et se dirigea vers l'odeur appétissante qui montait du buffet.

— Prendrez-vous du café ou du thé, mademoiselle ?

— Du thé, s'il vous plaît.

Maggie souleva une cloche en argent et respira d'un air gourmand les œufs au bacon.

— Nancy, c'est bien cela ?

— Non, mademoiselle, je m'appelle Noreen.

Cher monsieur Sweeney, vous avez raté le test ! pensa Maggie avec malice.

— Noreen, soyez gentille de dire au cuisinier que je n'ai jamais aussi bien mangé qu'hier soir.

— Avec plaisir, mademoiselle.

Maggie passa de plat en plat en remplissant copieusement son assiette. Sa propre cuisine était si insipide qu'il lui arrivait souvent de sauter des repas. Mais quand il y avait une telle quantité de nourriture, surtout de cette qualité, elle ne se faisait pas prier pour dévorer.

— M. Sweeney va-t-il prendre son petit déjeuner avec moi ? demanda-t-elle en rapportant son assiette sur la table.

— Il l'a déjà pris, mademoiselle. M. Sweeney prend son petit déjeuner tous les jours à six heures et demie précises.

— Il a ses petites habitudes, n'est-ce pas ?

Maggie fit un clin d'œil à la bonne et étala une couche de confiture sur son toast tout chaud.

— Oh oui ! répondit Noreen en rougissant légèrement. Je dois vous rappeler qu'il sera prêt à partir à huit heures, mademoiselle.

— Merci, Noreen, je n'oublierai pas.

— Vous n'avez qu'à sonner, si vous avez besoin de quelque chose.

Aussi discrètement qu'une souris, elle repartit vers la cuisine. Maggie fit un petit déjeuner royal et feuilleta l'*Irish Times* plié avec soin près de son assiette.

Vivre ainsi devait être très agréable pour Rogan, avec des domestiques toujours prêts à apparaître au moindre claquement de doigts. Mais cela ne le rendait-il pas fou de toujours les savoir dans sa maison ? De ne jamais être seul ?

À cette idée, Maggie frémit intérieurement. Sans sa chère solitude, elle deviendrait folle, elle en était sûre. Elle regarda la pièce, les lambris sombres et vernis, le scintillement des deux chandeliers, l'argenterie étincelante dans le vieux vaisselier, la porcelaine éclatante et les verres en cristal.

Oui, même dans cet environnement luxueux, elle deviendrait complètement cinglée.

Elle se servit une seconde tasse de thé, lut le journal en commençant par la fin et ne laissa pas une miette dans son assiette. Quelque part dans la maison, une pendule sonna l'heure. Elle hésita à reprendre un peu de bacon, se traita de gloutonne et résista courageusement.

Maggie s'accorda encore quelques instants pour admirer les tableaux accrochés au mur, notamment une aquarelle qu'elle trouva particulièrement ravissante. Après avoir fait une dernière fois le tour de la pièce, elle se rendit dans le hall d'entrée.

Rogan était là, impeccable dans un costume gris avec une cravate bleu marine. Il lui jeta un coup d'œil, puis regarda sa montre.

— Vous êtes en retard.

— Ah bon ?

— Il est huit heures passées.

Elle haussa les sourcils, vit qu'il ne plaisantait pas et se retint pour ne pas éclater de rire.

— Alors, je mérite d'être fouettée.

Son regard remonta lentement sur elle : des boots, un caleçon noir et une chemise d'homme blanche qui lui arrivait à mi-cuisse, serrée par deux ceintures de cuir. Des pierres translucides se balançaient en scintillant à ses oreilles et, pour une fois, elle s'était légèrement maquillée. En revanche, elle n'avait pas pris la peine de mettre une montre.

— Si vous n'avez pas de montre, comment faites-vous pour être à l'heure ?

— Là, vous marquez un point. C'est sans doute pour cette raison que je ne le suis jamais.

128

Sans baisser les yeux, Rogan sortit un carnet et un stylo.

— Que faites-vous ?

— Je note qu'il faudra que l'on vous fournisse une montre, ainsi qu'un répondeur et un calendrier.

— C'est très généreux de votre part, Rogan.

Elle attendit qu'il ouvre la porte et lui fasse signe d'avancer.

— Mais pourquoi ?

— La montre, pour que vous soyez ponctuelle. Le répondeur pour que je puisse au moins vous laisser un message quand vous refusez de répondre au téléphone et le calendrier afin que vous sachiez quel jour on est quand je vous demande de m'expédier quelque chose.

Il avait mâché les deux derniers mots comme de la viande trop dure, pensa Maggie.

— Puisque vous êtes de si charmante humeur, laissez-moi vous dire qu'aucune de ces choses ne me fera changer d'un pouce. Je suis irresponsable, Rogan. Vous n'avez qu'à demander à ce qui me reste de famille.

Indifférente à son geste d'impatience, elle se retourna pour contempler la maison.

Elle donnait sur un magnifique parc – St. Stephen, apprendrait-elle plus tard – et se dressait fièrement, vaguement inquiétante, contre le ciel très bleu.

Bien que la pierre fût très ancienne, les lignes architecturales de l'ensemble étaient d'une grâce étonnante. La vieille demeure possédait ce mélange de dignité et d'élégance que seuls les gens riches peuvent se permettre. Chaque fenêtre, et elles étaient nombreuses, miroitait comme un diamant au soleil. La pelouse, épaisse et bien verte, s'ouvrait sur un ravissant jardin, aussi bien entretenu que celui d'une église, en deux fois plus formel.

— Vous avez là un magnifique endroit. En arrivant, comme vous le savez, je n'ai rien vu.

— J'en ai conscience. Mais vous devrez attendre un peu avant de faire la visite guidée, Margaret Mary. Je déteste être en retard.

Il la prit par le bras et l'entraîna vers la voiture qui attendait.

— Vous vous faites gronder quand vous êtes en retard ?

Voyant qu'il ne disait rien, elle se mit à rire et s'installa confortablement.

— Êtes-vous toujours aussi revêche le matin, Rogan ?

— Je ne suis pas revêche, rétorqua-t-il.

Du moins ne l'aurait-il pas été s'il avait réussi à dormir un peu plus de deux heures... Et la responsabilité, maudites soient les femmes, lui en revenait à elle, directement.

— J'ai simplement beaucoup de choses à faire aujourd'hui.

— Oh oui, bien sûr. Des empires à bâtir. Des fortunes à consolider...

C'en était trop. Sans savoir exactement pourquoi, le léger dédain qu'il perçut dans sa voix le fit sortir de ses gonds. Il se gara brusquement le long du trottoir, ce qui lui valut un coup de klaxon furieux de la part du conducteur qui le suivait. Empoignant Maggie par le col, il la souleva à moitié de son siège et écrasa sa bouche contre la sienne.

Maggie ne s'attendait pas du tout à cette réaction. Ce qui ne voulait pas dire qu'elle ne l'appréciait pas. Lorsqu'il n'était pas si maître de lui, si guindé, elle était parfaitement capable de l'affronter sur n'importe quel terrain. Même si la tête lui tournait, sa sensation de pouvoir restait intacte. Il ne s'agissait là nullement de séduction, mais juste de désir à l'état brut, d'un besoin irrésistible de se toucher, comme des fils électriques menaçant de s'enflammer.

Rogan lui renversa la tête en arrière et fondit sur sa bouche. *Rien qu'une fois*, se promit-il. Une seule fois, afin de faire retomber un peu la tension qui rampait en lui comme un serpent.

Cependant, l'embrasser ne servit à rien. Au contraire, l'ardeur pleine de fougue avec laquelle elle répondit à son baiser ne fit qu'augmenter encore sa tension, au point de lui couper le souffle.

Pendant quelques secondes, il eut l'impression de s'engouffrer dans un tunnel privé d'air et tapissé de velours. Et il fut terrifié de ne vouloir ou pouvoir en sortir jamais.

Il fit un bond en arrière et vissa ses mains sur le volant. Puis il se reconcentra sur la route, comme un ivrogne s'efforçant de rouler en ligne droite.

— Je suppose que c'était une réponse à quelque chose, dit-elle d'une voix étrangement calme.

Ce n'était pas tant son baiser qui l'avait laissée étourdie que la manière dont il avait pris fin.

— C'était ça ou vous étrangler.

— Je préfère être embrassée qu'étranglée. Toutefois, j'aimerais mieux que vous ne soyez pas furieux d'avoir envie de moi.

Il était maintenant plus calme et se concentrait sur sa conduite pour essayer de rattraper le temps qu'elle lui avait fait perdre ce matin.

— Je me suis déjà expliqué. Le moment n'est pas approprié.

— Approprié... Et qui décide du moment approprié ?

— Je préfère savoir avec qui je couche. Partager une affection et un respect.

Maggie le regarda en plissant les yeux.

— Il y a pas mal de chemin à parcourir entre un baiser sur la bouche et une partie de jambes en l'air, Sweeney. Je tiens à ce que vous sachiez qu'il n'est pas dans mes habitudes de sauter sur un matelas chaque fois que je cligne des yeux.

— Je n'ai jamais dit que...

— Oh ! vraiment ?

Maggie se sentait d'autant plus insultée qu'elle aurait volontiers sauté sur le premier matelas venu avec lui...

— Vous semblez pourtant avoir décidé que j'étais une femme facile. Toutefois, je n'ai pas l'intention de vous raconter ma vie passée. Quant à l'affection et au respect, il vous reste à les obtenir de moi, mon p'tit gars.

— Alors, c'est parfait. Nous sommes d'accord.

— Nous sommes d'accord sur le fait que vous pouvez aller vous faire voir ! Et le nom de votre bonne n'est pas Nancy.

Cette remarque le surprit tellement qu'il cessa un instant de regarder la route pour la dévisager.

— Pardon ?

— Votre bonne, espèce d'aristocrate abruti au nez pincé, elle ne s'appelle pas Nancy, mais Noreen.

Maggie croisa les bras et se tourna résolument vers la fenêtre.

Rogan se contenta de secouer la tête.

— Je vous remercie d'avoir élucidé ce mystère. Dieu sait si ce serait embarrassant pour moi si je devais la présenter aux voisins.

— Espèce de snobinard, grommela-t-elle.

— Langue de vipère.

Et ils se renfermèrent tous deux dans un épais silence pendant le reste du trajet.

7

Ne pas être impressionné par la Worldwide Gallery était impossible. L'architecture à elle seule valait le déplacement. En fait, des photos du bâtiment avaient paru dans des dizaines de magazines et de livres d'art à travers le monde en tant que brillant exemple de style georgien témoignant du patrimoine architectural de Dublin.

Bien que Maggie eût déjà vu des reproductions sur papier glacé, découvrir ce splendide bâtiment en trois dimensions lui coupa le souffle.

Pendant son apprentissage à Venise, elle avait passé une grande partie de ses heures de loisir à flâner dans les galeries. Mais aucune d'elles ne pouvait se comparer à celle de Rogan.

Néanmoins, elle ne fit aucun commentaire lorsqu'il ouvrit les imposantes portes vitrées et l'invita à entrer.

Elle faillit faire une génuflexion, tant le jeu des lumières et l'odeur de la salle principale rappelaient la sérénité d'une église. L'exposition d'art amérindien était merveilleusement et soigneusement présentée – poteries, paniers, masques rituels, crécelles de chamans et vêtements brodés de perles. Sur les murs, il y avait des dessins à la fois primitifs et extrêmement sophistiqués. L'attention et l'admiration de Maggie se portèrent sur une robe en daim couleur crème, brodée de perles et de petites pierres aux tons éclatants. Rogan l'avait fait accrocher comme une tapisserie. Maggie mourait d'envie de la toucher.

— Impressionnant, se contenta-t-elle de dire.

— Je suis ravi que cela vous plaise.

— Je n'avais jamais vu d'art des Indiens d'Amérique, en dehors des livres, bien sûr.

Elle se pencha sur un broc à eau.

— C'est précisément pour cette raison que je voulais faire une exposition en Irlande. Nous nous intéressons trop souvent à l'histoire et à la culture européennes en oubliant le reste du monde.

— Difficile de croire que les gens qui ont pu créer de telles merveilles soient les mêmes sauvages que l'on voit dans les vieux films de John Wayne. Et pourtant, dit-elle en souriant et en se redressant fièrement, mes ancêtres étaient des sauvages eux aussi ; ils se baladaient tout nus et se peignaient le corps en bleu avant de partir au combat en poussant des cris de guerre. C'est de là que je viens.

Elle se retourna pour le regarder, lui, l'homme d'affaires toujours impeccable.

— Et vous aussi, ajouta-t-elle avec malice.

— Disons que ce genre de tendance s'est dilué chez certains davantage que chez d'autres au cours des siècles. Personnellement, il y a des années que je n'ai pas eu envie de me peinturlurer de bleu.

Maggie éclata de rire, mais déjà il regardait sa montre.

— Nous allons exposer vos œuvres au premier étage, dit-il en se dirigeant vers l'escalier.

— Y a-t-il une raison particulière à cela ?

— Plusieurs.

De plus en plus impatient, il s'arrêta et attendit qu'elle le rejoigne.

— Je préfère qu'une exposition comme la vôtre soit aussi une occasion de passer un bon moment. Les gens apprécient mieux l'art, en tout cas le trouvent plus accessible, quand ils sont détendus et qu'ils s'amusent.

Il s'arrêta en haut de l'escalier et fronça les sourcils en voyant l'expression de son visage.

— Ça vous pose un problème ?

— J'aimerais mieux que les gens prennent mon travail au sérieux, et ne le considèrent pas seulement comme un petit plus pour agrémenter leur soirée.

— Ils le prendront au sérieux, je vous l'assure.

Notamment à cause des prix qu'il avait décidé de demander et de la stratégie qu'il comptait employer.

— Et puis, la promotion de votre travail est après tout de mon ressort.

Il se retourna, ouvrit une porte à double battant, puis recula pour laisser Maggie entrer la première.

Les mots restèrent littéralement coincés dans sa gorge. L'immense et magnifique salle baignait dans la lumière qui descendait de la coupole située au milieu du plafond. Elle se déversait sur le parquet sombre et ciré, créant une infinité de reflets, tels des miroirs, sur les œuvres que Rogan avait choisi d'exposer.

Même dans ses rêves les plus fous, les plus secrets, jamais elle n'avait imaginé que son travail puisse être présenté avec autant de sensibilité, ou autant de majesté.

De lourds socles en marbre crème étaient posés un peu partout dans la pièce, mettant les œuvres au niveau des yeux. Rogan n'avait sélectionné que douze pièces pour aménager le grand espace. Initiative futée, pensa-t-elle, car cela faisait paraître chacune encore plus unique. Et là, en plein milieu de la salle, scintillant comme de la glace renfermant un noyau de feu, trônait l'*Abandon* de Maggie.

Une douleur sourde emplit son cœur en revoyant la sculpture. Quelqu'un l'achèterait, elle en était sûre. D'ici quelques jours, quelqu'un paierait le prix demandé par Rogan et la lui volerait, la faisant disparaître à tout jamais de sa vie.

La contrepartie au fait de vouloir plus semblait être de perdre ce que vous aviez déjà. Ou ce que vous étiez.

Voyant qu'elle ne disait rien et qu'elle arpentait la salle en faisant résonner les talons de ses bottes, Rogan enfonça ses mains dans ses poches.

— Les plus petites pièces sont exposées dans ce que nous appelons les petits salons du haut. L'espace est plus intime.

Il s'arrêta, attendant une réaction de sa part, puis siffla entre ses dents en voyant qu'elle ne pipait mot. Cette femme était incroyable. Que voulait-elle exactement ?

— Le jour du vernissage, il y aura un orchestre. Des cordes. Ainsi que du champagne et des canapés, bien entendu.

— Bien entendu, réussit à articuler Maggie.

Elle lui tournait le dos, ne comprenant pas pourquoi le fait de se retrouver dans une salle aussi splendide lui donnait envie de pleurer.

— Je vous demanderai d'être présente, au moins un petit moment. Vous n'aurez pas besoin de dire ni de faire quoi que ce soit qui risquerait d'entamer votre intégrité d'artiste.

Son cœur battait si fort dans sa poitrine qu'elle ne remarqua pas la pointe d'irritation dans sa voix.

— C'est...

Elle ne trouvait pas de mot. Elle avait beau chercher, elle n'y arrivait pas.

— C'est bien, dit-elle sans conviction. Tout a l'air bien.

— Bien ?

— Oui.

Maggie se retourna vers lui, l'air grave, et, pour la première fois depuis longtemps, complètement terrorisée.

— Vous avez le sens de l'esthétique.

— Le sens de l'esthétique, répéta-t-il, stupéfait par cette réponse peu enthousiaste. Eh bien, vous m'en voyez ravi. Cela n'a demandé que trois semaines d'efforts intensifs de la part d'une douzaine de personnes hautement qualifiées pour que tout soit « bien ».

Maggie se passa la main dans les cheveux d'un air mal assuré. Ne voyait-il pas qu'elle était incapable de parler, qu'elle se sentait complètement perdue et terrifiée, comme un lapin se retrouvant nez à nez avec un chien de chasse ?

— Que voulez-vous que je vous dise ? J'ai fait mon travail et je vous ai remis mes œuvres. Vous avez fait le vôtre et avez fait ce que vous deviez. Nous méritons tous les deux des félicitations. Maintenant, peut-être devrais-je aller jeter un coup d'œil dans vos petits salons intimes.

Rogan s'avança pour lui bloquer le passage comme elle s'approchait de la porte. La colère qui l'animait était si violente, si intense, qu'il fut surpris de ne pas voir les sculptures de verre se mettre à fondre et se réduire en petites flaques de couleurs étincelantes.

— Vous n'êtes qu'une petite paysanne ingrate.

— Une paysanne ? répéta-t-elle, en proie à un tourbillon d'émotions contradictoires et affolantes. Vous n'avez pas tort, Sweeney. Et si je suis ingrate parce que je ne me jette pas à vos pieds pour embrasser le bout de vos bottes, alors, oui, je le suis. Je ne veux ni n'attends de vous autre chose que ce qui a été décidé dans ce satané contrat, avec toutes vos fichues clauses d'exclusivité, et vous n'obtiendrez rien de plus de moi !

Des larmes brûlantes emplirent ses yeux, près de déferler. Si elle ne sortait pas d'ici très vite, ses poumons allaient exploser sous la pression. Cherchant désespérément à s'échapper, elle le repoussa.

— Je vais vous dire ce que j'attends, dit-il en l'empoignant par l'épaule, l'obligeant à se retourner. Et ce que je veux de vous.

— Excusez-moi. Il semble que je vous dérange...

Joseph se tenait sur le seuil. Rien n'aurait pu l'amuser ou même le fasciner davantage que de voir son patron toujours si digne éructant de rage face à cette petite bonne femme au regard inquiétant, les poings levés, prête à le boxer.

— Pas du tout.

Faisant appel à toute sa volonté, Rogan lâcha le bras de Maggie et recula d'un pas. En un clin d'œil, il passa de la fureur au plus grand calme.

— Mlle Concannon et moi étions en train de discuter des termes du contrat. Maggie Concannon... Joseph Donahoe, directeur de cette galerie.

— Enchanté...

Déployant tout son charme, Joseph s'avança pour prendre la main de Maggie. Bien qu'elle tremblât légèrement, il l'embrassa longuement, tout fringant, et lui décocha un sourire qui fit scintiller sa dent en or.

— C'est un grand plaisir pour moi de rencontrer la femme qui se cache derrière tant de génie.

— Et c'en est un pour moi de rencontrer un homme aussi sensible à l'art, et à l'artiste.

— Je confie Maggie à vos mains expertes, Joseph. J'ai des rendez-vous.

— C'est un honneur que vous me faites, Rogan.

Une lueur brilla dans le regard de Joseph qui garda la main de Maggie emprisonnée dans la sienne.

Ce qui n'échappa pas à Rogan, pas plus que le fait que Maggie ne fit rien pour retirer sa main. Elle était même en train de sourire à son directeur d'un air ravi.

— Vous n'aurez qu'à prévenir Joseph quand vous aurez besoin de la voiture, dit sèchement Rogan. Le chauffeur est à votre disposition.

— Merci, Rogan, dit-elle sans le regarder. Mais je suis sûre que Joseph saura très bien me distraire.

— Je n'ai rien de mieux à faire de toute la journée, s'empressa de préciser Joseph. Avez-vous vu les petits salons, mademoiselle Concannon ?

— Non, pas encore. Mais appelez-moi Maggie, je vous en prie.

— Volontiers.

Sans lui lâcher la main, Joseph l'emmena dans l'autre salle.

— Je crois que ce que nous avons préparé vous plaira. L'exposition débutera dans quelques jours et nous voulons être certains que vous êtes satisfaite. Toute suggestion de votre part sera la bienvenue.

— Cela me changera.

Maggie s'immobilisa et regarda par-dessus son épaule Rogan qui n'avait pas bougé d'un pouce.

— Il ne faut surtout pas que nous vous empêchions de vaquer à vos occupations, Rogan. On doit vous attendre.

Renversant la tête en arrière, elle se retourna vers Joseph avec un sourire rayonnant.

— Je connais un Francis Donahoe, près d'Ennis. Un commerçant, qui a le même regard que vous. Seriez-vous parents ?

— J'ai effectivement des cousins dans le comté de Clare, du côté de mon père comme du côté de ma mère. Il s'agit sans doute de la branche des Ryan.

— Je connais des dizaines de Ryan. Oh !

Maggie se figea sur place en franchissant la voûte qui débouchait sur un charmant petit salon, avec une cheminée et un sofa à deux places. Plusieurs de ses petites pièces, y compris celle que Rogan lui avait achetée lors de leur toute première rencontre, étaient disposées avec grâce sur de petites tables anciennes.

— Je trouve la disposition très élégante, dit Joseph en allant allumer la lumière.

Les sculptures de verre se mirent à scintiller de mille feux, comme si elles s'animaient tout à coup.

— La salle de bal donne une impression à couper le souffle, reprit-il. Ici, c'est plus délicat.

— Oui, soupira Maggie. Vous permettez que je me repose un instant ? Pour tout vous avouer, je n'arrive plus à respirer.

Elle alla s'asseoir sur le sofa et ferma les yeux.

— Un jour, quand j'étais petite, mon père a acheté un bouc dans l'intention de faire de l'élevage. Un matin, j'étais dans le pré, sans lui prêter attention, quand il s'est subitement mis en boule. Il m'a foncé dessus et m'a envoyée valdinguer à dix mètres. C'est exactement la sensation que j'ai eue en entrant dans l'autre salle. Comme si quelque chose m'avait frappée et fait faire un vol plané.

— Vous êtes nerveuse, n'est-ce pas ?

Elle ouvrit les yeux et vit une certaine compréhension dans le regard de Joseph.

— Je meurs de peur, vous voulez dire ! Mais je m'en voudrais de le lui montrer. Il est toujours si sûr de lui, vous ne trouvez pas ?

— Notre Rogan est plein d'assurance, c'est vrai. À juste titre, d'ailleurs. Il a un sens incroyable pour toujours acheter l'œuvre qu'il faut, ou parrainer l'artiste qu'il faut.

En homme curieux, et toujours prêt à bavarder, Joseph vint s'installer confortablement à côté d'elle. Il étendit les jambes et les croisa dans une attitude invitant à la détente et aux confidences.

— J'ai vu en arrivant que vous étiez en train de vous affronter, si je puis dire.

140

— Il semble que nous n'ayons pas grand-chose en commun, dit Maggie avec un petit sourire. Rogan est très arriviste.

— C'est vrai, mais d'une manière généralement si subtile que les gens ne s'en rendent pas compte.

Maggie soupira entre ses dents.

— Avec moi, en tout cas, il est loin d'avoir été subtil.

— Je l'ai remarqué. Vous savez, Maggie, je ne crois pas trahir un grand secret en vous disant que Rogan était fermement déterminé à vous faire signer avec Worldwide. Je travaille avec lui depuis plus de dix ans, et je ne l'ai jamais vu se concentrer autant sur un seul artiste.

— Je suppose que je devrais me sentir flattée...

Elle soupira à nouveau et referma les yeux.

— D'ailleurs, je le suis la plupart du temps, quand je ne suis pas occupée à m'exaspérer de ses manières autoritaires. On dirait toujours un prince qui s'adresse à une paysanne.

— Il est habitué à obtenir ce qu'il veut.

— Eh bien, il ne m'aura pas comme ça.

Elle rouvrit les yeux et se leva.

— Vous voulez bien me montrer le reste de la galerie ?

— Avec plaisir. Pendant ce temps, peut-être accepterez-vous de me raconter votre vie.

Maggie pencha la tête en l'observant attentivement. Avec son regard rêveur et son allure de pirate, cet homme était un sacré semeur de troubles, songea-t-elle. Et elle avait toujours rêvé d'avoir un semeur de troubles pour ami.

— Très bien, dit-elle en lui prenant le bras tandis qu'ils se dirigeaient vers un autre salon. Il était une fois un fermier qui rêvait d'être poète...

Il y avait décidément beaucoup trop de gens à Dublin au goût de Maggie. On ne pouvait pratiquement pas faire un seul pas sans buter contre quelqu'un. La ville était très belle, elle ne pouvait le nier, avec une baie superbe et des tas de clochers pointus. Elle était sensible à la magnificence de l'architecture, aux bâtiments en briques rouges et en pierres grises, ainsi qu'au charme des portes d'entrée peintes de toutes les couleurs.

Brian Duggin, son chauffeur, lui expliqua que les premiers Dublinois avaient le sens de l'ordre et de la beauté autant que du profit. Rogan et cette ville étaient décidément faits l'un pour l'autre, ne put-elle s'empêcher de penser.

Installée confortablement à l'arrière de la voiture, elle admira les jardins soigneusement entretenus, les coupoles de bronze scintillantes, les parcs ombragés et la rivière Liffey, qui séparait la ville en deux.

Elle sentit son pouls s'accélérer au contact de la foule pressée qui l'entourait. Mais toute cette efferves-cence l'excita moins qu'elle ne la fatigua. Le nombre impressionnant de gens qui se bousculaient dans O'Connell Street, donnant tous l'impression de vouloir se rendre désespérément ailleurs, lui fit penser avec mélancolie aux routes paisibles de l'Ouest.

En revanche, elle trouva la vue du haut du O'Connell Bridge absolument spectaculaire, avec les bateaux amarrés aux quais et le dôme majestueux du tribunal qui miroitait au soleil. Le chauffeur se plia volontiers à son désir de rouler au hasard et de se garer de temps à autre, l'attendant patiemment pendant qu'elle se promenait dans un square ou dans un parc.

Elle alla faire un tour dans les boutiques élégantes de Grafton Street où elle acheta une broche pour Brianna. Un simple croissant en argent serti de gre-nats. Cela plairait sans doute à sa sœur aux goûts classiques, se dit-elle en mettant l'écrin dans son sac.

Ensuite, elle hésita longuement devant une paire de boucles d'oreilles, de longs pendants en or, argent et cuivre, rehaussés d'une opale flamboyante à chaque extrémité. Elle n'avait pas le droit de dépenser une telle somme pour une babiole de ce genre, alors qu'elle n'avait aucune garantie de pouvoir vendre bientôt une autre pièce.

Pour finir, bien évidemment, elle acheta les boucles d'oreilles, envoyant au diable ses soucis d'argent.

En fin de journée, elle visita quelques musées, se promena le long de la rivière et alla prendre le thé dans un minuscule salon de thé près de Fitzwilliam Square. Elle passa la dernière heure à admirer les reflets du soleil sur le Half Penny Bridge tout en faisant quelques croquis sur un carnet qu'elle avait acheté dans un magasin de fournitures pour artistes.

Il était plus de sept heures quand elle retourna chez Rogan. Il se précipita dans l'entrée et l'interpella avant qu'elle arrive au bas de l'escalier.

— Je commençais à me demander si vous n'aviez pas obligé Duggin à vous ramener jusque dans le comté de Clare.

— J'y ai pensé à une ou deux reprises, répliqua-t-elle en ramenant ses cheveux emmêlés en arrière. Il y a des années que je n'étais pas venue à Dublin.

Elle repensa aux jongleurs qu'elle y avait vus un jour et, naturellement, à son père.

— J'avais oublié que c'était si bruyant.

— Je suppose que vous n'avez rien mangé.

— Non, en effet.

Le gâteau qu'elle avait dégusté pour accompagner son thé ne pouvait pas vraiment être considéré comme un substitut de repas.

— Le dîner sera servi à sept heures et demie, mais je peux le faire repousser à huit heures si vous voulez venir prendre l'apéritif avec nous.

— Nous ?

— Ma grand-mère est là. Elle est impatiente de faire votre connaissance.

— Oh...

L'humeur de Maggie s'assombrit brusquement. Encore quelqu'un à rencontrer, à qui elle allait devoir parler...

— Je ne voudrais surtout pas vous mettre en retard.

— Ce n'est pas grave. Si vous voulez aller vous changer, nous vous attendrons dans le salon.

— Me changer pour quoi ?

Résignée, Maggie serra le carnet de croquis sous son bras.

— Je crains d'avoir laissé mes vêtements de soirée à la maison. Mais si ma tenue vous met dans l'embarras, je peux très bien dîner dans ma chambre.

— Maggie, ne me faites pas dire ce que je n'ai pas dit.

La prenant fermement par le bras, Rogan l'entraîna vers le salon.

— Grand-mère...

Il s'adressait à la femme qui trônait, telle une reine, dans un fauteuil à haut dossier recouvert de brocart.

— J'aimerais vous présenter Margaret Mary Concannon. Maggie, Christine Sweeney.

— Je suis absolument ravie, dit Christine en tendant une main fine où brillait un saphir.

Des pendentifs assortis scintillaient à ses oreilles.

— Si vous êtes là, ma chère, c'est un peu à cause de moi, car c'est moi qui ai acheté la première de vos œuvres qui a éveillé l'intérêt de Rogan.

— Merci. Vous êtes collectionneuse ?

— Dans notre famille, c'est dans le sang. Asseyez-vous, je vous en prie. Rogan, apporte quelque chose à boire à cette petite.

Rogan s'approcha d'une petite table où attendaient plusieurs carafes étincelantes.

— Que désirez-vous, Maggie ?

— La même chose que vous.

Résolue à se montrer polie pendant une heure ou deux, Maggie posa son carnet et son sac à côté d'elle.

— Ce doit être très excitant d'avoir une première exposition, commença à dire Christine.

Seigneur, cette fille était vraiment splendide ! pensa-t-elle. Un mélange de crème et de feu, aussi séduisante en chemise et en caleçon que bien des femmes essayaient de l'être en se parant de soie et de diamants.

— Pour être sincère, madame Sweeney, j'ai encore du mal à l'imaginer.

Elle prit le verre que Rogan lui tendait en espérant que son contenu lui donnerait assez de force pour soutenir la conversation toute une soirée.

— Dites-moi ce que vous avez pensé de la galerie.

— C'est magnifique. Une véritable cathédrale élevée à l'art.

— Oh ! s'exclama Christine en prenant la main de Maggie. Comme Michael aurait été heureux de vous entendre. C'est exactement ce qu'il souhaitait. C'était un artiste frustré, vous savez.

— Non, je ne le savais pas, répliqua-t-elle en jetant un regard en biais à Rogan.

— Il voulait être peintre. Il en avait le désir, mais pas le talent. Aussi a-t-il décidé de créer l'atmosphère et les moyens nécessaires pour aider ceux qui en avaient.

Le tailleur en soie gris de Christine crissa légèrement quand elle se redressa.

— C'était un homme extraordinaire. Rogan lui ressemble beaucoup, physiquement et moralement.

— Vous devez être très fière de lui.

— C'est vrai. Tout comme ce que vous avez fait de votre vie doit rendre votre famille très fière de vous.

— Je ne pense pas que « fière » soit le mot exact.

Maggie but une gorgée, s'aperçut que Rogan lui avait servi un sherry et fit un effort pour ne pas faire la grimace. Heureusement, le majordome arriva au même instant pour annoncer que le dîner était servi.

— Eh bien, tant mieux, dit Maggie, soulagée, en reposant son verre. Je meurs de faim.

— Alors, allons-y tout de suite, proposa Rogan en offrant son bras à sa grand-mère. Au fait, Julien est enchanté que vous appréciiez sa cuisine.

— Oh, c'est un excellent cuisinier, il n'y a pas de doute. Je n'aurais pas le cœur de lui avouer qu'étant moi-même une piètre cuisinière, je mange avec plaisir tout ce que je n'ai pas à préparer.

— Nous ne lui répéterons pas.

Rogan tira une chaise à l'intention de sa grand-mère, puis de Maggie.

— Non, il ne vaut mieux pas. D'autant plus que j'ai l'intention de lui extorquer une ou deux recettes pour Brianna.

— Brianna est la sœur de Maggie, expliqua Rogan tandis qu'on servait la soupe. Elle tient un *Bed and Breakfast* dans le comté de Clare, et, si j'en crois mon expérience personnelle, c'est une cuisinière hors pair.

— Votre sœur est donc une artiste en cuisine, et vous en atelier.

— Oui, confirma Maggie, se sentant beaucoup plus à l'aise avec Christine Sweeney qu'elle ne s'y était attendue. Brianna a un talent particulier pour tout ce qui concerne la maison.

— Dans le comté de Clare, dites-vous ?

Christine hocha la tête quand Rogan lui offrit du vin.

— Je connais bien la région. Je suis moi-même de Galway.

— Vraiment ?

Un mélange de surprise et de plaisir passa sur le visage de Maggie. Une fois de plus, elle se rendit compte à quel point le fait d'être loin de chez elle lui pesait.

— D'où, exactement ?

— De la ville même de Galway. Mon père faisait du commerce maritime. C'est comme ça que j'ai rencontré Michael, qui était en affaires avec lui.

— Ma propre grand-mère – du côté maternel – venait de Galway.

Bien qu'en toutes circonstances Maggie préférât manger que bavarder, elle appréciait autant l'excellente nourriture que la conversation.

— Elle y a vécu jusqu'à son mariage. Ce qui fait environ une soixantaine d'années. Elle était fille de commerçant.

— Ah bon. Et quel était son nom ?

— Son nom de jeune fille était Sharon Feeney.

— Sharon Feeney ! s'exclama Christine, ses yeux bleus brillant soudain avec autant d'éclat que ses saphirs. La fille de Colin et Mary Feeney ?

— Oui. Vous l'avez connue ?

— Oh oui ! Nous habitions à cinq minutes l'une de l'autre. J'étais un peu plus jeune, mais nous passions beaucoup de temps ensemble.

Christine fit un clin d'œil à Maggie, puis se tourna vers Rogan pour le faire participer à la conversation.

— J'étais follement amoureuse du grand-oncle de Maggie, Niall, et je n'hésitais pas à utiliser Sharon pour être le plus souvent près de lui.

— Tu n'avais sûrement besoin de rien ni de personne pour attirer l'attention d'un homme, remarqua Rogan.

— Oh, quel beau parleur tu fais ! dit Christine en riant et en tapotant la main de son petit-fils. Méfiez-vous de lui, Maggie.

— On ne peut pas dire qu'il m'abreuve de compliments, répliqua-t-elle, s'adressant exclusivement à

Christine. Il y a des années que je n'ai pas vu mon grand-oncle, mais j'ai entendu dire qu'il était très séduisant étant jeune et savait merveilleusement s'y prendre avec les dames.

— C'est la vérité.

Christine rit à nouveau, d'un rire jeune et gai.

— J'ai passé de nombreuses nuits à rêver de Niall Feeney quand j'étais jeune. À dire vrai...

Son regard se posa sur Rogan, et Maggie y vit briller une lueur polissonne qui suscita son admiration.

— Si Michael n'était pas arrivé et ne m'avait pas enlevée, j'aurais tout fait pour épouser Niall. C'est drôle, non ? Vous auriez pu être cousins si les choses s'étaient passées différemment.

Rogan lança un coup d'œil à Maggie en prenant son verre de vin. *Terrifiant*, pensa-t-il. *Absolument terrifiant.*

Maggie le considéra une seconde puis termina sa soupe.

— Niall Feeney ne s'est jamais marié, vous savez. Il est resté célibataire et vit toujours à Galway. Peut-être lui avez-vous brisé le cœur, madame Sweeney.

— J'aimerais pouvoir le croire...

Une légère rougeur rehaussa le beau visage de Christine Sweeney.

— Mais la triste vérité est que Niall n'a jamais fait attention à moi.

— Était-il aveugle ? demanda Rogan, recevant aussitôt un sourire rayonnant de sa grand-mère.

— Non, pas aveugle, soupira Maggie, mais sans doute plus stupide que d'autres.

— Et vous dites qu'il ne s'est jamais marié ?

Le ton qu'avait pris Christine pour poser sa question, nota Rogan avec un froncement de sourcils, était peut-être un tantinet trop détaché.

— Jamais. Ma sœur correspond régulièrement avec lui, répondit Maggie, une pointe de malice dans les yeux. Je lui demanderai de lui parler de vous dans sa prochaine lettre. Nous verrons bien si sa mémoire est meilleure que ne l'était sa capacité de jugement dans sa jeunesse.

Malgré un sourire rêveur au coin des lèvres, Christine secoua la tête.

— Cela fait maintenant cinquante ans que j'ai quitté Galway pour Dublin, et pour Michael. Doux Seigneur...

L'évocation des années passées apporta une douce mélancolie sur son visage, la même qu'elle aurait pu ressentir en regardant un navire s'éloigner du port. Son mari continuait à lui manquer, bien qu'il fût mort depuis déjà plus de douze ans. D'un geste instinctif que Maggie trouva touchant, elle posa une main sur celle de Rogan.

— Sharon avait épousé un hôtelier, si je ne me trompe ?

— Oui, c'est exact, et elle a été veuve les dix dernières années de sa vie.

— Je suis désolée. Mais elle avait une fille pour se consoler.

— Ma mère. Quoique je ne sois pas certaine qu'elle ait été d'une grande consolation.

Un relent d'amertume vint gâcher le goût délicieux de la truite que Maggie avait dans la bouche ; elle le fit passer en buvant du vin.

— Nous nous sommes écrit pendant plusieurs années après son mariage. Elle était très fière de sa fille. Maeve, c'est bien cela ?

— Oui.

Maggie essaya de se représenter sa mère en petite fille sans toutefois y parvenir.

— Une enfant adorable, m'écrivait-elle, avec des cheveux d'un magnifique blond doré. Une vraie petite diablesse, disait-elle, mais avec une voix d'ange.

Maggie avala précipitamment sa salive, manquant s'étouffer.

— Une voix d'ange ? Ma mère ?

— Mais oui. Sharon disait qu'elle chantait admirablement et voulait devenir professionnelle. Je crois même que c'est ce qu'elle a fait pendant quelque temps.

Christine s'interrompit un instant pour réfléchir tandis que Maggie se contentait de la dévisager, bouche bée.

— Oui, j'en suis même sûre. En fait, elle est venue un jour à Gort pour chanter, mais je n'ai pas pu aller la voir. J'ai même reçu des articles de journaux que Sharon m'avait envoyés, mais il y a de cela plus de trente ans.

Elle sourit, le regard interrogateur.

— Elle ne chante plus ?

— Non.

Maggie laissa échapper un long soupir. Elle n'avait jamais entendu sa mère élever la voix autrement que pour se plaindre ou faire des critiques. Une chanteuse ? Une professionnelle, avec une voix d'ange ? Vraisemblablement, elles ne parlaient pas de la même personne.

— Ma foi, reprit Christine, je suppose qu'élever ses enfants suffisait à la rendre heureuse.

Heureuse ? Ce n'était pas la même Maeve Concannon qui l'avait élevée.

— Sans doute a-t-elle fait un choix.

— Comme nous en faisons tous. Sharon en a fait un en décidant de se marier et de quitter Galway. Je dois avouer qu'elle m'a beaucoup manqué, mais elle adorait son Johnny, et son hôtel.

Maggie fit un effort pour ne plus penser à sa mère. Elle repenserait à tout ceci plus tard.

— Je me souviens d'avoir été à l'hôtel de grand-mère quand j'étais petite. Nous y avons travaillé un été, Brie et moi. Nous donnions un coup de main. Eh bien, ça ne m'avait pas plu du tout.

— Une chance pour le monde de l'art.

Maggie apprécia le compliment de Rogan.

— Peut-être. Ce qui est certain, c'est que cela a été un soulagement pour moi.

— À propos, reprit-il, je ne vous ai jamais demandé comment vous était venue l'envie de souffler le verre.

— La mère de mon père avait un vase – du verre de Venise, en forme de flûte, d'un vert pâle et délicat. De la couleur des feuilles quand elles apparaissent. C'était la plus belle chose que j'avais jamais vue. Ma grand-mère m'a expliqué que ce vase avait été fabriqué avec du souffle et du feu.

À l'évocation de ce souvenir, Maggie ne put s'empêcher de sourire et de replonger dans le passé un instant, si bien que ses yeux prirent la même nuance de brume que le vase qu'elle venait de décrire.

— Ça m'a fait l'effet d'un conte de fées. Utiliser le souffle et le feu pour créer une chose que l'on pouvait tenir dans sa main... Et puis, elle m'a apporté un livre dans lequel il y avait des photos d'une soufflerie de verre, des ouvriers, des cannes à souffler, des fours... Dès cet instant, je crois que je n'ai plus jamais voulu faire autre chose.

— Rogan était pareil, murmura Christine. Il a su très jeune ce qu'il ferait de sa vie.

Son regard se posa sur Maggie avant de glisser tendrement sur son petit-fils.

— C'est une chance que vous vous soyez rencontrés.

— En effet, admit Rogan.

Puis il sonna pour qu'on apporte le plat suivant.

8

Maggie n'arrivait pas à rester éloignée de la galerie, bien qu'il n'y eût aucune raison à cela. Joseph et le reste de l'équipe se montrèrent plutôt accueillants, allant même jusqu'à lui demander son avis sur la façon de disposer ses œuvres.

Cependant, cela avait beau lui plaire, elle n'avait pas l'œil de Rogan pour tout ce qui concernait les détails et l'agencement de l'exposition. Aussi laissa-t-elle les employés exécuter les ordres et décida-t-elle de se consacrer exclusivement à ses croquis des œuvres des Indiens d'Amérique.

Cet art la fascinait. Toutes sortes d'idées et de visions surgissaient dans sa tête comme des gazelles, bondissant et trottant jusqu'à ce qu'elle se précipite pour les fixer sur le papier.

Se plonger jusqu'au cou dans le travail était ce qu'elle préférait. Si elle réfléchissait pendant trop longtemps, ses pensées revenaient invariablement à ce que Christine lui avait révélé au sujet de Maeve. Que savait-elle exactement de ce qu'avait été la vie de ses parents ? De sa mère rêvant d'une carrière, de son père amoureux d'une autre femme ? Tous les deux pris au piège, à cause d'elle, enfermés dans une prison qui les avait empêchés de réaliser leurs rêves.

Elle voulait en savoir plus, et en même temps, elle avait peur. Peur d'apprendre qu'elle ne connaissait pas vraiment les deux personnes qui l'avaient mise au monde. Qu'elle ne les connaissait pas du tout.

Aussi s'efforçait-elle de laisser cette idée de côté et hantait-elle chaque jour la galerie.

Quand personne n'y voyait d'objection, elle se servait du bureau de Rogan comme d'un atelier temporaire. La lumière y était bonne et, comme la pièce se trouvait à l'arrière du bâtiment, elle n'était que rarement dérangée. Certes, c'était loin d'être spacieux. Rogan avait visiblement choisi de réserver le maximum d'espace à l'exposition des œuvres d'art. Décision qu'elle ne pouvait qu'approuver.

Maggie avait recouvert le bureau en noyer d'une feuille en plastique sur laquelle elle avait étalé plusieurs couches de journaux. Les dessins au fusain et au crayon qu'elle avait faits n'étaient qu'un début. Elle travaillait à présent à leur ajouter quelques touches de couleur. Elle avait acheté des tubes d'acrylique dans un magasin proche de la galerie, mais la médiocrité du matériau la poussait souvent à utiliser ce qui lui tombait sous la main. Elle trempait son pinceau dans du marc de café ou dans un cendrier, ou bien encore soulignait les contours à l'aide de bâtons de rouge à lèvres et de crayons à yeux.

Maggie considérait ses croquis comme une première étape. Elle s'estimait relativement bonne dessinatrice, mais nullement un grand maître du pinceau et de la couleur. L'exécution de ses croquis n'était pour elle qu'une manière de garder ses idées vivantes. Le fait que Rogan ait décidé de faire encadrer plusieurs de ses dessins pour les intégrer à l'exposition l'embarrassait plus qu'il ne l'enchantait.

Néanmoins, elle se répétait que les gens étaient prêts à acheter n'importe quoi.

Elle devenait cynique, songea-t-elle en fronçant les sourcils pour examiner son travail. Et une épouvantable épicière, qui plus est, calculant les bénéfices avant même d'avoir vendu quoi que ce soit. Seigneur, elle s'était laissé emporter par le rêve fou de Rogan, et elle s'en voudrait terriblement, encore plus qu'à lui, si elle rentrait chez elle sur un échec.

L'échec était-il le lot de sa famille ? se demandait-elle. Serait-elle comme son père et ne parviendrait-elle jamais à accomplir ce qui comptait le plus à ses yeux ? Elle était tellement concentrée sur son travail, et perdue dans ses sombres pensées, qu'elle poussa un petit cri surpris et agacé quand la porte du bureau s'ouvrit.

— Dehors ! Sortez ! Faut-il donc que je ferme cette fichue porte à clé ?

— C'est exactement ce que je vais faire, dit Rogan en refermant derrière lui. Que diable êtes-vous en train de faire ?

— Une expérience de physique nucléaire, riposta-t-elle. Ça ne se voit donc pas ?

Furieuse de cette interruption, elle remonta la frange inégale qui lui tombait sur les yeux et lui jeta un regard courroucé.

— Et d'abord, que faites-vous ici ?

— Il me semble que cette galerie, y compris ce bureau, m'appartient.

— J'aurais du mal à l'oublier...

Maggie trempa son pinceau dans un mélange de peinture dont elle avait barbouillé un vieux bout de carton.

— Dès que quelqu'un ici ouvre la bouche, c'est pour dire M. Sweeney par-ci, M. Sweeney par-là...

Inspirée par cette petite remarque, elle appliqua un peu de couleur sur un papier épais qu'elle avait punaisé sur un autre carton.

Au même moment, le regard de Rogan abandonna son visage pour descendre sur ses mains, et se figea aussitôt.

— Mais... qu'est-ce que vous fabriquez ?

Abasourdi, il se précipita vers son précieux bureau qu'il adorait. Il était recouvert de journaux maculés de peinture, de pots, de pinceaux, de crayons et – à moins qu'il ne se trompât sur l'odeur – de bouteilles de térébenthine.

— Vous êtes folle ! Vous vous rendez compte que c'est un bureau George II ?

— Il est solide, répondit-elle, sans aucun respect pour le défunt roi anglais. Poussez-vous, vous me bloquez la lumière.

D'un geste distrait, elle agita sa main munie d'un pinceau qu'il évita de justesse.

— Il est très bien protégé. J'ai mis une feuille de plastique sous les journaux.

— Oh, alors, c'est parfait...

Sur ces mots, il l'empoigna par les cheveux et tira brutalement.

— Si vous aviez besoin d'un chevalet, vous n'aviez qu'à me le dire, je vous en aurais fourni un ! s'écria-t-il, nez à nez avec elle.

— Je n'ai pas besoin de chevalet, mais seulement d'être un peu tranquille ! D'ailleurs, si vous vous étiez fait oublier, comme vous l'avez si bien fait depuis deux jours, je...

Elle se dégagea en lui donnant un bon coup. Leurs deux regards se posèrent en même temps sur la tache rouge qui ornait le revers de son costume à fines rayures.

— Oh ! s'exclama-t-elle.

— Imbécile !

Ses yeux bleu cobalt se plissèrent d'un air menaçant en la voyant ricaner.

— Je suis désolée. Vraiment...

Mais ses excuses se perdirent dans un rire étouffé.

— Quand je travaille, j'en mets partout, et j'oublie mes mains. Mais d'après ce que j'ai vu, vous avez une garde-robe qui regorge de costumes. Celui-ci ne vous manquera pas.

— Ben voyons...

Avec la rapidité d'un singe, Rogan trempa ses doigts dans un pot de peinture et lui en barbouilla le visage. Le cri stupéfait que poussa Maggie lui procura une intense satisfaction.

— Vous voilà couleur faite femme, railla-t-il.

Elle s'essuya la joue d'un revers de main, ne faisant qu'étaler davantage la peinture.

— Tiens, tiens, vous êtes d'humeur à jouer ?

En riant, Maggie s'empara d'un tube de peinture jaune canari.

— Si vous osez faire ça, grommela-t-il, hésitant entre la colère et l'envie d'éclater de rire, je vous fais manger le tube. En entier.

— Une Concannon ne recule jamais devant aucun défi, rétorqua-t-elle dans un sourire tout en se préparant à appuyer sur le tube.

Tout à coup, la porte s'ouvrit, interrompant les hostilités.

— Rogan, j'espère que tu n'es pas...

La femme élégante en tailleur Chanel resta quelques secondes bouche bée et écarquilla ses grands yeux bleu pâle.

— Je te prie de m'excuser, reprit-elle en lissant ses cheveux blonds impeccables. Je ne savais pas que tu étais... occupé.

— Tu arrives au bon moment.

D'un air glacé, Rogan prit une feuille de papier pour essuyer la peinture sur ses doigts.

— Je crois que nous allions nous rendre ridicules.

Sans doute, pensa Maggie en reposant à regret le tube de peinture. *Mais cela aurait pu être drôle.*

— Patricia Hennessy... Voici Margaret Mary Concannon, l'artiste que nous allons exposer.

Ça ? songea Patricia, bien que son attitude bien élevée et pleine de tact ne révélât rien d'autre qu'un intérêt poli. Cette femme aux cheveux tout en broussaille et à la figure couverte de peinture était donc M.M. Concannon ?

— Ravie de vous rencontrer.

— Moi de même, mademoiselle Hennessy.

— Madame, corrigea Patricia avec un sourire furtif. Mais je vous en prie, appelez-moi Patricia.

Telle une rose sous une cloche de verre, Patricia Hennessy était charmante, délicate et parfaite, se dit Maggie. *Et visiblement malheureuse*, se dit-elle encore en observant l'ovale élégant de son visage.

— Je vous laisse dans une minute. Je suis sûre que vous souhaitiez parler à Rogan en tête à tête.

— Ne vous pressez pas pour moi.

Le sourire qui se dessina sur les lèvres de Patricia n'atteignit pas son regard.

— J'étais justement en haut avec Joseph, en train d'admirer votre travail. Vous avez un talent extraordinaire.

— Merci.

Maggie s'empara de la pochette qui dépassait de la poche de poitrine de Rogan.

— Ne me...

La phrase mourut sur ses lèvres en la voyant tremper son élégante pochette en lin dans un flacon de térébenthine. Poussant un vague grognement, il la lui reprit pour retirer ce qu'il lui restait de peinture sur les doigts.

— Il semble que mon bureau soit transformé temporairement en mansarde d'artiste.

— Je n'ai jamais travaillé de ma vie dans une mansarde, précisa Maggie en exagérant délibérément son accent. Qu'on empiète sur son précieux espace l'agace, figurez-vous. Si vous connaissez Rogan depuis longtemps, vous devez savoir à quel point il est tatillon.

— Je ne suis pas tatillon, souffla-t-il entre ses dents.

— Oh ! bien sûr que non, rétorqua Maggie en levant les yeux au ciel. Vous êtes un vrai sauvage, aussi imprévisible que les couleurs du soleil levant.

— Avoir le sens de l'organisation et de la mesure n'est pas considéré généralement comme un défaut. Alors qu'en être complètement dépourvu l'est.

Sans s'en rendre compte, Rogan et Maggie s'étaient à nouveau retournés l'un vers l'autre, parfaitement indifférents à la présence de Patricia, malgré l'exiguïté de la pièce. Il y avait de la tension dans l'air, ce qui n'échappa nullement à Patricia. Elle n'arrivait pas à oublier l'époque où il la désirait ardemment. Elle n'y arrivait pas car elle était follement amoureuse de Rogan Sweeney.

— Je suis désolée si j'arrive à un mauvais moment.

Aussitôt, elle se reprocha le ton guindé et formel de sa voix.

— Pas du tout, s'empressa de dire Rogan, abandonnant son air furieux pour lui faire un charmant sourire. C'est toujours un plaisir de te voir.

— Je suis seulement passée parce que je pensais que ta journée de travail serait finie. Les Carney m'ont invitée à prendre un verre, et ils espéraient que tu te joindrais à nous.

— Je regrette, Patricia...

Rogan considéra sa pochette irrécupérable, puis la jeta sur un journal déplié.

— ... mais avec l'exposition qui commence demain, j'ai encore une foule de détails à vérifier.

— C'est absurde, remarqua Maggie avec un grand sourire. Je ne veux en aucun cas bouleverser votre vie mondaine.

— Ce n'est pas votre faute – il se trouve simplement que j'ai d'autres obligations. Présente mes excuses à Marion et à George.

— Je n'y manquerai pas.

Patricia tendit sa joue à Rogan pour qu'il l'embrasse. L'odeur de térébenthine se mélangea de façon désagréable à son parfum subtil et fleuri.

— Je suis heureuse d'avoir fait votre connaissance, mademoiselle Concannon. Je suis impatiente d'être à demain soir.

— Je m'appelle Maggie, dit-elle avec une chaleur dictée par une compréhension toute féminine. Et merci. Espérons que tout se passera bien. Bonne soirée, Patricia.

Puis elle marmonna quelque chose d'incompréhensible entre ses dents tout en nettoyant ses pinceaux.

— Tout à fait charmante, dit-elle dès que Patricia fut partie. Une vieille amie à vous ?

— En effet.

— Mais une vieille amie mariée.

Rogan leva un sourcil en entendant cette remarque pleine de sous-entendus.

— Une vieille amie qui est veuve.

— Ah !

— Voilà une réponse significative...

Pour des raisons qui lui échappaient, il se sentit soudain sur la défensive.

— Je connais Patricia depuis plus de quinze ans.

— Eh bien, dites-moi, Sweeney, vous n'êtes pas très rapide, dit-elle en posant une fesse sur le bureau et en tapotant sa bouche avec un crayon. C'est une belle femme, qui a visiblement bon goût – et qui appartient au même monde que vous – et, en quinze ans, vous n'avez pas avancé davantage ?

— Avancé ? répéta-t-il d'un ton glacial. Quelle façon peu délicate de formuler les choses, mais oublions un instant votre manque de délicatesse... Qu'en savez-vous ?

— Ce genre de choses se voit tout de suite, répondit Maggie en haussant les épaules. Les relations intimes et platoniques envoient des signaux très différents.

Son regard se radoucit. Après tout, ce n'était qu'un homme...

— Je parie que vous la considérez comme une très bonne amie.

— Naturellement.

— Espèce de gros balourd...

Maggie éprouva subitement une bouffée de réelle sympathie envers Patricia.

— Elle est complètement amoureuse de vous.

Cette idée, et la manière simple et pleine d'assurance avec laquelle Maggie la présenta, le déconcerta.

— C'est absurde.

— La seule chose qui soit absurde, c'est que vous ne vous en doutez même pas.

Avec des gestes brusques, elle commença à ranger ses affaires.

— Mme Hennessy a toute ma sympathie – ou du moins, une partie. J'aurais du mal à la lui offrir entièrement puisque je m'intéresse moi-même à vous. Je ne suis pas enchantée à l'idée que vous puissiez sortir de son lit pour sauter dans le mien.

Cette femme était vraiment incroyable, pensa-t-il avec exaspération.

— Cette conversation est ridicule. D'ailleurs, j'ai encore beaucoup de travail devant moi.

Il était surprenant de constater à quel point sa voix pouvait prendre un ton solennel.

160

— À cause de moi, en plus. Par conséquent, je ferais mieux de ne pas vous retenir. Je vais mettre ces dessins à sécher dans la cuisine, si toutefois vous êtes d'accord.

— Du moment qu'ils ne sont pas dans mes jambes...

Et leur auteur non plus, ajouta-t-il en silence. Mais il commit l'erreur de leur jeter un coup d'œil et resta figé sur place.

— Qu'est-ce que vous avez fait là ?

— J'ai semé la pagaille, comme vous me l'avez déjà fait remarquer, mais je vais ranger tout de suite.

Sans un mot, Rogan prit un des dessins par un coin. Il vit clairement ce qui avait inspiré Maggie et comment elle avait cherché à utiliser l'art des Indiens d'Amérique pour en faire quelque chose de farouchement et uniquement à elle.

Elle avait beau l'exaspérer au-delà de toute mesure, il se retrouvait régulièrement subjugué par son talent.

— Je vois que vous n'avez pas perdu votre temps.

— C'est une des rares choses que nous ayons en commun. Voulez-vous me dire ce que vous en pensez ?

— Je pense que l'orgueil et la beauté sont des choses que vous comprenez très bien.

— Ça, c'est un compliment, Rogan, dit-elle en souriant. Un sacré compliment.

— Votre travail vous révèle, Maggie, et ne vous en rend que plus déroutante. Sensible et arrogante, pleine de compassion et à la fois impitoyable. Sensuelle et distante.

— Si vous voulez dire par là que je suis d'humeur changeante, je ne vous contredirai pas.

Elle éprouva soudain un petit pincement, fugitif et douloureux, et se demanda s'il finirait un jour par la regarder comme il regardait son travail. Que se passerait-il alors entre eux quand et au cas où il le ferait ?

— Pour moi, ce n'est pas un défaut.

— Cela rend seulement difficile de vivre avec vous.

— Personne n'y est obligé, à part moi, répliqua-t-elle.

Ce disant, elle lui caressa la joue, ce qui le déconcerta.

— J'envisage de coucher avec vous, Rogan, et nous le savons tous les deux. Mais je ne suis pas comme votre Mme Hennessy, je ne cherche pas un mari pour guider mes pas.

Il lui agrippa le poignet, étonné et pas mécontent de sentir son pouls s'accélérer sous la pression de ses doigts.

— Que cherchez-vous ?

Elle aurait dû pouvoir lui fournir la réponse. Elle l'avait sur le bout de la langue. Toutefois, elle se perdit quelque part entre la question de Rogan et les battements affolés de son cœur.

— Je vous le dirai quand j'aurai trouvé.

Se penchant en avant, elle se hissa sur la pointe des pieds pour effleurer ses lèvres.

— Mais pour l'instant, restons-en là.

Elle lui prit le tube de peinture des mains et rassembla les autres.

— Margaret Mary, dit-il en la voyant se diriger vers la porte, si j'étais vous, j'irais me débarbouiller le visage.

Elle plissa le nez en louchant sur la tache rouge.

— Oh, allez au diable ! marmonna-t-elle.

Et elle sortit en claquant la porte.

Rogan baissa les yeux sur l'un des dessins qu'elle avait laissés derrière elle. Exécuté à la hâte, c'était un dessin brillant, sans affectation, tracé à coups de pinceau rapides, rehaussés de couleurs nuancées qui retenaient l'attention.

Comme l'artiste, pensa-t-il, amusé, on ne pouvait pas ne pas s'y attarder.

Tournant délibérément le dos, il sortit du bureau. Mais l'image demeura dans son esprit, tout comme le goût de ses lèvres sur les siennes, mettant tous ses sens en émoi.

— Monsieur Sweeney. Bonjour...

Rogan s'arrêta dans la salle principale en réprimant un soupir. L'homme maigre et grisonnant qui se tenait là, un carton à dessin serré contre sa poitrine, n'était pas un inconnu pour lui.

— Aiman, dit-il en saluant l'homme mal habillé aussi poliment que s'il venait d'accueillir un client fortuné. Il y a longtemps qu'on ne vous avait pas vu.

— Je travaillais...

Un tic nerveux agitait l'œil gauche d'Aiman.

— J'ai plein de nouvelles choses.

Il avait peut-être travaillé. Ce qui était certain en tout cas, c'était qu'il avait bu. Cela se devinait à son teint couperosé, à ses yeux rougis et gonflés et à ses mains tremblantes. Aiman avait à peine trente ans, mais l'excès de boisson le faisait paraître vieux, fragile et désespéré.

Il se tenait près de la porte, légèrement sur le côté afin de ne pas attirer l'attention des visiteurs de la galerie. Il suppliait Rogan du regard. Ses doigts n'arrêtaient pas de se crisper nerveusement sur le carton à dessin.

— J'espérais que vous auriez quelques minutes pour y jeter un coup d'œil, monsieur Sweeney.

— J'ai une exposition qui commence demain, Aiman. Une exposition importante.

— Je sais. J'ai vu l'annonce dans le journal.

Aiman s'humecta nerveusement les lèvres. La veille, il avait dépensé au pub les derniers sous qu'il avait gagnés en vendant ses dessins sur le trottoir. Il savait que c'était de la folie. Pire, c'était stupide. Car il cherchait maintenant désespérément une centaine de livres pour payer son loyer, faute de quoi il se retrouverait à la rue avant la fin de la semaine.

— Je pourrais vous les laisser, monsieur Sweeney. Et revenir lundi. J'ai… j'ai fait du bon travail. Je voulais que vous soyez le premier à les voir.

Rogan ne demanda pas à Aiman s'il était à court d'argent. La réponse allait de soi, et lui poser la question n'aurait fait qu'humilier le pauvre homme. À une époque, il s'était révélé un artiste plein de promesses, se rappela Rogan. Avant que l'angoisse et l'alcool ne finissent par le miner.

— Mon bureau est quelque peu encombré pour l'instant, dit aimablement Rogan. Venez là-haut me montrer ce que vous avez fait.

— Merci.

Une lueur de reconnaissance anima les yeux rougis de l'artiste et il lui fit un sourire pathétique, au bord des larmes.

— Merci, monsieur Sweeney. Je ne vous retiendrai pas longtemps, c'est promis.

— J'allais justement prendre une tasse de thé.

Discrètement, Rogan prit Aiman par le bras pour l'empêcher de tituber en montant l'escalier.

— Voulez-vous vous joindre à moi pendant que je regarderai vos dessins ?

— Avec grand plaisir, monsieur Sweeney.

Maggie recula légèrement pour que Rogan ne s'aperçoive pas qu'elle les observait tandis qu'ils montaient les marches. Elle avait été convaincue, absolument convaincue, qu'il mettrait l'artiste à la porte sans ménagement. Ou bien qu'il chargerait l'un de ses sousfifres de faire le sale boulot à sa place. Au lieu de quoi il avait invité cet homme à prendre le thé et l'avait emmené au premier étage comme s'il était le bienvenu.

Qui aurait pu se douter que Rogan Sweeney était capable d'une telle gentillesse ?

Et il lui achèterait des peintures. De manière que l'artiste ne soit pas blessé dans sa fierté et ait de quoi se remplir le ventre. Ce geste lui paraissait plus impressionnant, plus important, que les multiples donations que Worlwide faisait vraisemblablement chaque année.

Rogan prenait son rôle à cœur. Et s'en rendre compte lui fit autant honte que plaisir. Il s'intéressait autant aux mains de l'être qui avait créé les œuvres d'art qu'aux œuvres elles-mêmes.

Maggie retourna dans son bureau pour tout remettre en ordre... et pour tenter d'assimiler ce nouvel aspect de la personnalité de Rogan.

Vingt-quatre heures plus tard, Maggie était assise au bord du lit dans la chambre d'amis. La tête sur les genoux, elle se traitait de tous les noms, s'en voulant d'être malade, de se sentir aussi lâchement malade. Devoir admettre, ne serait-ce que pour elle-même, que ses nerfs pouvaient avoir raison d'elle l'humiliait profondément. Toutefois, cela ne servait à rien de le nier, elle avait un mauvais goût dans la gorge et frissonnait de tout son corps.

Cela n'a aucune importance, se répéta-t-elle pour la centième fois, *ce qu'ils penseront n'a strictement aucune importance. Ce qui compte, c'est ce que je pense, moi.*

Oh, Seigneur, pourquoi me suis-je laissé entraîner là-dedans ?

Inspirant lentement, elle releva la tête. Une nouvelle nausée lui fit grincer des dents. Elle aperçut son reflet dans le miroir accroché au mur qui lui faisait face.

Elle était en slip et en soutien-gorge. Sa peau paraissait d'une blancheur étonnante comparée aux dessous noirs qu'elle avait choisis. Elle avait le teint blême et les yeux cerclés de rouge. Un petit gémissement de douleur lui échappa lorsqu'elle rebaissa la tête.

Elle était vraiment dans un bel état et serait la risée de la soirée. Pourtant, dans le comté de Clare, elle était heureuse. C'était là qu'était sa place. Seule et sans entraves. Rien qu'elle et ses sculptures de verre face aux champs paisibles et aux brumes matinales. C'était d'ailleurs là qu'elle serait en ce moment si Rogan Sweeney et ses discours habiles n'étaient pas venus la détourner de son chemin.

Cet homme était le diable en personne, se dit-elle, oubliant qu'elle avait commencé à réviser son opinion sur lui. C'était un monstre, qui se jetait sur d'innocents artistes comme sur une proie, pour réaliser ses objectifs. Il la presserait comme un tube de peinture, puis la jetterait.

Si elle avait eu la force de se lever, elle l'aurait tué.

Lorsqu'elle entendit frapper discrètement à sa porte, Maggie ferma les yeux le plus fort possible. *Allez-vous-en*, cria-t-elle en silence. *Allez-vous-en et laissez-moi mourir en paix...*

On recommença à frapper, et une voix douce l'interpella :

— Maggie, vous êtes bientôt prête ?

Mme Sweeney... Maggie pressa ses paumes sur ses yeux qui lui piquaient en se retenant de hurler.

— Non, je ne suis pas prête.

Elle s'efforça de prendre une voix ferme et assurée, mais ne réussit qu'à parler d'un ton pleurnichard.

— Je ne viens pas.

Christine se glissa à l'intérieur de la chambre, dans un bruissement de soie.

— Oh, ma chérie, dit-elle avec une spontanéité toute maternelle en la prenant par les épaules. Ce n'est rien, petite. Ce sont vos nerfs.

— Je vais très bien...

Abandonnant brusquement toute fierté, Maggie enfouit son visage dans le giron de Christine.

— Mais je ne veux pas y aller.

— Allons, allons...

Christine lui releva le menton. Elle savait exactement sur quelle touche appuyer, ce qu'elle s'empressa de faire sans perdre une seconde.

— Vous n'allez quand même pas leur laisser croire que vous avez peur, dites-moi ?

— Je n'ai pas peur, rétorqua Maggie, prise d'une nouvelle nausée. Seulement, ça ne m'intéresse pas.

Christine sourit en lui caressant les cheveux et attendit.

— Je n'y arrive pas, madame Sweeney, avoua soudain Maggie. Je n'y arrive pas, c'est tout. Je vais m'humilier, et je ne supporte pas ça. Je préférerais encore être pendue.

— Je comprends parfaitement, mais vous n'allez nullement vous humilier, dit-elle en prenant les mains glacées de Maggie entre les siennes. Il est vrai que vous allez vous exposer autant que votre travail. C'est en ce sens que le monde de l'art est une folie. Ils vont se poser des questions sur vous, parler de vous et spéculer sur vous. Laissez-les faire.

— Ce n'est pas tellement ça – même si c'est en partie la raison. Je n'ai pas l'habitude qu'on s'interroge sur moi, et je ne crois pas que ça me plaise, mais il s'agit de mon travail...

Ses lèvres se pincèrent.

— C'est ce qu'il y a de meilleur en moi, madame Sweeney. Si ça ne plaît pas, si ce n'est pas assez bien...

— Ce n'est pas ce que pense Rogan.

— Comme s'il s'y connaissait, marmonna Maggie.

— Oui, il s'y connaît.

Christine redressa la tête. Cette enfant avait besoin d'être un peu maternée, décida-t-elle. Ce qui n'impliquait pas de faire preuve uniquement de gentillesse.

— Voulez-vous que j'aille lui dire que vous avez trop peur, que vous vous sentez trop peu sûre de vous pour assister au vernissage ?

— Non ! s'écria Maggie au désespoir en se couvrant le visage de ses mains. Il m'a piégée. C'est un serpent venimeux, un sale arriviste... Je vous demande pardon.

Se raidissant soudain, Maggie laissa retomber ses mains.

Christine s'appliqua à ne pas pouffer de rire.

— Ce n'est rien, dit-elle avec sobriété. Bon, attendez-moi ici, je vais dire à Rogan de partir sans nous. Il est déjà dans le hall, son imperméable sur le dos, en train de faire les cent pas.

— Je n'ai jamais rencontré quelqu'un qui soit à ce point obsédé par le temps.

— C'est un trait caractéristique des Sweeney. Michael me rendait folle avec ça, Dieu ait son âme.

Elle tapota affectueusement la main de Maggie.

— Je reviens tout de suite vous aider à vous habiller.

Maggie retint Christine par la manche.

— Madame Sweeney, pourquoi ne pas lui dire tout simplement que je suis morte ? Ils pourraient transformer le vernissage en charmante veillée funèbre. Et la règle veut qu'on fasse de plus gros bénéfices sur le dos d'un artiste mort que vivant.

— Là, vous voyez, vous vous sentez déjà nettement mieux, remarqua la vieille dame en se dégageant doucement de l'emprise de Maggie. Allez, dépêchez-vous d'aller vous rafraîchir le visage.

— Mais...

— Ce soir, je vais jouer le rôle de votre grand-mère, déclara Christine avec autorité. Je crois que Sharon aurait été contente que je le fasse. Allez, Margaret Mary, je vous ai dit d'aller vous laver la figure.

— Oui, madame... Madame Sweeney... ?

Ne sachant que faire d'autre, Maggie se leva en tremblant.

— Vous ne lui direz rien, n'est-ce pas ?... Je veux dire, je vous serais reconnaissante de ne pas répéter à Rogan ce que je...

— Une femme a quand même le droit de mettre du temps à s'habiller l'un des soirs les plus importants de sa vie.

— Je suppose, admit-elle, un vague sourire au coin des lèvres. Je vais passer pour une idiote frivole, mais il y a sans doute pire.

— Laissez-moi me charger de Rogan.

— Euh, encore une chose...

Maggie s'était arrangée pour ne plus y penser. Mais maintenant, autant regarder les choses en face.

— Vous croyez que vous pourriez retrouver ces articles de journaux dont vous m'avez parlé ? Sur ma mère ?

— Oui, je crois. J'aurais dû y penser plus tôt. Vous avez sûrement envie de les lire.

— Oui, j'aimerais bien.

— Je veillerai à vous les retrouver. Maintenant, allez vite vous laver. Je vais dire à Rogan de ne pas nous attendre.

Elle adressa un sourire confiant à Maggie avant de refermer la porte.

Lorsque Christine rejoignit Rogan, il était toujours en train d'arpenter furieusement le hall d'entrée.

— Où diable est-elle ? tonna-t-il en apercevant sa grand-mère. Il y a près de deux heures qu'elle se pomponne !

— Mais c'est tout à fait normal, rétorqua Christine en écartant les bras. L'impression qu'elle fera ce soir est déterminante, non ?

— C'est important, c'est vrai.

D'autant plus que, dans le cas contraire, tous ses rêves s'envoleraient en fumée en même temps que

169

ceux de Maggie. Il avait absolument besoin qu'elle soit là, ce soir, rayonnante.

— Mais pourquoi met-elle autant de temps ? Elle n'a qu'à enfiler ses vêtements et se passer la main dans les cheveux.

— Si tu crois vraiment une absurdité pareille, c'est signe que tu es resté trop longtemps célibataire, mon chéri.

D'un geste affectueux, Christine rectifia son nœud papillon déjà parfaitement en place.

— Tu es superbe dans ce smoking.

— Grand-mère, tu cherches à gagner du temps.

— Non, pas du tout, dit-elle en retirant une poussière imaginaire sur le revers de sa veste irréprochable. J'étais seulement descendue pour te dire de partir sans nous. Nous te rejoindrons dès que Maggie sera prête.

— Tout de même, à présent, elle devrait l'être.

— Eh bien, elle ne l'est pas. D'ailleurs, qu'elle arrive légèrement en retard pour faire son entrée sera du meilleur effet, tu ne crois pas, Rogan ? Tu sais toi-même combien la mise en scène a d'importance dans ce genre de circonstances.

Il y avait du vrai là-dedans.

— Bon, d'accord.

Il consulta sa montre et jura discrètement. S'il ne partait pas d'ici une minute, il serait lui-même en retard. Or, il se devait d'être là, afin de vérifier les détails de dernière minute, quelle que fût son envie d'attendre Maggie pour l'emmener lui-même à la galerie.

— Je te la confie. Je renverrai la voiture dès que le chauffeur m'aura déposé. Veille à ce qu'elle n'arrive pas dans plus d'une heure, promis ?

— Tu peux compter sur moi, mon chéri.

— C'est ce que je fais toujours, dit-il en l'embrassant sur la joue. Au fait, madame Sweeney, j'ai oublié de vous dire que vous étiez resplendissante.

170

— Oui, j'avais remarqué. Je commençais d'ailleurs à déprimer.

— Comme d'habitude, tu seras la femme la plus séduisante de la soirée.

— Bien dit. Allez, file en vitesse et laisse-moi m'occuper de Maggie.

— Avec plaisir.

Il jeta un dernier coup d'œil en haut de l'escalier avant de s'en aller. Et ce regard n'avait rien d'aimable.

— Je te souhaite bonne chance avec elle.

Quand la porte se referma, Christine poussa un gros soupir. En se disant qu'effectivement, elle allait en avoir grandement besoin.

9

Aucun détail n'avait été négligé. La lumière était parfaite, ruisselant et rebondissant sur les courbes et les tourbillons de verre. La musique, en ce moment une valse, se répandait doucement dans la salle, tels des sanglots de bonheur. Les coupes de champagne étincelaient sur les plateaux en argent que faisaient circuler gracieusement des serveurs en livrée. Le son du cristal s'entrechoquant et le brouhaha des voix faisaient un délicat contrepoint aux violons.

En un mot, tout était parfait, rien ne manquait. *Excepté l'artiste !* songea Rogan en se forçant à sourire.

— C'est merveilleux, Rogan.

Patricia se tenait à ses côtés, très élégante dans un fourreau blanc brodé de petites perles pailletées.

— Tu tiens là un fabuleux succès.

Il se tourna vers elle en souriant.

— Oui, on dirait.

Son regard s'attarda sur Patricia, longuement, intensément, et la mit mal à l'aise.

— Qu'est-ce qu'il y a ? J'ai un bouton sur le nez ?

— Non.

Rogan s'empressa de lever son verre, maudissant intérieurement Maggie pour lui avoir mis de ridicules idées en tête et le faire s'interroger sur une de ses amies les plus anciennes.

Patricia, amoureuse de lui ? Absurde...

— Excuse-moi. Je suis sans doute préoccupé. Je ne comprends pas ce qui retient Maggie.

— Je suis sûre qu'elle ne va pas tarder, lui assura la jeune femme en posant une main sur son bras. En attendant, tout le monde est ébloui par le travail que tu as fait.

— C'est une chance... Elle est toujours en retard, ajouta-t-il dans sa barbe. Elle n'a pas plus le sens de l'heure qu'une enfant.

— Rogan, mon cher, vous êtes là. Je vois que ma Patricia vous a trouvé.

— Bonsoir, madame Connelly, dit-il en serrant la main délicate de la mère de Patricia. Je suis ravi de vous voir. Aucun vernissage de ma galerie ne saurait être un succès sans votre présence.

— Flatteur !

Gloussant de plaisir, elle remonta son étole en vison sur ses épaules. Anne Connelly mettait le même acharnement à s'accrocher à sa beauté qu'à sa vanité. Elle considérait que le devoir d'une femme consistait autant à préserver son apparence qu'à tenir une maison ou à élever des enfants. Or, Anne ne négligeait jamais aucun de ses devoirs, et conservait par conséquent une peau fraîche et une silhouette gracieuse de jeune fille. Elle livrait une âpre et constante bataille contre les ans, bataille dont elle était depuis maintenant un demi-siècle toujours sortie vainqueur.

— Et votre mari ? reprit Rogan. Il vous a accompagnée ?

— Bien entendu. Mais il a déjà filé je ne sais où pour fumer le cigare et parler finances.

Elle fit un sourire radieux à Rogan quand il arrêta un serveur pour lui offrir une coupe de champagne.

— Il a beau vous adorer, cela ne change en rien son manque d'intérêt pour l'art. Ce travail est pourtant fascinant.

Elle montrait une sculpture posée près d'eux, une explosion de couleurs jaillissant d'une base tourbillonnante.

— Magnifique et dérangeant à la fois. Patricia m'a dit avoir rencontré brièvement l'artiste hier. Il me tarde de la connaître à mon tour.

— Elle n'est pas encore arrivée, répliqua Rogan, dissimulant sa propre impatience. Je pense que vous trouverez Mlle Concannon aussi contradictoire et intéressante que son œuvre.

— Et sans doute aussi fascinante ! Récemment, nous ne vous avons pas beaucoup vu, Rogan. J'ai pourtant insisté inlassablement auprès de Patricia pour qu'elle vous amène.

Anne Connelly posa sur sa fille un regard lourd de sous-entendus.

Il voulait dire : « Vas-y, ma fille. Ne le laisse pas t'échapper. »

— Je crains d'avoir été tellement occupé à monter cette exposition que j'ai quelque peu négligé mes amis.

— Vous êtes pardonné, à condition de venir dîner chez nous dès la semaine prochaine.

— Ce sera avec grand plaisir.

Rogan intercepta le regard de Joseph.

— Veuillez m'excuser une seconde, dit-il en s'éclipsant.

— Maman, as-tu vraiment besoin d'insister si lourdement ? murmura Patricia derrière son verre en le voyant s'éloigner dans la foule.

— Il faut bien que quelqu'un le fasse ! Voyons, ma chérie, il te traite comme si tu étais sa sœur !

Adressant un sourire éclatant à une vague connaissance, Anne continua à parler à voix basse.

— Un homme n'épouse pas une femme qu'il considère comme sa sœur. Et il est temps que tu te remaries. Tu ne trouveras jamais meilleur parti. Continue à traîner comme ça, et une autre te le ravira sous le nez. Et maintenant, souris, veux-tu ? Es-tu absolument obligée de toujours avoir cette tête d'enterrement ?

Docilement, Patricia se força à sourire.

— Tu as réussi à les joindre au téléphone ? demanda Rogan à son directeur dès qu'il l'eut rejoint.

— Oui, dans la voiture...

Le regard de Joseph balaya la salle, se posa sur Patricia, s'y attarda quelques secondes, puis continua.

— Elles seront là d'une seconde à l'autre.

— Avec plus d'une heure de retard ! Typique...

— Sans doute, mais tu seras content d'apprendre que nous avons déjà vendu dix pièces et avons autant d'options sur *Abandon*.

— Cette œuvre n'est pas à vendre.

Rogan contempla la sculpture flamboyante qui se dressait au milieu de la salle.

— Nous l'exposerons d'abord dans nos galeries de Rome, de Paris et de New York, avec les autres pièces que nous avons choisi de ne pas vendre.

— C'est toi qui décides, dit aimablement Joseph. Mais je te préviens que le général Fitzsimmons nous en a déjà offert vingt-cinq mille livres.

— Vraiment ? Arrange-toi pour que ça se sache, d'accord ?

— Compte sur moi. Entre-temps, je me suis efforcé de distraire quelques critiques d'art. Je pense que tu devrais...

Il s'interrompit en voyant le regard de Rogan s'assombrir tout à coup et fixer quelque chose avec intensité par-dessus son épaule. Joseph se retourna, vit ce qui retenait le regard de son patron et siffla discrètement.

— Elle est peut-être en retard, mais cela en valait la peine.

Joseph jeta un coup d'œil vers Patricia et devina à l'expression de son visage que, elle aussi, avait remarqué la réaction de Rogan. Il eut de la peine pour elle. Il savait par expérience personnelle combien il était triste d'aimer quelqu'un qui vous considérait seulement comme un ami.

— Tu veux que je la présente à nos collectionneurs ?

— Comment ? Non... Non, je vais le faire moi-même.

Rogan n'avait jamais imaginé que Maggie pût avoir une telle allure – elle était mince, resplendissante et sensuelle à souhait. La robe noire qu'elle avait choisie était d'une simplicité troublante. Tout le style de la robe venait du corps qui la portait. Elle la moulait comme un gant de la poitrine aux chevilles, mais sans aucune austérité, grâce aux petits boutons noirs scintillants qui la fermaient tout du long, et qu'elle avait laissés largement ouverts, révélant la naissance de ses seins et le haut d'une cuisse délicieusement galbée.

Sa chevelure formait une couronne de feu autour de son visage. En s'approchant, Rogan remarqua que ses yeux avaient commencé à scruter la salle, jaugeant et enregistrant tout ce qui se passait.

L'air plein d'assurance et de défi, elle donnait l'impression d'être parfaitement maîtresse d'elle-même.

Elle l'était... du moins, pour l'instant. Ce trac terrible l'avait mise si mal à l'aise qu'elle avait réussi à prendre sur elle et à faire preuve de volonté.

Maintenant elle était là. Pour réussir.

— Vous êtes extrêmement en retard...

Rogan marmonna cette remarque sur la défensive en prenant sa main qu'il porta à ses lèvres.

— Et extrêmement belle.

— La robe vous convient ?

— Ce n'est pas le mot que j'aurais employé, mais oui, elle me convient.

Maggie se décida finalement à lui sourire.

— Vous aviez peur que j'arrive avec un vieux jean rapiécé et des grosses bottes.

— Pas en sachant que ma grand-mère était là pour monter la garde.

— C'est la femme la plus merveilleuse que je connaisse. Vous avez de la chance de l'avoir.

Plus que les mots, l'émotion sincère perceptible dans sa voix poussa Rogan à regarder Maggie d'un air intrigué.

— J'en suis conscient.

— Vous ne pouvez pas l'être. Enfin, pas vraiment, puisque vous n'avez jamais rien connu d'autre.

Une multitude de regards étaient rivés sur elle, brillants de curiosité.

— Bon, il est temps d'entrer dans la cage aux lions, j'imagine ? Mais ne vous en faites pas, enchaîna-t-elle avant qu'il ne puisse répondre. Je me tiendrai bien. Mon avenir en dépend.

— Ce n'est qu'un début, Margaret Mary.

Et lorsqu'il l'entraîna vers la salle resplendissante de lumières et de couleurs, elle se dit qu'il avait sans doute malheureusement raison.

Néanmoins, Maggie se montra parfaite. La soirée se déroula le mieux du monde ; elle serra des mains, accepta des compliments et répondit à toutes les questions. La première heure passa comme dans un rêve, au milieu des scintillements des coupes de champagne, des sculptures de verre et des bijoux. Elle était détendue, se sentant légèrement en dehors de la réalité, comme déconnectée, à la fois spectatrice et actrice d'une pièce de théâtre somptueusement mise en scène.

— Celle-ci... Ah, celle-ci !

Un homme chauve, avec une moustache tombante et un fort accent britannique, tomba en arrêt devant l'une de ses œuvres. C'était une série de lances bleu électrique enfermées dans un globe de verre lisse.

— Vous l'avez intitulée *Emprisonnés*. Ah ! cette créativité, cette sensualité qui lutte pour tenter de se libérer... C'est un peu l'éternel combat que dôit mener l'homme, finalement. À la fois triomphant et plein de mélancolie.

— Ça représente les six comtés, dit simplement Maggie.

L'homme chauve cligna des yeux.

— Pardon ?

— Les six comtés d'Irlande, répéta-t-elle avec une lueur malicieuse dans les yeux. Emprisonnés.

— Je vois.

Joseph, qui se tenait juste à côté de ce critique impromptu, étouffa un éclat de rire.

— L'emploi de la couleur est ici particulièrement frappant, lord Whitfield. La transparence crée une tension irrésolue entre sa délicatesse et sa magnificence.

— Absolument, acquiesça lord Whitfield en se raclant la gorge. Tout à fait extraordinaire. Euh, excusez-moi, je vous prie.

Maggie le regarda s'éclipser avec un grand sourire.

— Ça m'étonnerait qu'il veuille l'acheter pour la mettre dans son bureau. Qu'en pensez-vous, Joseph ?

— Je pense que vous êtes une femme pleine de malice, Maggie Concannon.

— Je suis irlandaise, et par conséquent rebelle, rétorqua-t-elle en lui faisant un clin d'œil.

Il rit de bon cœur et, la prenant par la taille, l'entraîna plus loin.

— Ah, madame Connelly ! dit-il soudain en pinçant discrètement Maggie. Vous êtes resplendissante, comme toujours.

— Joseph... Toujours un mot aimable à la bouche, je vois.

Elle se tourna vers Maggie, ignorant Joseph qu'elle considérait manifestement comme un vulgaire factotum.

— Voici la créatrice, je suppose. J'étais impatiente de vous connaître, ma chère. Je suis Mme Dennis Connelly – Anne. Je crois que vous avez rencontré ma fille, Patricia, hier.

— Oui, en effet.

Maggie trouva la poignée de main d'Anne Connelly aussi douce et délicate que du satin.

— Elle doit être quelque part avec Rogan. Ils forment un couple merveilleux, vous ne trouvez pas ?

— Oui, merveilleux.

Étant à même de repérer une mise en garde quand on lui en adressait une, Maggie fronça un sourcil.

— Vous habitez Dublin, madame Connelly ?

— Oui. À une centaine de mètres de la résidence des Sweeney. Ma famille fait partie de la haute société de Dublin depuis des générations. Et vous, vous venez des comtés de l'Ouest, je crois ?

— Du comté de Clare, oui.

— C'est un endroit superbe. Avec tous ces petits villages charmants et ces jolis toits de chaume... Vos parents sont fermiers, m'a-t-on dit ?

Anne plissa le nez, visiblement amusée.

— Ils l'étaient.

— Tout ceci doit être très excitant pour vous, surtout en ayant été élevée à la campagne. Je suis sûre que vous êtes contente de votre séjour à Dublin. Vous repartez bientôt ?

— Oui, très bientôt.

— J'imagine que la campagne vous manque. Dublin peut être troublante pour quelqu'un qui n'a pas l'habitude de vivre en ville. C'est un peu comme de se retrouver à l'étranger.

— J'ai quand même l'avantage de comprendre la langue, répliqua Maggie d'une voix neutre. Je vous souhaite une excellente soirée, madame Connelly. Excusez-moi, voulez-vous ?

Et si Rogan espérait vendre une œuvre de Maggie Concannon à cette femme, pensa-t-elle en s'éloignant, il allait être déçu.

Maudite soit cette fichue clause d'exclusivité... Maggie aurait préféré réduire toutes ses œuvres en poussière plutôt que d'en voir une seule dans les mains d'Anne Connelly. Cette femme lui avait parlé comme si elle n'était qu'une fille de ferme mal dégrossie avec de la paille dans les cheveux !

Pour se calmer, Maggie quitta la grande salle et se dirigea vers un des petits salons. Partout, il y avait des gens en train de bavarder, de rire et de discuter à son sujet. La tête commença à lui tourner lorsqu'elle descendit l'escalier. Elle allait s'offrir une bière dans la cuisine, décida-t-elle, et quelques minutes de tranquillité.

Marchant à grands pas, elle s'arrêta net en apercevant un homme corpulent en train de fumer un gros cigare et de siroter une bière.

— Pris en flagrant délit ! s'exclama-t-il en lui faisant un sourire tout penaud.

— Alors, nous sommes deux. J'étais descendue moi aussi pour boire tranquillement une bière.

— Permettez que j'aille vous en chercher une.

Galamment, il s'extirpa de son fauteuil et alla prendre une bouteille dans le frigidaire.

— Vous ne voulez pas que j'éteigne mon cigare, dites-moi ?

Le ton suppliant de sa voix la fit rire.

— Pas du tout. Mon père fumait la pipe et son tabac empuantissait l'atmosphère. J'adorais ça.

— Voilà une bonne fille, dit-il en lui tendant un verre. J'ai horreur de ce genre de soirées. Mais ma femme s'obstine à m'y traîner.

— Moi aussi, j'en ai horreur.

— Les œuvres exposées sont plutôt belles, remarqua-t-il en buvant un coup. J'aime bien les couleurs et les formes. Non que je m'y connaisse beaucoup dans ce domaine. C'est ma femme l'expert. Mais, dans l'ensemble, ça me plaît, et je trouve que c'est suffisant comme ça.

— Moi aussi.

— Tout le monde cherche toujours à expliquer en termes savants ce que l'artiste a en tête, le symbolisme et tout ça... je ne comprends rien à ce qu'ils racontent.

Cet homme était un peu ivre, mais Maggie le trouvait sympathique.

— Eux non plus.

— Mais oui, c'est ça ! s'écria-t-il en levant son verre pour s'octroyer une longue rasade. Eux non plus ! Ils font seulement semblant. Mais si je disais ça à ma femme – Anne –, elle me jetterait un de ces regards...

Il plissa les yeux et fronça les sourcils de façon comique. Maggie pouffa de rire.

— Qui se soucie de ce qu'ils pensent, de toute façon ? reprit Maggie en posant un coude sur la table, le menton dans la main. Ce n'est pas comme si la vie de quelqu'un en dépendait.

Hormis la mienne ! songea-t-elle brièvement, en s'appliquant à repousser cette pensée.

— Vous ne croyez pas que ce genre de soirées n'est qu'un prétexte pour les gens à se mettre sur leur trente et un et à jouer les importants ?

— Oui, absolument...

Il était si profondément d'accord avec elle qu'il entrechoqua vivement son verre, contre le sien.

— Personnellement, vous savez ce que j'avais envie de faire, ce soir ?

— Non. Quoi ?

— M'installer dans un fauteuil, les pieds sur un pouf, en sirotant un bon whisky irlandais devant la télévision.

Il laissa échapper un gros soupir de regret.

— Mais je ne pouvais pas décevoir Anne – et encore moins Rogan.

— Vous le connaissez ?

— Comme s'il était mon fils. Il est devenu un homme bien. Il n'avait pas vingt ans quand je l'ai connu. Son père et moi faisions des affaires ensemble, et il tardait à ce garçon de travailler ici, dit-il en montrant la galerie d'un grand geste de la main. C'est un malin.

— Et vous-même, dans quel domaine êtes-vous ?

— La banque.

— Excusez-moi...

Une voix de femme les interrompit. Ils se retournèrent et aperçurent Patricia sur le seuil, les mains sagement croisées.

— Ah, voilà mon adorée !

Le gros homme se leva et serra Patricia si fort dans ses bras qu'il faillit l'étouffer. Au lieu de le repousser, ou de faire une moue dégoûtée, la jeune femme se mit à rire, d'un rire bref et musical.

— Papa, tu vas me casser en deux.

Papa ? C'était donc le père de Patricia ? Le mari d'Anne ? Cet homme délicieux avait épousé cette... cet épouvantable glaçon ? Décidément, cela ne faisait que prouver que la formule « Jusqu'à ce que la mort nous sépare » était la plus ridicule qu'on pût forcer un être humain à prononcer.

— Je vous présente ma petite fille, dit le gros homme en se retournant, visiblement très fier. Elle n'est pas belle, ma Patricia ?

— Si, en effet, dit Maggie en se levant. Je suis contente de vous revoir.

— Moi aussi. Félicitations. Votre exposition est un succès.

— Votre exposition ? répéta le gros homme d'un air ahuri.

— Nous ne nous sommes pas présentés...

En riant, Maggie vint vers lui et lui tendit la main.

— Je suis Maggie Concannon, monsieur Connelly.

— Oh...

Il resta coi un moment, se triturant les méninges en cherchant s'il lui avait dit quelque chose d'insultant.

— Enchanté, parvint-il enfin à articuler. Dennis Connelly.

— Tout le plaisir est pour moi. Je viens de passer les dix minutes les plus agréables de toute la soirée, et je vous en remercie.

Dennis sourit. Pour une artiste, cette femme semblait particulièrement humaine.

— J'aime vraiment les couleurs et les formes, répéta-t-il avec enthousiasme.

— C'est le plus beau compliment que j'aie entendu ce soir.

— Papa... maman te cherche.

Patricia balaya quelques cendres de cigare sur le revers de sa veste. Ce geste, que Maggie avait eu d'innombrables fois pour son père, lui alla droit au cœur.

— Alors, il vaudrait mieux qu'elle me trouve.

Il se retourna vers Maggie et, voyant qu'elle lui souriait, lui sourit en retour.

— J'espère que nous nous reverrons, mademoiselle Concannon.

— Moi aussi.

— Vous ne remontez pas avec nous ? demanda Patricia.

— Non, pas tout de suite, répondit Maggie, n'ayant aucune envie de parler davantage avec la mère de la jeune femme.

Dès que les pas s'éloignèrent sur le parquet ciré, son visage s'assombrit. Elle resta assise, toute seule, dans la cuisine inondée de lumière. La pièce était calme, si calme qu'elle crut un instant que le reste du bâtiment était vide.

Elle aurait aimé être seule. Elle pensa que la tristesse qui l'accablait tout à coup n'était due qu'au manque de la solitude de ses prés verts, de ses collines paisibles, des longues heures de silence, uniquement troublées par le ronronnement de son four et de son imagination.

Et, paradoxalement, il n'y avait pas que cela. Ce soir, l'un des plus beaux soirs de sa vie, elle n'avait personne. Au sein de cette foule brillante et bavarde qui s'égayait là-haut, il n'y avait personne qui la connaissait, s'intéressait à elle ou la comprenait. Là-haut, personne n'attendait Maggie Concannon.

Eh bien, elle n'avait donc qu'elle, songea-t-elle en se levant. Et finalement, c'était tout ce dont elle avait besoin. Son travail avait été bien reçu. Deviner ce qui se cachait sous toutes ces formules creuses et pompeuses n'était pas si compliqué. Les amis de Rogan aimaient ce qu'elle faisait, c'était déjà une première étape.

Elle était en bonne voie, se dit-elle en sortant de la cuisine. Le chemin menant à la gloire et à la fortune, dont avaient été évincés les Concannon depuis deux générations, s'ouvrait devant elle. Et elle se débrouillerait toute seule.

La lumière et la musique se répandaient dans l'escalier comme une poussière féerique le long d'un arc-en-ciel. Maggie s'immobilisa au pied des marches, la main sur la rampe, un pied sur la première marche. Puis, brusquement, elle se retourna, sortit en trombe de la galerie et s'enfuit dans la nuit.

Quand la pendule sonna une heure, Rogan tira sur son élégant nœud papillon et jura. Cette femme méritait d'être étranglée, se dit-il en arpentant le hall plongé dans la pénombre. Elle avait eu le culot de disparaître au beau milieu d'une soirée organisée spécialement en son honneur, le laissant se répandre en excuses aussi plates que ridicules.

Il aurait dû savoir qu'on ne pouvait pas compter sur une femme ayant ce caractère pour se comporter convenablement. Il aurait dû s'en douter, et ne pas lui accorder une place aussi prépondérante au sein de ses propres ambitions et de ses espoirs en l'avenir de la galerie.

Comment espérait-il monter une galerie d'art irlandais si la première artiste qu'il avait personnellement sélectionnée, soignée et présentée fuyait le soir même du vernissage comme une enfant irresponsable ?

La nuit était déjà bien avancée, et il n'avait aucune nouvelle d'elle. Le succès indiscutable de l'exposition, sa propre satisfaction d'avoir bien fait son travail, tout cela s'était d'un seul coup assombri, comme le ciel de son cher comté de l'Ouest. Il ne pouvait rien faire d'autre qu'attendre.

Et s'inquiéter.

Elle ne connaissait pas Dublin. Malgré le charme et la beauté de la ville, il y avait tout de même des quartiers dangereux pour une femme seule. Sans compter qu'il y avait toujours la possibilité d'un accident – à cette idée, il ressentit un soudain et lancinant mal de tête à la base du crâne.

Rogan était déjà devant le téléphone, prêt à appeler les hôpitaux, quand il entendit la porte d'entrée se refermer. Il pivota sur ses talons et se précipita dans l'entrée.

Elle était là et, à la lueur vacillante du chandelier, il vit qu'elle n'avait rien. Des envies de meurtre recommencèrent à lui traverser l'esprit.

— Où diable étiez-vous passée ?

Maggie avait espéré qu'il serait allé trinquer avec ses amis dans un quelconque club huppé pour finir la soirée. Voyant qu'il n'en était rien, elle lui fit un sourire en haussant les épaules.

— Oh, je me suis promenée. Votre ville est encore plus splendide la nuit.

Rogan la regardait fixement, les poings crispés.

— Vous êtes en train de me dire que vous avez fait du tourisme jusqu'à une heure du matin ?

— Il est si tard ? J'ai dû perdre la notion du temps. Eh bien alors, je vous dis bonne nuit.

— Pas question ! s'écria-t-il en se plantant devant elle. Vous allez d'abord me donner des explications sur votre conduite.

— Ça, c'est une chose que je ne donne jamais à personne, mais si vous étiez plus clair, peut-être pourrais-je faire une exception.

— Il y avait ce soir près de deux cents personnes rassemblées en votre honneur. Vous avez fait preuve d'une grossièreté incroyable.

— C'est absolument faux.

Plus gênée qu'elle ne voulait l'admettre, Maggie passa devant lui pour aller s'asseoir dans le salon, retira ses escarpins à talons qui lui faisaient mal et posa les pieds sur un petit tabouret orné de pompons.

— La vérité, c'est que j'ai été tellement aimable que mes dents ont failli me sortir de la bouche. J'espère sincèrement ne plus avoir à sourire à qui que ce soit pendant au moins un mois. Je prendrais volontiers un petit cognac, Rogan. Il fait froid, à cette heure de la nuit.

Pour la première fois, il remarqua qu'elle ne portait rien sur sa légère robe noire.

— Où est votre cape ?

— Je n'en avais pas. Il faudra inscrire ça sur votre carnet. Procurer une cape du soir à Maggie.

Elle prit le verre qu'il lui tendait.

— Bon sang, vos mains sont glacées... Vous n'êtes décidément pas raisonnable.

— Oh, elles ne vont pas tarder à se réchauffer.

Maggie fronça les sourcils en le voyant s'approcher de la cheminée pour allumer un feu.

— Que se passe-t-il ? Il n'y a pas de domestiques ?

— Taisez-vous. S'il y a une chose que je ne tolérerai pas de vous ce soir, c'est bien les sarcasmes. Je n'ai pas l'intention d'en supporter davantage.

— Vous n'avez rien eu à supporter du tout. Je suis venue à votre vernissage, oui ou non ? Dans une robe correcte, en plus, et avec un sourire punaisé aux lèvres.

— C'était votre vernissage, rétorqua-t-il. Vous n'êtes qu'une enfant gâtée, ingrate et égoïste.

Maggie avait beau être épuisée, elle n'avait pas l'intention de le laisser lui parler ainsi. Elle se raidit et le regarda droit dans les yeux.

— Je ne vous contredirai pas là-dessus. Je suis exactement comme vous dites, on me l'a répété toute ma vie. Heureusement pour nous deux, ce n'est que de mon travail que vous devez vous occuper.

— Avez-vous seulement une idée du temps, des efforts et des dépenses qu'a demandés l'organisation de cette exposition ?

— Ça, c'est vous que ça regarde, comme vous me le rappelez si souvent, riposta-t-elle d'une voix aussi tendue que l'était son dos. D'ailleurs, j'étais là, et je suis restée près de deux heures à frôler les coudes de parfaits étrangers.

— Apprenez qu'un client n'est jamais un étranger. Et que la grossièreté n'a rien d'attrayant.

Le ton calme et maîtrisé de Rogan la désarçonna quelque peu.

— Je ne vous ai jamais dit que je resterais toute la soirée. J'avais besoin d'être seule, c'est tout.

— Et d'errer dans les rues toute la nuit ? Pendant que vous êtes ici, je suis responsable de vous, Maggie. Pour l'amour du ciel ! J'ai failli appeler la police.

— Vous n'êtes en rien responsable de moi. Je suis assez grande pour me prendre en charge.

Toutefois, elle vit dans son regard qu'il n'avait pas seulement été furieux mais également inquiet.

— Si je vous ai donné du souci, je vous prie de m'excuser. Je suis seulement allée faire un tour.

— Pour aller vous promener, vous avez abandonné votre première exposition digne de ce nom, sans même dire au revoir ?

— Oui !

Avant même qu'elle s'en rendît compte, son verre atterrit contre la cheminée et se fracassa en mille morceaux.

— Il fallait que je sorte ! Je n'arrivais plus à respirer. Je n'en pouvais plus ! Tous ces gens en train de me dévisager, moi, mon travail. Et cette musique, ces lumières... Tout était si beau, si parfait. Je ne pensais pas que cela m'effraierait autant. Le premier jour, quand vous m'avez fait visiter la galerie, et que j'ai vu mes œuvres si bien disposées, comme dans un rêve, j'ai cru que j'arriverais à le supporter...

— Vous aviez peur.

— Oui, bon sang ! Ça vous fait plaisir de l'entendre ? Quand vous avez ouvert la porte et que j'ai vu ce que vous aviez fait, j'ai été terrorisée. Je pouvais à peine parler. C'est de votre faute. Vous avez ouvert cette boîte de Pandore, et tous mes espoirs, mes craintes et mes besoins se sont épanouis d'un coup. Vous ne savez pas ce que c'est que d'avoir des besoins, de terribles besoins, auxquels vous ne croyez pas avoir droit de laisser libre cours.

Rogan la considéra un instant, mélange d'ivoire et de feu dans sa robe noire moulante.

— Oh, mais si je peux, dit-il calmement. Vous auriez dû me le dire, Maggie.

Sa voix était redevenue très douce, et il s'avança vers elle.

Elle leva les mains devant elle pour l'empêcher de s'approcher.

— Non, arrêtez. Je ne supporterais pas que vous soyez gentil, pas maintenant, alors que je sais que je ne le mérite pas... J'ai eu tort de partir comme ça. C'est égoïste et ingrat de ma part.

D'un air las, elle laissa retomber ses bras le long de son corps.

— Mais, vous comprenez, il n'y avait personne qui m'attendait en haut de ces marches. Personne. Ça m'a brisé le cœur.

Elle lui parut si fragile tout à coup qu'il fit ce qu'elle lui avait demandé et ne la toucha pas, craignant de la voir s'évanouir entre ses mains.

— Si vous m'aviez expliqué à quel point c'était important pour vous, Maggie, je me serais arrangé pour faire venir votre famille.

— On ne fait pas venir Brianna comme ça. Et Dieu sait que vous ne pouvez pas faire revenir mon père.

Sa voix se brisa, et elle eut honte. Retenant un sanglot, elle plaqua sa main sur sa bouche.

— Je suis exténuée, c'est tout, reprit-elle en luttant de son mieux pour maîtriser sa voix. Toute cette excitation m'a épuisée. Je vous dois des excuses pour être partie ainsi, et des remerciements pour tout le travail que vous avez fait pour moi.

Rogan préférait encore l'entendre râler ou pleurer que prendre ce ton poli et guindé. Cela ne lui laissait d'autre choix que de lui répondre gentiment.

— Le plus important, c'est que l'exposition ait été un succès.

— Oui...

La lueur des flammes dansait dans ses yeux verts.

— C'est le plus important. Maintenant, si vous voulez bien m'excuser, je vais aller me coucher.

— Bien sûr... Maggie ? Encore une chose.

Elle se retourna. Il se tenait devant le feu, nimbé d'une lumière dorée.

— Oui ?

— J'étais là pour vous, en haut de ces marches. La prochaine fois, essayez de vous en souvenir, et de vous en contenter.

Maggie ne répondit pas. Il n'entendit que le crissement soyeux de sa robe quand elle se précipita vers l'escalier, puis le bruit mat de sa porte qui se refermait.

Rogan resta encore quelques instants à contempler le feu. Une bûche se fendit en deux sous l'effet des flammes et de la chaleur. De la fumée s'échappa, attisée par le vent. Puis une gerbe d'étincelles jaillit contre le pare-feu avant de retomber et de venir mourir sur la pierre.

Elle était capricieuse, imprévisible et ardente comme l'était ce feu, songea-t-il. Aussi dangereuse... et aussi élémentaire.

Et il était follement amoureux d'elle...

10

— Comment ça, partie ?

Rogan s'écarta de son bureau et regarda Joseph d'un air effaré.

— Elle ne peut pas être partie.

— Mais si. Elle est passée à la galerie pour dire au revoir il y a moins d'une heure, expliqua Joseph en sortant une enveloppe de sa poche. Elle m'a demandé de te remettre ça.

Rogan prit l'enveloppe et la jeta sur son bureau.

— Tu veux dire qu'elle est repartie chez elle, dans le comté de Clare ? Dès le lendemain de l'exposition ?

— Oui, et dare-dare. Je n'ai même pas eu le temps de lui montrer les comptes rendus de presse.

Joseph tripota l'anneau en or qui ornait son oreille.

— Elle avait réservé un vol pour Shannon. Elle m'a dit qu'elle n'avait que le temps de dire au revoir, m'a donné cette enveloppe pour toi, m'a embrassé et a filé. On aurait dit une petite tornade.

Il sourit et haussa les épaules.

— Je suis navré, Rogan, si j'avais su que tu voulais qu'elle reste, j'aurais essayé de la retenir. Cela n'aurait sans doute pas servi à grand-chose, mais j'aurais quand même pu essayer.

— Ça ne fait rien, dit-il en se réinstallant dans son fauteuil. De quelle humeur était-elle ?

— Impatiente, pressée, distraite. Bref, comme d'habitude. Elle m'a dit qu'elle voulait rentrer chez elle pour se remettre au travail. Je n'étais pas sûr que tu sois au courant, c'est pourquoi j'ai préféré venir te le dire en personne. J'ai rendez-vous avec le général Fitzsimmons, et c'était sur mon chemin.

— Je te remercie. Je devrais être à la galerie vers quatre heures. Présente mes respects au général.

— Je n'y manquerai pas, dit Joseph avec un sourire étincelant. Au fait, il a offert cinq mille livres de plus pour *Abandon*.

— Ce n'est pas à vendre.

Dès que Joseph eut refermé la porte, Rogan prit l'enveloppe sur son bureau et, toutes affaires cessantes, l'ouvrit avec un coupe-papier à manche d'ébène. Le papier à lettres couleur crème mis à la disposition des invités dans la chambre était recouvert de la belle écriture souple de Maggie.

Cher Rogan,

J'imagine que vous serez agacé d'apprendre que je suis partie si vite, mais je ne pouvais pas faire autrement. J'ai besoin de rentrer chez moi et de me remettre au travail, et je ne m'en excuse pas. Vous allez sans doute commencer à me bombarder de télégrammes furibonds, mais je vous préviens d'avance que je compte les ignorer, du moins pendant un temps. Merci d'adresser à votre grand-mère mon meilleur souvenir. Et je ne serais pas fâchée que vous pensiez à moi de temps à autre.

Maggie

Oh, encore une chose. Cela vous intéressera peut-être de savoir que j'emporte avec moi une demi-douzaine de recettes de Julien (c'est le nom de votre cuisinier, au cas où vous ne le sauriez pas). Il me trouve charmante.

Rogan parcourut la lettre une seconde fois avant de la reposer. C'était tout aussi bien, décida-t-il. Ils seraient tous les deux plus heureux et plus productifs s'il y avait toute l'Irlande entre eux. En tout cas, lui le serait. Travailler efficacement à côté d'une femme dont on était amoureux n'était guère facile, surtout quand elle s'évertuait à vous frustrer à tous les niveaux possibles.

Et, avec un peu de chance, les sentiments qui venaient de naître en lui s'estomperaient, avec le temps et la distance.

Sur ces considérations, Rogan plia la lettre et la rangea. Finalement, il était content qu'elle soit partie, satisfait d'avoir mené à bien la première étape du plan qu'il envisageait pour sa carrière et heureux qu'elle lui ait, malgré elle, laissé le temps de se remettre des émotions qui le troublaient.

Au diable toutes ces foutaises... Elle lui manquait déjà.

Le ciel était limpide comme l'eau d'un torrent. Assise sur le seuil de la maison, les coudes sur les genoux, Maggie respira à pleins poumons. Au-delà du portail du jardin et du fuchsia qui retombait en cascades éclatantes, elle apercevait le vert tendre des collines et des vallées. Plus loin, la silhouette sombre des montagnes se détachait sur fond de ciel pur et transparent.

Une des vaches de Murphy meugla, une autre lui répondit. Le bourdonnement qu'elle percevait devait provenir de son tracteur. Quant au rugissement insistant et régulier, semblable à celui de l'océan, il venait des fours qu'elle s'était empressée de rallumer dès son arrivée.

Les fleurs resplendissaient dans la lumière du soleil, les bégonias rouges s'entrelaçaient aux dernières tulipes et aux lances dentelées des pieds-d'alouette. L'air embaumait le thym et le romarin, dont l'odeur se mêlait à celle des roses sauvages qui se balançaient légèrement sous la brise.

Le carillon que Maggie avait fabriqué avec des chutes de verre tinta mélodieusement au-dessus de sa tête.

Dublin, avec ses rues encombrées et noires de monde, lui semblait très loin.

Sur la route en contrebas qui serpentait comme un ruban, elle aperçut un camion rouge, minuscule et scintillant comme un jouet, aborder un virage et grimper vers un cottage.

C'est l'heure du thé, songea-t-elle en soupirant de bonheur.

Elle entendit d'abord le chien aboyer, puis un bruissement d'ailes qui lui fit deviner qu'il venait de débusquer un oiseau. Enfin la voix de sa sœur lui parvint, indulgente et amusée.

— Allons, Conco, laisse-le tranquille, espèce de gros balourd !

Le chien recommença à aboyer et, quelques secondes plus tard, sauta contre le portail du jardin. Il se mit à japper de joie en apercevant Maggie.

— Enlève tes pattes de là, ordonna Brianna. Tu veux qu'elle retrouve sa porte arrachée en rentrant et que... Oh !

En voyant sa sœur, elle s'immobilisa, la main sur la tête massive du chien de berger.

— Je ne savais pas que tu étais revenue, dit-elle avec un grand sourire en poussant le portail.

— Je viens d'arriver.

Maggie passa les quelques minutes suivantes à être accueillie avec enthousiasme par Concobar qui la lécha allégrement jusqu'à ce que Brianna lui donne l'ordre de se coucher. Aussitôt, il obéit, ses pattes avant sur les pieds de Maggie, comme pour s'assurer qu'elle ne partirait plus.

— J'avais un peu de temps devant moi, dit Brianna. Alors, je suis venue m'occuper un peu de ton jardin.

— Je le trouve parfait comme ça.

— Tu dis toujours ça. Je t'ai apporté un pain que j'ai fait cuire ce matin. Je comptais le mettre dans ton congélateur.

Vaguement mal à l'aise, Brianna lui tendit un panier. Le regard calme et froid de sa sœur cachait quelque chose.

— Comment as-tu trouvé Dublin ?

— Encombré.

Maggie déposa le panier sur le seuil. L'odeur qui s'échappait du torchon était si appétissante qu'elle ne résista pas au plaisir de prendre un morceau de pain bis.

— Et bruyant.

Elle lança un morceau de pain en l'air. Concobar l'attrapa d'un bond, n'en faisant qu'une bouchée, et se lécha les babines.

— Tu n'es qu'un gros glouton.

Elle lui donna un autre bout de pain puis se leva.

— Brie, j'ai quelque chose pour toi.

Maggie rentra dans la maison, abandonnant sa sœur sur le seuil. Lorsqu'elle revint, elle lui tendit une petite boîte et une enveloppe en kraft.

— Il ne fallait rien me rapporter... commença à dire Brianna.

Elle se sentait coupable. Une fois de plus... Résignée, elle ouvrit la boîte.

— Oh, Maggie, c'est ravissant ! C'est la plus belle chose que j'aie jamais eue.

Elle brandit la broche qui scintilla au soleil.

— Tu n'aurais pas dû dépenser ton argent.

— J'en fais ce que je veux, dit rapidement Maggie. Et j'espère que tu la porteras avec autre chose qu'un tablier.

— Je ne porte pas tout le temps un tablier, répliqua calmement Brianna.

Elle remit la broche dans l'écrin qu'elle glissa ensuite dans sa poche.

— Merci. Tu sais, Maggie, j'aurais bien voulu...

— Tu n'as pas regardé l'autre.

Maggie savait pertinemment que sa sœur aurait bien voulu être avec elle à Dublin, mais ne souhaitait pas l'entendre. Qu'elle ait regretté son absence n'avait maintenant plus d'importance.

Brianna observa son aînée et ne lut aucun signe de radoucissement sur son visage.

— Bon, comme tu veux...

Elle déchira l'enveloppe et en sortit plusieurs feuilles de papier.

— Oh, mon Dieu !

Aussi splendide que soit la broche, ce n'était rien comparé à ce qu'elle avait sous les yeux.

— Des recettes ! Des soufflés, des gâteaux et – oh, regarde-moi ce poulet ! Ce doit être une merveille.

— *C'est* une merveille.

Maggie secoua la tête en soupirant devant la réaction étonnée de Brianna.

— J'y ai moi-même goûté. Ainsi qu'à cette soupe – les herbes, c'est là le secret, à ce qu'il paraît.

— Mais où as-tu trouvé tout ça ?

Brianna se mordait la lèvre inférieure tout en consultant les pages manuscrites comme s'il s'agissait d'un précieux trésor exhumé du fond des âges.

— C'est le cuisinier de Rogan qui me les a données. Il est français.

— Des recettes d'un chef français... dit Brianna d'un ton rempli de respect.

— Je lui ai promis que tu lui enverrais quelques-unes des tiennes en échange.

— Des miennes ? fit Brianna en clignant des yeux, comme si elle sortait d'un rêve. Mais... il ne peut pas vouloir des miennes.

— Non seulement il le peut, mais il les veut. Je lui ai vanté ton ragoût irlandais et ta tarte aux framboises. Et je lui ai donné ma parole d'honneur que tu les lui enverrais.

— Je le ferai, bien entendu, mais je ne comprends pas comment... Merci, Maggie. C'est un merveilleux cadeau.

Brianna s'avança pour embrasser sa sœur, puis recula, frappée par la froideur de la réaction de Maggie.

— Tu ne veux pas me dire comment ça s'est passé pour toi ? J'ai bien essayé d'imaginer, mais je n'ai pas réussi.

— Plutôt bien. Il y avait beaucoup de monde. Rogan semble savoir s'y prendre pour exciter la curiosité des gens. Il y avait un orchestre, avec des serveurs en costume blanc qui apportaient des coupes de champagne et des plateaux en argent avec des tas de petits machins à grignoter.

— Ça devait être superbe. Je suis si fière de toi.

Le regard de Maggie se glaça.

— C'est vrai ?

— Tu le sais bien.

— Ce que je sais, en tout cas, c'est que j'aurais eu besoin que tu sois là ! Bon sang, j'aurais vraiment eu besoin de toi !

En l'entendant élever la voix, le chien se mit à aboyer et regarda tour à tour Maggie et sa maîtresse d'un air perplexe.

— Je serais venue, si j'avais pu.

— À part elle, rien ne t'en empêchait. Une nuit dans ta vie, c'est tout ce que je te demandais ! Une seule ! Là-bas, je n'avais personne, aucune famille, aucun ami, personne qui m'aime. Et tout ça parce que tu fais passer maman d'abord, comme tu l'as toujours fait, avant moi, avant papa, et même avant toi !

— Ce n'est pas une question de choix.

— C'est toujours une question de choix, riposta froidement Maggie. Tu l'as laissée te briser le cœur, Brianna, exactement comme elle l'a fait avec papa.

— Tu es cruelle de dire ça.

— Oui, je suis cruelle. Elle serait la première à te dire que je le suis. Cruelle, marquée au sceau du péché et vouée au diable. Eh bien, je suis ravie d'être ainsi. J'aimerais mieux finir en enfer plutôt que de me mettre à genoux et de souffrir en silence comme tu le fais.

Maggie recula et sa main se crispa sur la poignée de la porte.

— Enfin, bien que ni toi ni personne n'ait été là pour moi, la soirée s'est bien passée. Je pense qu'il va y avoir des ventes. J'aurai de l'argent pour toi dans quelques semaines.

— Maggie, si je t'ai fait de la peine, je le regrette, dit Brianna avec une certaine réserve dans la voix. Je me fiche de l'argent.

— Eh bien, pas moi.

Et sur ces mots, Maggie claqua la porte.

Pendant trois jours, elle ne fut pas dérangée. Le téléphone resta muet et personne ne vint frapper à sa porte. D'ailleurs, dans le cas contraire, elle n'y aurait pas prêté attention. Elle passa chaque minute de son temps à former, affiner et perfectionner les images qui trottaient dans sa tête, faisant des croquis sur son carnet avant de les transformer en sculptures de verre.

Malgré le commentaire de Rogan quant à leur valeur, elle accrocha ses dessins à l'aide de pinces à linge ou d'aimants, si bien qu'une partie de l'atelier ressembla bientôt à une chambre noire remplie de clichés en train de sécher.

Dans sa hâte, Maggie s'était brûlée deux fois, dont une fois suffisamment gravement pour devoir s'interrompre et mettre un pansement. Depuis, elle était assise dans son fauteuil, en train d'examiner soigneusement, méticuleusement, le dessin d'un plastron apache.

C'était un travail épuisant, nécessitant une totale précision. Avant d'obtenir les couleurs et les formes voulues, elle dut effectuer une centaine d'allers-retours devant le four.

Mais quand il s'agissait de son travail, elle savait être patiente.

Pendant deux jours de suite, elle manipula les produits chimiques, les mélangeant et les testant comme un savant fou jusqu'à obtention de l'effet désiré. Du cuivre pour le turquoise, du fer pour le jaune doré et du manganèse pour le bleu-violet. Le rouge, le vrai rouge rubis qu'elle avait en tête, lui posa quelques problèmes, comme il en pose toujours à tous les maîtres verriers.

De la sueur coula sur le bandana en coton qu'elle avait noué sur son front lorsqu'elle s'attaqua à la seconde ébauche.

À de multiples reprises, Maggie dut aller la réchauffer dans le four, non seulement pour garder le verre en fusion, mais pour éviter les variations thermiques qui risquaient de le faire éclater – avec le cœur de l'artiste.

Pour éviter de se brûler à nouveau les mains, elle versa de l'eau sur la canne à souffler, dont seule l'extrémité avait besoin d'être maintenue à haute température.

Elle voulait que le plastron soit suffisamment fin pour laisser la lumière passer au-travers. Ce qui l'obligea à faire encore d'innombrables voyages devant le four, et à un travail d'une infinie patience, avant d'obtenir la courbure souhaitée.

De longues heures après avoir soufflé la première ébauche, elle put enfin aller placer la pièce dans le four à réchauffer.

Ce ne fut que lorsqu'elle régla le temps et la température qu'elle ressentit des crampes dans les mains et des courbatures dans les épaules et dans la nuque.

Et une sensation de vide au creux de l'estomac.

Ce soir, ouvrir une boîte de conserve ne lui suffirait pas. Aussi décida-t-elle d'aller au pub et de s'offrir un vrai repas accompagné d'une bonne pinte.

Après avoir éprouvé un tel besoin de solitude, Maggie mourait maintenant d'envie d'avoir de la compagnie. Rentrée chez elle depuis trois jours, elle n'avait parlé à personne en dehors de Brianna. Et de manière plutôt brève et désagréable.

Elle le regrettait profondément, s'en voulant de n'avoir pas mieux essayé de comprendre l'attitude de sa sœur. Brianna avait eu la malchance d'être la seconde enfant d'un mariage malheureux, et s'était toujours retrouvée au milieu. Plutôt que de lui sauter à la gorge, Maggie aurait dû lui être reconnaissante de la sollicitude excessive dont elle faisait preuve envers leur mère. De même qu'elle aurait dû raconter à Brianna ce que lui avait appris Christine Sweeney sur le passé de leur mère.

Toutefois, cela attendrait. Maggie voulait se détendre pendant une petite heure en compagnie de gens qu'elle connaissait, autour d'un bon plat chaud et d'une bière glacée. Cela l'aiderait à chasser les idées noires qui la hantaient depuis des jours... et à oublier qu'elle était sans nouvelles de Rogan.

La soirée était douce et elle avait besoin de se dégourdir les jambes. Elle enfourcha sa bicyclette pour se rendre au village, distant de cinq kilomètres.

Les longues journées d'été avaient commencé. Le soleil chaud et caressant poussait les fermiers à rester dans les champs bien au-delà de l'heure du dîner. La route étroite et sinueuse était bordée de chaque côté de hautes haies qui donnèrent à Maggie l'impression de rouler dans un long tunnel délicieusement parfumé. Elle croisa une voiture, fit un petit signe au conducteur et sentit l'air s'engouffrer sous son jean.

Pédalant à toute vitesse, plus par plaisir que parce qu'elle était pressée, elle sortit du tunnel de haies pour déboucher sur la vallée d'une beauté à couper le souffle.

Le soleil qui se reflétait sur le toit en tôle d'une grange à foin l'éblouit un instant. La route était maintenant plus droite et plus large, mais elle ralentit pour profiter pleinement de la brise du soir et de la lumière déclinante.

Une odeur de chèvrefeuille et de foin s'élevait des champs à l'herbe tendre. Maggie, qui était d'humeur dépressive et agitée depuis son retour, commença à se détendre.

Elle longea des maisons devant lesquelles du linge séchait sur un fil. Des enfants jouaient dans le jardin. Elle passa ensuite devant les ruines d'un château majestueux, encore imprégné de légendes et de fantômes, témoin d'un style de vie qui continuait à subsister.

Après un dernier virage, elle arriva au village. Elle passa devant la boucherie, la pharmacie, l'épicerie d'O'Ryan et le minuscule et charmant hôtel qui avait appartenu autrefois à son grand-père.

Maggie s'arrêta un instant pour regarder le bâtiment et essayer d'imaginer sa mère vivant là étant enfant. Une enfant charmante, selon Christine Sweeney, qui possédait une voix d'ange...

Si c'était vrai, pourquoi avait-on écouté si peu de musique à la maison ? Pourquoi n'avait-il jamais été fait la moindre allusion au talent de Maeve ?

Elle ne manquerait pas de poser ces questions. Pour cela, il n'y avait pas de meilleur endroit que le pub d'O'Malley.

En descendant de vélo, Maggie aperçut une famille de touristes qui se promenaient à pied, munis d'un caméscope et apparemment très fiers de fixer un petit village irlandais typique sur la pellicule.

La femme tenait la minuscule caméra qu'elle braquait en riant sur son mari et ses deux enfants. Maggie avait dû entrer dans le champ car la femme leva la main et lui fit signe.

— Bonsoir, mademoiselle.

— Bonsoir.

À son corps défendant, Maggie ne cilla même pas en entendant ce que la femme murmura à l'oreille de son mari.

— Quel merveilleux accent, tu ne trouves pas ? Demande-lui où on peut trouver un restaurant, John. J'ai très envie de la filmer encore un peu.

— Euh... excusez-moi...

Le tourisme ne pouvait pas faire de mal au village, pensa Maggie, et elle se retourna, décidée à jouer le jeu.

— Je peux vous aider ?

— Oui, volontiers. Nous cherchons un endroit où dîner. Si vous pouviez nous recommander quelque chose...

— Oh, mais bien sûr !

Devant leur air ravi, elle exagéra volontairement son accent chantant de l'Ouest.

— Si vous cherchez quelque chose d'original, vous n'avez qu'à suivre cette route, oh, environ un quart d'heure, et vous pourrez faire un repas somptueux au *Dromoland Castle*. Ce n'est pas donné, mais vos papilles seront enchantées.

— Nous ne sommes pas habillés pour ce genre d'endroit, répliqua la femme. En fait, nous cherchons plutôt quelque chose de simple, ici, au village.

— Si vous avez envie d'une ambiance de pub, *O'Malley's* vous plaira sûrement. Ses frites sont tout à fait mangeables.

— Des frites… répéta la femme avec une moue vaguement dégoûtée. Nous sommes arrivés d'Amérique ce matin. Je crains que nous ne connaissions pas encore très bien les coutumes locales. Les enfants ont le droit d'entrer dans les bars… euh, les pubs ?

— En Irlande, les enfants sont partout les bienvenus, absolument partout. Le pub d'O'Malley est juste en face, dit Maggie en montrant la petite maison basse à la façade délavée. J'y allais justement. Ils se feront un plaisir de vous servir un repas.

— Merci, dit l'homme.

Il s'inclina poliment, les enfants continuaient à la dévisager comme si elle débarquait d'une autre planète et la femme braqua une dernière fois sa caméra sur elle.

— Nous allons essayer.

— Je vous souhaite une bonne soirée, et un bon séjour, leur dit Maggie en s'éloignant sur le trottoir.

Elle entra chez *O'Malley's*. Le pub sombre et enfumé sentait les oignons frits et la bière.

— Comment ça va, Tim ? demanda Maggie en s'installant au bar.

— Regardez qui est là ! s'écria Tim avec un grand sourire en tirant une pinte de Guinness. Et toi, Maggie, comment vas-tu ?

— Bien. J'ai une faim de loup.

Elle salua un couple assis derrière elle à une petite table et deux femmes qui buvaient une bière au bar.

— Me préparerais-tu un de tes fameux steaks-sandwichs, avec une montagne de frites ? En attendant, je vais prendre une pinte de Harp.

Le propriétaire se tourna vers l'extrémité du bar et cria la commande de Maggie.

— Alors, Dublin ? Comment c'était ? demanda Tim en lui servant sa bière.

— Je vais te raconter ça.

Maggie posa les deux coudes sur le comptoir et commença à raconter son voyage aux clients accoudés au bar. Pendant qu'elle parlait, la famille américaine entra et s'installa à une table.

— Champagne et foie gras ? répéta Tim en hochant la tête. C'est fantastique… Et tous ces gens qui se sont déplacés pour venir voir tes œuvres. Ton père serait fier de toi. Fier comme un paon.

— J'espère bien.

Quand Tim déposa l'assiette devant elle, elle respira un grand coup.

— Mais, pour être sincère, je préfère ton steak-sandwich à une livre de foie gras !

Tim rit de bon cœur.

— Je te reconnais bien là !

— Il se trouve que la grand-mère de l'homme qui s'occupe de mes affaires a été amie avec ma grand-mère, Gran O'Reilly.

— Vraiment ?

Tim poussa un soupir en se frottant le ventre.

— Décidément, le monde est petit…

— Oui, reprit Maggie comme si de rien n'était. Elle est originaire de Galway et a bien connu grand-mère dans sa jeunesse. Elles ont continué à s'écrire pendant des années après que Gran fut venue vivre ici.

— C'est bien. Il n'y a pas de meilleur ami qu'un vieil ami.

— Dans ses lettres, Gran lui parlait de l'hôtel, de la famille. Elle lui a même raconté que ma mère chantait.

— Oh, ça, ça remonte à longtemps.

Tout en fouillant dans sa mémoire, Tim attrapa un verre pour l'essuyer.

— C'était avant que tu sois née, en tout cas. En fait, maintenant que j'y repense, elle a même chanté ici, peu de temps avant de tout laisser tomber.

— Ici ? Tu l'as entendue chanter ici ?

— Mais oui. Maeve avait une très jolie voix. Elle se baladait dans tout le pays. On ne l'a pas vue beaucoup pendant, oh... pendant plus de dix ans, je dirais... Puis elle est revenue ici. Parce que Mme O'Reilly était malade, je crois. Alors, j'ai demandé à Maeve si elle accepterait de chanter un soir ou deux, bien que ce ne soit pas aussi prestigieux qu'à Dublin, à Cork ou à Donnegal, où elle avait l'habitude de donner des spectacles.

— Elle a donné des spectacles ? Pendant dix ans ?

— Oh, je ne sais pas si ça a marché tout de suite. Maeve voulait surtout bouger, autant que je m'en souvienne. Faire des lits dans un hôtel de village comme le nôtre ne lui plaisait pas, et elle nous l'a fait savoir, dit-il en faisant un clin d'œil. Mais ça marchait très bien pour elle, quand elle est revenue ici. C'est alors qu'elle et Tom... Ils ne se sont plus quittés des yeux à partir du moment où il est entré ici et l'a entendue chanter.

— Et après leur mariage, elle a arrêté de chanter ? demanda timidement Maggie.

— Elle ne voulait plus. Elle refusait même d'en parler. Mais ça fait si longtemps... Avant que tu m'en parles, j'avais pour ainsi dire tout oublié.

Maggie doutait cependant que sa mère eût oublié, ou pu oublier. Qu'éprouverait-elle elle-même si un changement inattendu dans sa vie l'obligeait à abandonner son art ? Nul doute qu'elle serait furieuse, triste et pleine de ressentiment. Elle contempla ses mains en se demandant ce qui arriverait si elle ne pouvait plus s'en servir. Que deviendrait-elle si, au moment même où elle commençait à réussir, tout lui était soudain retiré ?

Le fait que Maeve ait renoncé à sa carrière n'excusait en rien les années d'amertume passées avec elle, toutefois, cela les expliquait en partie.

Maggie avait besoin de temps pour repenser à tout cela et en parler à Brianna. Jouant distraitement avec son verre de bière, elle tenta de rassembler les pièces du puzzle, de comparer la femme qu'avait été sa mère avec celle qu'elle était devenue.

De ces deux aspects de sa personnalité, lequel Maeve avait-elle transmis à sa fille ?

— Tu es venue là pour manger ce sandwich, dit Tim en posant une pinte sur le bar. Pas pour le regarder.

— C'est ce que je fais.

Et pour montrer qu'elle disait vrai, Maggie mordit dans le sandwich à pleines dents.

L'ambiance du pub était chaleureuse, réconfortante. Il serait toujours temps demain de dérouler le film des rêves anciens.

— Tu peux me donner une autre pinte, Tim ?

— Tout de suite.

Au moment où il allait tirer la bière, la porte du pub s'ouvrit.

— Tiens, tiens, c'est la soirée des revenants. Comment ça va, Murphy ?

— Je m'ennuyais de toi, mon vieux.

Apercevant Maggie, Murphy sourit et la rejoignit au bar.

— Puis-je me permettre de m'asseoir près d'une célébrité ?

— Je suppose que je peux te le permettre, répliqua-t-elle. En tout cas, pour cette fois. Alors, Murphy, quand vas-tu te décider à faire la cour à ma sœur ?

C'était une vieille plaisanterie qui circulait depuis déjà longtemps dans le pub, mais les habitués ne purent s'empêcher de glousser de rire. Murphy but une gorgée dans le verre de Maggie et poussa un soupir.

— Voyons, ma belle, tu sais bien qu'il n'y a de place pour personne d'autre que toi dans mon cœur.

— Je sais surtout que tu es un chenapan ! dit-elle en reprenant sa bière.

C'était un homme terriblement séduisant, mince, fort et buriné comme un chêne par le soleil et le vent. Ses cheveux bruns retombaient en boucles sur son cou, ses oreilles et ses yeux, qui étaient du même bleu que le flacon de cobalt dans son atelier.

Il n'était pas raffiné comme Rogan. Murphy avait la dureté d'un gitan, mais avec un cœur aussi large et généreux que cette vallée qu'il adorait. Maggie n'ayant jamais eu de frère, Murphy était pour elle ce qui s'en rapprochait le plus.

— Je t'épouse dès demain...

Toute la salle se mit à rire, à l'exception des Américains qui suivaient la scène avec un intérêt non dissimulé.

— Si toutefois tu veux de moi.

— Tu peux dormir tranquille, car je ne veux épouser personne. Mais je vais t'embrasser, histoire de te donner quelques regrets.

Et, tenant parole, Maggie l'embrassa longuement et tendrement. Lorsqu'ils se séparèrent, ils se regardèrent en souriant.

— Alors, je t'ai manqué ?

— Pas du tout, répondit-il. Je vais prendre une Guinness, Tim, et remets la même chose à notre vedette.

Il prit une frite dans son assiette.

— J'ai entendu que tu étais de retour.

— Oh, dit-elle du bout des lèvres. Tu as vu Brie ?

— Non, j'ai *entendu* que tu étais là, répéta-t-il. Ton four.

— Ah.

— Ma sœur m'a envoyé des articles de journaux de Cork.

— Mary Ellen ? Comment va-t-elle ?

— Oh, ça va. Les enfants aussi.

Murphy fouilla dans une de ses poches, fronça les sourcils, puis chercha dans une autre et en sortit deux pages de journaux pliées.

— Ah, voilà... « Une jeune femme du comté de Clare triomphe à Dublin », commença-t-il à lire. « Margaret Mary Concannon a impressionné le monde de l'art lors de l'exposition organisée à la Worldwide Gallery, à Dublin, dimanche soir. »

— Montre-moi ça ! s'écria aussitôt Maggie en lui arrachant l'article des mains. « Mlle Concannon, artiste verrier, s'est vu décerner les louanges et les compliments des invités présents à l'exposition pour l'originalité et la complexité de ses sculptures et de ses dessins. L'artiste, qui ressemble elle-même à une miniature... »
– une miniature, tu parles ! commenta Maggie.

— Redonne-le-moi.

Murphy s'empara de la page de journal et continua à lire.

— « ...à une miniature, est une jeune femme dotée d'un talent et d'une beauté exceptionnels... » Tu parles ! se moqua Murphy en la regardant. « Cette rousse aux yeux verts, au teint de porcelaine et au charme considérable est apparue aussi fascinante que son travail au passionné d'art qu'est le président de Worldwide, une des plus prestigieuses galeries du monde. Rogan Sweeney considère comme un grand honneur d'exposer l'œuvre de Maggie Concannon.

« "Elle ne fait que commencer à exploiter sa créativité, a déclaré Rogan Sweeney. Attirer l'attention du monde sur le travail de Mlle Concannon est pour moi un privilège." »

— Il a dit ça ?

Maggie voulut reprendre l'article, mais Murphy le brandit en l'air.

— Oui, c'est écrit noir sur blanc. Et maintenant, laisse-moi finir. Les gens ont envie d'entendre la suite.

En effet, tout le monde dans le pub s'était tu. Tous les regards convergèrent vers Murphy lorsqu'il reprit sa lecture.

— « Worldwide va faire tourner plusieurs œuvres de miss Concannon dans différentes galeries au cours de l'année prochaine, tandis que d'autres, sélectionnées personnellement par l'artiste et M. Sweeney, seront exposées de façon permanente à Dublin. »

Satisfait, Murphy posa l'article sur le comptoir et Tim se pencha pour y jeter un coup d'œil.

— Et il y a des photos, ajouta-t-il en dépliant l'autre page. De Maggie avec son teint de porcelaine et de quelques-unes de ses étonnantes sculptures. Tu ne dis rien, Maggie ?

Elle poussa un long soupir et ramena ses cheveux en arrière.

— Je suppose qu'il le faut... Alors, une tournée générale pour tous mes amis !

— Tu n'es pas très bavarde, Maggie Mae.

Maggie sourit en s'entendant appeler par le petit nom que son père avait si souvent utilisé pour s'adresser à elle. Elle se sentait particulièrement bien, là, assise dans le camion de Murphy, avec son vélo à l'arrière et le moteur qui ronronnait comme un gros chat – comme ronronnaient d'ailleurs tous les engins à moteur de Murphy.

— Je crois bien que je suis un peu ivre, dit-elle en bâillant et en s'étirant. Et je trouve ça très agréable.

— Ma foi, tu l'as bien mérité.

Elle était passablement plus qu'« un peu ivre », et c'était pourquoi Murphy avait chargé son vélo à l'arrière de son camion sans même lui demander son avis.

— Nous sommes tous très fiers de toi, et je vais regarder la bouteille que tu m'as donnée avec infiniment de respect, désormais.

— C'est un pot à herbes, je te l'ai déjà dit, pas une bouteille. Ça sert à mettre de jolies brindilles ou des fleurs exotiques.

La raison pour laquelle quelqu'un voudrait rapporter des brindilles, jolies ou pas, dans une maison, échappait complètement à Murphy.

— Alors, tu vas retourner à Dublin ?

— Je ne sais pas. En tout cas, pas tout de suite. Là-bas, je ne peux pas travailler, or c'est la seule chose que je veuille faire en ce moment.

Elle plissa les yeux en regardant un massif d'ajoncs qui scintillaient au clair de lune.

— Tu sais, il ne s'est jamais comporté comme si c'était pour lui un privilège.

— Comment ça ?

— Au contraire, c'était moi qui devais me sentir honorée qu'il ait daigné accorder un regard à mon travail. Le grand et puissant Sweeney offrant à une pauvre petite artiste l'occasion de connaître gloire et fortune ! Mais est-ce que je demande la gloire et la fortune, moi ? J'aimerais bien qu'on me le dise. C'est ce que je demande, Murphy ?

Reconnaissant ce ton, belliqueux et sur la défensive, il préféra répondre avec prudence.

— Je n'en sais rien, Maggie. Ce n'est pas ce que tu veux ?

— Évidemment que c'est ce que je veux ! Ai-je l'air d'une écervelée ? Mais que je l'aie demandé ?

Ça, jamais ! Je ne lui ai jamais demandé la moindre chose, à part, au début, de me laisser tranquille. Tu crois qu'il l'aurait fait ? Je t'en fiche !

Elle croisa les bras d'un air furieux sur sa poitrine.

— Pas du tout ! Il a tout fait pour me tenter, Murphy, et le diable en personne n'aurait su se montrer plus rusé et plus persuasif. Et maintenant, je suis coincée, je ne peux plus faire marche arrière.

Avec une moue sceptique, Murphy arrêta le camion devant le portail de Maggie.

— Parce que tu voudrais faire marche arrière ?

— Non. C'est bien ça le pire ! Je veux avoir exactement ce qu'il dit, gloire et fortune... Je le veux tellement que ça me brise le cœur. Mais en même temps, je voudrais que rien ne change, et c'est là le problème. Je veux qu'on me laisse tranquille pour travailler et réfléchir, continuer à être ce que je suis, tout simplement. Je ne sais pas comment faire pour avoir les deux.

— Tu auras ce que tu voudras, Maggie. Tu es trop têtue pour te contenter de moins.

Elle éclata de rire et se tourna vers lui pour l'embrasser fougueusement.

— Oh, je t'adore ! Si tu venais dans le champ avec moi pour danser au clair de lune ?

Il lui sourit et lui ébouriffa les cheveux.

— Si je sortais ton vélo et allais te border ?

— Je peux le faire toute seule.

Elle sauta du camion, mais il fut plus rapide. Il sortit le vélo et le posa sur le bas-côté de la route.

— Merci de m'avoir raccompagnée chez moi, monsieur Muldoon.

— Tout le plaisir est pour moi, mademoiselle Concannon... Et maintenant, va vite te coucher.

Au moment où Maggie franchissait le portail en poussant son vélo, Murphy se mit à chanter. Elle s'arrêta au milieu du jardin pour écouter sa voix chaude et puissante de ténor qui s'estompa peu à peu dans la nuit.

Au lieu de rentrer directement, elle fit le tour de la maison et continua à marcher. Elle n'était pas très stable sur ses jambes, mais elle n'allait quand même pas passer une nuit pareille dans son lit. Toute seule.

Ivre ou pas, de jour comme de nuit, elle était capable de trouver son chemin au milieu de ces vallons qui lui avaient appartenu autrefois.

Une chouette poussa un cri et s'envola vers l'est dans un frémissement d'ailes. La pleine lune brillait comme un phare rayonnant au milieu d'un océan d'étoiles. Autour d'elle, la nuit murmurait ses secrets.

Tout ceci représentait une part de ce qu'elle voulait. Ce dont elle avait besoin, tout autant que de respirer, c'était de solitude. C'était de voir les champs fertiles, tout auréolés d'argent sous la lune et les étoiles, et cette faible lueur qui brillait au loin dans la cuisine de Murphy.

Maggie se souvenait d'être venue marcher de nombreuses fois par ici avec son père, sa main de petite fille blottie au creux de la sienne. Il ne l'emmenait jamais pour lui parler de plantations ou de labours, mais uniquement de ses rêves. Inlassablement, il lui avait parlé de ses rêves.

Sans jamais avoir pu les réaliser.

Le plus triste, songea-t-elle avec mélancolie, c'était qu'elle venait de comprendre que sa mère avait réalisé le sien pour ensuite le perdre.

Que se passait-il lorsque ce qu'on désirait le plus au monde était à votre portée et vous échappait soudain à tout jamais ?

N'était-ce pas de cela qu'elle-même avait si peur ?

Maggie s'allongea dans l'herbe. La tête lui tournait ; elle avait trop bu, elle avait trop de rêves. Les étoiles se mirent à danser sous le regard bienveillant de la lune, brillante comme une grosse pièce d'argent. Le chant d'un rossignol lui parvint, porté par la brise. La nuit était à elle. Rien qu'à elle.

Un sourire au coin des lèvres, elle ferma les yeux et s'endormit.

11

Ce fut une vache qui la réveilla. Les grands yeux humides observaient la silhouette recroquevillée endormie au beau milieu du champ. Sans autre idée en tête que de trouver de quoi manger en attendant de se faire traire, la vache renifla la joue de Maggie, une fois, deux fois, puis meugla et partit brouter l'herbe un peu plus loin.

— Dieu du ciel, quel est ce bruit ?

La tête résonnant comme une grosse caisse, Maggie, roula sur elle-même, buta contre le pied de la vache et ouvrit les yeux, le regard vague et injecté de sang.

— Seigneur !

Le cri qu'elle poussa retentit douloureusement dans sa tête comme un gong. Instinctivement, elle plaqua les mains sur ses deux oreilles comme si ses tympans menaçaient d'éclater. La vache, aussi étonnée qu'elle, poussa un mugissement et roula des yeux.

— Qu'est-ce que tu fais là ?

Se tenant toujours la tête à deux mains, Maggie entreprit de se mettre à genoux.

— Et moi, qu'est-ce que je fais là ?

214

Quand elle retomba sur son postérieur, elle échangea un regard dubitatif avec la vache.

— J'ai dû m'endormir. Oh !

La vraie gueule de bois ! Elle lâcha ses oreilles pour se couvrir les yeux.

— Oh, j'ai bu un verre de plus qu'il ne fallait, et voilà le résultat... Je vais rester assise une minute, si tu le permets, le temps de trouver la force de me relever.

Après avoir roulé ses gros yeux une dernière fois, la vache recommença à brouter tranquillement.

L'air du matin était pur, tiède et frissonnant de bruits. Le ronronnement d'un tracteur, les aboiements d'un chien et le chant joyeux d'un oiseau se télescopèrent dans la tête douloureuse de Maggie. Elle avait un mauvais goût dans la bouche et ses vêtements étaient tout humides de rosée.

— Eh bien, ça m'apprendra à m'endormir dans un pré comme un vieil ivrogne !

Elle se mit debout, tituba légèrement et gémit. La vache remua la queue, sans doute par compassion. Prudemment, Maggie s'étira. Rassurée de n'entendre aucun os craquer, elle balaya le champ d'un regard flou.

D'autres vaches, visiblement fort peu intéressées par la présence incongrue de cet étrange animal, broutaient. Un peu plus loin, elle aperçut les pierres disposées en cercle, qui étaient là depuis toujours et que les gens du coin appelaient le Pas du Druide. Tout à coup, elle se rappela avoir embrassé Murphy devant chez elle, puis l'avoir entendu chanter et être partie se promener au clair de lune.

Et le rêve qu'elle avait fait lui revint en mémoire si brusquement qu'elle en oublia sa migraine et ses courbatures.

La lune, énorme et scintillante, battait comme un cœur, inondant le ciel et la terre d'une lumière blanche et glacée. Soudain, elle avait pris feu, comme une torche, et s'était parée de couleurs splendides ; des rouges, des bleus et des dorés si magnifiques que, bien qu'en plein sommeil, elle en avait pleuré.

Elle avait tendu la main, de plus en plus haut, jusqu'à la toucher. Quand elle l'avait prise entre ses mains, elle l'avait trouvée douce, ferme et froide à la fois. À l'intérieur de cette sphère, elle s'était vue, et loin, très loin au milieu de ces couleurs flamboyantes, flottait son cœur.

Cette vision ressurgit dans sa tête avec une telle force que Maggie en oublia sa gueule de bois. Aussitôt, elle partit en courant, laissant les vaches à leur pâturage et le matin au chant des oiseaux.

Moins d'une heure après, Maggie était dans l'atelier, décidée à transformer sa vision en réalité. Cette fois, elle n'éprouva pas le besoin de faire un croquis tant l'image était présente à son esprit. Sans même prendre le temps de déjeuner, stimulée par cette inspiration subite, elle entreprit une première ébauche.

Elle la déposa sur le marbre pour la refroidir et commença à souffler.

Dès que la forme redevint brûlante et fluide, elle saupoudra la bulle de verre de divers colorants. Puis elle la repassa au-dessus des flammes jusqu'à ce que les couleurs imprègnent la paroi de verre.

Inlassablement, elle répéta le même processus, rajoutant chaque fois un peu de verre, de feu, de souffle et de couleur. Tournant et retournant le bout de la canne, jouant de la gravité tout en la combattant, elle lissa la sphère à l'aide de spatules afin de lui conserver la forme voulue.

Cette tâche délicate monopolisait toute son énergie. Il suffisait d'une pression à peine trop forte pour faire éclater les parois de verre. À cet instant même, un assistant eût été le bienvenu ; elle aurait ainsi disposé de deux mains supplémentaires qui auraient pu

216

aller chercher les outils et préparer la pâte de verre. Néanmoins, jusqu'à présent, elle n'avait jamais envisagé d'embaucher qui que ce soit pour accomplir ce travail.

Contrainte de faire elle-même toutes les allées et venues entre le marbre, le four et son fauteuil, Maggie commença à pester entre ses dents.

Le soleil déjà haut dans le ciel entrait par les fenêtres, auréolant la jeune femme d'une flaque de lumière.

Ce fut ainsi que Rogan la découvrit lorsqu'il poussa la porte. Assise dans son fauteuil, une boule de couleur en fusion à portée de main, nimbée d'une lumière dorée.

Elle lui jeta un bref regard en biais.

— Enlevez ce manteau et cette satanée cravate. J'ai besoin de vos mains.

— Pardon ?

— J'ai besoin de vos mains, bon sang ! Faites exactement ce que je vous dis et taisez-vous.

Ébloui par les flammes rugissantes du four, la luminosité aveuglante du soleil et le spectacle de cette mystérieuse déesse en train de créer de nouveaux univers, Rogan posa son attaché-case et retira son manteau.

— Vous allez tenir ça fermement, lui dit-elle en se levant. Vous le tournez comme je le fais, vous voyez ? Tout doucement et sans arrêter. À la moindre secousse, je vous tue. J'ai besoin de pouvoir me déplacer.

Il fut si stupéfait de la voir lui confier ce travail qu'il s'assit sur le fauteuil sans dire un mot. Lorsqu'il prit la canne dans ses mains, il la trouva très chaude, et plus lourde qu'il ne l'aurait cru.

— Surtout, ne vous arrêtez pas, prévint-elle. Croyez-moi, votre vie en dépend.

Rogan n'en doutait pas une seconde... Maggie retourna devant le four préparer une nouvelle prise.

— Vous avez vu comment je viens de faire ? C'est très simple. La prochaine fois, je veux que vous le fassiez.

Une fois les parois ramollies, elle prit des tenailles qu'elle enfonça dans le verre.

— Allez-y, dit-elle en lui prenant la canne à souffler des mains tout en continuant à la tourner. Si vous en mettez trop, ça risque d'éclater.

La chaleur qui se dégageait du four lui coupa le souffle. Il trempa la canne dans les flammes, comme elle le lui avait indiqué. Il vit le verre prendre et couler telles des larmes brûlantes.

— Et maintenant, apportez-le-moi.

Agrippant l'ébauche avec des pinces, Maggie commença à couler du verre à l'intérieur du verre, à mélanger les couleurs. Lorsqu'elle fut satisfaite de la forme intérieure, elle ressouffla la bulle de verre pour lui donner une forme sphérique.

Rogan vit apparaître un cercle parfait, de la taille d'un ballon de football. L'intérieur de l'orbite de verre se composait d'une explosion de formes et de couleurs enlacées les unes aux autres. Il avait le sentiment que le verre vivait et respirait. Les couleurs tourbillonnaient avec une incroyable vivacité au centre, retombant en délicates volutes venant lécher les parois.

Comme un rêve, pensa-t-il. *Comme un tourbillon de rêves...*

— Passez-moi cette tige, ordonna-t-elle.

— Cette quoi ?

— La tige, donnez-la-moi, vite.

Maggie était déjà devant l'établi, la main tendue, comme un chirurgien attendant qu'on lui passe le scalpel. Rogan lui mit la tige dans la main.

Il l'entendit souffler lentement, régulièrement, tandis qu'elle décrochait d'un coup sec la sphère de l'extrémité de la canne. L'objet roula doucement sur le tapis.

— Les gants, lança-t-elle. Là, sur le fauteuil. Vite.

Sans quitter la boule de verre des yeux une seule seconde, Maggie enfila les gants. Elle mourait d'envie de la tenir entre ses mains nues, comme elle l'avait fait dans son rêve. Mais elle prit une fourche en métal capitonnée de tissu et emporta la sculpture dans le four à recuire.

Après avoir réglé la température et le temps de cuisson, elle resta quelques secondes immobile, le regard dans le vague.

— C'est la lune, dit-elle à voix basse. Qui influence les marées, l'océan et même nous. Nous chassons, moissonnons et dormons sous son regard. Avec un peu de chance, nous parvenons à l'emprisonner entre nos mains et à rêver sous sa lumière.

— Comment allez-vous l'appeler ?

— Il n'y aura pas de nom. Tout le monde doit pouvoir y voir ce qu'il souhaite le plus fort.

Comme si elle venait elle-même de sortir d'un rêve, elle se passa la main sur le visage.

— Je suis fatiguée.

D'un air las, elle se laissa tomber dans le fauteuil et renversa la tête en arrière.

Elle était toute pâle, remarqua Rogan, vidée de la vibrante énergie qui l'animait pendant qu'elle travaillait.

— Vous avez encore travaillé toute la nuit ?

— Non, j'ai dormi, répondit-elle en esquissant un petit sourire. J'ai passé la nuit dans le champ de Murphy, au clair de lune.

— Vous avez dormi dans un champ ?

— J'étais saoule, précisa-t-elle en bâillant et en s'étirant. Enfin, un peu. Et puis la nuit était si belle.

— Qui est Murphy ? demanda Rogan en s'approchant.

— Quelqu'un que je connais. Qui aurait sans doute été fort surpris de me trouver en train de dormir au milieu de ses pâturages. Pourriez-vous me donner quelque chose à boire ?

En le voyant froncer les sourcils, Maggie se mit à rire.

— Quelque chose sans alcool, s'il vous plaît. Il y a des boissons dans le réfrigérateur. Servez-vous.

Rogan lui tendit une canette.

— Vous faites un apprenti passable, Sweeney.

— Je vous remercie, dit-il, prenant cela pour un compliment.

Il laissa son regard errer dans l'atelier. Maggie n'avait pas perdu son temps. Il y avait dans un coin plusieurs nouvelles pièces que lui avait inspirées l'exposition d'art amérindien. Il s'attarda sur un plat peu profond à large bord, aux tons sourds et nuancés.

— Beau travail.

— Mmm… Une expérience qui s'est avérée intéressante. J'ai réussi à mélanger du verre opaque et du verre transparent.

Elle bâilla à nouveau.

— Ensuite, je l'ai fumé à l'étain.

— Fumé à l'étain ? Non, inutile de m'expliquer, s'empressa-t-il de dire, la voyant prête à se lancer dans une longue explication. De toute façon, je ne comprendrai probablement rien à ce que vous me raconterez. La chimie n'a jamais été mon fort. Contempler le résultat me suffit amplement.

— Vous êtes censé dire que c'est fascinant, comme je le suis moi-même…

Il lui jeta un coup d'œil et sourit.

— Vous avez lu la presse, à ce que je vois. À la grâce de Dieu… Pourquoi n'allez-vous pas vous reposer un peu ? Nous en reparlerons plus tard. Je vous invite à dîner.

— Vous n'êtes sûrement pas venu jusqu'ici pour m'inviter à dîner.

— Non, mais ça me ferait quand même plaisir.

Quelque chose en lui avait changé, se dit-elle. Une modification subtile s'était opérée dans son regard superbe. Quoi qu'il en soit, il semblait toujours aussi maître de lui. Qu'il passe encore une ou deux heures avec elle, songea Maggie, un sourire au coin des lèvres, et on verrait bien ce qui adviendrait...

— Nous allons rentrer dans la maison prendre le thé en grignotant quelque chose. Comme ça, vous pourrez me dire pourquoi vous êtes là.

— Si je suis venu, c'est d'abord pour vous voir.

Le ton de sa voix encouragea Maggie à rester sur ses gardes.

— Eh bien, ça y est, vous m'avez vue.

— En effet, dit-il en ramassant son attaché-case et en ouvrant la porte. Je prendrais volontiers ce thé.

— D'accord. Mais c'est vous qui le faites, rétorqua-t-elle en se retournant sur le seuil de l'atelier. Si toutefois vous savez...

— Je pense que oui. Votre jardin est magnifique.

— Brie s'en est occupée pendant mon absence. Qu'est-ce que c'est que ça ?

Elle donna un coup de pied dans une boîte en carton posée devant la porte.

— Quelques affaires que j'ai apportées avec moi. À commencer par vos chaussures. Vous les aviez laissées dans le salon.

Rogan lui tendit sa mallette et emporta la boîte dans la cuisine qu'il déposa sur la table dans la cuisine.

— Où se trouve le thé ?

— Dans le placard, au-dessus de la cuisinière.

Pendant qu'il allait le chercher, Maggie ouvrit la boîte en carton. Aussitôt, elle éclata de rire en se tenant les côtes.

— Décidément, Rogan, vous n'oubliez jamais rien. Étant donné que je ne réponds pas au téléphone, pourquoi voulez-vous que j'écoute un stupide répondeur ?

— Parce que si vous ne le faites pas, je vous étrangle.

— Je reconnais que c'est un argument...

Elle se leva et sortit un calendrier mural.

— Les impressionnistes français, murmura-t-elle en examinant les reproductions correspondant à chaque mois. En tout cas, il est joli.

— Utilisez-le, dit-il simplement en mettant la bouilloire sur le feu. Ainsi que le répondeur.

À son tour, Rogan plongea la main dans la boîte et en sortit un écrin en velours rectangulaire. Sans faire de cérémonies, il l'ouvrit pour y prendre une fine montre en or dont la face d'ambre était entourée de diamants.

— Seigneur ! Je ne peux pas mettre ça. C'est une montre de dame. Je risque de l'oublier et de prendre ma douche avec...

— Elle est étanche.

— Et si je la casse ?

— Eh bien, je vous en offrirai une autre.

Il lui saisit le bras et commença à déboutonner le poignet de sa chemise.

— Qu'est-ce que vous vous êtes fait ? s'exclama-t-il en apercevant le pansement. Que vous est-il arrivé ?

— C'est une brûlure...

Maggie, qui continuait à admirer la montre, ne vit pas l'éclair de fureur qui passa dans ses yeux.

— Une seconde d'inattention.

— Bon sang, Maggie, faites attention ! Je ne peux pas passer ma vie à vous imaginer en train de brûler vive chaque fois que vous approchez du four !

— Ne soyez pas ridicule ! Je me suis seulement brûlé la main.

Elle voulut se dégager, mais il la retint fermement.

— Rogan, je vous en prie, tous les souffleurs de verre se brûlent de temps en temps. Ce n'est pas une catastrophe.

— Bien sûr, répliqua-t-il sèchement.

Luttant contre le sentiment de colère qu'il éprouvait à l'idée qu'elle était imprudente, il lui attacha la montre au poignet.

— Vous ne faites pas attention et cela ne me plaît pas du tout.

Il la lâcha et enfonça ses mains dans ses poches.

— Vous êtes sûre que ce n'est pas grave ?

— Absolument.

Elle le considéra d'un air inquiet tandis qu'il allait chercher la bouilloire qui sifflait.

— Je nous fais un sandwich ? proposa-t-elle.

— Si vous voulez.

— Vous ne m'avez pas dit combien de temps vous comptiez rester.

— Je rentre ce soir. Je préférais vous parler en face, plutôt que de discuter au téléphone.

Retrouvant finalement son sang-froid, il versa l'eau sur le thé et posa la théière sur la table.

— Je vous ai apporté les coupures de journaux que vous avez demandées à ma grand-mère.

— Oh, les coupures de journaux... répéta Maggie en regardant son attaché-case. C'est gentil de sa part. Je les lirai plus tard.

Quand elle serait seule...

— Très bien. Il y a autre chose que je tenais à vous remettre. En personne.

— Autre chose ? fit-elle en coupant des tranches du pain que lui avait donné Brianna. C'est la journée des cadeaux.

— Ce n'est pas un cadeau à proprement parler.

Rogan sortit une enveloppe de sa mallette.

— Vous devriez l'ouvrir tout de suite.

— Bien...

Maggie s'essuya les mains et déchira l'enveloppe. En lisant le montant inscrit sur le chèque, elle dut se retenir au dossier de la chaise pour ne pas perdre l'équilibre.

— Sainte Vierge Marie !

— Nous avons vendu toutes les pièces mises en vente.

Plus que satisfait de sa réaction, Rogan la regarda se laisser tomber sur la chaise.

— Je dois dire que l'exposition a été un franc succès.

— Toutes les pièces... Pour autant d'argent...

Elle repensa à la lune, à ses rêves et à tous ces changements intervenus depuis peu dans sa vie. Se sentant soudain faible, elle posa la tête sur la table.

— Je n'arrive plus à respirer. Mes poumons me lâchent...

Effectivement, elle avait du mal à inspirer.

— Je n'ai plus de souffle...

— Mais si, mais si...

Il vint se placer derrière elle pour lui masser les épaules.

— Inspirez à fond et expirez. Donnez-vous une minute, le temps de réaliser.

— Ça fait presque deux cent mille livres !

— Oui, presque. Avec ce que nous tirerons en faisant circuler vos œuvres, dont nous ne mettrons qu'une partie sur le marché, les prix vont monter.

Le petit cri étranglé qu'elle poussa le fit rire.

— Respirez à fond, Maggie chérie. Je vais me charger de faire expédier les pièces que vous venez de terminer. Nous organiserons une nouvelle exposition cet automne, car vous avez assez travaillé comme ça. Peut-être devriez-vous prendre un peu de temps pour vous détendre. Partir en vacances.

— Partir en vacances ? dit-elle en redressant la tête. J'ai du mal à l'envisager. D'ailleurs, je n'arrive plus à réfléchir à rien...

— Vous avez tout le temps.

Il lui caressa la tête, puis fit le tour de la table pour servir le thé.

— Vous voulez bien dîner ce soir avec moi, pour fêter ça ?

— Oui, murmura-t-elle. Je ne sais pas quoi dire, Rogan. Je n'avais jamais imaginé que ce serait si... Franchement, je n'y croyais pas...

Magie plaqua ses mains sur sa bouche. L'espace d'une seconde, il crut qu'elle allait éclater en sanglots, mais ce fut un rire, spontané et joyeux, qui s'échappa de ses lèvres.

— Je suis riche ! Je suis désormais une femme riche, Rogan Sweeney !

Se levant d'un bond, elle l'embrassa, puis s'éloigna en tournoyant.

— Oh, je suppose que pour vous c'est une goutte d'eau dans l'océan, mais pour moi... pour moi, ça représente la liberté. Finies les chaînes, qu'elle le veuille ou non.

— De quoi parlez-vous ?

Maggie secoua la tête en pensant à Brianna.

— De rêves, Rogan, de rêves fabuleux ! Oh, il faut que je lui dise. Et tout de suite.

Elle s'empara vivement du chèque et le fourra dans la poche arrière de son jean.

— Restez, s'il vous plaît. Buvez du thé, faites-vous à manger. Servez-vous de ce téléphone que vous adorez. Faites ce qu'il vous plaira.

— Où allez-vous ?

— Ce ne sera pas long...

C'était comme si des ailes lui avaient tout à coup poussé au bout des pieds. Après avoir effectué une autre pirouette, elle l'embrassa à nouveau. Dans sa hâte, ses lèvres ratèrent sa bouche et lui effleurèrent le menton.

— Ne partez pas...

Sans attendre, Maggie sortit en trombe de l'atelier et partit en courant à travers champs.

Lorsqu'elle arriva devant la clôture qui entourait le jardin de Brianna, elle soufflait comme une vieille locomotive à vapeur. De toute façon, elle était déjà à bout de souffle avant de commencer à courir. Elle faillit écraser un parterre de pensées – ce que sa sœur ne lui aurait jamais pardonné – et s'engagea sur l'allée de gravier qui serpentait entre les massifs de fleurs.

Elle inspira à fond en apercevant Brianna au milieu du jardin, en train d'étendre du linge.

Des pinces à linge dans la bouche, un drap humide dans les mains, Brianna vit Maggie surgir entre les ancolies et les marguerites, la main posée sur son cœur qui battait à se rompre. Sans un mot, elle fit claquer un drap d'un geste expert et commença à l'étendre sur le fil.

Il y avait encore quelque chose de blessé dans l'expression du visage de Brianna. Et de furieux. Le tout habilement dissimulé par ce mélange d'orgueil et de maîtrise de soi qui la caractérisait. Elle prit un autre drap dans le panier posé à ses pieds et l'étendit.

— Bonjour, Maggie.

Devant son air glacial, Maggie sourit et mit les mains dans ses poches arrière.

— Bonjour, Brianna. Tu as des clients ?

— Oui. C'est complet. Il y a un couple d'Américains, une famille d'Anglais et un jeune homme de Belgique.

— C'est comme aux Nations unies, plaisanta Maggie en reniflant à pleines narines. Tu es en train de faire cuire des gâteaux ?

— Ils sont cuits. Ils refroidissent sur le rebord de la fenêtre.

Détestant les confrontations de toute sorte, Brianna continuait à parler sans détourner les yeux de ce qu'elle faisait.

— J'ai repensé à ce que tu m'as dit l'autre jour ; je voulais te dire que je regrettais. J'aurais dû venir avec toi. J'aurais dû trouver un moyen.

— Pourquoi ne l'as-tu pas fait ?

Brianna poussa un soupir, marquant ainsi sa désapprobation.

— Tu n'abandonnes jamais, dis-moi ?

— Non.

— J'ai des obligations – et pas seulement envers elle. Je dois faire tourner cette maison. Tu n'es pas la seule à avoir des ambitions ou des rêves.

Maggie faillit répondre, mais décida de s'abstenir. Elle se retourna pour regarder la façade de la maison. La peinture blanche était toute fraîche ; les fenêtres, grandes ouvertes pour laisser entrer le soleil, scintillaient. Les rideaux de dentelle se soulevaient sous la brise, tels des voiles de mariée. Partout, il y avait des fleurs.

— Tu as fait du beau travail, Brianna. Gran serait fière de toi.

— Ce qui n'est pas ton cas.

— Tu te trompes.

Comme pour s'excuser, elle posa la main sur le bras de sa sœur.

— Je ne comprends toujours pas comment tu as pu faire tout ça, ni pourquoi tu l'as voulu, et d'ailleurs, ça ne me regarde pas. Si cet endroit est ce dont tu rêves, alors, c'est réussi. Je suis désolée d'avoir été désagréable avec toi.

— Oh, j'ai l'habitude...

Malgré son ton résigné, il était clair que Brianna commençait à se dégeler.

— Laisse-moi terminer, et je vais nous faire du thé. Il reste quelques parts de diplomate.

Maggie, qui avait l'estomac vide, saliva à cette idée, mais secoua la tête.

— Je n'ai pas le temps. J'ai laissé Rogan au cottage.

— Tu l'as laissé ? Tu aurais dû l'amener. On n'abandonne pas ses invités comme ça.

— Il n'est pas mon invité, il est... je ne sais pas comment il faut l'appeler, mais c'est sans importance. Je voulais te montrer quelque chose.

— Eh bien, montre-moi ce que tu veux me montrer, et file retrouver Rogan. Si tu n'as rien à manger chez toi, tu n'as qu'à l'amener ici. Tout de même, tu exagères, cet homme se déplace exprès de Dublin et tu...

— Arrête de t'inquiéter pour Rogan Sweeney, coupa Maggie avec impatience.

Elle sortit le chèque de sa poche.

— Regarde plutôt ça.

Une main sur la corde à linge, Brianna jeta un coup d'œil sur le chèque. Sa mâchoire faillit se décrocher ; la pince à linge tomba par terre, aussitôt suivie de la taie d'oreiller.

— Qu'est-ce que c'est ?

— Un chèque, tu ne le vois pas ? Un beau chèque bien gros et bien gras. Il a tout vendu, Brie ! Tout ce qu'il avait prévu de vendre.

— Pour une telle somme ? s'exclama Brianna, ébahie par le nombre de zéros. Mais c'est énorme ! Comment est-ce possible ?

— Je suis géniale, rétorqua Maggie en prenant sa sœur par les épaules. Tu n'as pas lu les articles dans les journaux ? Il paraît que j'ai atteint des sommets de créativité encore inexploités...

Éclatant de rire, elle entraîna sa sœur dans une gigue endiablée.

— Oh, je crois qu'il est aussi question de mon âme et de ma sexualité, je ne m'en souviens plus très bien !

— Maggie, arrête, j'ai la tête qui tourne...

— Laisse-la tourner. Nous sommes riches, tu ne vois pas ?

Elles s'écroulèrent toutes les deux dans l'herbe en éclatant de rire et le chien se mit à bondir joyeusement autour d'elles.

— Je vais pouvoir acheter le tour de potier que je voulais, et toi la nouvelle cuisinière dont tu prétends ne pas avoir besoin. Et nous allons partir en vacances. Au bout du monde, n'importe où ! Je vais aussi m'offrir un nouveau lit. Et tu pourras ajouter une aile supplémentaire à Blackthorn si tu en as envie.

— Je n'arrive pas à réaliser. Je n'y arrive vraiment pas…

— Nous allons lui trouver une maison, dit Maggie en se redressant et en caressant Conco. Celle qu'elle voudra. Et nous engagerons quelqu'un pour s'occuper d'elle.

Brianna ferma les yeux, s'efforçant de repousser le sentiment de culpabilité qui l'envahissait peu à peu.

— Elle ne voudra peut-être pas…

— Elle aura la maison qu'elle voudra. Écoute-moi, Brie. Elle va s'en aller d'ici. Quelqu'un s'occupera d'elle. Elle aura tout ce qui lui plaira. Demain, nous irons voir Pat O'Shea à Ennis. Il vend des maisons. Nous l'installerons aussi bien que nous le pourrons, dès que possible. J'ai promis à papa de faire de mon mieux pour vous deux, c'est ce que je vais faire.

— Tu as donc si peu de considération pour moi ?

Maeve se tenait au bout de l'allée, un grand châle sur les épaules malgré la chaleur du soleil. La robe qu'elle portait dessous était impeccablement amidonnée et repassée – par Brianna, évidemment, ne put s'empêcher de penser Maggie.

— Tu es là à crier et à hurler de rire alors que j'essaie de me reposer.

Elle resserra son châle et pointa un doigt accusateur vers sa plus jeune fille.

— Relève-toi. Qu'est-ce qui te prend de te conduire comme un garçon manqué alors que tu as des hôtes dans la maison ?

Brianna se releva aussitôt et épousseta son pantalon.

— Il fait très beau. Peut-être pourrais-tu t'asseoir dans le jardin ?

— Je ferais aussi bien. Fais taire ce sale chien.

— Couché, Conco, dit Brianna en posant une main protectrice sur la tête de l'animal. Tu veux que je t'apporte du thé ?

— Oui. Et tâche de le faire correctement, cette fois.

Maeve se dirigea d'un pas chancelant vers le fauteuil et la table que Brianna avait installés dans un coin du jardin.

— Ce garçon belge a dévalé les marches deux fois aujourd'hui. Il faudra que tu lui dises de faire moins de bruit. Voilà ce qui arrive quand les parents laissent leurs enfants vagabonder n'importe où.

— Je t'apporte du thé dans cinq minutes. Maggie, tu ne veux pas rester ?

— Non, pas pour le thé, merci. Mais j'ai un mot à dire à maman.

Elle lança un regard foudroyant à sa sœur, coupant court à toute protestation.

— Brie, pourrais-tu être prête vers dix heures, demain matin, pour que nous allions à Ennis ?

— Je... Oui, je serai prête.

— Qu'est-ce qu'il y a ? demanda Maeve quand Brianna repartit vers la cuisine. Qu'est-ce que vous préparez encore, toutes les deux ?

— Ton avenir.

Maggie s'assit à côté de sa mère et croisa les jambes. Cette fois-ci, elle avait l'intention de s'y prendre différemment. Maintenant qu'elle connaissait quelques bribes du passé de sa mère, elle espérait pouvoir trouver un terrain d'entente avec elle, oublier les vieilles blessures, bien que les anciennes rancunes fussent toujours présentes à son esprit. Repensant à la lune de la nuit précédente, et à sa vision d'un rêve perdu, elle commença à parler calmement.

— Nous allons t'acheter une maison.

Maeve renifla avec dédain en tirant sur les franges de son châle.

— C'est absurde. Je suis très bien ici, avec Brianna qui s'occupe de moi.

— J'en suis persuadée, mais ça ne peut pas durer ainsi. Oh, j'engagerai quelqu'un pour s'occuper de toi. Tu n'auras rien à faire, ne t'inquiète pas. Mais il n'est pas question que tu exploites Brianna plus longtemps.

— Brianna a conscience des responsabilités qu'une fille a envers sa mère, elle.

— Même un peu trop, admit Maggie. Elle a fait tout ce qui était en son pouvoir pour te rendre heureuse, maman. Mais ce n'est jamais assez. Je crois que je commence à comprendre pourquoi.

— Tu ne comprends rien.

— Peut-être ; pourtant, j'aimerais bien.

Sa voix se radoucit.

— J'aimerais sincèrement. Je regrette que tu aies dû renoncer à ta carrière. J'ai appris que tu chantais il y a seulement quelques...

— Je t'interdis de parler de ça ! tonna Maeve d'une voix glaciale.

Ses joues déjà très pâles pâlirent plus encore au souvenir de cette douleur qu'elle n'avait jamais réussi à oublier, ni à pardonner.

— Je t'interdis de parler de cette époque.

La bouche pincée, Maeve détourna les yeux. Qu'on lui jette ainsi son passé au visage, qu'on la prenne en pitié parce qu'elle avait fauté et perdu ce qui comptait le plus dans sa vie lui était absolument insupportable.

— Ne m'en parle plus jamais.

— Comme tu voudras...

Maggie se pencha vers sa mère pour la regarder droit dans les yeux.

— Je vais quand même te dire ceci : tu me tiens pour responsable de ce que tu as perdu, et peut-être y trouves-tu un certain réconfort. Toutefois, je ne peux pas me reprocher d'être née. Aussi ferai-je de mon mieux. Tu auras une maison confortable, une femme compétente et respectable pour veiller à tes besoins, quelqu'un qui pourra être pour toi une amie autant qu'une compagne. Je ferai cela pour papa et pour Brie. Et pour toi.

— Tu n'as jamais rien fait pour moi de toute ta vie, excepté m'attirer des ennuis.

Les choses ne s'arrangeaient pas, réalisa Maggie. Il n'y aurait jamais de terrain d'entente.

— C'est ce que tu m'as dit et répété de nombreuses fois. Nous trouverons un endroit suffisamment proche pour que Brie puisse venir te voir, car elle s'y sentira sans doute obligée. Je ferai meubler la maison comme il te plaira. Tu recevras une rente chaque mois – pour la nourriture, les vêtements et tout ce dont tu pourras avoir besoin. Mais je jure devant Dieu que tu auras quitté cette maison et que tu seras dans la tienne avant la fin du mois.

— Chimères, tout ça n'est que chimères...

Maggie devina un petit frisson de crainte sous le ton apparemment abrupt et distant de sa mère.

— Tu es comme ton père, tu as la tête remplie de rêves creux et de projets stupides.

— Ni creux, ni stupides.

Maggie ressortit le chèque de sa poche. Cette fois, elle eut la satisfaction de voir sa mère écarquiller de grands yeux.

— Oui, c'est un vrai chèque, et il est à moi. Je l'ai gagné. Je l'ai gagné parce que papa a eu confiance en moi, qu'il m'a permis d'apprendre et de tenter ma chance.

Le regard de Maeve se posa sur Maggie, froid et calculateur.

— Ce qu'il t'a donné m'appartenait aussi.

— L'argent qui m'a permis d'aller à Venise, de faire un apprentissage et d'avoir un toit sur la tête, oui, c'est vrai. Tout ce qu'il m'a donné d'autre n'avait rien à voir avec toi. Mais tu en auras ta part...

Maggie remit le chèque dans sa poche.

— Ainsi, je ne te devrai plus rien.

— Tu me dois la vie, cracha Maeve.

— Une vie qui comptait bien peu à tes yeux. J'ai beau en connaître la raison, ça ne m'empêche pas de ressentir ce que je ressens au fond de moi. J'espère que tu as bien compris. Je veux que tu t'en ailles sans faire d'histoires, et sans faire de tes derniers jours avec Brianna un enfer.

— Je ne partirai pas, riposta Maeve en sortant un mouchoir en dentelle de sa poche. Une mère a besoin du réconfort de son enfant.

— Tu n'éprouves pas plus d'amour pour Brianna que pour moi. Tu le sais aussi bien que moi. Elle pense peut-être différemment, mais, pour une fois, sois honnête. Tu as joué avec ses sentiments. Et Dieu sait qu'elle aurait besoin du peu qui reste dans ton cœur glacé.

Reprenant sa respiration, Maggie abattit alors la carte qu'elle gardait précieusement en réserve depuis cinq ans.

— Tu veux que je lui dise pourquoi Rory McAvery est parti en Amérique en lui brisant le cœur ?

Les mains de Maeve sursautèrent imperceptiblement.

— Je ne sais pas de quoi tu parles.

— Oh, mais si, tu le sais. Tu l'as pris à part dès que tu as vu qu'entre eux ça devenait sérieux. Tu lui as dit que ta bonne conscience t'interdisait de le laisser prendre le cœur de ta fille. Parce qu'elle avait déjà donné son corps à un autre. Tu l'as convaincu. Comme il était jeune, il a vraiment cru qu'elle avait couché avec Murphy.

— C'est un mensonge, répliqua Maeve en redressant le menton, une lueur de colère dans les yeux. Tu n'es qu'une menteuse, Margaret Mary.

— C'est toi la menteuse, et même pire encore. Quelle femme serait prête à voler le bonheur de sa propre fille uniquement parce qu'elle est seule ? À cause de toi, Rory et Murphy se sont bagarrés jusqu'au sang. Quand Murphy a nié, Rory n'a jamais voulu le croire. Pourquoi l'aurait-il fait, puisque la mère de Brianna elle-même lui avait raconté cette histoire avec des trémolos dans la voix ?

— Elle était trop jeune pour se marier, se hâta de dire Maeve. Je ne voulais pas qu'elle fasse la même erreur que moi, et qu'elle gâche sa vie. Ce garçon n'était pas fait pour elle. Il ne serait jamais devenu grand-chose.

— Elle l'aimait.

— Ce n'est pas l'amour qui met le pain sur la table, dit Maeve en serrant les poings et en triturant son mouchoir. Pourquoi ne lui as-tu pas dit ?

— Pour ne pas la faire souffrir davantage. Connaissant l'orgueil de Brianna et sachant qu'il serait ébranlé, j'ai demandé à Murphy de ne rien lui dire. Peut-être aussi parce que j'étais furieuse que Rory t'ait crue, qu'il ne l'ait pas aimée assez pour deviner que tu avais menti. Mais je vais lui dire. Je vais aller de ce pas dans la cuisine et tout lui raconter. Et s'il le faut, je traînerai Murphy jusqu'ici pour témoigner. Tu n'auras plus personne.

Maggie n'avait jamais imaginé que la vengeance pût avoir un goût aussi amer.

— Mais je ne dirai rien si tu fais ce que je te demande. Je te promets de veiller à tes besoins aussi longtemps que tu vivras et de faire tout mon possible pour que tu sois contente. Je ne peux pas te rendre ce que tu avais, ou voulais avoir, avant d'être enceinte de moi. En revanche, je peux te donner quelque chose qui te rendra plus heureuse que tu ne l'as jamais été depuis. Une maison à toi. Il te suffit d'accepter mon offre pour avoir tout ce que tu as toujours voulu – de l'argent, une belle maison et une domestique pour s'occuper de toi.

Maeve pinça les lèvres. Oh, cet accord avec sa fille entamait cruellement son orgueil.

— Comment puis-je être sûre que tu tiendras parole ?

— Parce que je te la donne. Et parce que je le jure sur l'âme de mon père.

Maggie se leva.

— Il faudra t'en contenter... Dis à Brianna que je passerai la prendre demain matin à dix heures.

Sur ces mots, Maggie tourna les talons et s'en alla.

12

Prenant tout son temps pour rentrer, elle coupa cette fois encore à travers champs plutôt que de suivre la route. En chemin, elle cueillit des fleurs, des reines-des-prés et des valérianes qui se doraient au soleil entre les hautes herbes. Les vaches grassement nourries de Murphy lui jetèrent un regard indifférent quand elle escalada les murets de pierres qui séparaient les pâturages des terres cultivées et des fourrages.

Maggie aperçut alors Murphy qui, juché sur son tracteur, fauchait en compagnie de Brian O'Shay et de Dougal Finnian. Ils se donnaient un coup de main, faisant preuve d'un vrai sens de la communauté. Ici, lorsque le temps des semailles ou des moissons arrivait, aucun homme ne se retrouvait seul devant sa tâche.

Si O'Shay et Finnian travaillaient sur la terre de Murphy aujourd'hui, demain, ou le jour suivant, ce serait à son tour de venir les aider sur les leurs. Sans qu'aucun d'eux n'ait besoin de demander quoi que ce soit, les autres arriveraient, prêtant leur tracteur, leurs fourches, leurs mains ou leur dos, et le travail serait accompli.

Des murets de pierres avaient beau séparer les champs des uns de ceux des autres, ils étaient liés par l'amour de la terre.

Maggie agita la main pour répondre au salut des trois hommes et, tout en continuant à ramasser des fleurs, poursuivit sa route.

Arrivée devant le cottage, elle s'arrêta un instant et jeta un coup d'œil par la fenêtre de la cuisine.

Rogan était devant la table, toujours très élégant dans son costume de tailleur anglais et ses chaussures faites sur mesure. Sa mallette était ouverte devant lui, et il tenait un stylo à la main. En le voyant travailler assis au milieu de ce désordre, sur une table en bois brut dont il aurait sans doute volontiers fait du petit bois pour allumer le feu, Maggie sourit.

Le soleil entrait par les fenêtres et la porte ouvertes, faisant scintiller son stylo en or tandis qu'il écrivait de son écriture appliquée. Ses doigts tapotèrent sur les touches d'une calculette, hésitèrent, puis recommencèrent à tapoter. Elle distinguait un pli de concentration entre ses deux sourcils très noirs.

Il prit sa tasse de thé, but tout en examinant ses chiffres, puis la reposa pour écrire à nouveau avant de se relire.

Oui, il était décidément très élégant. Et très beau. D'une beauté extrêmement virile. Il avait l'air aussi compétent et précis que la petite machine dont il se servait pour effectuer ses calculs. Loin du genre d'homme à courir dans les champs en plein soleil ou à dormir dans l'herbe en rêvant au clair de lune.

Il était pourtant bien différent de ce qu'elle avait imaginé au départ, elle le comprenait maintenant.

Tout à coup, elle fut prise d'un désir irrésistible de défaire cette cravate et de déboutonner ce col de chemise pour découvrir qui se cachait dessous.

Or, Maggie résistait rarement à ses désirs.

Aussi se glissa-t-elle discrètement dans la maison. Au moment même où son ombre se profilait sur les papiers de Rogan, elle bondit sur ses genoux et lui plaqua un baiser sur la bouche.

Un mélange de surprise, de plaisir et de désir transperça Rogan, comme une lance munie de trois pointes particulièrement aiguisées. Il laissa tomber son stylo et plongea les mains dans la chevelure de Maggie en tentant de reprendre son souffle. Le regard flou, il la sentit tirer sur sa cravate.

— Que...

Retrouvant un peu de dignité, il s'éclaircit la gorge et la repoussa.

— Que faites-vous ?

— Vous savez... commença-t-elle à dire.

Elle ponctua ses paroles en le couvrant de petits baisers sur tout le visage. Il sentait le luxe, songeat-elle, le savon raffiné et le linge repassé de frais.

— ... j'ai toujours trouvé que les cravates étaient des accessoires ridicules, une façon de punir un homme du simple fait d'être un homme. Ça ne vous étrangle pas ?

Pas autant en tout cas que son cœur, qui lui sembla subitement être remonté dans sa gorge.

— Non.

Rogan parvint à se dégager, mais le mal était fait. De ses doigts agiles, elle lui avait retiré sa cravate et avait ouvert son col de chemise.

— Qu'est-ce que vous voulez, Maggie ?

— Ça paraît pourtant évident... même pour un Dublinois, répliqua-t-elle d'un ton moqueur en écarquillant ses yeux verts malicieux. Je vous ai rapporté des fleurs.

Ces dernières s'étaient écrasées entre eux. Rogan baissa les yeux sur les pétales ratatinés.

— Ravissantes. Je crois qu'un peu d'eau ne leur ferait pas de mal.

Maggie renversa la tête en arrière en éclatant de rire.

— Avec vous, c'est chaque chose en son temps, n'est-ce pas ? Mais, là où je suis placée, je sens que vous avez autre chose en tête que d'aller chercher un vase.

Difficile de nier sa réaction, qui était évidente et, somme toute, très humaine.

— Vous exciteriez un mort, marmonna-t-il.

Il la prit fermement par les hanches pour l'obliger à se lever. Ce qui n'eut pour effet que de la faire se serrer davantage contre lui en se tortillant, le mettant au supplice.

— Ça, c'est un beau compliment, il n'y a pas de doute ! Mais vous n'êtes pas mort, dit-elle en l'embrassant à nouveau. Êtes-vous en train de vous dire que vous avez du travail à terminer et pas une minute à perdre ?

— Non.

Ses mains étaient toujours sur ses hanches, et ses doigts avaient commencé à la caresser. Elle sentait les fleurs des champs et la fumée. Il ne voyait rien d'autre que son visage, sa peau très blanche, irisée de rose et parsemée de taches de rousseur dorées, et le vert profond de ses yeux. Il dut faire un effort héroïque pour parler normalement.

— Toutefois, je pense que c'est une erreur...

Rogan étouffa un grognement quand elle lui mordilla le lobe de l'oreille.

— ... et que ce n'est ni le moment ni l'endroit.

— Vous dites ça parce que vous voudriez les choisir, chuchota-t-elle en finissant de déboutonner sa chemise.

— Oui... enfin, non...

Seigneur ! Qu'était-il supposé dire ?

— Je pense que nous devrions les choisir ensemble, après avoir établi certaines priorités.

— Pour l'instant, je n'ai personnellement qu'une seule et unique priorité.

Ses mains fines se promenèrent sur son torse, écrasant des pétales de fleurs sur sa peau nue.

— Je vous veux, Rogan. Là, tout de suite.

Son rire retentit à nouveau, un rire rauque, plein de défi, et ses lèvres effleurèrent les siennes.

— Allez-y, repoussez-moi...

Il n'avait pas voulu la toucher. Ce fut la dernière pensée cohérente qui lui vint à l'esprit avant que ses mains ne remontent pour se refermer sur ses seins. Le petit gémissement qu'elle laissa échapper alors se déversa dans sa bouche comme un vin suave et enivrant.

Aussitôt, il lui ôta sa chemise et repoussa la table.

— Au diable tout cela ! murmura-t-il contre sa bouche avide en la soulevant.

Les bras et les jambes de Maggie s'enroulèrent autour de lui comme un ruban de soie. Sous sa chemise, qui pendait à l'un des poignets dont le bouton était resté attaché, elle portait un caraco en simple coton qui lui parut aussi érotique que la plus raffinée des dentelles.

Elle était petite, et d'une incroyable légèreté ; mais le sang battait à ses tempes avec une telle intensité qu'il donnait à Rogan l'impression de pouvoir déplacer des montagnes. La bouche de Maggie s'activait sans relâche, pulpeuse, embrassant tour à tour sa joue, son oreille, son menton, tandis qu'un ronronnement sexy s'échappait de sa gorge.

Il sortit de la cuisine, trébucha sur un vieux tapis effrangé, et Maggie se cogna le dos au montant de la porte. Elle rit, hors d'haleine, se cramponnant à sa taille de ses jambes.

Leurs lèvres fusionnèrent en un baiser sauvage et fougueux. Puis la bouche de Rogan descendit sur sa poitrine qu'il suça à travers le fin coton.

Un violent frisson de plaisir la parcourut. Comme si le sang qui coulait dans ses veines se mettait tout à coup à bouillir. Plus fort qu'elle ne s'y était attendue. Plus fort qu'elle n'était sans doute prête à l'accepter. Mais il n'était plus possible de revenir en arrière.

Rogan s'éloigna du mur.

— Vite... Vite...

Ce fut tout ce qu'elle trouva à dire quand il se dirigea à grands pas vers l'escalier.

Il gravit les marches à toute vitesse, Maggie toujours accrochée à lui, et ils laissèrent une traînée de fleurs écrasées dans leur sillage.

Arrivé sur le palier, il tourna instinctivement à gauche et entra dans la chambre éclaboussée de soleil où une brise parfumée soulevait les rideaux. Il tomba avec elle sur les draps déjà tout entortillés.

Agir ainsi était sûrement une pure folie de leur part. Sans mots doux ni caresses superflues, comme des bêtes, ils se jetèrent l'un sur l'autre, tirant, arrachant leurs vêtements et envoyant promener leurs chaussures en se dévorant de violents baisers.

Le corps de Maggie lui fit l'effet d'un bolide prêt à s'élancer dans la course. Elle se roula, se cabra, s'arc-bouta sous lui en gémissant, totalement débridée, toute à son désir.

Les mains de Rogan étaient extraordinairement douces. Dans d'autres circonstances, elles auraient pu glisser comme de l'eau sur sa peau nue. À cet instant, elles l'exploraient, la palpaient, la pétrissaient avidement, lui procurant un plaisir indescriptible qui se répandait dans tout son être.

Ses mains emprisonnèrent à nouveau ses seins et, sans aucune retenue, sa bouche se referma sur les pointes durcies.

Au contact de ses dents et de sa langue, Maggie cria, non pas de douleur, mais de bonheur, tandis qu'un brusque et violent orgasme secouait tout son corps.

Elle ne s'était pas attendue à jouir si vite, et si fort. De même qu'elle n'avait jamais ressenti un désir aussi ardent, aussi violent.

Maggie se mit à murmurer des mots en gaélique, des mots qu'elle ne se souvenait pas tenir enfermés depuis si longtemps dans son cœur. Elle n'avait jamais imaginé qu'une telle soif d'amour puisse avoir raison d'elle et la faire trembler ainsi. Cependant, elle frissonna sous ses caresses et s'abandonna à ses baisers. Pendant quelques secondes, elle se sentit complètement vulnérable. Tous ses membres se relâchèrent, son esprit se mit à flotter, et elle resta ébahie devant l'intensité de l'orgasme qui l'emportait.

Rogan ne se rendit compte de rien. Il sentit seulement qu'elle vibrait sous lui, tendue comme un arc. Elle était brûlante, mouillée, et incroyablement excitante. Son corps souple, doux et velouté recelait une multitude de courbes voluptueuses à explorer. Il n'éprouvait plus désormais qu'un désir forcené de la conquérir, de la posséder, et il était si imprégné du parfum de sa peau qu'il eut l'impression que son sang se mêlait au sien et coulait dans ses veines.

Saisissant sa main dans la sienne, il la caressa jusqu'à ce qu'elle succombe au plaisir. Soudain, elle cria son nom, qui s'éleva dans l'air comme un sanglot.

La chambre se mit à tourner comme un manège. Maggie prit alors sa tête entre ses mains, en proie à un nouveau désir, ardent et vorace, puis souleva ses hanches pour venir à sa rencontre.

— Maintenant ! s'écria-t-elle d'une voix étranglée. Rogan, pour l'amour du ciel...

Mais il avait déjà plongé en elle, fou de désir. Elle se lova contre lui, s'arc-bouta pour accueillir l'onde de plaisir qui se déclencha en elle comme une fulgurante étincelle. Leurs corps se mirent à bouger en rythme tout en se caressant. Et quand ses ongles s'enfoncèrent dans la chair tendre de son dos, Rogan ne le sentit pas.

Comme dans une sorte de brouillard, il la regarda ; les traits de son visage se déformèrent dans l'extase tandis qu'un long sanglot la secouait avec passion. Maggie ouvrit les yeux et prononça encore une fois son nom.

Alors, il se laissa couler dans l'océan vert de ses yeux et enfouit son visage dans le flamboiement de sa chevelure. Dans un dernier sursaut, ardent et passionné, il s'abandonna en elle.

Toute guerre engendre des blessés. Personne ne connaissait mieux la gloire, le chagrin ou le prix inhérents à toute bataille que les Irlandais. Et si, comme c'était le cas en cet instant, son corps restait paralysé à jamais suite à ce délicieux affrontement, peu importait à Maggie.

Le soleil continuait de briller. Maintenant que son cœur avait cessé de résonner comme un tonnerre dans sa tête, elle pouvait percevoir le chant des oiseaux, le rugissement du four, ainsi que le bourdonnement d'une abeille contre la vitre.

Elle était étendue en travers du lit, la tête dans le vide. Ses bras lui faisaient mal. Sans doute parce qu'elle continuait à serrer, comme dans un étau, Rogan qui était allongé de tout son long sur elle, figé comme un cadavre.

Retenant sa respiration, Maggie sentit de nouveau son cœur s'accélérer. C'était une chance qu'ils ne se soient pas entre-tués... Heureuse de sentir son poids sur elle, et avec la vague impression d'avoir des toiles d'araignées à la place du cerveau, elle se perdit dans la contemplation des rayons de soleil qui dansaient au plafond.

Rogan reprit lentement ses esprits. Lorsqu'il ouvrit les yeux, il fut d'abord aveuglé par une lueur incandescente, puis prit peu à peu conscience de la lumière qui baignait la chambre, et du corps chaud et menu qui se trouvait sous lui. Il referma les yeux et resta immobile.

Comment lui dire ? se demanda-t-il. S'il lui disait qu'il venait de découvrir, avec étonnement et pour son plus grand trouble, qu'il l'aimait, pourquoi le croirait-elle ? Prononcer ces simples mots, alors qu'ils étaient tous les deux rassasiés de sexe au point d'en avoir le vertige, ne plairait sans doute pas à une femme comme Maggie. Elle ne manquerait pas de douter de leur sincérité.

D'ailleurs, que pouvait dire un homme à une femme qu'il venait de jeter sur un lit pour la prendre comme une bête ? Oh, cela lui avait plu, il n'en doutait pas, mais cela ne changeait rien au fait qu'il avait perdu tout contrôle de lui-même, de son corps comme de son esprit, et franchi cette limite qui sépare l'homme civilisé du sauvage.

Pour la première fois de sa vie, il avait pris une femme sans la moindre délicatesse ou attention, et sans penser un seul instant aux conséquences.

Rogan bougea légèrement, mais elle protesta dans un murmure et resserra encore son étreinte.

— Ne t'en va pas !

— Je ne m'en vais pas.

Réalisant qu'elle était dans une position inconfortable, il passa une main sous sa tête et la fit rouler sur lui. Manœuvre périlleuse qui faillit les faire tomber de l'autre côté du lit étroit.

— Comment fais-tu pour dormir dans un lit de cette taille ? Il est à peine assez grand pour un chat.

— Oh, ça me convient très bien. Mais je pensais justement m'en acheter un autre, maintenant que j'ai un peu d'argent. Un grand et beau lit, comme celui qu'il y a chez toi.

Imaginant le lit Chippendale dans cette petite pièce, Rogan sourit. Mais ses pensées le ramenèrent très vite au présent, et son sourire s'effaça.

— Maggie.

Les yeux à demi clos, elle avait un air rayonnant et un léger sourire flottait sur ses lèvres.

— Rogan, dit-elle du même ton sérieux avant de pouffer de rire. Oh, tu ne vas pas commencer à m'expliquer que tu es désolé d'avoir piétiné mon honneur ou je ne sais trop quoi ? Si l'honneur de quelqu'un a été piétiné, c'est plutôt le tien. Et je ne le regrette pas du tout.

— Maggie, répéta-t-il en écartant une mèche de cheveux de sa joue, tu es une drôle de femme. Comment pourrais-je regretter d'avoir bafoué ton honneur, ou que le mien l'ait été, alors que...

Il s'interrompit. En parlant, il lui avait pris la main pour lui embrasser le bout des doigts quand il remarqua une marque rouge sur son bras.

— Je t'ai fait mal ?

— Mmm... maintenant que tu le dis, je commence à le sentir, dit-elle en faisant bouger son épaule. J'ai dû me cogner assez fort contre cette porte. Alors, qu'est-ce que tu allais dire ?

— Je suis sincèrement désolé, dit-il d'une voix étrange. C'est impardonnable de ma part. Rien ne peut excuser ma conduite.

Elle pencha la tête et le considéra un long moment. *Question d'éducation*, pensa-t-elle. Quoi d'autre pouvait donner cet air si digne à un homme à demi nu au milieu de draps tout enchevêtrés ?

— Ta conduite ? répéta-t-elle. Tu ferais mieux de dire « la nôtre », et elle m'a paru exemplaire des deux côtés.

L'air moqueur, elle se redressa et le prit tendrement par le cou.

— Tu crois vraiment que quelques petits bleus vont me flétrir comme une rose ? Aucun danger, crois-moi, d'autant plus que je les ai bien cherchés.

— Le fait est que...

— Le fait est que nous nous sommes jetés sauvagement l'un sur l'autre. Alors, arrête de faire comme si j'étais une petite fleur fragile incapable de reconnaître qu'elle a pris plaisir à une bonne partie de jambes en l'air ! Car j'y ai pris beaucoup de plaisir, cher ami... et toi aussi.

Du bout du doigt, il effleura le léger bleu qui s'étalait au-dessus de son poignet.

— J'aurais préféré ne pas te laisser de marques.

— Ça ne va pas rester là de façon permanente.

Non, en effet. En revanche, il y avait autre chose qui risquait de le rester.

— Maggie, je n'y ai pas pensé avant, et, bien entendu, je ne pouvais pas prévoir en quittant Dublin que la journée se terminerait comme ça. Il est évidemment un peu tard pour faire face à mes responsabilités...

Embarrassé, il lui passa la main dans les cheveux.

— Est-il possible que tu sois enceinte ?

Maggie cligna des yeux et s'assit près de lui en poussant un long soupir. Née du feu de la passion... Elle se rappela que son père lui avait dit qu'elle était née du feu de la passion. Et c'était sans doute cela qu'il avait voulu dire.

— Non, répondit-elle d'une voix atone. Ce n'est pas le bon moment. Et puis, je suis responsable de moi-même, Rogan.

— J'aurais dû faire attention.

Il se pencha pour lui effleurer la joue.

— En venant t'asseoir sur moi avec ce bouquet de fleurs, tu m'as littéralement ébloui, Maggie. Comme tu continues d'ailleurs à le faire.

Un sourire illumina d'abord ses beaux yeux verts, puis releva le coin de ses lèvres.

— Je revenais de chez ma sœur à travers champs. Le soleil brillait, Murphy fauchait son champ et il y avait plein de fleurs partout autour de moi. Je ne m'étais jamais sentie aussi heureuse depuis la mort de mon père, il y a cinq ans. Et puis, je t'ai vu dans la cuisine, en train de travailler. Et c'est moi qui ai soudain été tout éblouie.

Elle se mit à genoux et posa la tête sur son épaule.

— Tu dois vraiment retourner à Dublin ce soir, Rogan ?

Il fit défiler son emploi du temps dans sa tête à toute vitesse, sans oublier aucun détail. Son odeur, qui se mêlait à la sienne, l'enveloppait comme un ruban de brume.

— Je peux m'organiser et ne repartir que demain.

Elle se rallongea en souriant.

— Et je préférerais qu'on n'aille pas dîner.

— Je vais annuler ma réservation.

D'un regard, il balaya la chambre.

— Tu n'as pas de téléphone ici ?

— Pour quoi faire ? Pour qu'il me sonne dans l'oreille et me réveille en sursaut ?

— Je me demande pourquoi je te pose cette question. Je vais descendre passer quelques coups de fil, dit-il en se levant.

Il se retourna pour la regarder allongée au milieu des draps froissés.

— Je me dépêche.

— Ça pourrait attendre, lui cria-t-elle.

— Je n'ai aucune envie d'être dérangé d'ici demain matin.

Il dévala l'escalier, emportant avec lui un parfum de fleurs coupées.

Maggie attendit quelques minutes avant de se lever. Elle s'étira et fit une grimace de douleur due à ses courbatures. Elle jeta un bref coup d'œil à la robe de chambre jetée négligemment sur une chaise, puis, sans la prendre, descendit à son tour en chantonnant.

Rogan était toujours au téléphone, le récepteur coincé sur l'épaule, prenant des notes dans son carnet.

— Repoussez ça à onze heures. Non, onze heures... Je serai au bureau vers dix heures. Oui, et prévenez Joseph, d'accord, Eileen ? Dites-lui que j'effectue un nouvel envoi de Clare. Des œuvres de Concannon, oui. Je...

Il entendit un bruit derrière lui et se retourna. Maggie était là, telle une déesse couronnée de feu, le teint pâle comme de l'albâtre, le corps tout en courbes et le regard malicieux. La voix de sa secrétaire bourdonna désagréablement, comme une mouche à son oreille.

— Quoi ? Le quoi ?

Son regard, brûlant et caressant, remonta sur Maggie et s'arrêta sur son visage.

— Je m'en occuperai à mon retour...

Rogan sentit les muscles de son estomac se nouer quand Maggie s'approcha pour ouvrir la fermeture Éclair de son pantalon.

— Non, dit-il d'une voix étranglée. Vous ne pourrez plus me joindre aujourd'hui. Je suis...

Il soupira entre ses dents lorsqu'elle le prit dans ses longs doigts fins d'artiste.

— Seigneur... oui, c'est ça, finit-il par réussir à articuler. À demain.

Il raccrocha précipitamment le téléphone qui glissa et atterrit sur le comptoir.

— J'ai interrompu votre conversation...

Quand Rogan l'attira contre lui, elle se mit à rire.

Tout recommençait. C'était pratiquement comme s'il sortait de lui-même et voyait l'animal qui avait pris le contrôle de ses sens. D'un geste désespéré, il l'empoigna par les cheveux en lui dévorant la gorge et la bouche de baisers. L'envie qu'il avait d'elle était irrésistible ; comme si on lui avait injecté dans les veines une substance dangereuse qui accélérait les battements de son cœur et lui embrumait l'esprit.

Il allait encore lui faire mal. Néanmoins, le fait d'en être conscient ne l'arrêta nullement. Avec un grognement mi-rageur, mi-triomphant, il la coucha sur la table de la cuisine...

... et éprouva une étrange satisfaction en la voyant écarquiller les yeux de surprise.

— Rogan, tes papiers...

L'empoignant à pleines mains par les hanches, il la souleva et la pénétra, une lueur guerrière dans les yeux.

Les mains de Maggie battirent l'air, renversant la tasse et la soucoupe qui se brisèrent sur le sol. La table s'agita de soubresauts et la mallette atterrit par terre à son tour.

Ce fut soudain comme si des étoiles explosaient dans la tête de Maggie, et elle s'abandonna à son délire. Le bois rugueux de la table lui labourait les reins, tout son corps ruisselait de sueur. Et quand elle referma ses jambes autour de lui pour l'enfoncer plus loin en elle, elle eut la sensation qu'il touchait son cœur.

Maggie ne sentit alors plus rien que le mouvement de va-et-vient qui l'amena au bord de l'extase. Suffoquant comme une femme sur le point de se noyer, elle jouit dans un long gémissement langoureux.

Plus tard, beaucoup plus tard, quand elle fut enfin capable de parler à nouveau, elle réalisa qu'elle était blottie entre ses bras.

— Ça y est, tu as fini de passer tes coups de fil ?

En riant, Rogan l'emporta hors de la cuisine.

Il était encore tôt lorsqu'il s'en alla. Une averse matinale avait laissé place à un superbe arc-en-ciel. D'une voix ensommeillée, elle lui avait vaguement proposé d'aller faire du thé, puis s'était rendormie. Aussi était-il descendu tout seul dans la cuisine.

Il n'avait trouvé qu'un misérable pot de café instantané desséché dans le placard. Légèrement désappointé, il s'en était toutefois contenté et avait mangé le seul et unique œuf du réfrigérateur.

Rogan rassemblait ses papiers et tentait d'y remettre un peu d'ordre, quand Maggie arriva d'un pas titubant dans la cuisine. Les yeux cernés et bouffis de sommeil, elle lui prêta à peine attention et mit la bouilloire à chauffer.

Autant tirer un trait sur les adieux d'amoureux transi, songea-t-il.

— Je crois que j'ai utilisé la dernière serviette de bain propre.

Elle grommela quelque chose d'inaudible en versant une mesure de thé dans la théière.

— Et l'eau chaude s'est arrêtée net alors que j'étais sous la douche.

Cette fois, elle se contenta de bâiller.

— Il n'y a plus d'œufs.

— Les poules de Murphy... crut-il l'entendre marmonner.

Une fois ses papiers rassemblés, il les rangea dans son attaché-case.

— J'ai laissé les coupures de journaux que tu voulais sur le comptoir. Un camion viendra cet après-midi prendre le dernier envoi. Il faut que tout soit empaqueté avant une heure.

Voyant qu'elle ne répondait pas, il ferma sa mallette d'un coup sec.

— Bon, je dois y aller.

Contrarié, il s'avança vers elle et lui prit le menton d'un geste autoritaire.

— Tu vas me manquer, dit-il en l'embrassant.

Et il sortit avant qu'elle ait eu le temps de reprendre ses esprits et de lui courir après.

— Rogan, pour l'amour du ciel, attends un peu ! Je viens à peine d'entrouvrir les yeux.

Il se retourna, et elle se jeta dans ses bras, manquant les faire tomber tous les deux à la renverse dans un parterre de fleurs. Il la rattrapa juste à temps et ils s'embrassèrent à perdre haleine sous la pluie fine et rafraîchissante.

— Bon sang, tu vas me manquer, dit-elle en reprenant sa respiration et en pressant son visage sur son épaule.

— Viens avec moi. Mets quelques affaires dans un sac et viens avec moi.

Maggie recula, étonnée de regretter à ce point de devoir refuser.

— J'ai des choses à faire. Et puis, à Dublin, je... je ne peux pas vraiment travailler.

— Non, dit-il au bout d'un long moment. Je suppose que tu ne peux pas.

— Tu ne pourrais pas revenir ? Prendre un jour ou deux ?

— En ce moment, ce n'est pas possible. Je pourrai peut-être d'ici une quinzaine de jours.

— Bah, ce n'est pas si long, fit-elle, bien que cela lui semblât une éternité. Faisons tous les deux ce que nous avons à faire, et ensuite...

— Et ensuite...

Il se pencha pour l'embrasser.

— Pense à moi, Margaret Mary.

— Oui.

Elle le regarda s'éloigner, son attaché-case à la main. Il monta dans sa voiture et partit en marche arrière vers la route.

Maggie resta là longtemps après que le bruit du moteur se fut évanoui, jusqu'à ce que la pluie s'arrête, laissant place à un soleil resplendissant.

13

Maggie traversa le grand salon vide, regarda longuement par la fenêtre, puis revint sur ses pas. C'était la cinquième maison qu'elle visitait en une semaine, la seule qui ne soit pas encore occupée par des propriétaires trop cupides, et ce serait la dernière.

Située dans les environs d'Ennis, elle était un peu plus loin que Brianna ne l'aurait souhaité – et pas assez loin au goût de Maggie. Une maison neuve, ce qui était un bon point, construite de plain-pied.

Il y avait deux chambres, une salle de bains, une cuisine dans laquelle on pouvait prendre les repas et un salon très lumineux avec une cheminée en brique.

Les poings sur les hanches, elle jeta un dernier coup d'œil alentour.

— C'est ça !

— Maggie, c'est certainement la superficie qui lui convient, remarqua Brianna en se mordillant la lèvre, mais ne devrions-nous pas chercher quelque chose d'un peu plus près de la maison ?

— Pourquoi ? De toute façon, elle l'a en horreur !

— Mais...

— Sans compter qu'ici, tous les commerçants sont à deux pas. Il y a plusieurs épiceries, une pharmacie et même des restaurants, si le cœur lui en dit.

— Elle ne sort jamais.

— Eh bien, il est grand temps qu'elle s'y mette. Et comme tu ne seras plus là pour te précipiter en courant au moindre claquement de doigts, elle y sera bien obligée.

— Je ne me précipite pas en courant...

Le dos raide, Brianna s'approcha de la fenêtre.

— D'ailleurs, elle refusera probablement d'emménager ici.

— Elle ne refusera pas, crois-moi.

Étant donné l'épée de Damoclès qu'elle avait au-dessus de la tête, Maeve ne s'en aviserait sûrement pas, pensa Maggie.

— Si tu oubliais ne serait-ce qu'un instant la culpabilité dans laquelle tu aimes à te draper, tu reconnaîtrais que c'est la meilleure solution pour tout le monde. Elle sera plus heureuse chez elle – en tout cas, aussi heureuse qu'une femme comme elle peut l'être. Tu n'as qu'à la laisser emporter toutes les choses qu'elle voudra, si cela soulage ta conscience, sinon je lui donnerai de l'argent pour en acheter de nouvelles. Ce qu'elle préférera sans doute.

— Maggie, cet endroit n'a aucun charme.

— Notre mère non plus.

Avant que Brianna puisse répondre, Maggie vint vers elle et la prit par les épaules.

— Tu n'auras qu'à lui faire un jardin, là, devant la porte. Nous ferons repeindre ou poser du papier, bref, on fera tout ce qu'il faudra.

— C'est vrai que ça pourrait être pas mal.

— Personne n'est mieux placé que toi pour savoir ça. Tu n'auras qu'à dépenser tout l'argent nécessaire jusqu'à ce que cela vous plaise à toutes les deux.

— Ce n'est pas juste que ce soit toi qui assumes toutes les dépenses.

— C'est plus juste que tu ne le crois.

Le moment était venu de parler à Brianna de leur mère, décida Maggie.

— Savais-tu qu'elle avait été chanteuse ? Chanteuse professionnelle ?

— Maman ?

L'idée sembla si saugrenue à Brianna qu'elle éclata de rire.

— Où as-tu été chercher une sottise pareille ?

— C'est la vérité. Je l'ai découvert par hasard, et j'ai pris soin de vérifier.

Maggie sortit les coupures jaunies de son sac.

— Tu n'as qu'à regarder, elle a même eu droit à des articles dans les journaux.

Brianna resta sans voix ; elle parcourut l'article tout en regardant la photo un peu passée.

— Elle chantait à Dublin, elle avait une vie à elle, murmura-t-elle. Il est écrit qu'elle avait « une voix claire et cristalline, comme les cloches d'un matin de Pâques »… Mais comment est-ce possible ? Elle n'en a jamais parlé une seule fois. Et papa non plus.

— J'y ai pas mal réfléchi depuis quelques jours…

Maggie retourna se poster devant la fenêtre.

— Elle a perdu la seule chose qu'elle voulait et a eu à la place quelque chose dont elle ne voulait pas. Et elle s'est punie toute sa vie pour ça, et nous avec.

Éberluée, Brianna laissa retomber la feuille de journal.

— Mais elle n'a jamais chanté à la maison. Pas une seule note. Jamais.

— Je crois qu'elle ne le supportait pas, ou qu'elle considérait ce refus comme une façon de se repentir d'avoir péché. Probablement les deux.

Un sentiment de profonde tristesse envahit Maggie, mais elle s'efforça de le repousser.

— J'essaie de lui trouver des excuses, Brie, et d'imaginer quel a dû être son désespoir en apprenant qu'elle était enceinte de moi. Étant donnée la situation, elle n'avait d'autre solution que de se marier.

— Mais elle n'aurait jamais dû te le reprocher, Maggie, jamais. Cela reste vrai aujourd'hui.

— Peut-être. En tout cas, tout ceci m'aide à comprendre pourquoi elle ne m'a jamais aimée. Et ne m'aimera jamais.

— Lui as-tu... Lui en as-tu parlé ? demanda Brianna en glissant les coupures de journaux dans son sac.

— J'ai essayé. Elle refuse d'en parler. Les choses auraient pu être tellement différentes...

Maggie se retourna, furieuse de se sentir coupable malgré tout.

— C'est vrai, tellement différentes. Faute d'avoir la carrière dont elle rêvait, il lui restait tout de même la musique. Était-elle obligée de se renfermer ainsi sur elle-même uniquement parce qu'elle ne pouvait pas tout avoir ?

— Je ne connais pas la réponse. Certaines personnes ne savent pas se contenter de peu, elles veulent tout ou rien.

— On ne peut rien y faire, dit fermement Maggie. En revanche, nous pouvons lui donner ça. Nous allons nous le donner à toutes les trois.

L'argent filait à une vitesse affolante. Plus on en possédait, plus on en avait besoin. Mais la maison était maintenant au nom de Maeve et les détails, les dizaines de détails qu'entraînait l'acquisition d'une maison, se réglaient peu à peu.

Par contre, la vie de Maggie semblait être comme entre parenthèses.

Elle avait à peine parlé à Rogan, songea-t-elle d'un air bouder, assise devant la table de cuisine. Oh, certes, il lui avait fait passer des messages par l'intermédiaire d'Eileen ou de Joseph, mais il n'avait pas pris la peine de la contacter directement. Ni de revenir la voir, comme il le lui avait dit.

Finalement, c'était bien mieux ainsi. De toute façon, elle était très occupée. Plusieurs de ses croquis n'attendaient que d'être transformés en sculptures de verre. D'ailleurs, si elle ne s'était pas encore mise au travail ce matin, c'était uniquement parce qu'elle n'avait pas encore décidé à quel projet s'attaquer.

Certainement pas à cause de ce maudit téléphone qui s'obstinait à ne pas sonner.

Maggie s'apprêtait à partir pour l'atelier quand elle aperçut Brianna par la fenêtre, son fidèle chien sur ses talons.

— Ah, ça tombe bien ! J'espérais t'attraper avant que tu ne sois au travail.

Brianna entra dans la cuisine et posa son panier.

— Tu arrives juste à temps. Tu vas bien ?

— Très bien.

D'un geste rapide et efficace, Brianna découvrit les muffins encore fumants qu'elle avait apportés.

— Avoir déniché cette Lottie Sullivan tient carrément du miracle !

Elle sourit en pensant à l'infirmière à la retraite qu'elles avaient engagée pour tenir compagnie à Maeve.

— Elle est tout simplement extraordinaire ! On dirait qu'elle fait déjà partie de la famille. Hier, pendant que je m'occupais des parterres de fleurs, maman n'arrêtait pas de râler. Il était soi-disant trop tard dans l'année pour faire des plantations, la peinture de la façade n'était pas de la bonne couleur... Bref, elle trouvait à redire sur tout. Et Lottie restait là à rire, la contredisant calmement chaque fois qu'elle ouvrait la bouche. Je t'assure, ces deux-là ont passé un excellent moment.

— J'aurais bien voulu voir ça, dit Maggie en ouvrant en deux un muffin.

L'odeur qui s'en dégagea, ainsi que le tableau que venait de lui brosser Brianna, lui firent cesser de regretter de ne pas s'être mise plus tôt au travail.

— Tu as trouvé une perle, Brie. Lottie va la mener à la baguette.

— C'est encore mieux que ça. Elle a vraiment l'air de s'amuser. Chaque fois que maman dit quelque chose de désagréable, Lottie fait un clin d'œil en rigolant et continue ce qu'elle est en train de faire. Je ne pensais pas pouvoir le dire un jour, Maggie, mais je crois sincèrement que ça va marcher.

— Bien sûr que ça va marcher.

Maggie jeta un morceau de muffin à Conco qui attendait sagement à ses pieds.

— Tu as demandé à Murphy s'il pouvait nous aider à déménager le lit et les affaires que maman veut emporter ?

— Je n'en ai pas eu besoin. Tout le monde à Ennis sait que tu lui as acheté une maison. La nouvelle a vite fait le tour du village. Depuis quinze jours, au moins une dizaine de personnes sont passées, comme si de rien n'était. Murphy a déjà proposé de prêter ses muscles et son camion.

— Par conséquent, elle sera définitivement installée avec Lottie d'ici la fin de la semaine. J'ai acheté une bouteille de champagne ; dès que tout sera fini, nous ferons la fête et nous nous saoulerons.

Malgré un regard réprobateur, Brianna garda un ton égal.

— Il n'y a pas de quoi faire la fête.

— Alors je passerai, comme si de rien n'était, dit Maggie avec un sourire malicieux. Avec une bonne bouteille sous le bras !

Brianna lui sourit en retour, mais le cœur n'y était pas.

— Maggie, j'ai essayé de lui parler de sa carrière de chanteuse...

Elle vit avec regret le regard de sa sœur s'assombrir.

— Je pensais que je le devais.

— Tu as bien fait.

N'ayant plus faim, Maggie lança le reste de son muffin à Conco.

— As-tu eu plus de chance que moi ?

— Non, elle n'a pas voulu m'en parler ; elle s'est immédiatement mise en colère.

Inutile de rapporter mot à mot les paroles cinglantes qu'elles avaient échangées, pensa Brianna. Cela ne ferait que remuer le couteau dans la plaie.

— Elle a filé dans sa chambre, mais en emportant les coupures de journaux.

— Eh bien, c'est déjà ça. Peut-être que ça la réconfortera.

Maggie sursauta en entendant le téléphone sonner et bondit de sa chaise avec une telle rapidité que Brianna étouffa un cri.

— Allô... Ah, c'est vous, Eileen ?

La déception était clairement perceptible dans sa voix.

— Oui, j'ai reçu les photos que vous avez envoyées pour le catalogue. Elles sont vraiment très bien. Je pourrais peut-être dire moi-même à M. Sweeney ce que... Oh, il est en réunion ? Non, ça ne fait rien. Vous n'aurez qu'à lui dire que j'approuve son choix... Je vous en prie. Au revoir.

— Tu as répondu au téléphone, commenta Brianna.

— Évidemment. Tu ne l'as pas entendu sonner ?

Le ton défensif de sa sœur intrigua Brianna.

— Tu attendais un appel ?

— Non. Qu'est-ce qui te fait dire ça ?

— Eh bien, la façon dont tu as bondi de ta chaise, comme pour retirer un enfant de sous les roues d'une voiture.

Vraiment ? pensa Maggie. Elle avait fait ça ? C'était par trop humiliant...

— Je n'aime pas que ce machin me casse les oreilles, c'est tout. Bon, il faut que je me mette au travail.

Ce disant, elle sortit en trombe de la cuisine.

Elle se fichait comme de sa première chemise qu'il l'appelle ou non. Il y avait maintenant presque trois semaines qu'il était rentré à Dublin, elle ne lui avait parlé que deux fois entre-temps, mais elle s'en moquait éperdument. Elle avait bien trop à faire pour perdre son temps à bavarder au téléphone, ou pour s'occuper de lui s'il était venu la voir...

... comme il avait dit qu'il le ferait... pensa-t-elle en claquant la porte de l'atelier derrière elle.

Peu importait... D'ailleurs, elle n'avait nul besoin de la compagnie de Rogan Sweeney, ni de qui que ce soit. Elle se suffisait amplement à elle-même.

Maggie prit sa canne à souffler et se mit au travail.

La salle à manger solennelle des Connelly aurait rappelé à Maggie celle aperçue dans un feuilleton à la télévision le jour de la mort de son père. Tout brillait, miroitait et étincelait. De la carafe où se reflétait un vin doré de grand cru aux longues bougies blanches du chandelier à cinq branches, tout respirait l'élégance.

Les convives assis autour de la table recouverte d'une nappe en dentelle étaient aussi irréprochables que le reste de la pièce. Anne, qui portait un ensemble en soie bleu saphir agrémenté des bijoux de son aïeule, correspondait à l'image de la parfaite maîtresse de maison. Dennis, tout rougeaud d'avoir bien mangé et ravi d'avoir un invité, regardait sa fille d'un air rayonnant. Patricia était particulièrement jolie, aussi délicate que la robe rose pâle et les perles fines qu'elle avait choisies ce soir-là.

Rogan, qui lui faisait face, but une gorgée de vin en faisant un immense effort pour ne pas laisser ses pensées l'entraîner vers l'Ouest, vers Maggie.

— Quel plaisir de dîner tranquillement en famille…

Anne piqua un minuscule morceau de faisan dans son assiette. Sa balance lui avait indiqué qu'elle avait pris un kilo le mois dernier, ce qui la contrariait beaucoup.

— J'espère que vous n'êtes pas déçu que je n'aie invité personne d'autre, Rogan.

— Pas le moins du monde. C'est un vrai plaisir, plutôt rare pour moi ces temps-ci, que de pouvoir passer une soirée paisible entre amis.

— C'est exactement ce que j'ai dit à Dennis, reprit Anne. C'est vrai, nous vous avons à peine vu depuis des mois. Vous travaillez trop, Rogan.

— On ne travaille jamais trop quand on fait ce qu'on aime, remarqua Dennis.

— Ah, les hommes et leur travail !

Anne eut un rire léger et se retint de flanquer un coup de pied à son mari sous la table.

— Personnellement, je trouve qu'un homme qui passe son temps à travailler est trop tendu, insista-t-elle. Surtout quand il n'a pas de femme chez lui pour le réconforter.

Sachant parfaitement où sa mère voulait en venir, Patricia s'efforça de changer de sujet.

— Tu as eu un fabuleux succès avec l'exposition de Mlle Concannon. J'ai entendu dire que celle sur l'art amérindien avait été particulièrement bien reçue ?

— Oui, c'est exact. L'exposition d'art amérindien part à la galerie de Cork cette semaine et celle de Maggie – euh, de Mlle Concannon – sera bientôt à Paris. Elle a achevé plusieurs pièces étonnantes, ce mois-ci.

— J'en ai vu quelques-unes. Je crois que Joseph convoite la boule de verre. Celle qui est pleine de couleurs et de formes à l'intérieur. C'est absolument fascinant.

Patricia posa sagement les mains sur ses genoux tandis qu'on servait le dessert.

— Je me demande comment elle a fait ça.

— Il se trouve que j'étais présent au moment où elle a réalisé cette pièce.

Rogan se rappela tout à coup la chaleur insoutenable, les couleurs se mélangeant les unes aux autres et les étincelles qui avaient jailli de toutes parts.

— Pourtant, je serais incapable de te l'expliquer.

La lueur qui anima son regard mit Anne en alerte.

— En savoir trop sur la manière dont procède l'artiste risque de gâcher le plaisir, vous ne trouvez pas ? D'ailleurs, je suis certaine que ce n'est que pure routine pour Mlle Concannon. Patricia, tu ne nous as rien dit de ton petit projet ? Comment progresse cette école ?

— Très bien, je te remercie.

— Vous vous rendez compte, notre Patricia va ouvrir une crèche, dit Anne avec un sourire indulgent.

Rogan réalisa avec une pointe de culpabilité qu'il n'avait posé aucune question à Patricia sur son projet depuis des semaines.

— Tu as finalement trouvé un endroit ?

— Oui. Une propriété près de Mountjoy Square. Le bâtiment a besoin d'être un peu rénové, bien sûr, mais je vais demander conseil à un architecte. Le site est idéal, avec de grands espaces pour faire des terrains de jeux. J'espère que tout sera prêt pour accueillir les enfants au printemps prochain.

Elle s'y voyait déjà. Les mères qui cherchaient un endroit rassurant pour leurs bébés ou leurs jeunes enfants pourraient les déposer en partant au travail. Et d'autres enfants viendraient après l'école et avant la fermeture des bureaux. Cela remplirait quelque peu le vide et la tristesse qui l'habitaient en permanence. Robert et elle n'avaient pas eu d'enfants. Ils avaient été si sûrs d'avoir tout l'avenir devant eux. Si certains...

— Je suis persuadée que Rogan pourrait t'aider pour ce qui concerne la partie administrative, continua Anne. Après tout, tu n'as aucune expérience dans ce domaine.

— Tout de même, Patricia est ma fille ! coupa Dennis en faisant un clin d'œil. Elle s'en tirera très bien.

— J'en suis convaincue, concéda Anne.

Mais, cette fois encore, elle dut faire un effort pour ne pas donner un coup de pied dans le tibia de son mari.

Elle attendit d'être toute seule avec sa fille au salon, pendant que les hommes restaient dans la salle à manger à déguster un porto – coutume qu'Anne se refusait à considérer comme dépassée. Elle renvoya la bonne qui venait d'apporter le café et fondit sur sa fille.

— Mais qu'est-ce que tu attends ? Cet homme va te filer entre les doigts !

— Je t'en prie, maman, ne recommence pas, répliqua Patricia qui commençait déjà à avoir la migraine.

— Tu préfères rester veuve toute ta vie, je suppose.

D'un air lugubre, Anne ajouta un peu de crème dans sa tasse.

— Crois-moi, cela a assez duré comme ça.

— Tu m'as dit exactement la même chose un an à peine après que Robbie était mort.

— Parce que c'est la vérité ! soupira Anne.

Voir sa fille terrassée de chagrin l'avait profondément ébranlée. Elle-même avait pleuré abondamment, et longtemps, non seulement parce qu'elle avait perdu un gendre qu'elle adorait, mais aussi à cause de cet air douloureux qu'elle n'avait pas réussi à effacer du regard de Patricia.

— Chérie, nous le regrettons tous infiniment, mais c'est un fait, Robert n'est plus là.

— Je le sais. J'ai fini par l'accepter et j'essaie d'avancer.

— En ouvrant un centre où tu t'occuperas des enfants des autres ?

— Oui, en partie. Je fais ça pour moi, maman. Parce que j'ai besoin d'un travail et de la satisfaction que cela apporte.

— Je renonce à te convaincre d'abandonner cette idée ! s'écria Anne en levant les bras au ciel. Si c'est vraiment ce que tu veux, alors, je le veux moi aussi.

— Je t'en remercie.

L'expression de Patricia se radoucit et elle se pencha pour embrasser sa mère sur la joue.

— Je sais bien que tu veux seulement mon bonheur.

— En effet. Et c'est pour cette raison que je pense que Rogan serait très bien pour toi. Non, inutile de finasser avec moi, ma fille. Tu ne vas pas me dire le contraire ?

— Je l'aime bien, dit prudemment Patricia. Je l'ai toujours bien aimé.

— Lui aussi, il t'aime bien. Mais tu restes là à attendre qu'il fasse le premier pas. Et pendant que tu attends, il se laisse distraire. Il faudrait être aveugle pour ne pas voir qu'il ne s'intéresse pas seulement à l'art de cette Mlle Concannon. Et elle n'a pas l'air d'être du style à se contenter d'attendre. Ça, sûrement pas ! Elle se rendra très vite compte de l'homme qu'est Rogan, ainsi que des moyens dont il dispose, et elle te le soufflera sous le nez !

— Je doute que Rogan se laisse avoir si facilement, dit sèchement Patricia. Il sait ce qu'il veut.

— Oui, dans bien des domaines, reconnut Anne. Mais les hommes ont besoin d'être guidés, Patricia. Et d'être séduits. Or, tu ne fais rien pour séduire Rogan. Tu devrais t'arranger pour qu'il voie en toi une femme, et pas seulement la veuve de son meilleur ami. Tu le veux, oui ou non ?

— Je crois que...

— Mais oui, tu le veux ! Alors, débrouille-toi pour qu'il te veuille aussi.

Patricia se montra peu bavarde quand Rogan la ramena chez elle en voiture, dans cette maison pù elle avait vécu avec Robert et qu'elle ne pouvait se résoudre à quitter, tout simplement parce que cet endroit était rempli de merveilleux souvenirs.

Mais voulait-elle pour autant rester seule pour le reste de son existence ? Voulait-elle passer ses journées à s'occuper des enfants des autres, sans personne pour illuminer sa vie ?

Si sa mère avait raison, et si Rogan était bien l'homme qu'elle voulait, il n'y avait pas de mal à lui faire un peu de charme.

— Tu veux entrer une minute ? lui demanda-t-elle lorsqu'il la raccompagna devant sa porte. Il est encore tôt, et je n'ai pas sommeil.

Il pensa à sa propre maison vide, et aux longues heures qui restaient à tuer avant de se remettre au travail.

— Si tu me promets de m'offrir un cognac.

— Nous allons le prendre sur la terrasse, proposa Patricia en entrant.

La maison reflétait l'élégance tranquille et le goût irréprochable de sa maîtresse. Bien qu'il s'y fût toujours senti très à l'aise, Rogan ne put s'empêcher de repenser au cottage en désordre de Maggie, et au petit lit aux draps froissés.

Même le verre de cognac lui fit penser à elle. Il revit le soir où elle avait lancé son verre contre la cheminée dans un accès de colère. Et puis le paquet qui était arrivé quelques jours plus tard, contenant un verre qu'elle avait soufflé elle-même pour le remplacer.

— Quelle nuit magnifique ! fit Patricia pour attirer son attention.

— Pardon ? Oh oui... Oui, vraiment magnifique.

Sans le boire, il fit tourner le cognac dans son verre.

Un croissant de lune d'un beau blanc scintillant était accroché au ciel parsemé de nuages que poussait une brise légère. L'air était tiède et parfumé, à peine troublé par le bruit des voitures qui passaient derrière les haies.

— Parle-moi un peu plus précisément de ton école, commença-t-il. Quel architecte as-tu choisi ?

Elle lui cita un nom qu'il approuva.

— Il fait du bon travail. Nous avons déjà fait appel à lui.

— Je sais. C'est Joseph qui me l'a recommandé. Il a été d'une aide extraordinaire, bien que je me sente un peu coupable de l'avoir perturbé dans son travail.

— Il est tout à fait capable de faire plusieurs choses à la fois.

— Quand je passe à la galerie, ça n'a jamais l'air de le déranger.

Histoire de le tester, et de se tester elle-même, Patricia s'approcha.

— Tu m'as manqué, tu sais.

— Les choses ont été un peu mouvementées, ces temps-ci.

Rogan ramena une mèche de cheveux derrière l'oreille de Patricia, d'un geste habituel et machinal.

— Il faut que nous rattrapions le temps perdu. Il y a une éternité que nous ne sommes pas allés au théâtre.

— Oui, dit-elle en prenant sa main qu'elle garda dans la sienne. Je suis contente que nous ayons un petit moment à nous. Rien qu'à nous.

Un signal d'alarme se déclencha dans la tête de Rogan. Se trouvant ridicule, il lui sourit.

— Nous en aurons d'autres. Si je passais voir cette propriété que tu as achetée, pour te dire ce que j'en pense ?

— Ton opinion compte énormément pour moi, dit-elle, le cœur battant à se rompre. Tout comme toi.

Avant qu'il puisse réagir, Patricia se pencha et l'embrassa sur la bouche, refusant de voir la lueur d'affolement qui passa dans les yeux de Rogan.

Cette fois, son baiser n'eut rien d'amical ni de platonique. Saisissant ses cheveux à pleines mains, elle se colla contre lui, mourant d'envie de sentir son corps vibrer à nouveau.

Mais Rogan ne la prit pas dans ses bras. Ses lèvres ne se réchauffèrent pas sous son baiser. Il resta de glace, figé comme une statue. Et s'ils se mirent à trembler tous les deux, ce ne fut ni de plaisir, ni de désir, mais seulement de surprise.

Patricia recula et vit l'étonnement, pire, le regret, dans son regard. Vexée, elle se détourna vivement.

Rogan reposa le verre de cognac auquel il n'avait pas touché.

— Patricia...

— Non ! s'écria-t-elle en fermant les yeux. Ne dis rien.

— Mais si, je le dois...

Ses mains hésitèrent un instant avant de se poser doucement sur ses épaules.

— Patricia, tu sais combien je...

Que pouvait-il dire ? songea-t-il, effaré.

— ... Combien je tiens à toi, reprit-il tout en se maudissant intérieurement.

— Restons-en là. Je suis suffisamment humiliée comme ça, répliqua-t-elle en croisant les mains au point d'en avoir mal aux doigts.

— Je n'aurais jamais cru que...

L'air penaud, il se traita de tous les noms une fois encore et en voulut à Maggie d'avoir vu juste.

— Patty... je suis vraiment désolé.

— J'en suis persuadée, fit-elle d'une voix glaciale. Moi aussi, je le suis, de t'avoir mis dans une situation aussi désagréable.

— C'est ma faute. J'aurais dû comprendre...

— Et pourquoi ? Je suis toujours là, non ? Toujours disponible pour sortir avec toi, dès que tu as une soirée de libre. Pauvre Patricia... qui rêve à ses petits projets pour s'occuper l'esprit ! La jeune veuve qui se contente d'une petite tape sur la tête et d'un sourire indulgent !

— Ce n'est pas vrai du tout. Ce n'est pas ce que je ressens.

— J'ignore ce que tu ressens, et je ne sais pas ce que je ressens non plus. Tout ce que je sais, c'est que je veux que tu t'en ailles avant que nous nous disions des choses qui risqueraient de nous embarrasser plus encore.

— Je ne vais pas te quitter comme ça. Viens, rentrons nous asseoir. Nous pourrons parler.

Non, se dit-elle, elle finirait par éclater en sanglots et se rendrait encore plus ridicule.

— Je ne plaisante pas, Rogan. Je veux que tu t'en ailles. Nous n'avons rien de plus à nous dire ce soir. Tu connais la sortie.

Elle passa devant lui et s'engouffra en hâte dans la maison.

Maudites soient les femmes ! Toutes les femmes ! se disait Rogan le lendemain, en faisant les cent pas dans la galerie. Elles avaient un don inné pour vous faire sentir coupable, démuni et complètement idiot.

Il venait de perdre une amie, une amie très chère. Et tout ça, parce qu'il était resté aveugle devant les sentiments qu'elle nourrissait pour lui. Sentiments que Maggie avait devinés en un clin d'œil, se rappela-t-il avec un regret grandissant.

Il grimpa les marches quatre à quatre, furieux contre lui-même. Pourquoi n'arrivait-il pas à s'y prendre avec les deux femmes qui comptaient le plus dans sa vie ?

Il venait de briser le cœur de Patricia, sans aucune délicatesse. Et Maggie avait le pouvoir de briser le sien à tout instant.

Ne tombait-on jamais amoureux de quelqu'un prêt à vous aimer en retour ?

En tout cas, il n'aurait pas la bêtise de dévoiler ses sentiments à Maggie pour qu'elle les piétine sans vergogne. Plus maintenant. Pas après avoir piétiné par inadvertance ceux d'une autre femme. Il n'avait besoin de personne, Dieu merci.

En entrant dans un des petits salons du premier étage, il fronça les sourcils. Ses assistants avaient exposé quelques-unes de ses dernières œuvres, un aperçu de ce qui tournerait dans les différentes galeries au cours de l'année à venir. Le globe qu'elle avait créé devant lui brillait de mille reflets, semblant renfermer tous les rêves qu'elle caressait, des rêves qui lui donnèrent l'impression de le narguer tandis qu'il l'observait attentivement.

Finalement, c'était aussi bien qu'elle n'ait pas répondu la veille au téléphone. Accablé de culpabilité à la suite de ce fâcheux épisode avec Patricia, il avait eu besoin d'elle à ce moment-là. Il avait eu envie d'entendre sa voix le réconforter. Au lieu de quoi, il n'avait eu droit qu'à sa propre voix, hachée et précise, Maggie ayant refusé d'enregistrer elle-même le message sur le répondeur.

Et au lieu d'avoir une conversation intime qui aurait pu se prolonger tard dans la nuit, il lui avait laissé un message laconique qui l'ennuierait sans doute tout autant que lui.

Seigneur, il avait tellement envie d'elle...

— Ah, voilà l'homme que je cherchais, s'exclama Joseph, joyeux comme un pinson. J'ai vendu *Carlotta*.

Son sourire content de lui se transforma en curiosité lorsqu'il vit la mine de Rogan.

— Ça ne va pas ?

— J'ai connu des jours meilleurs. *Carlotta*, dis-tu ? Et à qui l'as-tu vendue ?

— À une touriste américaine qui est passée ce matin. Elle a eu le coup de foudre. Nous allons lui envoyer la peinture dans un endroit appelé Tucson. Moi qui adore les nus, je ne trouvais pas celui-là extraordinaire. Trop lourd aux hanches. Et puis, ces gros traits de pinceau... Disons que le peintre a manqué de subtilité.

— C'était une excellente peinture à l'huile, dit Rogan d'un air absent.

— Dans son genre. En tout cas, je ne serai pas fâché d'expédier *Carlotta* à Tucson ! Oh, et cette série d'aquarelles de l'Écossais est arrivée il y a une heure. C'est un travail magnifique. Je crois que tu as encore découvert une vedette, Rogan.

— Par pur hasard. Si je n'étais pas allé voir cette usine à Inverness, je n'aurais jamais vu ces peintures.

— Un peintre de trottoir ! dit Joseph en secouant la tête d'un air désolé. Eh bien, il ne le restera pas longtemps, je te le garantis. Il y a quelque chose de formidablement mystique dans son travail, quelque chose de fragile, d'austère. Il y a même un nu qui compensera largement la perte de *Carlotta*. J'avoue le trouver beaucoup plus de mon goût. Il représente une femme élégante, délicate, avec un regard un peu triste. J'en suis tombé follement amoureux...

Il s'interrompit et rougit légèrement en apercevant Patricia sur le seuil. Son cœur se mit à battre. *Celle-là n'est pas pour toi, mon vieux*, pensa-t-il aussitôt. Toutefois, il lui fit un sourire éclatant et se précipita à sa rencontre.

— Bonjour, Patricia. Je suis ravi de vous voir.

Rogan se retourna et, en voyant ses yeux rougis, se dit qu'il méritait d'être fouetté pour l'avoir fait pleurer ainsi.

— Bonjour, Joseph. J'espère que je ne vous dérange pas.

— Pas du tout. Ici, la beauté est toujours la bienvenue.

Il lui prit la main et l'embrassa en se traitant d'imbécile.

— Voulez-vous du thé ?

— Non, ne vous donnez pas cette peine.

— Cela ne pose aucun problème. Nous allons bientôt fermer.

— Je sais. J'espérais...

Patricia prit son courage à deux mains.

— Joseph, cela vous ennuierait-il de me laisser parler un instant avec Rogan ?

— Bien sûr que non.

Idiot. Crétin. Abruti...

— Je descends. Je vais brancher la bouilloire, au cas où vous changeriez d'avis.

— Merci.

Elle attendit qu'il soit parti, puis ferma la porte.

— J'espère que tu ne m'en veux pas d'être passée, mais comme il est presque l'heure de la fermeture...

— Non, non, pas du tout...

Une fois de plus, Rogan constata qu'il ne savait pas comment réagir.

— Je suis content que tu sois venue.

— Oh non, tu n'es pas content du tout ! dit-elle avec un petit sourire pour tenter de détendre l'atmosphère. Tu restes planté là, en cherchant frénétiquement quoi dire et quoi faire. Je te connais depuis longtemps, tu sais. On peut s'asseoir ?

— Oui, bien sûr.

— Je suis venue m'excuser.

Cette fois, le désarroi de Rogan fut complet.

— Je t'en prie, ne dis pas ça. Ce n'est vraiment pas nécessaire.

— Si, c'est tout à fait nécessaire. Et tu vas me faire le plaisir de m'écouter.

— Patty... Tu as pleuré à cause de moi...

— Oui. Et quand j'ai eu fini de pleurer, j'ai commencé à réfléchir.

Elle poussa un gros soupir.

— Je n'ai pas souvent eu l'occasion de réfléchir par moi-même. Papa et maman se sont toujours beaucoup occupés de moi. Et ils avaient de telles ambitions pour moi... J'ai toujours eu peur de les décevoir.

— C'est absurde...

— Je t'ai demandé de m'écouter, coupa-t-elle d'un ton qui le surprit. Et tu vas le faire jusqu'au bout. Tu as toujours été là, depuis que j'ai, quoi... quatorze, quinze ans ? Puis, il y a eu Robbie. J'étais tellement amoureuse que je n'ai pas pris le temps de réfléchir.

Je n'ai fait que m'occuper de lui, me souciant seulement d'installer la maison, de construire un foyer. Quand je l'ai perdu, j'ai voulu mourir aussi. Dieu sait si je l'ai souhaité...

Rogan ne put faire autrement que lui prendre affectueusement la main.

— Moi aussi, je l'aimais.

— Je le sais bien. C'est toi qui m'as aidée à supporter cette épreuve, à dépasser mon chagrin. Avec toi, je pouvais parler de Robbie, en pleurant ou en riant. Tu as été le meilleur des amis, aussi était-il naturel que je t'aime. Il me semblait normal d'attendre que tu voies en moi une femme au lieu d'une vieille amie. Dès lors, n'était-il pas tout à fait logique que tu tombes amoureux de moi et que tu me demandes de t'épouser ?

Rogan lui caressa nerveusement la main.

— Si j'avais fait plus attention...

— ... tu n'aurais rien vu de plus que ce que je souhaitais te laisser voir, termina-t-elle à sa place. Pour des raisons que je préfère ne pas aborder, j'avais décidé hier soir de faire le premier pas. Quand je t'ai embrassé, je m'attendais à éprouver, oh, quelque chose de fantastique, une explosion d'étoiles, un vrai feu d'artifice. Je me suis décidée à t'embrasser en croyant que ce serait le grand frisson dont je rêvais. J'en avais tellement envie... Mais ça n'a pas été le cas.

— Patricia, ce n'est pas que je...

Il s'interrompit et plissa les yeux.

— Qu'est-ce que tu as dit ?

Elle éclata de rire, ce qui ne fit que le troubler davantage.

— Quand j'ai eu fini de pleurer, j'ai repensé à tout ça. Tu n'as pas été le seul à être surpris, Rogan. Je me suis rendu compte que je n'avais rien ressenti du tout.

— Rien du tout ? répéta-t-il au bout d'un moment.

— Rien de plus qu'un terrible embarras de nous avoir mis tous les deux dans une situation aussi épouvantable. J'ai alors compris que, si je t'aimais beaucoup, je n'étais pas amoureuse de toi. J'ai vraiment eu l'impression d'embrasser un vieux copain.

— Je vois...

C'était ridicule, mais il ne pouvait s'empêcher de se sentir blessé dans sa virilité.

— C'est une chance, non ?

Patricia le connaissait bien. En fait, elle lui effleura la joue.

— Et voilà ! Maintenant, tu te sens insulté !

— Non, pas du tout. Je suis soulagé que nous ayons tiré cette histoire au clair.

Le regard sceptique qu'elle lui jeta l'incita à plus de franchise.

— Bon, c'est vrai, je me sens insulté. En tout cas, cela en fiche un sacré coup à mon orgueil masculin, avoua-t-il avec un sourire forcé. Alors, on reste amis ?

— Pour toujours !

Patricia soupira profondément.

— Tu ne peux pas savoir comme je suis soulagée que cette conversation soit enfin terminée. Je crois bien que je vais aller prendre ce thé que Joseph m'a proposé. Tu te joins à nous ?

— Je regrette, mais on vient de recevoir un colis d'Inverness. Il faut absolument que j'y jette un coup d'œil.

Elle se leva.

— Tu sais, je suis d'accord avec maman sur un point. Tu travailles trop, Rogan. Ça commence à se voir. Tu devrais prendre quelques jours pour te reposer.

— Dans un mois ou deux.

Elle secoua la tête, puis se pencha pour l'embrasser.

— Tu dis toujours ça ! Pour une fois, j'aimerais que ce soit vrai, dit-elle en lui souriant gentiment. Je trouve que ta villa dans le sud de la France est un endroit idéal non seulement pour se reposer, mais également pour stimuler l'inspiration créatrice. Les couleurs, les textures, tout est fait pour plaire à un artiste.

Rogan ouvrit la bouche, puis la referma.

— Décidément, tu me connais très bien, murmura-t-il.

— Oui. Penses-y.

Le laissant ruminer ses pensées, Patricia descendit à la cuisine. Comme Joseph était en train de discuter avec des clients dans la grande salle de la galerie, elle commença à préparer elle-même le thé.

Il arriva à l'instant où elle était en train de servir la première tasse.

— Je suis désolé, dit-il. Ils ne voulaient pas qu'on les presse, mais ils n'arrivaient pas à se décider à sortir leurs sous. Pourtant, j'espérais bien vendre cette sculpture en cuivre avant la fin de la journée. Vous savez, celle qui ressemble un peu à un buisson ardent ? Mais ils sont repartis sans rien.

— Buvez un peu de thé, ça vous consolera.

— Oui, merci. Avez-vous...

Il s'arrêta net lorsqu'elle se tourna vers lui et qu'il vit son visage en pleine lumière.

— Qu'y a-t-il ? Que s'est-il passé ?

— Rien. Pourquoi ?

Elle apporta les tasses sur la table et faillit les renverser quand il l'agrippa par les bras.

— Vous avez pleuré, dit-il d'une voix tendue. Et vous avez les yeux cernés.

— Pourquoi les cosmétiques coûtent-ils si chers s'ils ne servent à rien ? Une femme ne peut pas s'offrir une bonne crise de larmes si elle ne peut pas compter sur sa poudre.

Patricia voulut s'asseoir, mais il continuait à la tenir fermement par les épaules. Étonnée, elle leva les yeux vers lui. Et ce qu'elle vit dans son regard la troubla.

— Ce n'est rien... rien du tout. Rien que des bêtises. Mais maintenant, tout va très bien.

Joseph ne réfléchit pas. Il l'avait déjà tenue dans ses bras. Ils avaient déjà dansé ensemble. Mais cette fois, il n'y avait pas de musique. Il n'y avait qu'elle. Lentement, il effleura les cernes sous ses yeux.

— Il vous manque toujours... Robbie.

— Oui. Il me manquera toujours.

Mais le visage de son mari tant aimé devint soudain très flou. Elle ne voyait plus que Joseph.

— Ce n'est pas sur lui que j'ai pleuré. Pas vraiment. D'ailleurs, je ne sais pas très bien pourquoi j'ai pleuré.

Elle était si jolie. Son regard était si doux, si bouleversant. Et sa peau – il n'avait jamais encore osé la toucher ainsi – était pareille à de la soie.

— Vous ne devriez pas pleurer, Pattie, s'entendit-il murmurer.

Alors, il l'embrassa. Sa bouche fondit sur la sienne et sa main plongea dans ses cheveux impeccables.

S'enivrant de son parfum, il fut désarçonné par la façon dont elle entrouvrit les lèvres, le laissant goûter pleinement à sa bouche.

Tendre et fragile, Patricia s'abandonna à son étreinte, éveillant en lui un irrésistible désir. Celui de la prendre et de la protéger, de la réconforter et de la posséder.

Le petit soupir qu'elle laissa échapper, mi-surpris, mi-émerveillé, lui fit l'effet d'un baquet d'eau glacée reçu en pleine figure.

— Je... je vous demande pardon.

Cherchant ses mots, il se redressa à regret tandis qu'elle le considérait avec de grands yeux.

— C'est absolument inexcusable de ma part.

Pivotant sur ses talons, il s'éloigna sans attendre, laissant Patricia tout étourdie.

Elle fit un pas pour le rattraper et murmura son nom. Puis elle se figea, porta la main à son cœur et se laissa choir sur une chaise pour ne pas tomber.

Joseph ? Ses mains remontèrent sur ses joues en feu. *Joseph ?* se répéta-t-elle en silence, bouleversée. Pourtant, c'était ridicule. Ils étaient simplement amis, n'avaient en commun que leur affection pour Rogan et la passion de l'art. Il était... Eh bien, il était sans aucun doute la personne de sa connaissance qui se rapprochait le plus d'un artiste. Charmant, sans aucun doute, comme en attesterait n'importe quelle femme entrant dans la galerie.

Et puis, ce n'était qu'un baiser. Rien qu'un baiser, songea-t-elle en tendant la main vers sa tasse. Mais elle tremblait tellement qu'elle la renversa sur la table.

Joseph... Patricia s'élança hors de la cuisine pour le rejoindre.

L'apercevant dehors, elle passa comme une flèche devant Rogan sans lui prêter attention.

— Joseph !

Il s'arrêta et jura entre ses dents. *Et voilà*, se dit-il. Elle allait le gifler et, puisqu'il avait eu la stupidité de ne pas partir assez vite, il allait se faire gifler devant tout le monde. Résigné à ce qui allait se passer, il se retourna et se lissa les cheveux.

Patricia se planta juste devant lui.

— Je...

Elle oublia subitement ce qu'elle avait espéré lui dire.

— Vous avez parfaitement le droit d'être en colère. Peu importe que je n'aie jamais eu l'intention de... Je voulais seulement... Bon sang, à quoi vous attendiez-vous ? Vous arrivez ici, si belle, si triste. L'air toute perdue. Je me suis laissé aller. Et je m'en suis excusé.

Effectivement, elle s'était sentie perdue. Elle se demanda s'il comprendrait ce que c'était que de savoir exactement où on se trouvait, avec l'impression de savoir où on allait, tout en se sentant perdue malgré tout. En tout cas, elle allait essayer.

— Voulez-vous dîner avec moi ?

Joseph cligna des yeux et recula d'un pas en la dévisageant d'un air ahuri.

— Pardon ?

— Voulez-vous dîner avec moi ? répéta-t-elle, tout excitée. Ce soir. Maintenant.

— Vous voulez aller dîner ? demanda-t-il en détachant chaque mot. Avec moi ? Ce soir ?

Il avait l'air si stupéfait, si méfiant qu'elle éclata de rire.

— Oui. Ou plutôt, non... Ce n'est pas du tout ce que je veux.

— Bon, très bien.

Il la salua sèchement et s'éloigna dans la rue.

— Je ne veux pas aller dîner, cria-t-elle, suffisamment fort pour que des passants se retournent. Je veux que vous m'embrassiez encore.

Cette fois, Joseph se figea sur place. Puis il revint vers elle, marchant comme un aveugle.

— Je ne suis pas sûr d'avoir bien entendu.

— Alors, je vais le redire plus clairement, dit-elle, ravalant sa fierté. Je veux que vous m'emmeniez chez vous, Joseph. Et que vous m'embrassiez à nouveau. Et, à moins que je ne me trompe complètement sur ce que nous ressentons l'un pour l'autre, je veux que vous me fassiez l'amour.

Patricia fit un dernier pas vers lui.

— Vous avez compris ? Vous acceptez ?

278

— Si j'accepte ?

Prenant son joli visage entre ses mains, il plongea son regard au fond du sien.

— Seigneur, vous perdez la tête !

En riant, il la serra dans ses bras.

— Oh oui, Patty chérie. J'accepte votre proposition. Et bien plus encore.

14

Maggie somnolait sur la table de la cuisine, la tête dans les bras.

Le déménagement avait été un enfer.

Sa mère n'avait pas cessé de se plaindre, trouvant à redire sur tout, de la pluie qui tombait en continu aux rideaux que Brianna avait accrochés au-dessus de la grande fenêtre dans la nouvelle maison. Mais cette journée exécrable avait été compensée par la satisfaction de voir Maeve enfin installée chez elle. Maggie avait tenu parole. Désormais, Brianna était libre.

Néanmoins, Maggie ne s'était pas attendue à éprouver une telle culpabilité quand sa mère avait éclaté en sanglots – le dos courbé, le visage caché derrière ses mains, tandis que de grosses larmes roulaient sur ses doigts. Non, elle ne s'était pas attendue à se sentir si malheureuse en voyant cette femme se mettre à pleurer après l'avoir copieusement insultée.

Finalement, c'était Lottie, toujours pleine d'entrain, qui avait pris les choses en main. Elle avait encouragé Maggie et Brianna à partir, en leur disant de ne pas s'inquiéter et que les larmes étaient aussi naturelles que la pluie. Et puis, cette maison était vraiment charmante, avait-elle ajouté en les poussant vers la porte. Une vraie maison de poupée, et d'une propreté irréprochable. Elles se débrouilleraient très bien toutes les deux. Elles seraient comme des chattes dans un panier.

Et elle les avait pratiquement poussées jusqu'au camion de Maggie.

C'était donc fait, et c'était tant mieux. Mais personne n'aurait envie de déboucher le champagne ce soir.

Maggie avait vidé un verre de whisky avant de s'effondrer sur la table. La pluie résonnait sur le toit et la pièce était plongée dans la pénombre.

Le téléphone ne la réveilla pas. Malgré la sonnerie stridente, elle continua à somnoler. Mais la voix de Rogan eut raison de sa fatigue en la faisant sursauter et la tira de son sommeil.

« J'espère avoir de tes nouvelles demain matin, car je n'ai ni le temps ni la patience de venir moi-même te chercher. »

— Quoi ?

Encore groggy, Maggie cligna des yeux comme une chouette et regarda autour d'elle. Diable, elle aurait pourtant juré qu'il était là, dans la cuisine, en train de la harceler !

Irritée de voir son repos interrompu, et réalisant tout à coup qu'elle mourait de faim mais qu'il n'y avait strictement rien à manger dans la maison, elle se leva.

Elle allait passer chez Brie. Et dévaliser sa cuisine. À elles deux, peut-être arriveraient-elles à se remonter le moral.

En allant prendre un chapeau, elle vit que le petit voyant rouge clignotait sur le répondeur.

— Saleté de machine ! marmotta-t-elle.

Toutefois, elle rembobina la bande afin d'écouter le message.

« Maggie... »

La voix de Rogan emplit la pièce, et elle sourit en constatant que c'était finalement bien lui qui l'avait réveillée.

« Pourquoi diable ne réponds-tu jamais à ce truc ? Il est midi. Je veux que tu m'appelles dès que tu sortiras de l'atelier. Je ne plaisante pas. J'ai besoin de discuter de quelque chose avec toi. Alors... Tu me manques. Bon sang, Maggie, tu me manques. »

Le message s'interrompit brusquement et, avant qu'elle ait le temps de savoir quoi en penser, un autre débuta.

« Tu crois que je n'ai rien de mieux à faire que de parler à cette foutue machine ? »

— Non, mais c'est toi qui as voulu la mettre là ! dit-elle à haute voix.

« Il est trois heures et demie, et je dois partir à la galerie. Peut-être n'ai-je pas été assez clair. Il faut que je te parle, aujourd'hui. Je serai à la galerie jusqu'à six heures, ensuite, tu peux me joindre chez moi. Je me fiche que tu sois en plein travail. Bon sang, on n'a pas idée d'habiter si loin ! »

— Ce type passe son temps à me maudire et à m'insulter, grommela-t-elle. Et je te signale que tu es aussi loin de moi que je le suis de toi, Sweeney.

Comme pour lui répondre, la voix de Rogan s'éleva à nouveau.

« Tu n'es qu'une sale enfant gâtée, une irresponsable. Tu veux donc que je m'inquiète, que je pense que tu as mis le feu à tes cheveux en faisant exploser des produits chimiques ? Grâce à ta sœur, qui a la courtoisie de répondre au téléphone, je sais pertinemment que tu es là. Il est près de huit heures, et j'ai un dîner d'affaires. Alors, écoute-moi bien, Margaret Mary. Viens à Dublin et prends ton passeport. Je ne vais pas perdre du temps à t'expliquer pourquoi, contente-toi de faire ce que je te dis. Si tu ne trouves pas de place dans l'avion, je t'enverrai le mien. J'espère avoir de tes nouvelles demain matin, car je n'ai ni le temps ni la patience de venir moi-même te chercher. »

— Me chercher ? Comme si c'était si simple que ça !

D'un air renfrogné, elle contempla un instant le répondeur. Alors, comme ça, elle était supposée se rendre à Dublin ? Uniquement parce qu'il l'exigeait. Sans même prendre la peine de dire « s'il te plaît » ou « pourrais-tu », il fallait qu'elle fasse ce qu'il lui disait.

Il y aurait des glaciers en enfer avant qu'elle lui donne satisfaction.

Oubliant sa faim, Maggie fila au premier étage. À Dublin... Ce type avait un sacré culot de lui donner des ordres comme ça !

Elle sortit une valise d'un placard et la lança sur le lit.

Croyait-il donc qu'elle était si impatiente de le revoir qu'elle laisserait tout tomber pour se soumettre à ses ordres ? Eh bien, il allait voir ce qu'il en était, fulmina-t-elle en jetant quelques affaires dans la valise. Elle allait lui expliquer en personne. Face à face.

Et elle doutait fort qu'il l'en remercie.

— Eileen, il faut que Limerick me faxe ces chiffres revus et corrigés avant la fin de la journée.

Rogan, assis à son bureau, vérifia sa liste.

— Et je veux voir le rapport sur la construction dès qu'il arrivera.

— On nous l'a promis pour midi.

Eileen, une petite brune très soignée, qui dirigeait le bureau avec autant de doigté que son mari et ses trois enfants, inscrivit quelque chose sur son bloc.

— Vous avez un rendez-vous à deux heures avec M. Greenwald. Au sujet des changements dans le catalogue de Londres.

— Oui, je l'ai noté. Il voudra sûrement un Martini.

— De la vodka. Avec deux olives. Voulez-vous que je prévoie un plateau de fromages pour l'empêcher de marcher de travers ?

— Il vaudrait mieux, dit Rogan en tambourinant nerveusement du bout des doigts sur son bureau. Il n'y a pas eu d'appel de Clare ?

— Pas ce matin, répondit la secrétaire en lui jetant un bref coup d'œil sous ses longs cils. Je vous préviendrai dès que Mlle Concannon appellera.

Il marmonna dans sa barbe en haussant les épaules.

— Occupez-vous de passer ce coup de fil à Rome, voulez-vous ?

— J'y vais tout de suite. Oh, le brouillon de la lettre pour Inverness est sur mon bureau, si vous voulez bien le relire.

— Parfait. Et nous ferions bien d'envoyer un télex à Boston. Quelle heure est-il, là-bas ?

Il allait regarder sa montre quand un tourbillon de couleurs apparut sur le seuil.

— Maggie...

— Oui. Maggie ! dit-elle en laissant tomber lourdement sa valise pour mettre les poings sur les hanches. J'ai quelques mots à vous dire, monsieur Sweeney.

Elle réussit à se maîtriser suffisamment pour saluer la jeune femme qui se leva de sa chaise aussitôt.

— Vous êtes sans doute Eileen ?

— Oui. Je suis heureuse de pouvoir enfin vous rencontrer, mademoiselle Concannon.

— C'est très aimable à vous. Je dois dire que vous semblez aller remarquablement bien pour quelqu'un qui travaille avec un tyran.

Elle éleva la voix pour prononcer ce dernier mot.

Eileen se racla discrètement la gorge et referma son bloc.

— C'est gentil à vous de dire cela. Monsieur Sweeney, vous désirez autre chose ?

— Non. Bloquez mes appels, s'il vous plaît.

— Bien, monsieur.

Eileen sortit et referma doucement la porte derrière elle.

— Alors ? fit Rogan en s'appuyant au dossier de son fauteuil. Tu as finalement eu mon message ?

— Oui, je l'ai eu.

Maggie s'avança vers lui. Ou plus exactement, elle fonça vers lui, les mains sur les hanches, les yeux jetant des éclairs.

Rogan aurait admis sans honte que la voir ainsi lui mit l'eau à la bouche.

— Pour qui te prends-tu ? s'écria-t-elle en posant les mains à plat sur son bureau et en envoyant valdinguer ses stylos. J'ai signé un contrat avec toi pour que tu t'occupes de mon travail, Rogan Sweeney et, oui, j'ai couché avec toi – ce que je regrette infiniment. Mais rien de tout cela ne te donne le droit de me donner des ordres ou de m'injurier toutes les cinq minutes !

— Il y a des jours et des jours que je ne t'ai pas parlé, lui rappela-t-il. Comment aurais-je pu t'insulter ?

— Par l'intermédiaire de cette horrible machine – que j'ai d'ailleurs jetée à la poubelle ce matin même.

Très calmement, il nota quelque chose sur un carnet.

— Ah, non, tu ne vas pas recommencer !

— Je note simplement qu'il faudra remplacer ton répondeur. Tu n'as eu aucun problème pour trouver un vol, à ce que je vois ?

— Aucun problème ? Je n'ai que des problèmes depuis que tu as mis les pieds dans mon atelier. Des problèmes, et rien d'autre ! Tu crois que tu peux tout prendre comme ça, non seulement mon travail – ce qui est déjà assez embêtant – mais moi avec ? Eh bien, je suis venue te dire que tu ne peux pas. Il n'est pas question que je... Mais où vas-tu ? Je n'ai pas fini.

— Je m'en doute.

Rogan continua d'avancer vers la porte, la ferma à clé et se retourna.

— Ouvre cette porte !

— Non.

En le voyant s'approcher d'elle en souriant, elle s'énerva plus encore.

— Ne t'avise pas de poser la main sur moi !

— C'est pourtant ce que je vais faire. Je vais faire une chose que je n'ai jamais faite depuis douze ans que je travaille ici dans ce bureau.

Maggie sentit son cœur lui remonter dans la gorge.

Ah, il avait enfin réussi à la choquer, pensa-t-il.

— Tu pourras laisser libre cours à ta colère quand j'en aurai fini avec toi.

— Fini avec moi ?

Au moment où elle s'apprêtait à le frapper, il plaqua sa bouche sur la sienne.

— Lâche-moi, espèce de brute aux mains maladroites !

— Tu adores mes mains, répliqua-t-il en lui soulevant son pull. Tu me l'as dit.

— C'est un mensonge ! Je ne tolérerai pas que... Rogan...

Mais sa phrase se transforma en gémissement quand il l'embrassa dans le cou.

— Je vais crier à en faire s'écrouler les murs ! dit-elle encore lorsqu'elle eut retrouvé son souffle.

— Vas-y, bredouilla-t-il en la mordillant sauvagement. J'adore quand tu cries.

— Va au diable !

Mais elle ne lui opposa pas de résistance quand il l'étendit à même le sol.

Ce fut une étreinte brève et passionnée qui prit fin à peine après avoir commencé, mais dont la rapidité ne diminua en rien l'intensité. Ils restèrent enchevêtrés l'un à l'autre quelques instants, tout tremblants. Rogan tourna la tête pour l'embrasser sur la joue.

— C'est gentil d'être passée, Maggie.

Elle fit un effort pour trouver la force de lui donner un coup sur l'épaule.

— Pousse-toi, espèce de brute.

Il s'écarta aussitôt et la prit dans ses bras.

— C'est mieux comme ça ?

— Mieux que quoi ?

Maggie lui fit un sourire, puis repensa tout à coup qu'elle était furieuse contre lui.

Elle s'assit et entreprit de remettre un peu d'ordre dans ses vêtements.

— Tu as un sacré culot, Rogan Sweeney !

— Parce que je t'ai obligée à t'allonger par terre ?

— Non. Je serais ridicule de dire cela alors qu'il est évident que ça m'a plu.

— Évident, en effet.

Quand il se releva et lui tendit la main, elle lui lança un regard glacial.

— Il ne s'agit pas de ça. Qui crois-tu être, pour pouvoir me donner des ordres et me dire ce que je dois faire sans même me demander mon avis ?

Rogan se pencha pour l'aider à se relever.

— Tu es là, non ?

— Je suis là, mais pour te dire que je ne tolérerai pas ça. Il y a bientôt un mois que tu es parti de chez moi en sifflotant et...

— Et je t'ai manqué.

Maggie souffla de rage.

— Pas du tout ! J'ai largement de quoi occuper mon temps. Oh, arrange cette cravate ridicule. Tu as l'air d'un ivrogne.

Rogan s'exécuta.

— Je t'ai manqué, Margaret Mary. Bien que tu n'aies pas pris la peine de me le dire lorsque j'ai réussi à t'avoir au téléphone.

— Je ne peux pas parler au téléphone. Comment puis-je dire quoi que ce soit à quelqu'un que je ne vois pas ? Mais tu détournes le problème.

— Et quel est le problème ? demanda-t-il en s'installant confortablement dans son fauteuil.

— Je ne veux pas qu'on me donne des ordres. Je ne suis pas ta domestique, ni une de tes employées, alors mets-toi bien ça dans le crâne. Note-le dans ton bel agenda en cuir, s'il le faut. Mais ne t'avise plus jamais de me dire ce que je dois faire.

Maggie poussa un petit soupir de satisfaction.

— Maintenant que les choses sont claires, je m'en vais.

— Maggie, si tu n'avais pas l'intention de rester, pourquoi as-tu emporté une valise ?

— Peut-être ai-je décidé de rester à Dublin un jour ou deux. Je suis libre de faire ce que je veux, non ?

— Mmm... Tu as apporté ton passeport ?

Elle le considéra d'un air perplexe.

— Et si c'est le cas ?

— Tant mieux... Ça nous fera gagner du temps. J'ai eu peur que tu ne sois assez têtue pour le laisser chez toi. Cela aurait été embêtant de devoir retourner le chercher.

Rogan se cala au fond de son fauteuil et lui sourit.

— Pourquoi ne t'assieds-tu pas ? Tu veux que je demande à Eileen de nous apporter du thé ?

— Je ne veux pas m'asseoir et je ne veux pas de thé.

Croisant les bras, Maggie évita son regard et se perdit dans la contemplation du tableau de Georgia O'Keeffe accroché au mur.

— Pourquoi n'es-tu pas revenu ?

— Pour plusieurs raisons, la première étant que j'étais submergé de travail. Je voulais me débarrasser d'un maximum de choses pour me dégager un peu de temps libre. La deuxième, c'est que je préférais rester loin de toi pendant quelque temps.

— Oh, vraiment ? fit-elle, en admirant les couleurs éclatantes du tableau.

— Parce que je me refusais à admettre à quel point j'avais envie d'être avec toi.

Rogan attendit une seconde, puis secoua la tête.

— Tu ne dis rien ? Même pas moi-aussi-j'avais-envie-d'être-avec-toi ?

— Mais si. Pourtant, j'ai une vie à moi. Mais, curieusement, il y a eu des moments où j'aurais bien aimé avoir ta compagnie.

Visiblement, il lui faudrait se contenter de ça.

— Eh bien, tu vas l'avoir. Tu ne veux pas t'asseoir, Maggie ? Il faut que nous discutions de plusieurs choses.

— Bon, d'accord.

Elle se retourna et alla s'asseoir devant son bureau. Il avait l'air si parfait, pensa-t-elle. Si digne, si compétent et responsable. Pas du tout l'air d'un homme qui venait de faire sauvagement l'amour sur la carpette de son bureau. L'idée la fit sourire.

— Qu'y a-t-il ?

— J'imaginais simplement ce que ta secrétaire devait être en train de se dire.

Il fronça un sourcil.

— Je suis certain qu'elle pense que nous avons une discussion d'affaires tout ce qu'il y a de civilisé.

— Ha ! Elle m'a fait l'effet d'être une femme intelligente, mais tu as le droit de préférer croire ça.

Ravie de le voir jeter un coup d'œil inquiet vers la porte, elle croisa les jambes, la cheville posée sur le genou.

— Alors, de quelles affaires devons-nous parler ?

— Euh... Les œuvres que tu as faites ces dernières semaines sont exceptionnelles. Comme tu le sais, nous avons gardé dix pièces de la première exposition dans l'intention de les faire circuler au cours de l'année prochaine. Je voudrais garder quelques-unes de tes toutes dernières œuvres à Dublin, mais les autres sont déjà en route pour Paris.

— C'est ce que la très efficace et très intelligente Eileen m'a dit.

Maggie se mit à pianoter du bout des doigts sur sa cheville.

— Tu ne m'as quand même pas fait venir jusqu'à Dublin pour me redire ça – et je suppose que ce n'était pas non plus pour t'adonner à une partie de jambes en l'air dans ton bureau.

— Non, en effet... J'aurais préféré discuter de ces projets avec toi par téléphone, mais tu n'as jamais daigné répondre à mes appels.

— J'ai été pas mal absente. Tu as peut-être l'exclusivité sur mon travail, Rogan, mais pas sur ma vie. Comme je te l'ai déjà expliqué une fois, j'ai une vie à moi.

— Plus d'une fois, oui, répliqua-t-il avec un brin d'irritation. Je n'ai aucune envie de contrôler ton existence. Je m'occupe seulement de faire avancer ta carrière. C'est pour cette raison que je vais aller à Paris, afin de superviser les préparatifs de l'exposition.

Paris... Il y avait à peine une heure qu'elle était avec lui et déjà il parlait de partir.

Désemparée de sentir son cœur se mettre à battre, Maggie prit un ton crispé.

— Que tes affaires prospèrent est surprenant. Je pensais que tu employais des gens capables de s'occuper de ce genre de détails, sans que tu aies besoin de toujours les surveiller par-dessus l'épaule.

— Mes assistants sont tout à fait compétents, je t'assure. Mais il se trouve que je m'intéresse de très près à ton travail et que je tiens à m'occuper moi-même des détails. Je veux que tout soit parfait.

— Ce qui signifie que tu veux que les choses soient faites à ta façon.

— Précisément. Et je veux que tu viennes avec moi.

Le petit commentaire sarcastique qu'elle s'apprêtait à faire s'étouffa au fond de sa gorge.

— Avec toi ? À Paris ?

— Je comprends que tu émettes quelques objections d'ordre artistique ou moral à promouvoir ton propre travail, mais tu t'es plutôt bien débrouillée quand le vernissage de Dublin a eu lieu. Ce serait un bon point que tu fasses une apparition, aussi brève soit-elle, à ta première exposition internationale.

— Ma première exposition internationale, répéta-t-elle, abasourdie, tout en réalisant peu à peu ce qu'il venait de dire. Je ne... je ne parle pas français.

— Ce n'est pas un problème. Tu n'auras qu'à passer à la galerie, faire un peu de charme, et tu auras tout ton temps pour visiter Paris.

Rogan attendit sa réponse, mais Maggie se contenta de le dévisager avec des yeux ronds.

— Alors ?

— Quand ?

— Demain.

— Demain...

Prise de panique, elle posa la main sur son estomac.

— Tu veux que je parte à Paris avec toi demain ?

— À moins que tu n'aies déjà pris des engagements importants.

— Non, non, aucun.

— Alors, c'est décidé.

Son soulagement fut si manifeste qu'il parut brutal.

— Et quand nous aurons eu la satisfaction de voir
que l'exposition de Paris est un succès, j'aimerais que
tu viennes dans le Sud avec moi.

— Dans le Sud ?

— J'ai une villa au bord de la Méditerranée. J'ai
envie d'être seul avec toi, Maggie. Sans aucune dis-
traction, ni interruption. Seulement d'être avec toi.

Elle leva ses grands yeux vers lui.

— C'est ce temps libre que tu voulais te garder en
travaillant comme un fou depuis des semaines ?

— Oui.

— Si tu me l'avais expliqué, je ne me serais pas
mise en colère.

— Il fallait d'abord que j'arrive à me l'expliquer à
moi-même. Tu viendras ?

— Oui, je viendrai avec toi, dit-elle en souriant. Tu
vois, il suffisait de me le demander !

Une heure plus tard, Maggie déboula dans la galerie
et s'arrêta net en voyant que Joseph était en grande
conversation avec une cliente. Pendant qu'il faisait
du charme à cette femme assez vieille pour être sa
mère, elle se promena dans la grande salle et vit que
l'art amérindien avait laissé place à une exposition de
sculptures en métal. Intriguée par les formes originales,
elle cessa de piaffer d'impatience pour les admirer.

— C'est un artiste allemand, dit Joseph en se glissant derrière elle. Et cette sculpture peut être à vous
pour la bagatelle de deux mille livres.

— C'est une affaire ! Dites-moi, Joseph, vous avez
l'air en pleine forme ! Combien de cœurs avez-vous
brisés depuis que je ne vous ai vu ?

— Aucun, puisque le mien vous appartient.

— Ha ! Heureusement que nous savons tous les
deux que vous êtes un baratineur. Vous avez une
minute à m'accorder ?

— Des jours, des semaines, des années, répliqua-t-il en lui baisant la main.

— Une minute me suffira. Joseph, quelle tenue dois-je emporter pour aller à Paris ?

— Un pull noir moulant, une jupe courte et des talons aiguilles.

— Ça, c'est pas demain la veille ! Sérieusement, je dois partir, et je n'ai pas la moindre idée de ce qu'il faut que j'emporte. J'ai essayé d'appeler Mme Sweeney, mais elle était sortie.

— Alors, je ne suis pour vous qu'une roue de secours. Vous me désespérez.

Il fit signe à un de ses assistants de venir le remplacer.

— Tout ce qu'il vous faut pour Paris, c'est un cœur romantique.

— Et où puis-je en acheter un ?

— Vous avez le vôtre. Inutile de chercher à me le cacher, j'ai vu vos œuvres.

Maggie fit une grimace, puis passa son bras sous celui de Joseph.

— Écoutez-moi, je ne l'ai jamais avoué à personne, mais je n'ai jamais voyagé. Quand j'étais à Venise, la seule chose dont j'avais à me soucier était d'apprendre et de ne pas mettre de vêtements susceptibles de s'enflammer. Et de payer mon loyer. Si je vais à Paris, je préférerais ne pas avoir l'air ridicule.

— Ça ne risque pas. Vous serez avec Rogan, je suppose, et il connaît Paris comme s'il y était né. Il vous suffit de prendre un air un peu arrogant, vaguement ennuyé, et vous serez parfaite.

— Je suis venue vous demander un conseil de mode. Oh, je vais m'humilier en disant cela, mais je ne peux quand même pas partir habillée comme ça. Non que je veuille ressembler à un mannequin, mais je ne voudrais pas non plus qu'on me prenne pour la cousine de province de Rogan.

— Hum...

Joseph réfléchit sérieusement à la question tout en l'observant attentivement.

— Vous êtes très bien comme vous êtes, mais...

— Mais ?

— Achetez-vous un chemisier en soie, bien coupé, mais souple. Et de couleur vive, ma fille, pas de tons pastel pour vous. Avec un pantalon du même style. Pour la couleur, vous avez l'œil. Choisissez quelque chose qui claque. Et la jupe courte s'impose. Vous avez encore cette superbe robe noire ?

— Je ne l'ai pas emportée.

Joseph clappa de la langue comme une vieille fille agacée.

— Vous auriez dû y penser. Bon, tant pis, alors faites dans le brillant. Quelque chose qui éblouisse le regard.

Il donna une petite tape sur la sculpture en métal qui se trouvait derrière lui.

— Ces tons métalliques vous iraient bien. Surtout, ne prenez rien de trop classique, optez pour l'éclat.

Content de lui, il hocha la tête.

— Alors, qu'est-ce que vous en dites ?

— Je suis un peu confuse. J'ai honte de découvrir que ça a de l'importance pour moi.

— Il n'y a rien de honteux à cela. C'est une simple question de présentation.

— Sans doute, mais je vous serais reconnaissante de ne pas en parler à Rogan.

— Considérez-moi comme votre confesseur, ma belle.

Joseph jeta un coup d'œil par-dessus son épaule et Maggie vit une étincelle de joie animer son regard.

Patricia entra, hésita un instant, puis vint les rejoindre.

— Bonjour, Maggie. Je ne savais pas que vous deviez venir à Dublin.

— Moi non plus.

Quelque chose avait changé, mais quoi ? se demanda Maggie. La tristesse avait disparu du regard de la jeune femme, ainsi que sa réserve habituelle. Il lui suffit d'une seconde, et de voir la façon dont le regard de Patricia se posa sur Joseph, pour trouver la réponse. Tiens, tiens, c'était donc de ce côté que le vent soufflait...

— Je suis désolée de vous interrompre. Je voulais seulement dire à Joseph... Enfin, je passais par là, et je me suis rappelé ce dont nous étions convenus. Nous avons bien rendez-vous à sept heures ?

— Oui, à sept heures.

Il mit ses mains dans ses poches pour s'empêcher de la toucher.

— Je crains de devoir le repousser à sept heures et demie. J'ai un petit problème à régler. Je voulais m'assurer que ça ne dérangeait pas ton emploi du temps.

— Ça ira très bien.

— Bon. Parfait.

Patricia resta un moment, le regard béat, puis se rappela que Maggie était là et retrouva ses bonnes manières.

— Vous pensez rester longtemps ?

— Non. En fait, je pars demain. D'ailleurs, je m'en vais tout de suite.

— Oh non, je vous en prie, ne vous sauvez pas à cause de moi. De toute façon, je dois filer.

Patricia jeta un dernier regard fiévreux à Joseph.

— Des gens m'attendent. Je voulais juste... Eh bien, au revoir.

Maggie attendit un petit instant.

— Vous allez rester planté là comme un piquet ? chuchota-t-elle à l'oreille de Joseph quand Patricia se dirigea vers la porte.

— Hein ? Comment ? Euh... veuillez m'excuser.

Sans perdre une seconde, il se précipita vers la porte. Maggie vit Patricia se retourner, rougir et lui sourire. Et ils se jetèrent dans les bras l'un de l'autre.

Le cœur romantique que Maggie prétendait ne pas avoir se gonfla brusquement. Elle attendit que Patricia soit partie. Joseph la regarda s'éloigner, littéralement pétrifié, comme un homme frappé par la foudre.

— Et vous disiez que votre cœur m'appartenait ?

— Elle est belle, n'est-ce pas ? murmura-t-il, le regard brumeux.

— Ce serait difficile de le nier.

— Je suis amoureux d'elle depuis si longtemps... Je l'étais déjà avant qu'elle n'épouse Robbie. Jamais je n'aurais pensé, jamais je n'aurais cru...

Il ricana légèrement, le regard toujours aussi éperdu d'amour.

— Je pensais qu'elle s'intéressait à Rogan.

— Moi aussi. Il est clair que vous la rendez heureuse, dit-elle en l'embrassant sur la joue. Je suis contente pour vous.

— C'est encore... Nous essayons de garder ça pour nous. Au moins jusqu'à ce que... enfin, pendant un petit moment. Sa famille... Je ne suis pas certain que sa mère approuve.

— Que sa mère aille au diable !

— C'est à peu près ce que m'a dit Patricia. Mais je ne veux pas lui poser de problèmes. Aussi, j'apprécierais que vous n'en parliez pas.

— Même à Rogan ?

— Je travaille pour lui, Maggie. C'est un ami, c'est vrai, mais je travaille quand même pour lui. En outre,

Patricia est la veuve d'un de ses plus anciens amis, et il est lui-même sorti plusieurs fois avec elle. Beaucoup de gens étaient persuadés qu'il l'épouserait.

— Je pense que ça n'a jamais été le cas de Rogan.

— C'est possible, mais je préférerais l'en informer le moment venu.

— C'est vous que ça regarde, Joseph. Vous et Patricia. Nous garderons donc précieusement pour nous cet échange de confidences.

— Je vous en suis très reconnaissant.

— Inutile. Si Rogan est assez collet monté pour vous désapprouver, il ne mérite pas d'être mis au courant.

15

Il faisait chaud, lourd et les rues de Paris étaient noires de monde. La circulation était épouvantable. Les voitures, les autobus et les motos donnaient sans cesse de brusques coups de frein, accéléraient, se doublaient, les conducteurs semblant se livrer un combat permanent en pleine rue. Sur les trottoirs, les gens se bousculaient comme dans une parade éclatante de couleurs. Les femmes, vêtues de ces jupes courtes dont Joseph raffolait tant, étaient minces, avec un air blasé et incroyablement chic. Les hommes, très à la mode eux aussi, les regardaient passer assis aux terrasses en buvant un verre de vin ou un café.

Il y avait des fleurs partout – roses, glaïeuls, marguerites, mufliers et bégonias regorgeaient sur les étals des fleuristes ou dans les bras de jeunes femmes dont les jambes miroitaient comme des lames au soleil.

De jeunes garçons faisaient du patin à roulettes en mordant dans des baguettes dépassant de sacs en papier. Des hordes de touristes pointaient leurs appareils photo comme des revolvers sur les scènes typiques de la vie parisienne.

Et puis il y avait les chiens. La ville semblait en abriter des milliers ; au bout d'une laisse, errant dans les ruelles ou gardant les boutiques. Même le plus misérable corniaud paraissait extraordinairement exotique et d'une arrogance très française.

Maggie voyait tout cela de la fenêtre de sa chambre qui surplombait la place de la Concorde.

Elle était à Paris... L'air vibrait de sons, d'odeurs et de lumières. Et son amant dormait comme une souche dans le lit derrière elle.

Du moins le croyait-elle.

Rogan regardait depuis déjà un moment Maggie en train d'admirer Paris. Penchée à la grande fenêtre, elle ne s'était pas rendu compte que sa chemise de nuit en coton avait glissé sur son épaule gauche. La veille, lorsqu'ils étaient arrivés, elle avait manifesté une totale indifférence pour la capitale. Néanmoins, elle avait écarquillé de grands yeux en pénétrant dans le hall majestueux de l'hôtel Crillon où ils étaient descendus.

Maggie n'avait rien dit de plus lorsqu'ils étaient entrés dans la suite spacieuse et luxueuse et avait détourné le regard quand Rogan avait donné un pourboire au chasseur.

Quand il lui avait demandé si la chambre lui plaisait, elle s'était contentée de hausser les épaules en disant que ça irait comme ça.

Cela l'avait fait rire et il l'avait entraînée sur le lit.

Mais, ce matin, elle n'avait pas l'air aussi blasé, remarqua-t-il. Il devinait l'excitation qui brillait dans son regard tandis qu'elle observait le va-et-vient de la rue. Rien n'aurait pu lui faire plus plaisir que de lui offrir Paris.

— Si tu te penches encore, tu vas finir par interrompre la circulation.

Maggie sursauta, écarta une mèche folle de ses yeux et se retourna vers Rogan, allongé entre les draps tout entortillés et une montagne d'oreillers.

— Même une bombe n'arriverait pas à interrompre cette circulation. Pourquoi essaient-ils tous de s'entre-tuer ?

— Question d'honneur. Alors, que penses-tu de Paris en plein jour ?

— Il y a un monde fou. C'est pire qu'à Dublin.

Puis elle se détendit et lui sourit.

— C'est magnifique, Rogan. Cette ville me fait pen-ser à une vieille femme acariâtre tenant sa cour. Au coin de la rue, il y a un vendeur de fleurs. Quand les gens s'arrêtent pour regarder ou acheter, il les ignore royalement, comme si leur accorder la moindre atten-tion était indigne de lui. Mais il reçoit leur argent en prenant soin de recompter chaque pièce.

Elle grimpa sur le lit et s'étira.

— Je comprends très bien ce qu'il ressent, murmura-t-elle. Rien n'est plus déplaisant que de vendre des choses qu'on aime.

— S'il ne les vendait pas, ces choses mourraient, dit Rogan en lui relevant le menton. Si tu ne vendais pas ce que tu aimes, une part de toi mourrait aussi.

— La part qui a besoin de manger, oui, sans aucun doute. Vas-tu appeler un de ces serveurs stylés pour qu'on nous apporte le petit déjeuner ?

— Qu'est-ce que tu veux ?

Ses yeux verts se mirent à danser.

— Oh, de tout. À commencer par ça...

Repoussant les draps, elle se laissa tomber sur lui.

Un bon moment plus tard, Maggie sortit de sous la douche, enveloppée dans la robe de chambre rose en éponge moelleuse qui était accrochée derrière la porte de la salle de bains. Elle trouva Rogan devant une table près de la fenêtre du salon, en train de boire du café et de lire le journal.

— Le journal est en français, dit-elle en reniflant la corbeille de croissants. Tu lis le français et l'italien ?

— Mmm...

Rogan était plongé dans la lecture des pages financières. Il faudrait qu'il pense à appeler son courtier.

— Quoi d'autre ?

— Quoi d'autre quoi ?

— Quoi d'autre lis-tu – et parles-tu ? Comme langues, je veux dire.

— Un peu d'allemand. Et assez d'espagnol pour pouvoir me débrouiller.

— Et le gaélique ?

— Non.

Il tourna la page pour jeter un coup d'œil sur le programme des ventes aux enchères.

— Et toi ?

— La mère de mon père le parlait, alors je l'ai appris.

Maggie étala une épaisse couche de confiture sur un croissant tout chaud.

— Ça ne sert pas à grand-chose, en dehors de dire des injures. En tout cas, ce n'est pas grâce à ça qu'on obtiendra la meilleure table dans un restaurant français !

— Dis-moi quelque chose en gaélique.

— Je mange.

— Dis-moi quelque chose dans cette vieille langue, Maggie.

Elle râla vaguement, mais s'exécuta. Ce qu'elle dit parut aussi exotique et dépaysant à Rogan que du grec.

— Qu'est-ce que tu as dit ?

— Que tu avais un visage plaisant à retrouver le matin, dit-elle dans un sourire. Tu vois, cette langue est aussi pratique pour les flatteries que pour les injures. Maintenant, à toi de me dire quelque chose en français.

Lorsque Rogan s'exécuta à son tour, Maggie sentit un petit frisson la parcourir.

— Qu'est-ce que ça veut dire ?

— Me réveiller à côté de toi est le plus beau de tous les rêves.

Elle baissa pudiquement les yeux.

— On dirait que le français convient mieux aux jolies phrases que l'anglais courant.

Sa réaction typiquement féminine, immédiate et imprévisible, l'amusa et le séduisit en même temps.

— Je vois que j'ai réussi à t'émouvoir. J'aurais dû essayer le français plus tôt.

— Ne sois pas bête...

Néanmoins, elle était émue, profondément émue. Décidant de lutter contre cette faiblesse passagère, elle s'attaqua au plat.

— Qu'est-ce que je suis en train de manger ?

— De la confiture de tomates vertes.

— C'est bon, dit-elle, la bouche pleine. Un peu sucré, mais bon. Qu'allons-nous faire aujourd'hui ?

— Je me suis dit que tu aimerais découvrir la ville. Et que tu aurais sûrement envie de visiter le Louvre. Aussi ai-je laissé toute la matinée libre afin qu'on puisse se promener, ou faire du shopping, ou ce que tu voudras. Et nous passerons à la galerie en fin d'après-midi.

L'idée de déambuler dans le grand musée lui plaisait.

— J'aimerais bien aussi me balader un peu au hasard. Pour ce qui est du shopping, je voudrais trouver quelque chose à rapporter à Brie.

— Tu devrais aussi chercher quelque chose pour Maggie.

— Maggie n'a besoin de rien. De plus, je ne peux pas me le permettre.

— C'est absurde. Tu peux quand même bien t'offrir un ou deux cadeaux. Tu as gagné de l'argent.

— J'ai dépensé ce que j'avais gagné, dit-elle en se penchant sur sa tasse avec une moue de dégoût. Comment osent-ils appeler ça du thé ?

— Comme ça, tu l'as dépensé ? s'étonna Rogan en reposant sa fourchette. Il y a tout juste un mois, je t'ai remis un chèque avec cinq zéros. Tu n'as quand même pas déjà tout gaspillé !

— Gaspillé ? s'écria-t-elle, brandissant son couteau d'un geste menaçant. Est-ce que j'ai l'air d'une gaspilleuse ?

— Ma foi, non.

— Alors, qu'est-ce que tu insinues ? Que je n'ai pas suffisamment de goût ou de style pour dépenser mon argent correctement ?

Rogan leva la main en signe d'apaisement.

— Mais non, je n'ai jamais dit ça. Mais si tu as gâché l'argent que je t'ai donné, j'aimerais savoir comment.

— Je n'ai rien gâché du tout ! Et d'ailleurs, ça ne te regarde pas.

— Si, ça me regarde. Si tu n'arrives pas à gérer ton argent, je le ferai pour toi.

— Sûrement pas ! C'est quand même le mien, espèce de grippe-sou prétentieux ! Et je n'en ai plus, ou presque plus. Par conséquent, tu n'as qu'à te charger de vendre mes œuvres pour m'en redonner.

— C'est précisément ce que je vais faire. Alors, où est passé cet argent ?

— Il est parti.

Furieuse et à la fois mal à l'aise, Maggie s'écarta de la table.

— J'ai eu des dépenses. J'avais besoin de matériel, et j'ai fait la folie de m'acheter une robe.

Rogan croisa les mains.

— En un mois, tu as dépensé près de deux cent mille livres pour t'acheter du matériel et une robe ?

— J'avais une dette à rembourser, répliqua-t-elle d'un ton rageur. Pourquoi devrais-je te donner des explications ? Il n'est stipulé nulle part dans ce fichu contrat comment je dois dépenser mon argent !

— Le contrat n'a rien à voir là-dedans, dit-il patiemment, voyant que ce n'était pas tant la colère que le remords qui la poussait à crier. Je te demande simplement où est parti cet argent. Bien que, légalement, tu ne sois évidemment pas obligée de me répondre.

Le ton posé et raisonnable sur lequel il avait parlé ne fit qu'humilier Maggie plus encore.

— J'ai acheté une maison à ma mère, ce dont elle ne m'a même pas remerciée. Et il a bien fallu que je la meuble... sinon, elle aurait emporté toutes les petites cuillères et tous les coussins de Brianna... Il a aussi fallu que j'engage Lottie, et que je leur fournisse une voiture... Comme il faudra la payer toutes les semaines, j'ai donné à Brie l'équivalent de six mois de salaire, ainsi que ce qu'il faut pour la nourriture et tout le reste... Et puis, il y avait l'emprunt. Brie va être furieuse quand elle va apprendre que je l'ai remboursé ! Mais c'était à moi de le faire, puisque papa l'avait pris pour moi. Comme ça, c'est fait. J'ai respecté la parole que je lui avais donnée et je n'ai pas besoin que tu me dises ce que je dois faire ou ne pas faire de mon argent !

Tout en parlant, Maggie marchait en rond dans la pièce comme un lion en cage. Elle s'arrêta devant la table où Rogan était resté assis à l'écouter tranquillement sans piper mot.

— Tu permets que je résume ? Tu as acheté une maison pour ta mère, tu l'as meublée, tu lui as acheté une voiture et tu as pris quelqu'un pour s'occuper d'elle. Tu as remboursé un prêt, ce qui va mécontenter ta sœur, mais tu estimais que c'était ta responsabilité. Tu as donné à Brianna de quoi entretenir ta mère pendant six mois, tu as acheté du matériel. Et avec ce qui restait, tu t'es offert une robe.

— Exactement. C'est ce que je viens de te dire. Qu'est-ce qu'il y a ?

Elle restait plantée là, tremblante de colère, le regard vif et perçant, tel un aigle s'apprêtant à fondre sur sa proie. Rogan aurait eu envie de lui dire que la générosité incroyable dont elle faisait preuve envers sa famille forçait son admiration, mais il doutait fort qu'elle apprécie.

— Ça explique tout, dit-il en prenant sa tasse de café. Je veillerai à ce que tu reçoives une avance.

— Tu peux la garder ! Je n'en veux pas. Je gagnerai ce dont j'ai besoin.

— Ce que tu fais déjà – et même très bien. Il ne s'agit ni de charité, ni à proprement parler d'un prêt, Maggie, mais d'une simple transaction commerciale.

— Je n'accepterai pas un seul penny que je n'aurai pas moi-même gagné. Je viens tout juste de me débarrasser d'une dette, ce n'est pas pour recommencer !

— Seigneur, ce que tu peux être têtue !

Rogan se mit à tambouriner du bout des doigts sur la table tout en essayant de comprendre ce qui l'animait d'une telle hargne. Si c'était sa fierté qui était en cause, peut-être pouvait-il l'aider à la garder.

— Très bien, nous allons donc procéder tout à fait autrement. Nous avons reçu plusieurs offres pour *Surrender*, que j'ai refusées.

— Refusées ?

— Oui. La dernière se montait, je crois, à trente mille.

— Trente mille livres ? On t'en a offert trente mille livres et tu as refusé ? Mais tu es fou ? Ce n'est peut-être pas grand-chose pour toi, Rogan Sweeney, mais avec une somme pareille, je peux vivre facilement pendant plus d'un an ! Si c'est comme ça que tu t'occupes de...

— Calme-toi.

Il dit cela si posément qu'elle obéit.

— J'ai refusé cette offre parce que j'avais l'intention d'acheter moi-même cette pièce, dès que nous aurions fini de la faire tourner dans les galeries. Mais je vais l'acheter tout de suite, et elle continuera à être montrée à titre d'œuvre appartenant à ma collection. Nous la mettrons à trente-cinq mille.

Il avança ce chiffre comme s'il s'agissait de menue monnaie.

Maggie sentit son cœur frémir comme un oiseau effrayé.

— Pourquoi ?

— Déontologiquement parlant, je ne peux pas l'acheter au même prix que celui offert par un client.

— Non, je veux dire, pourquoi la veux-tu ?

Cessant de faire mentalement des calculs, Rogan la regarda droit dans les yeux.

— Parce que c'est une œuvre superbe et très personnelle. Et que chaque fois que je la regarde, je repense à la première fois que nous avons fait l'amour. Tu ne voulais pas la vendre. Tu crois que je ne l'ai pas deviné le jour où tu me l'as montrée ?

Incapable d'émettre un son, Maggie secoua la tête et se retourna.

— Elle était à moi avant même que tu ne l'aies terminée. Autant qu'à toi. Et elle n'appartiendra à personne d'autre. J'ai bien l'intention de ne jamais la céder.

Ne disant toujours rien, Maggie s'approcha de la fenêtre.

— Je ne veux pas que tu me payes pour l'avoir.

— Ne sois pas stupide...

— Je ne veux pas de ton argent, s'empressa-t-elle de préciser. Tu as raison... Cette pièce est pour moi spéciale, et ça me ferait plaisir que tu l'acceptes.

Elle poussa un long soupir en regardant par la fenêtre.

— Je serais contente de savoir qu'elle est à toi.

— À nous, rectifia-t-il, d'un ton qui la poussa à se tourner vers lui comme un aimant.

— À nous, d'accord, concéda-t-elle en soupirant. Comment veux-tu que je reste en colère contre toi ? Comment puis-je te résister, étant donné la façon dont tu agis avec moi ?

— Tu ne peux pas.

Sur ce point, Maggie craignait fort qu'il n'eût raison. Néanmoins, elle pouvait résister sur un autre plan.

— Je te suis très reconnaissante de me proposer une avance, mais je n'en veux pas. C'est important pour moi de ne prendre que ce qui me revient, quand ça me revient. Il me reste assez pour attendre. Je ne veux rien de plus pour l'instant. J'ai fait ce que je devais faire. Et à partir de maintenant, tout ce que je toucherai sera à moi.

— Ce n'est que de l'argent, Maggie.

— C'est facile à dire quand on en a plus qu'il n'en faut.

Le ton pincé de sa voix, si semblable à celui de sa mère, la mit sur ses gardes. Elle respira un grand coup avant de déballer tout ce qu'elle avait sur le cœur.

— Chez moi, l'argent a toujours été une sorte de plaie ouverte – on en manquait, mon père était plus doué pour en perdre que pour en gagner, et ma mère lui en réclamait sans cesse davantage. Je ne veux pas que mon bonheur dépende de l'argent que je gagne, Rogan. Cette perspective m'effraie et me fait honte en même temps.

Donc, songea-t-il en l'observant, c'était pour cette raison qu'elle avait repoussé pied à pied sa proposition.

— Ne m'as-tu pas dit un jour que tu prenais chaque matin ta canne à souffler en imaginant à l'autre bout le profit que tu pourrais en tirer ?

— Si, mais...

— Tu le penses toujours ?

— Non... Rogan, je...

— Tu te bats contre des fantômes, Maggie.

Il se leva pour venir vers elle.

— La femme que tu es a déjà décidé que l'avenir serait très différent du passé.

— Je ne peux pas revenir en arrière, murmura-t-elle. Même si je le voulais, je ne le pourrais pas.

— Non, tu ne le pourrais pas. Tu seras toujours du genre à aller de l'avant.

Tendrement, il l'embrassa sur le front.

— Tu veux bien aller t'habiller, Maggie ? Laisse-moi au moins te donner Paris.

Ce qu'il fit effectivement. Pendant près d'une semaine, Rogan lui montra tout ce que la capitale avait à offrir, de la magnificence de Notre-Dame à l'atmosphère intime des petits cafés. Chaque matin, il allait acheter des fleurs au vendeur du coin de la rue, si bien que la chambre finit par embaumer comme un véritable jardin. Lorsqu'ils se promenèrent sur les quais de la Seine au clair de lune, Maggie retira ses chaussures, enivrée de sentir la brise du fleuve caresser son visage. Ils allèrent danser ou écouter du jazz dans les boîtes de nuit et firent de somptueux repas arrosés d'excellents vins chez *Maxim's*.

Les heures que Maggie passa dans la galerie de Paris lui parurent tout aussi exaltantes. Tandis que Rogan donnait des ordres, organisait et surveillait les opérations, elle vit ses œuvres s'animer sous son regard vigilant.

Il s'intéressait de très près à son travail, lui avait-il dit. Et elle ne pouvait nier qu'il s'en occupait à merveille. Il se montra aussi passionné et attentif à son art au cours de ces journées qu'il l'était de son corps une fois la nuit venue.

Quand toutes les pièces furent définitivement installées et éclairées, Maggie se dit que cette exposition serait autant le résultat des efforts de Rogan que des siens.

Cependant, être associés ne signifiait pas toujours être en parfaite harmonie...

— Bon sang, Maggie, si tu continues à traîner comme ça, nous allons être en retard !

Pour la troisième fois en quelques minutes, Rogan frappa à la porte de la chambre qu'elle avait fermée à clé.

— Et si tu continues à me harceler comme ça, nous le serons encore bien davantage ! cria-t-elle. Laisse-moi un peu tranquille. Mieux, va à la galerie et je te rejoindrai dès que je serai prête.

— On ne peut pas te faire confiance, marmonna-t-il entre ses dents.

— Je peux me passer d'un chaperon, Rogan Sweeney !

Maggie retint son souffle et se contorsionna pour remonter la fermeture Éclair dans le dos de sa robe.

— Je n'ai jamais vu un homme obsédé à ce point par les aiguilles d'une montre !

— Et je n'ai jamais vu une femme aussi peu soucieuse d'être à l'heure ! Tu pourrais ouvrir cette porte ? Ça n'a rien d'agréable de devoir hurler au travers !

— D'accord, d'accord...

Manquant se déboîter le bras, elle réussit enfin à fermer sa robe. Elle enfila des escarpins couleur bronze aux talons ridiculement hauts, jura intérieurement d'avoir suivi les conseils de Joseph, puis retira le verrou.

— Si seulement les vêtements pour femmes étaient faits avec autant de considération que ceux pour hommes, je n'aurais jamais mis si longtemps ! Pour vous, les fermetures Éclair sont d'accès facile.

Maggie se figea en tirant sur l'ourlet de sa robe.

— Eh bien ? Qu'est-ce qu'il y a ? Ça ne va pas ?

Rogan ne dit rien. Il se contenta de lui faire signe de tourner sur place. Levant les yeux au ciel, elle s'exécuta.

La robe n'avait pas de bretelles, pratiquement pas de dos, et s'arrêtait à mi-cuisse de façon très séduisante. Le tissu bronze, cuivre et doré scintillait de mille reflets chaque fois qu'elle respirait. Sa chevelure s'harmonisait si parfaitement à ces nuances qu'elle évoquait la flamme d'une bougie, élancée et scintillante.

— Maggie... J'en ai le souffle coupé.

— La couturière n'a pas été très généreuse sur le tissu.

— Cette parcimonie me ravit.

Voyant qu'il continuait à la dévisager, elle fronça les sourcils.

— Je croyais que nous étions en retard ?

— J'ai changé d'avis.

Ses sourcils se froncèrent plus encore lorsqu'il avança vers elle.

— Je te préviens, si tu me fais sortir de cette robe, tu devras te débrouiller pour me la remettre !

— Bien que j'en brûle d'envie, j'attendrai. J'ai un cadeau pour toi. On dirait que le destin a guidé ma main. Je crois que ça complétera ta tenue merveilleusement.

Rogan glissa la main dans la poche de son smoking et en sortit un long écrin de velours.

310

— Mais tu m'as déjà acheté un cadeau. Cet énorme flacon de parfum...

— C'était pour moi.

Il se pencha pour respirer son épaule dénudée. Ce parfum boisé semblait avoir été créé rien que pour elle.

— Enfin, surtout pour moi. Ça, c'est uniquement pour toi.

— Bon, puisque la boîte est trop petite pour contenir un autre répondeur, je l'accepte.

Quand Maggie souleva le couvercle, son rire s'étouffa dans sa gorge. Des rubis éclatants, entrelacés de diamants resplendissants et montés sur un tour de cou à trois rangs, miroitèrent devant ses yeux. Loin d'être une simple petite babiole, c'était une pure merveille, un jaillissement de couleurs et de lumière qui éblouissait le regard.

— Un souvenir de Paris, dit Rogan en sortant le collier de son écrin.

Les pierres coulèrent, mélange d'eau et de sang, entre ses doigts.

— Ce sont des diamants, Rogan. Je ne peux pas porter des diamants...

— Mais si, tu peux.

Sans la quitter des yeux, il lui passa le collier autour du cou et attacha le fermoir.

— Peut-être pas tout seuls. Ce serait un peu froid et ça ne te conviendrait pas. Mais avec d'autres pierres...

Il fit un pas en arrière pour juger de l'effet.

— Oui, c'est parfait. Tu me fais penser à une déesse païenne.

Maggie ne put s'empêcher de passer la main sur les pierres. Elles lui parurent chaudes sur sa peau.

— Je ne sais vraiment pas quoi te dire.

— Dis : « Merci Rogan, c'est ravissant. »

— Merci, Rogan, fit-elle avec un sourire radieux. C'est bien plus que ravissant. C'est éblouissant.

— Comme toi.

Il se pencha pour l'embrasser, puis lui donna une petite tape sur les fesses.

— Maintenant, dépêche-toi, ou nous allons être en retard. Tu as une étole ou un châle ?

— Non, je n'ai rien.

— Typique... murmura-t-il en la poussant vers la porte.

Maggie se comporta avec beaucoup plus de panache pour sa seconde exposition que pour la première. Son estomac ne gargouillait pas et elle était de meilleure humeur. Si, à une ou deux reprises, elle pensa s'éclipser, personne n'eut le loisir de s'en rendre compte.

Et lorsqu'elle se languit de la seule chose qui lui manquait, elle essaya de se persuader que le succès était parfois suffisant en soi.

— Maggie...

Elle se détourna d'un Français dont le regard était rivé sur son décolleté et suffoqua en apercevant sa sœur.

— Brianna ?

— C'est bien moi.

En souriant, Brianna serra Maggie, stupéfaite, dans ses bras.

— J'aurais dû être là depuis une heure, mais j'ai été retardée à l'aéroport.

— Mais que... Comment se fait-il que tu sois là ?

— Rogan m'a envoyé son avion.

— Rogan ?

Elle scruta la salle d'un regard perplexe jusqu'à ce qu'elle l'aperçoive. Il lui fit un petit sourire, ainsi qu'à Brianna, puis reporta son attention sur une énorme femme moulée dans de la dentelle rose fuchsia. Maggie entraîna sa sœur dans un coin de la salle.

— Tu es venue dans l'avion de Rogan ?

— J'ai bien cru que j'allais encore être obligée de te laisser tomber.

Émue de voir les œuvres de sa sœur resplendir dans cette salle pleine d'étrangers, Brianna glissa sa main dans la sienne.

— Mais je me suis débrouillée. Maman est avec Lottie, et je savais que je pouvais laisser Conco à Murphy. J'ai même demandé à Mme McGee si elle voulait bien garder Blackthorn un jour ou deux. Restait le problème du voyage.

— Alors, tu voulais venir, dit doucement Maggie. Tu voulais vraiment venir ?

— Évidemment. Je mourais d'envie d'être là, avec toi.

Brie prit une coupe de champagne sur le plateau que lui présentait un serveur.

— Je ne pensais pas que ça avait de l'importance pour toi.

Maggie but une gorgée pour tenter de faire passer l'émotion qui lui nouait la gorge.

— J'étais justement là, en train de me dire combien j'aurais aimé que tu sois là.

— Je suis fière de toi, Maggie, si fière de toi ! Je te l'ai toujours dit.

— Et je ne t'ai jamais crue… Oh, mon Dieu !

Sentant les larmes lui monter aux yeux, elle battit des cils pour les refouler.

— Tu devrais avoir honte de penser que j'étais indifférente, dit Brianna d'un air renfrogné.

— Tu n'as jamais montré aucun intérêt pour mon travail, rétorqua Maggie.

— J'ai montré tout l'intérêt que je pouvais. Je ne comprends pas toujours très bien ce que tu fais, mais ça ne m'empêche pas d'être fière de toi.

Brianna avala calmement le contenu de son verre.

— Oh, murmura-t-elle. Qui aurait pu croire que c'était si délicieux ?

En gloussant de rire, Maggie embrassa sa sœur.

— Brie, que faisons-nous ici, toutes les deux, à Paris, à boire du champagne ?

— Personnellement, j'ai l'intention d'en profiter. Il faut que je remercie Rogan. Tu crois que je peux l'interrompre un instant ?

— Quand tu m'auras expliqué tout le reste. Quand l'as-tu appelé ?

— C'est lui qui m'a appelée. Il y a une semaine.

— Il t'a appelée ?

— Oui, et avant même que j'aie pu lui dire bonjour, il m'a dit ce que j'allais faire et comment j'allais le faire.

— Ça ne m'étonne pas de lui !

— Il m'a expliqué qu'il allait m'envoyer son avion et que son chauffeur m'attendrait à Paris. J'ai essayé de placer un mot, mais il m'a coupé la parole. Le chauffeur m'emmènerait à l'hôtel. Tu avais déjà vu un endroit pareil ? C'est un vrai palace.

— En arrivant, j'ai failli avaler ma langue. Continue.

— Ensuite, il fallait que je me prépare et le chauffeur m'accompagnerait ici. Ce qu'il a fait, bien qu'il ait failli nous tuer plusieurs fois en cours de route ! Et il y avait cette robe dans la chambre, avec un petit mot disant que ça lui ferait plaisir si je la mettais.

Brianna passa la main sur la robe du soir en soie gris-bleu qu'elle portait.

— Je ne voulais pas accepter, mais il avait formulé sa demande de telle manière qu'il aurait été impoli de refuser.

— Il est très fort pour ça. Elle te va merveilleusement bien.

— Je dois dire que je me sens merveilleusement bien avec ! J'avoue que la tête me tourne un peu. Après l'avion, la voiture et tout ça... Et tout ça, reprit-elle en admirant la salle. Tous ces gens, Maggie… Ils sont tous là pour toi.

— Je suis si heureuse que tu sois là aussi. Veux-tu que je te fasse faire un tour… afin que tu les charmes à ma place ?

— Ils sont déjà sous le charme, rien qu'en vous voyant toutes les deux, dit Rogan en se faufilant entre elles deux pour prendre la main de Brianna. Je suis ravi de vous revoir.

— Je vous suis vraiment reconnaissante d'avoir tout arrangé. Je ne sais pas comment vous remercier.

— Vous venez de le faire. Vous permettez que je vous présente à quelques personnes ? M. LeClair – l'homme plutôt séduisant qui est là-bas, à côté du *Momentum* de Maggie, vous le voyez ? Il vient de m'avouer qu'il était tombé amoureux de vous.

— Il tombe facilement amoureux, mais je serais ravie de faire sa connaissance ! J'aimerais également faire un tour. Je n'ai jamais vu les œuvres de Maggie exposées de cette façon-là.

En quelques secondes, Maggie entraîna Rogan à l'écart.

— Ne me dis pas qu'il faut que je circule dans la salle, fit-elle avant qu'il n'en ait eu l'occasion. J'ai quelque chose à te dire.

— À condition que tu le dises vite. Je ne voudrais pas avoir l'air de monopoliser l'artiste.

— Ça ne me prendra pas beaucoup de temps de te dire que c'est la plus gentille chose que quelqu'un ait jamais faite pour moi. Jamais je ne l'oublierai.

Rogan prit la main de Maggie et la porta à ses lèvres.

— Je ne voulais pas que tu sois une nouvelle fois malheureuse. Faire venir Brianna était la chose la plus simple qui soit.

— C'était peut-être simple, ce n'en est pas moins gentil. Et pour te montrer ce que ça représente pour moi, non seulement je vais rester toute la soirée, jusqu'à ce que le dernier invité ait franchi cette porte, mais je vais parler à chacun d'eux.

— Aimablement ?

— Aimablement. Même si je dois entendre le mot « viscéral » un millier de fois !

— Ça c'est bien, dit-il en l'embrassant sur le bout du nez. Et maintenant, au boulot !

16

Si Paris avait époustouflé Maggie, le sud de la France, avec son ruban de plages et le sommet des montagnes recouvert de neige, l'impressionna plus encore. Autour de la superbe villa de Rogan qui surplombait les eaux bleues de la Méditerranée, il n'y avait ni circulation infernale, ni foule se pressant vers les boutiques et les cafés.

Les gens éparpillés sur la plage s'intégraient parfaitement à l'ensemble du tableau, la mer, le sable, les bateaux dansants et le ciel d'azur sans aucun nuage.

L'arrière-pays, que l'on pouvait admirer des nombreuses terrasses de la maison, s'étendait en petits champs carrés, séparés par des murets de pierres, comme dans le comté de Clare. Ici, cependant, le terrain était plus escarpé, les vergers éclaboussés de soleil et, plus haut, le vert de la forêt annonçait la majestueuse chaîne des Alpes.

La propriété de Rogan regorgeait de fleurs et de plantes aromatiques, d'oliviers et de buis, ainsi que de fontaines étincelantes. Seuls le cri des mouettes et la musique des vagues venaient troubler cette sérénité.

Heureuse, Maggie était installée dans une des chaises longues très confortables sur la terrasse baignée de soleil et dessinait.

— J'étais sûr que je te trouverais ici, dit Rogan en lui posant un baiser sur le dessus de la tête.

— Je ne pouvais pas rester enfermée par une journée pareille...

Elle le regardait en grimaçant et en plissant les yeux. Il prit les lunettes de soleil qu'elle avait laissées sur la table et les lui glissa sur le nez.

— Tu as fini de régler tes affaires ?

— Oui, pour l'instant...

Rogan s'assit près d'elle en prenant soin de ne pas lui cacher le paysage.

— Je suis désolé d'avoir été si long. Mais un coup de fil en entraînait un autre, et ainsi de suite.

— Ce n'est pas grave. J'aime bien être toute seule.

— J'avais remarqué, fit-il en jetant un coup d'œil sur son carnet à dessin. Un bord de mer ?

— C'est tellement beau, je n'ai pas pu résister. Et puis, je me suis dit qu'il fallait que je dessine le paysage pour que Brie puisse en avoir une idée. Elle a passé un si bon moment à Paris.

— Dommage qu'elle n'ait pu rester qu'un seul jour.

— Oui, mais quel jour ! J'ai encore du mal à croire que je me suis promenée sur les quais de la Seine avec elle... Les sœurs Concannon à Paris !

En y repensant, Maggie se mit à rire.

— Je peux te garantir qu'elle ne l'oubliera pas de sitôt, Rogan. Et moi non plus.

Elle coinça son crayon derrière son oreille et lui prit la main.

— Vous m'avez déjà remercié toutes les deux. En vérité, ça ne m'a demandé que quelques coups de fil. À propos, je viens d'avoir un appel de Paris. Tu as reçu une proposition du comte de Lorraine.

— De Lorraine ? fit-elle en essayant de se remémorer de qui il s'agissait. Ah, oui, le vieux monsieur tout maigrelet avec une canne qui parlait en chuchotant ?

— Oui.

Rogan fut amusé de l'entendre décrire l'une des plus grosses fortunes de France comme un vieux monsieur tout maigrelet.

— Il voudrait te passer une commande, afin de faire un cadeau à sa petite-fille qui se marie en décembre prochain.

— Je ne veux pas de commandes, Rogan. J'ai été très claire là-dessus dès le départ.

— Oui, je sais bien.

Rogan prit une grappe de raisin et en fourra un grain dans la bouche de Maggie pour la faire taire.

— Mais il est de mon devoir de t'informer de toutes les propositions. Je ne te pousse pas à accepter, même si ce serait une excellente chose pour toi – et pour Worldwide. Je me contente de jouer mon rôle de directeur de galerie.

Maggie avala le grain de raisin en l'observant attentivement. Le ton de sa voix était aussi suave que le raisin, remarqua-t-elle.

— Je ne veux pas.

— C'est toi qui décides, naturellement, dit-il en passant à tout autre chose. Veux-tu que je nous fasse apporter des boissons fraîches. De la limonade ou du thé glacé ?

— Non merci.

Maggie retira son crayon de derrière son oreille et en tapota son carnet.

— Travailler sur commande ne m'intéresse pas.

— Je le comprends, répliqua-t-il très calmement. L'exposition de Paris a eu autant de succès que celle de Dublin. Et je suis convaincu que ce sera la même

chose à Rome et ailleurs. Tu es bien partie, Margaret
Mary.

Rogan se pencha pour l'embrasser.

— Remarque, la proposition du comte n'a rien à
voir avec une commande. Il est tout disposé à te laisser
faire ce que tu voudras.

Maggie le regarda par-dessus ses lunettes d'un air
méfiant.

— Tu essaies de m'avoir par les sentiments.

— Pas du tout...

Bien sûr, ce n'était pas vrai.

— Toutefois, je me dois d'ajouter que le comte – qui
est un amateur d'art extrêmement respecté – propose
de te payer grassement.

— Cela ne m'intéresse pas.

Elle remit ses lunettes en place et jura entre ses
dents.

— C'est combien, « grassement » ?

— L'équivalent d'environ cinquante mille livres.
Mais je sais que tu es catégorique, question argent,
alors, n'y pensons plus. Je lui ai d'ailleurs dit qu'il y
avait peu de chances que cela t'intéresse. Veux-tu que
nous allions à la plage ? Ou que l'on fasse un tour
en voiture ?

Avant qu'il n'ait pu se lever, elle l'attrapa par le col.

— Oh, tu es un malin, n'est-ce pas, Rogan Sweeney ?

— Quand il le faut.

— Je pourrai vraiment choisir de faire ce que je
veux ? Ce qui me passera par la tête ?

— Absolument. Sauf que...

— Ah, nous y voilà !

— Bleu, dit Rogan en grimaçant. Il veut que ce
soit bleu.

— Bleu ? s'exclama-t-elle avec un rire moqueur. Et
de quel bleu exactement ?

— Du bleu des yeux de sa petite-fille. Il prétend qu'ils sont aussi bleus qu'un ciel d'été. Il a l'air de l'adorer et, depuis qu'il a vu tes œuvres à Paris, il veut à tout prix lui offrir une chose faite pour elle seule par tes jolies mains.

— C'est lui qui dit ça, ou bien c'est toi ?

— Il y a un peu des deux, admit Rogan en lui baisant la main.

— Je vais y réfléchir.

— C'est ce que j'espérais que tu ferais...

Sans se soucier de lui cacher ou non le paysage, il se pencha sur elle et effleura ses lèvres.

— Mais tu y réfléchiras un peu plus tard, d'accord ?

— Excusez-moi, monsieur.

Un domestique au visage impassible se tenait au bout de la terrasse, les mains sur la couture du pantalon, le regard tourné discrètement vers la mer.

— Oui, Henri ?

— Monsieur et mademoiselle souhaitent-ils déjeuner sur la terrasse maintenant ?

— Non, nous déjeunerons plus tard.

— Bien, monsieur.

Henri s'éclipsa, silencieux comme une ombre.

— Que voulait-il ? demanda Maggie.

Rogan le lui expliqua.

— Je lui ai dit que nous déjeunerions un peu plus tard.

Quand il voulut l'embrasser à nouveau, elle mit une main sur sa poitrine pour l'en empêcher.

— Il y a un problème ? Je peux le rappeler et lui dire que nous sommes finalement prêts.

— Non, non, inutile de le rappeler. Tu n'as jamais envie d'être tout seul ?

— Mais nous sommes tout seuls. C'est même pour cette raison que je voulais t'amener ici.

— Tout seuls ? Il y a au moins six domestiques dans cette maison ! Des jardiniers, des cuisiniers, des femmes de chambre et des valets. Si je claquais des doigts, l'un d'entre eux ne manquerait pas d'arriver aussitôt en courant.

— C'est pour ça qu'on a des domestiques.

— Eh bien, moi, je n'en veux pas. Tu te rends compte qu'une des femmes de chambre m'a proposé de laver mes sous-vêtements ?

— Uniquement parce que son travail consiste à s'occuper de toi, pas parce qu'elle voulait fouiller dans tes tiroirs.

— Je peux m'occuper de moi toute seule ! Je veux que tu les renvoies. Tous !

— Tu veux que je les mette à la porte ? fit-il en se levant brusquement.

— Non, par pitié, je ne suis pas un monstre qui jette les gens à la rue ! Je veux que tu leur donnes un congé, c'est tout.

— Je peux leur donner une journée, si tu veux.

— Pas une journée, une semaine, insista-t-elle en soupirant. Ce que je dis n'a donc aucun sens pour toi ? D'ailleurs, pourquoi cela en aurait-il ? Tu es tellement habitué à leur présence que tu ne les vois même pas !

— Lui, c'est Henri, le cuisinier s'appelle Jacques et la femme de chambre qui a osé te demander de laver ton linge, Marie.

À moins que ce ne soit Monique... se dit-il en silence.

— Je ne cherche nullement à me fâcher avec toi, reprit-elle en lui prenant les mains, mais je ne suis pas capable de me détendre comme toi avec tous ces gens qui tournent autour de nous. Je t'en prie, Rogan, fais ça pour moi. Donne-leur quelques jours de congé.

— Attends-moi ici.

Dès qu'il fut parti, Maggie se leva et se sentit tout à coup ridicule. Elle était là, dans une somptueuse villa au bord de la Méditerranée, avec tout ce qu'elle pouvait désirer à portée de main. Et pourtant, elle n'était toujours pas satisfaite.

Elle avait changé. En quelques mois à peine, depuis qu'elle connaissait Rogan, elle avait changé. Non seulement elle en voulait toujours davantage, mais elle convoitait plus encore ce qu'elle n'avait pas. Elle voulait le bien-être et le plaisir que procure l'argent, et pas seulement pour sa famille. Pour elle aussi.

Elle avait porté des diamants et avait dansé à Paris. Et elle voulait le faire encore.

Néanmoins, tout au fond d'elle, elle conservait un vif désir de vivre seule, de n'avoir besoin de rien ni de personne. Si jamais elle perdait cela, pensa-t-elle, paniquée, elle aurait tout perdu.

— Ils sont partis.

Absorbée dans ses pensées, Maggie considéra Rogan d'un regard perplexe.

— Comment ça ? Qui est parti ?

Il secoua la tête, un petit sourire aux lèvres.

— Le personnel. C'est bien ce que tu voulais ?

— Le personnel ? Oh...

Ses idées redevinrent tout à coup plus claires.

— Tu les as fait partir ? Tous ?

— Oui, et je me demande comment nous allons faire pour manger dans les jours à venir. Enfin...

Il ne put terminer sa phrase. Maggie se jeta à son cou avec la force d'un boulet de canon, et il faillit basculer par-dessus la balustrade qui courait le long de la terrasse.

— Rogan, tu es un homme merveilleux ! Un vrai prince !

Il la serra dans ses bras en regardant d'un air inquiet de l'autre côté de la balustrade.

— J'ai bien failli être un homme mort.

— Nous sommes seuls ? Complètement ?

323

— Oui, et j'ai eu droit à leur gratitude éternelle à tous, y compris le valet. La femme de chambre en chef a même pleuré de joie.

Ce qui n'était pas très étonnant, vu la prime de vacances qu'il lui avait remise, ainsi qu'aux autres domestiques.

— Les voilà donc partis à la plage, à la campagne ou là où ils en ont envie. La maison est toute à nous.

Maggie l'embrassa avec fougue.

— Nous allons en profiter dans les moindres recoins. En commençant par le canapé du grand salon.

— Vraiment ?

Amusé, Rogan ne protesta pas quand elle entreprit de lui déboutonner sa chemise.

— Décidément, Margaret Mary, tu es bien exigeante aujourd'hui.

— En ce qui concerne les domestiques, c'était une simple requête de ma part. Pour le canapé, en revanche, c'est une exigence, effectivement.

Il fronça un sourcil.

— La chaise longue est plus près.

— C'est exact, dit-elle en riant tandis qu'il s'y allongeait. C'est tout à fait exact...

Au cours des jours suivants, ils prirent des bains de soleil sur la terrasse, se promenèrent sur la plage ou nagèrent paresseusement dans la piscine bleu lagon, bercés par le babillement des fontaines. Ils mangèrent des plats cuisinés et firent de longues balades dans l'arrière-pays.

Cela aurait pu ressembler à des vacances, bien que Rogan ne s'éloignât jamais trop loin d'un fax ou d'un téléphone pour ses affaires. Il y avait un problème à l'usine de Limerick, un autre à propos d'une vente aux enchères à New York et des pourparlers qui n'en finissaient pas au sujet d'une propriété qu'il voulait acheter afin d'ajouter une nouvelle branche aux activités des Worldwide Galleries.

Cela aurait pu ennuyer Maggie, mais elle avait conscience que les activités de Rogan faisaient autant partie de son identité que son propre travail de la sienne. Elle ne pouvait lui reprocher de s'enfermer une heure ou deux dans son bureau alors qu'il la surprenait souvent littéralement absorbée par ses dessins.

Si elle avait cru que l'harmonie indispensable entre un homme et une femme puisse durer toute une vie, elle aurait volontiers pensé l'avoir trouvée avec Rogan.

— Laisse-moi regarder ce que tu as fait.

Maggie bâilla paresseusement et lui tendit son carnet de croquis. Le soleil avait commencé à décliner, illuminant le ciel de nuances flamboyantes jusqu'à l'horizon. La bouteille de vin que Rogan était allé chercher à la cave reposait dans un seau à glace en argent. Maggie prit son verre, but une gorgée et s'installa confortablement, décidée à profiter pleinement de sa dernière soirée en France.

— À ton retour, tu vas être très occupée, remarqua Rogan en regardant chaque dessin. Comment vas-tu faire pour choisir sur lequel travailler en premier ?

— C'est lui qui me choisira. Et, même si j'ai pris beaucoup de plaisir à paresser, il me tarde de rentrer et d'allumer mon four.

— Si tu veux, je peux faire encadrer les dessins que tu as faits pour Brianna. Pour de simples croquis, ils sont vraiment très bons. J'aime tout particulièrement le...

Il tourna une page et tomba sur quelque chose qui n'avait rien à voir avec un bord de mer ou un quelconque paysage.

— Qu'est-ce que c'est que ça ?

Sans bouger, Maggie lui jeta un coup d'œil.

— Oh, celui-là... Je ne fais pas souvent de portraits, mais là, je n'ai pas pu résister.

Le dessin représentait Rogan, étendu en travers du lit, les bras écartés comme pour attraper quelque chose. Ou quelqu'un.

Surpris, et pas vraiment ravi, Rogan se rembrunit.

— Tu as fait ça pendant que je dormais.

— Ma foi, je n'ai pas voulu te réveiller pour risquer de gâcher ce moment, dit-elle en souriant derrière son verre. Tu dormais si paisiblement. Tu vas peut-être vouloir l'accrocher dans ta galerie de Dublin.

— Mais je suis à poil !

— Rogan, je te rappelle qu'en art, on appelle ça un nu. Et tu fais un nu très artistique. Je l'ai signé. Comme ça, tu pourras le vendre un bon prix.

— Ça m'étonnerait.

— En tant que directeur de galerie, commença Maggie en coinçant sa langue dans sa joue, il est de ton devoir de diffuser mon travail. Ainsi que tu me le répètes toi-même sans cesse. Et ce dessin, si je puis me permettre, est l'un des meilleurs que j'aie jamais faits. Regarde la lumière, et la façon dont elle joue sur les muscles de ton...

— Oui, j'ai vu, fit-il d'une voix étranglée. Et tout le monde le verra...

— Inutile d'être si modeste. Tu es très bien fait. Je crois que j'ai encore mieux réussi à le rendre sur l'autre.

Le sang de Rogan se figea, purement et simplement.

— L'autre ?

— Oui, tiens, regarde, dit-elle en tournant les pages. Là... On s'en rend mieux compte quand tu es debout, je trouve. De même qu'on devine une légère arrogance.

Rogan resta bouche bée. Elle l'avait dessiné debout sur la terrasse, une main posée sur la balustrade, un verre de cognac dans l'autre. Avec un sourire particulièrement suffisant. Et complètement nu.

— Je n'ai jamais posé comme ça. Et je ne me balade pas nu sur la terrasse en buvant du cognac.

— Les artistes ont tous les droits, fit-elle d'un ton léger, ravie de le voir sidéré à ce point. Je connais ton corps suffisamment bien pour le dessiner de mémoire. Te mettre des vêtements aurait affaibli le thème que je voulais évoquer.

— Le thème ? C'est-à-dire ?

— Le maître de maison. C'est ainsi que je vais les intituler. Tous les deux. Tu pourrais les vendre ensemble.

— Je n'ai pas l'intention de les vendre.

— Et pourquoi ? J'aimerais bien le savoir. Tu as déjà vendu plusieurs de mes dessins qui étaient loin d'être aussi bons. Je tiens à ce que tu mettes ceux-là sur le marché. Et même, j'insiste, comme c'est je crois mon droit, d'après le contrat.

— Dans ce cas, je vais moi-même les acheter.

— Combien m'en offres-tu ? D'après mon marchand, ma cote ne cesse de monter.

— Maggie, c'est du chantage.

— Eh oui !

Elle porta un toast à son intention avant de boire.

— Tu vas devoir accepter mes conditions.

Rogan jeta un dernier coup d'œil sur le dessin avant de refermer le carnet d'un coup sec.

— Et quelles sont-elles ?

— Voyons... Je pense que si tu m'emmenais là-haut et que tu me faisais l'amour jusqu'à ce que la lune se lève, nous pourrions conclure un accord.

— Tu as un grand sens des affaires.

— Il faut dire que je suis à bonne école.

Maggie voulut se lever, mais Rogan secoua la tête et la prit dans ses bras.

— Je tiens à ce que cet accord soit respecté au pied de la lettre. Or, tu viens de me demander de t'emmener là-haut.

— Tu as raison. Tu vois, j'ai besoin d'un manager.

Elle joua avec une mèche de ses cheveux tandis qu'il l'emportait dans la maison.

— Et bien entendu, si je ne suis pas satisfaite des termes du contrat, il sera annulé.

— Tu seras satisfaite.

En haut de l'escalier, il s'arrêta pour l'embrasser. Comme toujours, elle répondit avec passion, et, comme toujours, il sentit son sang se mettre à circuler plus vite. Il entra dans la chambre dans laquelle pénétraient les derniers rayons de soleil. Bientôt, la nuit tomberait et la pièce serait envahie par la pénombre.

Ils n'allaient pas passer leur dernière nuit en tête à tête dans l'obscurité.

Rogan la déposa sur le lit et, quand elle voulut l'enlacer, il s'esquiva pour allumer des bougies. Maggie s'agenouilla pour le regarder faire et admirer les flammes dorées qui se mirent à danser.

— Très romantique… dit-elle avec un petit sourire, se sentant curieusement émue. Apparemment, ce petit chantage valait la peine.

Rogan s'immobilisa, une allumette entre les doigts.

— Parce que tu trouves que je ne suis pas assez romantique ?

— Je plaisantais.

Maggie ramena en arrière ses cheveux emmêlés par le vent. Elle avait dit cela d'un ton beaucoup trop sérieux.

— Je n'ai nullement besoin de romantisme. Le plaisir et la luxure me suffisent amplement.

— Parce que, selon toi, c'est tout ce que nous avons ?

Dans un éclat de rire, elle lui tendit les bras.

— Si tu arrêtais un peu de tourner dans cette pièce et que tu venais là, je te montrerais ce que nous avons.

À la lueur scintillante des bougies, nimbée des derniers rayons de lumière rougeoyante qui entraient par les fenêtres, Maggie lui parut resplendissante. Ses cheveux formaient une couronne de feu au sommet de sa tête, sa peau était hâlée par les longues heures passées au soleil et ses yeux, vifs et moqueurs, l'invitaient irrésistiblement.

Un autre jour, une autre nuit, Rogan se serait empressé de répondre à cette invitation, aurait succombé sans hésiter à la tempête déchaînée dans laquelle les entraînait chacune de leurs étreintes. Mais son humeur avait changé. Il avança lentement vers elle, lui emprisonna les mains avant qu'elle ne l'attire sur le lit et les porta à ses lèvres tout en la regardant dans les yeux.

— Tu ne respectes pas les termes du contrat, Margaret Mary. Je suis censé te faire l'amour. Et il est grand temps que je le fasse.

Sans lâcher ses mains, il lui mit les bras le long du corps et se pencha pour jouer avec sa bouche.

— Il est grand temps que tu me laisses faire.

— Qu'est-ce que c'est que cette absurdité ?

Sa voix tremblait. Il l'embrassa comme il l'avait fait une fois, avec infiniment de lenteur, de douceur, et une extrême concentration.

— Je t'ai laissé le faire de nombreuses fois !

— Mais pas comme ça, dit-il en la sentant se raidir. La tendresse te fait-elle donc si peur, Maggie ?

— Bien sûr que non.

Elle n'arrivait pas à reprendre son souffle, pourtant elle entendait sa propre respiration, lourde et lente, siffler entre ses lèvres. Tout son corps était en éveil, alors qu'il l'avait à peine touchée. Comme si quelque chose lui échappait.

— Rogan, je ne veux pas...

— Te laisser séduire ?

Il abandonna sa bouche pour couvrir son visage de minuscules baisers.

— Non, je ne veux pas.

Mais elle renversa la tête en arrière lorsque ses lèvres descendirent sur sa gorge.

— Tu es sur le point de l'être.

Il lui lâcha les mains pour la serrer tout contre lui, non pas en une étreinte fébrile, mais en signe indéniable de possession. Ses bras lui parurent affreusement lourds quand elle les noua autour de son cou. Elle ne put que s'agripper à lui lorsqu'il lui caressa les cheveux et le visage, les doigts aussi légers qu'un souffle d'air.

Rogan prit à nouveau sa bouche. Et ce baiser somptueux, humide et profond, se prolongea longtemps, très longtemps, la laissant aussi malléable que de la cire entre ses bras.

En s'enflammant si vite chaque fois qu'ils faisaient l'amour, il les avait privés de multiples caresses, de mille gestes de tendresse, pensa-t-il en la faisant s'allonger sur le dos.

Ce soir, il n'en serait rien.

Ce soir, il l'entraînerait dans un labyrinthe de rêves avant de s'embraser.

Le goût de ses baisers se distilla en elle, lui fit tourner la tête, la saoula de douceur. L'avidité féroce qui caractérisait depuis le premier jour leurs étreintes se transforma en une patience lascive à laquelle elle ne put résister. Avant même qu'il ouvre son corsage pour caresser sa peau de ses doigts agiles, Maggie flottait déjà.

Ses mains retombèrent mollement de ses épaules. Elle se mit à haleter en sentant sa langue se faufiler dans les recoins les plus intimes de son être. Et elle s'y attarda, ce que Maggie savoura pleinement, jusqu'à ce qu'elle éprouve un plaisir intense et lancinant. Si différent d'une explosion... Tellement plus fort, plus ravageur...

Elle murmura son nom quand il mit une main sous sa tête en se collant à son corps brûlant.

— Tu es à moi, Maggie. Personne ne te prendra jamais comme ça.

Elle aurait dû se révolter contre cette nouvelle exigence d'exclusivité, mais elle n'en eut pas la force. Car sa bouche se promena à nouveau sur elle, comme s'il avait des années, des dizaines d'années devant lui pour poursuivre son exploration.

Les flammes des bougies vacillèrent vaguement devant ses paupières alourdies. Elle sentit le parfum des fleurs qu'elle avait cueillies ce matin même et avait mises dans un vase bleu près de la fenêtre. Un vent léger soufflait de la Méditerranée, transportant l'odeur des plantes et de la mer avec lui. Sous les caresses de Rogan, sa peau se fit douce et ses muscles se raidirent.

Comment avait-il pu ignorer qu'il la désirait ainsi ? Elle ondulait sous ses mains, incapable de faire quoi que ce soit en dehors de prendre ce qu'il lui donnait. Le sang se mit à battre à ses tempes, mais il continua à la caresser, attentif à la moindre de ses réactions.

Et quand elle se mit tout à coup à trembler, quand un nouveau soupir de ravissement s'échappa de ses lèvres, il lui reprit les mains et les emprisonna dans l'une des siennes afin de l'amener à l'extase.

Tendue à l'extrême, Maggie s'arc-bouta contre lui. Rogan la regarda jouir, puis vit son corps retomber, fluide et alangui. Et il prit plaisir dans le sien.

Le soleil était couché. Les bougies dégoulinaient. Il l'emmena une nouvelle fois vers l'extase, avec une telle intensité qu'elle cria. Son cri se perdit au milieu des murmures et des gémissements. Et lorsqu'il sentit son cœur se serrer, près d'éclater en doux sanglots, Rogan se glissa en elle et la prit tendrement tandis que la lune se levait.

Peut-être avait-elle dormi. En tout cas, elle avait rêvé. Quand elle rouvrit les yeux, la lune était déjà haute dans le ciel, mais la chambre était vide. Alanguie comme un gros chat, elle pensa un instant à replonger dans le sommeil. Cependant, dès qu'elle eut enfoui son visage dans l'oreiller, elle sut qu'elle n'arriverait pas à se rendormir sans lui.

Maggie se leva, avec l'impression de flotter, comme si elle était ivre. Elle trouva une robe de chambre, un déshabillé en soie légère que Rogan lui avait offert. Le tissu se colla à sa peau quand elle descendit à sa recherche.

— J'aurais dû me douter que je te trouverais là.

Il était dans la cuisine, torse nu devant la cuisinière étincelante dans la pièce entièrement carrelée de noir et blanc.

— Tu prends soin de ton estomac ?

— Et du tien, ma belle.

Il éteignit le feu sous la poêle avant de se retourner.

— J'ai préparé des œufs.

— Il n'y a rien d'autre ?

C'était la seule chose qu'ils étaient capables l'un comme l'autre de cuisiner.

— Je ne serais pas surprise que nous nous mettions à caqueter en arrivant demain en Irlande.

Vaguement mal à l'aise, Maggie se passa la main dans les cheveux. Une fois. Puis une deuxième.

— Tu aurais dû me réveiller pour que je prépare à manger.

— Te réveiller ? dit-il en sortant des assiettes. Ç'aurait été une première !

— Ce que je veux dire, c'est que j'aurais pu le faire. À vrai dire, je n'ai pas l'impression d'avoir vraiment assumé ma part tout à l'heure.

— Tout à l'heure ?

— Là-haut. Dans la chambre. Je n'ai pas vraiment assumé ma part.

— Un contrat est un contrat.

Il fit glisser les œufs sur les assiettes.

— Et d'ailleurs, si tu veux mon avis, tu ne t'es pas mal débrouillée. Te voir te laisser aller a été pour moi un immense plaisir.

Qu'il avait l'intention de réexpérimenter très prochainement.

— Tu devrais t'asseoir et manger. La lune est là pour encore un bon moment, tu sais.

— Oui, je suppose, fit-elle, plus à son aise, en se mettant à table. Ça va peut-être me redonner un peu d'énergie. C'est drôle, je n'imaginais pas que le sexe pouvait vous vider à ce point.

— Ce n'était pas seulement du sexe.

La fourchette de Maggie s'immobilisa à quelques millimètres de sa bouche. Derrière le ton brusque et glacé de sa voix, il y avait quelque chose de profondément blessé, et elle regretta d'en être la cause. Autant qu'elle s'en étonna.

— Je n'ai pas voulu dire ça, Rogan. Pas de façon si impersonnelle. Lorsque deux personnes s'apprécient...

— Je ne t'apprécie pas seulement, Maggie. Je suis amoureux de toi.

Cette fois, la fourchette lui échappa et atterrit bruyamment sur l'assiette. Une bouffée de panique lui noua la gorge.

— Non, tu ne l'es pas.

— Si, je le suis.

Il dit cela calmement, bien que s'en voulant intérieurement de lui faire une telle déclaration dans la cuisine, sous cette lumière crue, devant des œufs au plat ratés.

— Et tu es amoureuse de moi.

— Ce n'est pas... Non, je ne le suis pas... Et ce n'est pas à toi de me dire ce que je suis.

— Si, puisque tu es assez bête pour ne pas le dire toi-même. Ce qu'il y a entre nous dépasse de loin l'attirance physique. Si tu n'étais pas aussi têtue, tu cesserais de faire semblant de croire qu'il n'y a que ça.

— Je ne suis pas têtue.

— Si, tu l'es, mais il se trouve que c'est une des choses que j'aime chez toi.

Il arrivait à réfléchir à nouveau calmement et se sentait soulagé d'avoir enfin retrouvé le contrôle de lui-même.

— Nous aurions pu discuter de tout ceci dans une ambiance plus agréable, mais, te connaissant, c'est sans grande importance. Je t'aime, Maggie, et je veux me marier avec toi.

17

Se marier ? Le mot resta coincé dans sa gorge, manquant l'étouffer. Elle n'osa pas le répéter.

— Tu dois avoir perdu la tête.

— Je t'assure, c'est une éventualité que j'ai envisagée.

Rogan prit sa fourchette et se mit à manger avec appétit, comme si de rien n'était. Néanmoins, la réaction brutale et inattendue de Maggie l'avait profondément vexé.

— Tu es têtue, souvent impolie, entièrement absorbée par ton travail la plupart du temps et légèrement caractérielle.

— Oh ! vraiment, je suis comme ça ?

— Absolument. Et il faut qu'un homme ait perdu l'esprit pour vouloir s'encombrer d'une telle femme toute une vie, mais...

Il servit le thé qu'il avait préparé.

— ... tu es comme ça. La coutume veut, je crois, que la cérémonie se déroule dans l'église dont dépend la mariée, aussi nous marierons-nous à Clare.

— La coutume ? Tu peux garder tes coutumes, Rogan, et le reste avec.

Était-ce l'affolement qui lui glaçait ainsi le bas de la colonne vertébrale ? *Sûrement pas*, se dit-elle. Ce n'était sans doute que de la mauvaise humeur. Elle n'avait rien à craindre.

— Je ne me marierai ni avec toi ni avec personne. Jamais.

— C'est absurde. Bien sûr que tu vas te marier avec moi. Nous sommes faits l'un pour l'autre, Maggie.

— Il y a un instant, j'étais têtue, caractérielle et impolie.

— C'est vrai. Mais ça me convient.

Il lui prit la main, indifférent à ses réticences, et l'effleura d'un baiser.

— Ça me convient parfaitement.

— Eh bien, pas à moi ! Pas du tout. Peut-être me suis-je laissé impressionner par ton arrogance, mais c'est bien fini. Comprends-moi, Rogan, je ne serai jamais la femme de personne, dit-elle en retirant sa main.

— De personne à part moi.

Maggie lâcha un juron. Voyant que cela le faisait rire, son humeur s'assombrit plus encore. Toutefois, se disputer n'était pas une solution...

— C'est pour ça que tu m'as amenée ici, n'est-ce pas ?

— Non. En fait, pas du tout. Je voulais prendre plus de temps avant de me jeter à tes pieds.

Prudemment, il écarta son assiette.

— Sachant pertinemment que tu me repousserais, reprit-il en la considérant posément. Tu vois, Margaret Mary, je te connais bien.

— Tu ne me connais pas du tout ! Figure-toi que j'ai mes raisons pour vouloir garder mon cœur intact, et pour ne pas envisager un jour de me marier.

L'entendre dire que ce n'était pas le fait de se marier avec lui mais le mariage en soi qui l'effrayait l'intéressa et l'apaisa.

— Quelles sont-elles ?

Maggie baissa les yeux sur sa tasse. Après quelques secondes d'hésitation, elle y mit les trois sucres habituels et mélangea son thé.

— Tu as perdu tes parents.

— Oui.

Rogan prit un air inquiet. Ce n'était pas du tout la direction qu'il s'était attendu à la voir prendre.

— Il y a presque dix ans.

— C'est dur de perdre sa famille. Ça vous prive d'un sentiment de sécurité, et on se retrouve froidement devant le fait de devoir soi-même mourir un jour. Tu les aimais ?

— Beaucoup. Maggie…

— Non, je voudrais entendre ce que tu as à dire là-dessus. C'est important. Et eux, ils t'aimaient ?

— Oui, évidemment.

— Comment le sais-tu ?

Elle but un peu de thé en tenant sa tasse à deux mains.

— Est-ce parce qu'ils t'ont offert une vie aisée, une belle maison ?

— Ça n'a rien à voir avec le confort matériel. Je savais qu'ils m'aimaient parce qu'ils me le prouvaient, parce qu'ils me le montraient. Et je voyais bien qu'ils s'aimaient beaucoup tous les deux.

— Il y avait de l'amour dans ta maison. Et on riait ? Y avait-il des rires dans ta maison, Rogan ?

— Oui, pas mal… Quand j'ai appris leur mort, j'ai été désespéré. Tout a été si brutal, si soudain…

Sa voix s'étrangla, mais il se reprit.

— Mais ensuite, quand le pire a été passé, j'ai été content qu'ils soient partis ensemble. Sans l'autre, chacun d'eux n'aurait été qu'à moitié vivant.

— Tu ne te rends pas compte à quel point tu as de la chance, ni du cadeau que c'est de grandir dans une famille aimante et heureuse. Moi, je n'ai jamais connu ça. Entre mes parents, il n'y avait pas d'amour. Il y avait de la colère, des reproches, de la culpabilité et un sens du devoir, mais aucun amour. Tu imagines ce que c'est que de grandir dans une maison où les deux personnes qui t'ont mise au monde ne s'aiment pas ? Ne sont là que parce que leur mariage est une prison dans laquelle leur conscience et les préceptes de l'Église les enferment ?

— Non, j'ai du mal à l'imaginer, dit-il en posant sa main sur la sienne. Je suis désolé que ç'ait été ton cas.

— Toute petite, je me suis juré de ne jamais me laisser enfermer dans une prison pareille.

— Le mariage n'est pas toujours une prison, Maggie, dit-il doucement. Celui de mes parents était une vraie joie.

— Et tu connaîtras sûrement la même chose un jour. Mais pas moi. On ne peut faire que ce qu'on connaît, Rogan. Et on ne change rien à ce qui est. Ma mère me déteste.

Rogan faillit protester, mais elle avait dit cela si brutalement, si simplement, qu'il y renonça.

— Avant même que je ne sois née, elle me détestait. Le fait de m'avoir dans son ventre a gâché sa vie, ce qu'elle ne manque pas de me répéter inlassablement. Pendant toutes ces années, je ne comprenais pas pourquoi, jusqu'à ce que ta grand-mère me raconte que ma mère avait eu une carrière.

— Une carrière ?

Rogan dut faire un effort de mémoire.

— Ah ! le chant ? Mais quel rapport avec toi ?

— C'est directement lié. Que pouvait-elle faire d'autre que d'abandonner sa carrière ? Quel aurait-été son avenir, célibataire et enceinte, dans un pays comme le nôtre ? Aucun.

338

Maggie frissonna et exhala un long soupir. Admettre tout ceci à haute voix lui faisait affreusement mal.

— Elle voulait quelque chose pour elle, Rogan. Et ça, je le comprends. Je sais ce que c'est que de nourrir des ambitions. Et je n'imagine que trop bien à quoi cela peut ressembler de tout voir brusquement réduit à néant. Tu sais, ils ne se seraient jamais mariés, si je n'avais pas été là. J'ai été conçue dans un moment de passion, c'est tout. Mon père avait plus de quarante ans, et ma mère trente ans passés. Elle devait rêver d'une histoire d'amour, et lui a vu une jolie femme. Elle était très belle, à cette époque. J'ai vu des photos. C'était une très jolie femme, avant que l'amertume n'efface tout. Et je suis à l'origine de tout cela, je suis le bébé qui l'a humiliée et a brisé ses rêves. Ainsi que ceux de mon père. Oui, les siens aussi.

— Tu ne peux quand même pas te reprocher d'être née, Maggie.

— Oh ! je sais bien. Je le sais dans ma tête. Mais au fond de mon cœur, je sais que le seul fait que j'existe et que je respire a été un fardeau insupportable pour eux deux. Je suis née de leur passion, et chaque fois qu'elle me regarde, je lui rappelle qu'elle a fauté.

— Ce n'est pas seulement ridicule, c'est idiot !

— Peut-être. Mon père m'a dit un jour qu'il l'avait aimée, et c'est sans doute vrai.

Elle l'imaginait, entrant dans le pub d'O'Malley, apercevant Maeve, l'entendant chanter et sentant son cœur romantique prendre son envol.

Mais pour finalement s'écraser très vite.

— J'avais douze ans quand elle m'a dit que j'avais été conçue en dehors des liens sacrés du mariage. C'est ainsi qu'elle me l'a dit. Peut-être avait-elle remarqué que je passais du stade de petite fille à celui de femme. Je commençais à regarder les garçons. J'avais déjà flirté avec un ou deux gars du village. Un jour, elle m'a surprise avec Murphy, debout devant la grange à foin, en train de l'embrasser. Oh ! un baiser bien innocent... Nous étions jeunes et dévorés de curiosité. C'était mon premier baiser. Un baiser charmant – doux, timide et innocent. Elle nous a vus. Elle est devenue livide, s'est mise à crier et m'a traînée jusqu'à la maison. D'après elle, j'étais une vicieuse, une pécheresse ; et comme mon père n'était pas là pour l'arrêter, elle m'a fouettée.

— Fouettée ? s'exclama Rogan en se levant de sa chaise, profondément choqué. Elle t'a fouettée parce que tu avais embrassé un garçon ?

— Elle m'a battue, dit Maggie d'une voix neutre. Mais ça n'a rien eu de comparable aux gifles qu'elle me donnait d'habitude. Elle a pris une ceinture et m'a frappée si fort que j'ai cru qu'elle allait me tuer. Tout en me fouettant, elle récitait l'évangile en marmonnant je ne sais quoi sur la marque du péché.

— Elle n'avait aucun droit de te traiter de cette manière.

Rogan s'agenouilla près d'elle et prit son visage entre ses mains.

— Non, personne n'en a le droit, mais ça n'empêche rien. J'ai alors vu la haine qui l'habitait, et aussi la peur. La peur que je finisse comme elle, un bébé dans le ventre et le cœur vide. J'ai toujours su qu'elle ne m'aimait pas comme une mère est supposée aimer son enfant. Et bien sûr j'avais remarqué qu'elle était moins dure avec Brie. Mais jusqu'à ce fameux jour, je n'avais pas compris pourquoi.

Incapable de rester assise plus longtemps, Maggie se leva et se dirigea vers une porte qui conduisait à un petit patio rempli de superbes pots de géraniums.

— Tu devrais arrêter d'en parler, tu te fais du mal, murmura Rogan en se glissant derrière elle.

— Je veux terminer.

Le ciel était constellé d'étoiles et une douce brise faisait bruire les feuillages.

— Elle m'a dit que j'étais marquée par le destin. Elle m'a battue pour que la marque se voie aussi à l'extérieur, pour que je comprenne quel fardeau endure une femme, parce que c'est elle qui porte l'enfant.

— Oh, mon Dieu, Maggie !

Ne parvenant pas à dissimuler son émotion, Rogan passa devant elle et la prit par les épaules, une lueur de colère dans son regard bleu glacier.

— Tu n'étais qu'une petite fille.

— En tout cas, j'ai définitivement cessé de l'être ce jour-là, car j'ai compris qu'elle pensait ce qu'elle disait.

— C'était un mensonge, un lamentable mensonge.

— Pas pour elle. À ses yeux, c'était une criante vérité. Elle m'a dit que j'étais son châtiment, que Dieu l'avait punie d'avoir péché. Elle le croyait vraiment, et chaque fois qu'elle me regardait, elle y repensait. À cause de moi, elle était coincée dans un mariage qu'elle méprisait, liée à un homme qu'elle n'aimait pas et mère d'une enfant qu'elle n'avait jamais désirée. Et qui représentait, comme je l'ai découvert tout récemment, la perte de tout ce qu'elle voulait vraiment. L'anéantissement pur et simple de tout ce qu'elle-même était.

— C'est elle qui aurait mérité le fouet. Personne n'a le droit de frapper un enfant, et encore moins de le punir au nom de la religion.

— C'est drôle, c'est à peu près ce qu'a dit mon père quand il est rentré et a vu ce qu'elle avait fait. C'est la seule fois de ma vie où je l'ai vu animé d'une telle colère. Ils ont eu une dispute épouvantable. Les entendre a presque été encore pire que d'avoir été battue. Je suis montée dans ma chambre, et Brie est venue me consoler, Elle s'est occupée de moi comme une petite mère, m'a abreuvée de bêtises pendant tout le temps qu'ont retenti leurs cris. Je me souviens que ses mains tremblaient.

Quand Rogan la prit dans ses bras, Maggie ne lui résista pas, mais ses yeux restèrent secs et sa voix paisible.

— J'ai cru qu'il allait s'en aller. Ils s'étaient dit des choses si horribles. Mais s'il nous emmenait, si Brie et moi partions avec lui, n'importe où, tout s'arrangerait. Puis je l'ai entendu dire à maman que lui aussi avait payé très cher. Qu'il payerait à jamais le fait d'avoir cru qu'il l'aimait. Qu'il mourrait ainsi. Bien entendu, il n'est pas parti.

Elle se déroba à nouveau et recula d'un pas.

— Il est resté encore dix ans, et elle ne m'a plus jamais touchée. D'aucune manière. Cependant, ni elle ni moi n'avons oublié – nous ne le voulions pas, je crois. Il a essayé de compenser en me donnant plus, en m'aimant davantage. Mais il ne pouvait pas. S'il l'avait quittée, s'il nous avait emmenées avec lui, les choses auraient été différentes. Mais il ne l'a pas fait. Nous avons continué à vivre dans cette maison, comme des damnés en enfer. Et je savais qu'il avait beau m'aimer, il devait se dire parfois que si ça n'avait pas... si je n'avais pas été là, il aurait été libre.

— Tu penses sincèrement que l'enfant que tu étais est à blâmer ?

— Non. Mais ça ne change rien. Le résultat est le même.

Maggie respira à fond. Avoir parlé ainsi lui avait fait du bien.

— Je ne prendrai jamais le risque de m'enfermer dans ce genre de prison.

— Tu es trop intelligente pour croire que ce qui est arrivé à tes parents arrive à tout le monde.

— Non, pas à tout le monde. Brie se mariera un jour. Elle veut fonder une famille.

— Et toi, tu ne le veux pas ?

— Non, pas moi. J'ai mon travail, et j'ai besoin d'être seule.

Rogan lui releva doucement le menton.

— Tu as peur.

— Si c'est le cas, c'est mon droit, répliqua-t-elle en se dégageant. Quel genre de femme ou de mère pourrais-je être, étant donné d'où je viens ?

— Tu viens de dire à l'instant que ta sœur voulait être les deux.

— Tout ceci ne l'a pas affectée autant que moi. Elle a autant besoin d'un foyer et de compagnie que moi de solitude. Tu avais raison en disant que j'étais têtue, impolie et entièrement absorbée par mon travail. Je suis comme ça.

— Peut-être a-t-il fallu que tu le sois. Mais tu n'es pas seulement cela, Maggie. Tu es pleine de compassion, fidèle, généreuse... Je ne suis pas seulement tombé amoureux d'une partie de toi, mais de toi tout entière. J'ai envie de passer ma vie avec toi.

Quelque chose d'infiniment fragile, comme du cristal heurté par une main maladroite, se mit à trembler tout au fond d'elle.

— Tu n'as donc pas écouté un seul mot de ce que je viens de te raconter ?

— Si, j'ai écouté. Et maintenant, je sais que tu ne te contentes pas de m'aimer. Tu as aussi besoin de moi.

Maggie se passa la main dans les cheveux avec impatience.

— Je n'ai besoin de personne.

— Bien sûr que si. Tu as simplement peur de le reconnaître, ce qui est tout à fait compréhensible. Tu t'es enfermée dans une prison, Maggie. Une fois que tu auras admis ce dont tu as réellement besoin, la porte s'ouvrira.

— Je suis heureuse comme ça. Pourquoi veux-tu tout changer ?

— Parce que je veux beaucoup plus que passer quelques jours par mois avec toi. Ce que je veux, c'est passer ma vie avec toi, avoir des enfants avec toi.

Il lui caressa les cheveux et la prit tendrement par le cou.

— Parce que tu es la première et unique femme que j'aie jamais aimée. Je ne veux pas te perdre, Maggie. Et je ne te laisserai pas me quitter.

— Je t'ai donné tout ce que je suis capable de te donner, Rogan, dit-elle d'une voix tremblante. C'est plus que je n'ai donné à qui que ce soit. Contente-toi de cela, sinon, je devrai te quitter.

— Tu ferais ça ?

— J'y serais obligée.

La main de Rogan se resserra délicatement sur sa nuque, puis retomba.

— Tu es têtue, fit-il en souriant pour masquer son dépit. Mais moi aussi. J'attendrai que tu viennes vers moi. Non, ne me dis pas que tu ne le feras pas. Cela ne fera que te rendre les choses plus difficiles le jour où tu te décideras. Nous allons laisser les choses telles qu'elles sont, Maggie. Avec toutefois un petit changement.

Le soulagement qu'elle commençait à ressentir se transforma soudain en inquiétude.

— C'est-à-dire ?

— Je t'aime.

Rogan l'enlaça et plaqua sa bouche contre la sienne.

— Et il va falloir que tu t'habitues à l'entendre.

Elle était contente d'être chez elle. D'avoir retrouvé sa solitude et les longues journées où la lumière illuminait le ciel jusqu'à dix heures. Chez elle, elle n'avait à penser à rien d'autre qu'à son travail. Pour le prouver,

Maggie passa trois jours entiers enfermée dans son atelier à souffler le verre, sans la moindre interruption.

Trois jours qui s'avérèrent extrêmement productifs. Satisfaite du résultat, elle regardait les nouvelles pièces en train de refroidir dans le four à recuire. Et pour la première fois de sa vie, elle se sentit seule.

C'était sa faute, songea-t-elle en admirant les lueurs nuancées du crépuscule. Rogan avait réussi à lui faire apprécier sa compagnie, ainsi que le tourbillon des villes et des gens. Par sa faute, elle avait envie de trop de choses.

Et elle avait surtout trop envie de lui.

Le mariage... Cette seule perspective la faisait frissonner. Ça, en tout cas, il ne parviendrait jamais à lui en donner envie ! Elle était certaine que, le temps passant, il finirait par se ranger à son avis. Sinon...

Mieux valait ne pas y penser, se dit-elle en refermant la porte derrière elle. Après tout, Rogan était un homme raisonnable.

Maggie marcha lentement jusqu'au cottage de Brianna. Serrant ses dessins qu'elle avait encadrés sous son bras, elle gravit l'escalier.

À peine entrée dans la cuisine, elle fut accueillie par Conco qui bondit sur elle avec enthousiasme.

— Ta maîtresse n'est pas là ?

Un brouhaha de voix, dont une avec un fort accent britannique, lui parvint de derrière la porte.

— Ah, elle a des clients. Eh bien, nous allons l'attendre bien sagement tous les deux.

Elle alla prendre un biscuit pour chiens dans la boîte à gâteaux et le lança à Conco.

Celui-ci n'en fit qu'une bouchée, fila sur le vieux tapis usé devant le poêle, puis s'y étendit après en avoir fait trois fois le tour.

Explorant rapidement la cuisine, Maggie trouva un pain d'épices entamé, recouvert d'un torchon. Elle en mangea une tranche en faisant bouillir de l'eau, puis s'installa devant une bonne tasse de thé.

Quand Brianna la rejoignit, Maggie picorait les dernières miettes qui restaient dans l'assiette.

— Je me demandais quand tu allais te décider à venir.

Conco se précipita vers sa maîtresse qui lui caressa la tête.

— Je serais venue plus tôt, si j'avais su qu'il y avait ça à manger. Tu as des clients, d'après ce que j'ai cru entendre ?

— Oui. Un couple de Londres, un étudiant de Deny et deux dames qui viennent d'Édimbourg. Alors, comment se sont passées tes vacances ?

— L'endroit était magnifique. Il faisait très chaud dans la journée et très bon la nuit. J'ai fait quelques dessins pour que tu voies à quoi ça ressemble.

Maggie les lui tendit. Brianna les regarda et son visage rayonna de joie.

— Oh, ils sont merveilleux !

— J'ai pensé que tu préférerais ça à une carte postale.

— Tu as bien fait. Merci, Maggie. J'ai quelques articles sur ton exposition à Paris.

— Ah bon, comment les as-tu eus ? demanda Maggie d'un air surpris.

— J'ai demandé à Rogan de me les envoyer. Tu veux les voir ?

— Pas maintenant, non. Ça va me donner mal à l'estomac, or, pour l'instant, je travaille plutôt bien.

— Tu vas aller à Rome, pour l'exposition ?

— Je n'en sais rien. Je n'y ai pas encore réfléchi. Tout ça paraît tellement loin d'ici.

— Oui, comme un rêve, dit Brianna en soupirant. Je n'arrive pas à croire que je suis allée à Paris.

346

— Maintenant, tu pourrais voyager davantage, si tu le voulais.

— Mmm... Alice Quinn a eu un garçon. Ils l'ont appelé David. Il a été baptisé hier et a pleuré pendant toute la cérémonie.

— Alice a dû s'affoler et battre des ailes comme un oiseau.

— Non, elle a pris le bébé dans ses bras pour le calmer, puis l'a emmené pour lui donner le sein. Le mariage et la maternité l'ont énormément changée. On dirait qu'elle n'est plus la même.

— Le mariage transforme toujours les gens.

— Et souvent pour le mieux, dit Brianna, tout en sachant pertinemment à quoi sa sœur pensait. Maman va très bien.

— Je ne t'ai rien demandé.

— Non, mais je te le dis. Lottie l'a convaincue d'aller s'asseoir dans le jardin tous les jours, et même d'aller se promener.

— Se promener ? s'exclama Maggie, intriguée malgré elle. Maman... se promener ?

— J'ignore comment elle s'y prend, mais Lottie sait y faire. La dernière fois que je suis allée voir maman, elle tenait un écheveau de laine sur les bras pendant que Lottie l'enroulait. Dès que je suis entrée, elle l'a laissé tomber et a commencé à marmonner que cette femme la pousserait dans la tombe. Elle a même prétendu qu'elle l'avait déjà mise deux fois à la porte, mais que Lottie refusait de partir. Et pendant que maman se plaignait, Lottie se balançait tranquillement dans son fauteuil en souriant et en roulant sa pelote.

— Si elle s'avise de virer Lottie, je...

— Attends, laisse-moi finir, reprit Brianna, le regard animé. Je restais plantée là, à chercher des excuses et m'attendant au pire. Au bout d'un moment, Lottie a arrêté de se balancer. « Maeve, cessez de harceler cette fille. Vous ressemblez à un moulin à paroles. » Puis elle lui a remis l'écheveau de laine sur les bras et m'a dit qu'elle était en train de lui apprendre à tricoter.

— De lui apprendre à... Eh bien, elle n'est pas sortie de l'auberge !

— À vrai dire, maman a continué à marmonner dans sa barbe et à se disputer avec Lottie. Mais elle avait l'air d'y prendre plaisir. Tu avais raison, être chez elle a l'air de lui réussir. Elle ne le réalise peut-être pas encore, mais elle est plus heureuse qu'elle ne l'a été de toute sa vie.

— Ce qui compte, c'est qu'elle ne soit plus là.

Maggie se leva et arpenta la cuisine.

— Je ne voudrais pas que tu croies que j'ai fait ça par pure bonté de cœur.

— C'est pourtant ce que tu as fait, dit calmement Brianna. Mais si tu préfères que personne ne le sache, libre à toi.

— Je ne suis pas venue ici pour parler d'elle, mais pour voir comment tu allais.

— Ça va très bien. J'ai fait une bonne saison. Maggie, si tu m'expliquais ce qui te tracasse ?

— Rien, répondit-elle sèchement. Je suis préoccupée, c'est tout.

— Tu t'es disputée avec Rogan ?

— Non...

On ne pouvait pas exactement appeler ça une dispute...

— Comment sais-tu que je pense à lui ?

— Parce que je vous ai vus ensemble, et que j'ai constaté à quel point vous teniez l'un à l'autre.

— C'est suffisant, non ? Je l'aime bien, il m'aime bien, nos rapports professionnels sont une réussite et ça continuera sûrement comme ça. C'est largement suffisant, tu ne trouves pas ?

— Je ne sais trop quoi te répondre... Tu es amoureuse de lui ?

— Non. Lui le croit, mais je ne suis pas responsable de ce qu'il pense. Et je n'ai pas l'intention de changer ma vie pour lui. Ni pour quiconque. Bien qu'il l'ait déjà changée...

Tout à coup, Maggie eut froid et croisa les bras.

— Mais, à cause de lui, je ne peux pas revenir en arrière.

— Revenir en arrière ?

— Oui, redevenir ce que j'étais, ou ce que je croyais être. Il m'a obligée à vouloir plus. Je sais, c'est ce que je voulais, mais il m'a forcée à le reconnaître. Croire en mon travail ne me suffit plus ; désormais, j'ai besoin de lui. Et si je me casse la figure, je ne serai pas toute seule à le faire. De même, quand j'ai du succès, la satisfaction ne m'appartient pas entièrement. J'ai l'impression de me compromettre en remettant une partie de moi-même, la meilleure, entre ses mains.

— De quoi parles-tu, Maggie ? De ton art ou de ton cœur ? demanda Brianna en observant intensément sa sœur.

Maggie se laissa tomber sur une chaise, vaincue.

— L'un ne va pas sans l'autre... Il semble que je lui aie donné un peu des deux.

Rogan aurait été surpris de l'entendre. Après mûre réflexion, il avait décidé de traiter Maggie comme n'importe quel client faisant le difficile. Il avait fait son offre. Maintenant, il était temps pour lui de prendre ses distances et de laisser l'autre partie réfléchir.

Il n'avait aucune raison professionnelle particulière de la contacter. L'exposition de Paris devait se prolonger encore deux semaines avant de partir pour Rome. Les œuvres avaient été sélectionnées, le plus gros était fait.

Dans les jours à venir, Maggie aurait son travail, et lui le sien. Toute prise de contact nécessaire se ferait par l'intermédiaire de son équipe.

En d'autres termes, il comptait la laisser mijoter un peu.

Pour son orgueil aussi bien que pour ses plans, il était important qu'il ne lui fasse pas savoir à quel point son refus l'avait blessé. En restant chacun dans leur coin, ils pourraient envisager l'avenir objectivement. Alors qu'ensemble, ils se retrouveraient probablement au lit. Ce qui ne lui suffisait plus.

La patience et la fermeté s'imposaient. Rogan en était convaincu. Et si, au bout d'un laps de temps raisonnable, Maggie continuait à s'obstiner bêtement, il emploierait tous les moyens dont il disposait.

Rogan frappa un coup sec à la porte de sa grand-mère. Ce n'était pas l'heure habituelle de sa visite mais, étant de retour à Dublin depuis bientôt une semaine, il avait besoin d'un peu de réconfort familial.

Il salua la bonne qui lui ouvrit la porte.

— Ma grand-mère est-elle là ?

— Oui, monsieur Sweeney. Elle est dans le grand salon. Je vais la prévenir de votre arrivée.

— Inutile.

Rogan traversa le hall à grandes enjambées et entra dans le salon. Christine se leva aussitôt en lui ouvrant tout grands les bras.

— Rogan ! Quelle délicieuse surprise !

— Un de mes rendez-vous a été annulé, alors je me suis dit que j'allais passer voir comment tu allais.

Il recula légèrement pour mieux la regarder.

— Tu as l'air dans une forme éblouissante.

— Et je me sens dans une forme éblouissante ! s'exclama-t-elle en riant et en l'entraînant vers un fauteuil. Je te sers quelque chose à boire ?

— Non. Je n'ai pas beaucoup de temps, je passais juste te dire bonjour.

— J'ai entendu dire que tout s'était très bien passé à Paris.

Christine s'assit près de lui et lissa le devant de sa robe en lin.

— J'ai déjeuné avec Patricia la semaine dernière, et elle m'a dit que l'exposition avait été un immense succès.

— C'est vrai. Mais je ne vois pas comment elle a pu le savoir.

Rogan repensa à son amie avec un soupçon de culpabilité.

— Elle va bien ?

— Oh, très bien. Elle est même très épanouie. Je crois que c'est Joseph qui lui a raconté ce qui s'était passé à Paris. Elle travaille très dur à mettre sa crèche sur pied, et il l'aide un peu.

— Tant mieux. Je dois dire que je n'ai pas passé beaucoup de temps à la galerie cette semaine. La nouvelle usine de Limerick monopolise toute mon énergie.

— Comment ça avance ?

— Pas trop mal. Il y a eu quelques complications, je vais devoir aller là-bas pour les régler.

— Mais tu viens à peine de rentrer !

— Ce sera seulement pour un jour ou deux.

Rogan inclina la tête en observant sa grand-mère tirer sur l'ourlet de sa robe et se passer la main dans les cheveux.

— Quelque chose ne va pas ?

— Non, rien...

Elle lui fit un grand sourire et s'obligea à garder ses mains tranquilles.

— Rien du tout. Quoique... j'aimerais discuter de quelque chose avec toi. Tu sais...

Elle ne termina pas sa phrase et se traita de lâche.

— Comment va Maggie ? La France lui a plu ?

— C'est ce qu'il m'a semblé.

— Cette époque de l'année est idéale pour prendre des vacances à la villa. Vous avez eu beau temps ?

— Magnifique. Grand-mère, est-ce vraiment du temps que tu voulais discuter avec moi ?

— Non, c'est juste que... Tu es sûr que tu ne veux pas prendre un verre ?

Un signal d'alarme se déclencha dans la tête de Rogan.

— Si quelque chose ne va pas, je préférerais que tu m'en parles.

— Mais tout va très bien, mon chéri. Tout va très bien.

Au grand étonnement de Rogan, elle rougit comme une écolière.

— Grand-mère...

Il fut interrompu par un vacarme épouvantable en provenance de l'escalier, suivi d'un cri.

— Chrissy ? Où es-tu donc passée, ma belle ?

Rogan se leva lentement en voyant surgir un homme sur le seuil. Le torse large, chauve comme un œuf et vêtu d'un affreux costume jaune bouton-d'or, il avait le visage tout rond, ridé et rayonnant comme une lune.

— Ah, tu es là, petite chérie. Je croyais t'avoir perdue.

— J'allais t'appeler pour prendre le thé.

Christine rougit plus encore lorsque l'homme se précipita vers elle pour lui baiser les mains.

— Rogan, voici Niall Feeney. Niall... mon petit-fils, Rogan.

— Alors, c'est donc lui !

Prenant d'autorité la main de Rogan, il la serra de bon cœur.

— Eh bien, je suis ravi de pouvoir enfin vous rencontrer, jeune homme ! Chrissy m'a tellement parlé de vous. Elle tient à vous comme à la prunelle de ses yeux.

— Je... je suis enchanté de faire votre connaissance, monsieur Feeney.

— Ah, non, ce genre de formalités est inutile entre nous... étant donné nos liens de parenté !

Il fit un gros clin d'œil et partit d'un formidable éclat de rire, au point que son ventre se mit à tressauter.

— Nos liens de parenté ? répéta Rogan à voix basse.

— Mais oui, mon garçon ! J'ai grandi à deux pas de la jolie Chrissy ! Cinquante ans ont passé, Seigneur... et il faut que ce soit vous qui vous occupiez de toutes ces jolies choses en verre que fabrique ma nièce !

— Votre nièce ?

Rogan comprit tout à coup.

— Vous êtes l'oncle de Maggie ?

— Exactement !

Niall alla s'asseoir, comme s'il était chez lui, sa bedaine débordant par-dessus sa ceinture.

— Je dois dire que je suis fier comme un paon de cette petite, bien que je comprenne rien de rien à ce qu'elle fait. Je crois Chrissy sur parole quand elle me dit que c'est bien.

— Chrissy... répéta Rogan tout doucement.

— N'est-ce pas merveilleux ? s'écria Christine en s'adressant à son petit-fils. Apparemment, Brianna a écrit à Niall à Galway pour lui dire que Maggie et toi travailliez ensemble. Bien entendu, elle a mentionné que tu étais mon petit-fils. Niall m'a donc écrit à son tour, et tout s'est enchaîné. Il est venu me faire une petite visite.

— Une petite visite... À Dublin ?

— C'est une belle ville, pour sûr, répliqua Niall en tapant du poing sur le bras délicat du fauteuil. Et on y trouve les plus jolies filles de toute l'Irlande !

Il fit un énorme clin d'œil à l'intention de Christine.

— Bien que, en vérité, je n'aie d'yeux que pour une seule !

— Oh, tu me flattes, Niall.

Rogan les dévisagea tous les deux, roucoulant devant lui comme de jeunes tourtereaux.

— Finalement, je crois que je vais accepter ce verre, dit-il. Je vais prendre un whisky.

18

Ce fut d'humeur maussade que Rogan quitta le salon de sa grand-mère pour passer à la galerie juste avant la fermeture. Il ne pouvait se résoudre à croire ce qu'il venait de voir. Comme Maggie le lui avait dit un jour, lorsqu'un couple partageait une intimité, cela se voyait.

Sa grand-mère, Dieu du ciel, était en train de flirter avec l'oncle à face de lune de Maggie !

Non, décidément, cette idée lui était insupportable. Il y avait indubitablement des signes, mais peut-être ne les avait-il pas interprétés correctement. Après tout, sa grand-mère était une femme de soixante-dix ans passés, aux goûts raffinés, au caractère irréprochable et au style impeccable.

Et Niall Feeney était... Il était tout simplement indescriptible, décida Rogan.

Ce dont il avait besoin, c'était de quelques heures de calme et de tranquillité dans son bureau – loin des gens, du téléphone et de tous ses problèmes personnels.

Il traversa le hall de la galerie en marmonnant dans sa barbe. Décidément, il raisonnait de plus en plus comme Maggie.

Des éclats de voix le firent s'arrêter net, la main sur la poignée de la porte. On se disputait de l'autre côté. Si les bonnes manières auraient dû l'inciter à battre en retraite, ce fut toutefois sa curiosité qui l'emporta.

Rogan ouvrit la porte et découvrit Joseph et Patricia fulminant de rage.

— Mais réfléchis un peu, cria Joseph. Je ne veux en aucun cas être la cause d'une brouille entre toi et ta mère.

— Je me fiche pas mal de ce que pense ma mère ! rétorqua Patricia du tac au tac, ce qui laissa Rogan médusé. Cela n'a rien à voir avec elle.

— Le fait que tu puisses dire ça prouve que j'ai raison. Tu ne réfléchis pas. Elle est... Rogan !

Joseph se pétrifia.

— Je ne t'attendais pas.

— Ça se voit, fit Rogan en se tournant lentement vers Patricia. Il semble que j'arrive au mauvais moment.

— Peut-être pourrais-tu le convaincre de ravaler un peu sa fierté, dit la jeune femme en ramenant ses cheveux en arrière, le regard brillant d'émotion. Moi, je n'y arrive pas !

— Tout ceci n'a rien à voir avec Rogan.

— Oh non... Il faut surtout que personne ne soit au courant, reprit Patricia en écrasant une larme. Nous devrions continuer à nous cacher – comme des voleurs. Eh bien, je ne le veux plus, Joseph. Je t'aime et que tout le monde le sache m'est égal !

Elle se tourna vivement vers Rogan.

— Alors, qu'est-ce que tu en dis ?

Il leva la main comme pour retrouver son équilibre.

— Je crois que je ferais mieux de vous laisser.

— Ce n'est pas la peine, dit Patricia en prenant son sac. Il refuse de m'écouter. J'ai eu tort de croire qu'il le ferait. Qu'il serait le seul à le faire vraiment.

— Patricia...

— Ne me parle pas sur ce ton ! coupa-t-elle aussitôt. Toute ma vie, on m'a dit ce que je devais faire et comment le faire. J'en ai plus qu'assez ! J'ai supporté les critiques sur mon envie d'ouvrir une crèche et les sous-entendus de mes amis et de ma famille sur mon échec prévisible. Eh bien, il n'en sera rien !

Elle pivota vers Rogan comme s'il avait dit quelque chose.

— Tu m'entends, je réussirai ! Je ferai ce que j'ai envie de faire, et bien. Mais je ne tolérerai aucune remarque sur le choix de mes amants. Ni de toi, ni de ma mère, et encore moins de l'homme que j'ai choisi !

Le menton haut, elle se retourna vers Joseph, le regard brouillé de larmes.

— Si tu ne veux pas de moi, sois honnête et dis-le-moi. Mais arrête de me dire ce qui vaut mieux pour moi !

Joseph avança vers elle, mais Patricia sortit en trombe du bureau.

— Patty ! Bon sang...

Mieux valait sans doute la laisser partir.

— Je suis désolé, Rogan... Si j'avais su que tu allais venir, j'aurais trouvé un moyen d'éviter cette scène.

— Puisque ce n'est pas le cas, peut-être m'expliqueras-tu ce qui se passe ?

Il alla s'asseoir derrière son bureau, reprenant sa position de supérieur.

— Et même, j'insiste pour que tu le fasses.

Joseph ne cilla pas en voyant Rogan passer si vite du statut d'ami à celui d'employeur.

— Il est évident que je vois Patricia depuis quelque temps.

— Je crois qu'elle a employé le terme « se cacher ».

Joseph retrouva quelques couleurs.

— Nous... Je pensais qu'il valait mieux que nous nous montrions discrets.

— Vraiment ? Et traiter une femme telle que Patricia comme n'importe laquelle de tes petites amies correspond à ton sens de la discrétion ?

— Je m'attendais à ta désapprobation, Rogan. Je m'y attendais.

Sous sa veste parfaitement coupée, les épaules de Joseph étaient rigides comme de l'acier.

— Ma foi, tu n'avais pas tort.

— Tout comme je m'attendais à la réaction qu'a eue sa mère quand Patricia a insisté hier soir pour que je dîne avec ses parents. Un directeur de galerie sans une goutte de sang noble, voilà ce qu'elle a dû penser, je l'ai lu dans ses yeux. Sa fille aurait pu trouver mieux. Et Dieu sait qu'elle le peut... Mais je ne te laisserai pas dire que ce qui existe entre nous est une histoire banale.

— Et de quoi s'agit-il ?

— Je l'aime. J'ai aimé Patricia dès le premier jour où je l'ai vue, il y a bientôt dix ans. Mais il y avait Robert... et puis, il y a eu toi.

— Il n'y a jamais eu moi !

Perplexe, Rogan se passa les mains sur le visage. Le monde était-il devenu fou ? Sa grand-mère et l'oncle de Maggie, lui-même et Maggie, et maintenant Joseph et Patricia...

— Quand tout a-t-il commencé ?

— Une semaine avant que tu partes à Paris. Je ne l'avais pas prévu, ce qui ne change rien. Je suppose que tu vas vouloir prendre de nouvelles dispositions.

Rogan laissa retomber ses mains.

— Quelles nouvelles dispositions ?

— Pour la direction de la galerie.

Ce dont il avait besoin, se dit Rogan, c'était de rentrer chez lui au plus vite et de prendre une bonne dose d'aspirine...

— Pourquoi ?

— Je suis ton employé.

— Oui, et j'espère bien que tu le resteras. Ta vie privée n'a aucun rapport avec ton travail ici. Seigneur, ai-je l'air d'un monstre qui te mettrait à la porte sous prétexte que tu es amoureux d'une de ses amies ? J'arrive ici – dans mon propre bureau, je me permets de te le rappeler – et je vous trouve tous les deux en train de vous étriper. Avant que je puisse dire quoi que ce soit, Patricia me reproche de ne pas la croire capable de diriger une crèche. Je n'ai jamais pensé cela. C'est une des femmes les plus intelligentes que je connaisse.

— Tu es arrivé au mauvais moment, c'est tout, murmura Joseph en prenant une cigarette.

— C'est clair. Tu as le droit de me dire que ça ne me regarde pas, mais étant donné que je te connais depuis dix ans, et Patricia depuis bien plus longtemps encore, tu comprendras que ça m'intéresse. Pourquoi diable vous disputiez-vous ?

Joseph souffla une bouffée de fumée.

— Elle veut fuir.

— Fuir ?

Si Joseph lui avait annoncé qu'elle avait l'intention de danser toute nue au milieu de St. Stephen's Square, il n'aurait pas eu l'air plus ébahi.

— Fuir ? Patricia ?

— Elle a mis au point un plan complètement dingue pour que nous allions en Écosse. Apparemment, elle s'est querellée avec sa mère et est arrivée ici folle de rage.

— Je n'ai jamais vu Patricia folle de rage. Sa mère n'est pas très favorable à votre union, j'imagine.

— C'est le moins qu'on puisse dire ! fit Joseph avec un pauvre sourire. En fait, elle pense que Patricia devrait s'intéresser à toi.

La nouvelle ne surprit guère Rogan.

— Elle risque d'être fort déçue. J'ai d'autres projets. Si cela peut aider les choses, je le lui expliquerai clairement.

— Ça ne pourrait pas faire de mal...

Joseph hésita une seconde, puis s'assit sur le coin du bureau, comme il le faisait souvent.

— C'est vrai, ça ne te dérangerait pas ?

— Pourquoi cela me dérangerait-il ? Pour ce qui est d'Anne, Dennis saura la faire changer d'avis.

— C'est ce que prétend Patricia.

Joseph regarda un instant sa cigarette se consumer entre ses doigts, puis sortit son cendrier de poche et l'écrasa.

— Elle semble croire que si nous filons nous marier, sa mère finira finalement par penser que l'idée a toujours été la sienne.

— Je le parierais volontiers. Tu sais, elle n'était pas très folle de Robbie, au début.

— Ah bon ? dit Joseph, avec la tête d'un homme qui commence à entrevoir un peu de lumière.

— Elle n'était pas certaine qu'il soit assez bien pour sa fille chérie. Mais il ne lui a pas fallu beaucoup de temps avant de l'adorer. Remarque, il faut dire qu'il n'avait pas de boucle d'oreille.

Joseph lui décocha un sourire radieux en portant la main à son oreille.

— Ça plaît à Patty.

— Hmm... se contenta de dire Rogan. Anne fera peut-être quelques difficultés, mais, au bout du compte, tout ce qu'elle souhaite, c'est le bonheur de sa fille.

Si tu lui donnes ça, Anne voudra de toi à son tour. Tu sais, on arrivera à se débrouiller si tu décides de partir précipitamment en Écosse.

— Je ne peux pas. Ce ne serait pas juste envers elle.

— Ça te regarde, bien sûr. Mais... je crois que filer en voiture jusqu'à la frontière, se marier dans une jolie petite chapelle et passer sa lune de miel dans les Highlands peut paraître une idée très romantique à une femme.

— Je ne voudrais pas qu'elle le regrette ensuite, remarqua Joseph, déjà nettement moins sûr de lui.

— La femme qui sort d'ici m'a fait l'effet de très bien savoir ce qu'elle veut.

— C'est exact, et elle a vite su ce que je voulais moi aussi.

Joseph se redressa.

— Bon, je ferais mieux d'aller la retrouver.

Il s'arrêta devant la porte et se retourna avec un grand sourire.

— Rogan, tu peux m'accorder une semaine ?

— Prends-en deux. Et embrasse la mariée de ma part.

Le télégramme qui arriva trois jours plus tard, annonçant à Rogan que M. et Mme Donahoe nageaient en plein bonheur, fut pour lui la preuve qu'il n'avait pas un cœur de pierre. En fait, il aimait à croire qu'il avait joué un rôle en poussant les amants à partir.

En revanche, il y en avait deux autres dont il aurait beaucoup aimé voir les chemins se séparer. Au point qu'il s'imaginait chaque jour en train de botter le derrière de Niall Feeney pour le réexpédier à Galway. Au début, Rogan essaya d'ignorer la situation. Quand plus d'une semaine fut passée, Niall étant encore confortablement installé chez Christine, il essaya la patience. Après tout, combien de temps une femme aussi raffinée et sensible que sa grand-mère se laisserait-elle duper par ce provincial assommant dépourvu du moindre charme ?

Au bout de deux semaines, il décida qu'il était temps d'essayer la raison.

Rogan attendait dans le salon – salon qui reflétait le goût et l'éducation d'une femme adorable, sensée et généreuse, se rappela-t-il.

— Oh, Rogan...

Et voyant Christine entrer dans la pièce, il la trouva légèrement trop séduisante pour une femme de son âge.

— Quelle charmante surprise ! Je te croyais parti à Limerick.

— J'y vais. Je me suis arrêté en allant à l'aéroport.

Il l'embrassa en jetant un coup d'œil vers la porte.

— Alors... tu es toute seule ?

— Oui, Niall est parti se promener je ne sais où. Tu as le temps de grignoter avant de partir ? La cuisinière a confectionné des tartes délicieuses. Niall lui fait tellement de charme qu'elle prépare des desserts tous les jours.

— Du charme ?

Rogan leva les yeux au ciel pendant que Christine allait s'asseoir.

— Oh oui. Il n'arrête pas de venir dans la cuisine pour la féliciter sur sa façon de faire la soupe, de préparer le canard ou je ne sais trop quoi encore. Elle ne sait plus quoi faire pour lui plaire.

— Il est vrai qu'il a l'air d'un homme qui mange bien.

Christine sourit avec un regard plein d'indulgence.

— Oh, Niall adore bien manger. Il adore ça.

— Bien sûr, ça descend facilement, quand c'est gratuit.

Son commentaire stupéfia Christine qui le considéra d'un air outré.

— Rogan, tu ne voudrais quand même pas que je fasse payer son repas à un ami ?

— Bien sûr que non. Mais ça fait un bon moment qu'il est ici. Sa maison et son travail doivent lui manquer.

— Oh, il est à la retraite. Comme dit Niall, un homme ne peut pas travailler toute sa vie.

— S'il l'a jamais fait, ajouta Rogan entre ses dents. Grand-mère, je suis certain que tu es contente de revoir un ami d'enfance, mais...

— Oh oui ! C'est merveilleux. C'est vrai, je me sens toute rajeunie, dit-elle en riant. Comme une jeune fille ! Hier soir, nous sommes allés danser. J'avais oublié quel bon danseur il était. Et quand nous irons à Galway...

— Nous ?

Rogan se sentit pâlir.

— Vous comptez aller à Galway ?

— Oui, nous avons prévu d'aller faire un tour en voiture dans l'Ouest, la semaine prochaine. Pour moi, ce sera un peu nostalgique, mais j'ai très envie de voir la maison de Niall.

— Mais... ce n'est pas possible. C'est absurde. Tu ne vas pas te traîner jusqu'à Galway avec cet homme !

— Et pourquoi pas ?

— Parce que c'est... Parce que tu es ma grand-mère, que diable ! Et je ne te laisserai pas...

— Tu ne me laisseras pas quoi ? demanda-t-elle très calmement.

Son ton, empreint d'une sorte de colère dont elle faisait rarement preuve à son égard, mit Rogan sur ses gardes.

— Grand-mère, je comprends bien que tu te sois laissé emporter par cet homme, et par tous ces souvenirs. Il n'y a d'ailleurs pas de mal à cela. Mais l'idée de te voir partir avec un homme que tu n'as pas revu depuis cinquante ans est complètement grotesque !

Comme il était jeune... pensa Christine. Et si soucieux des convenances...

— Il se trouve que, à mon âge, faire quelque chose de complètement grotesque me plaît. Cependant, je ne pense pas que retourner sur les lieux de mon enfance avec un homme que j'aime beaucoup et que j'ai connu avant même que tu ne sois né soit grotesque. En revanche, peut-être considères-tu que le fait que j'aie une relation adulte et satisfaisante avec Niall l'est.

— Tu n'es pas en train de me dire... Tu ne veux quand même pas dire que... que tu as vraiment...

— Couché avec lui ?

Christine recula légèrement et tapota du bout de ses ongles impeccablement vernis le bras du canapé.

— Cela ne regarde que moi, non ? Je n'ai nullement besoin de ton approbation.

— Bien sûr que non, s'entendit balbutier Rogan. Je suis seulement inquiet, c'est normal.

— J'en prends bonne note, dit-elle en se levant d'un air royal. Je suis désolée si ma conduite te choque, mais je n'y peux rien.

— Elle ne me choque pas... enfin, si, je suis choqué. Tu ne vas tout de même pas... Écoute, grand-mère, je ne sais rien de cet homme...

— Moi, si. J'ignore encore combien de temps nous resterons à Galway, mais nous passerons dire bonjour à Maggie et à sa famille. Veux-tu que je lui transmette tes amitiés ?

— Tu n'as quand même pas décidé de faire une chose pareille.

— Je sais ce que je ressens dans ma tête et dans mon cœur mieux que toi. Bon voyage, Rogan.

Congédié, il n'eut d'autre choix que de l'embrasser sur la joue et de s'en aller. À peine monté en voiture, il décrocha son téléphone.

— Eileen, remettez le rendez-vous de Limerick à demain... Oui, il y a un problème, marmonna-t-il. Il faut que je fasse un petit détour par le comté de Clare.

Ne pas profiter des nuances dorées des arbres et de l'air caressant de ce début d'automne eût été un véritable péché. Après avoir travaillé durement durant deux semaines d'affilée, Maggie décida de s'octroyer une journée de congé. Elle passa la matinée dans le jardin à arracher les mauvaises herbes avec une vigueur qui aurait enchanté Brianna. En guise de récompense, elle décida de se rendre à vélo au village, dans l'intention de déjeuner chez *O'Malley's*.

Les nuages qui s'amoncelaient à l'ouest laissaient prévoir qu'il pleuvrait avant la tombée de la nuit. Elle mit une casquette, regonfla son pneu arrière à plat, puis se mit en route.

Maggie roulait tranquillement, en rêvassant devant les champs abandonnés par les moissonneurs. Les fuchsias continuaient à fleurir, retombant en grosses larmes rouges malgré la menace des premières gelées. Bientôt, le paysage changerait complètement et revêtirait son manteau d'hiver. Mais il serait toujours aussi magnifique. Les nuits rallongeraient, poussant les gens à se réunir au coin du feu. Et la pluie arriverait de l'Atlantique, accompagnée des premières tempêtes.

Elle attendait l'hiver avec impatience, sachant qu'elle pourrait accomplir un travail important au cours des mois à venir.

Peut-être arriverait-elle à convaincre Rogan de venir la voir, et, si c'était le cas, elle se demanda s'il apprécierait le vent qui ferait trembler les fenêtres et la fumée qui s'échapperait de la cheminée. Elle l'espérait.

Et quand il arrêterait de la punir, les choses rede-
viendraient peut-être ce qu'elles étaient avant cette
dernière nuit passée en France.

Il finirait par entendre raison, se dit-elle en se recro-
quevillant sur son guidon pour lutter contre le vent.
Elle l'y aiderait. Elle lui pardonnerait même d'être si
despotique, si sûr de lui et si autoritaire. Dès qu'ils
seraient ensemble à nouveau, elle ferait preuve de
calme et de douceur à son égard. Ils oublieraient cette
dispute ridicule et...

Maggie eut à peine le temps de crier et de se jeter
dans les buissons en voyant une voiture surgir dans le
virage. Le conducteur donna un coup de volant dans
un crissement de freins, et Maggie se retrouva assise
sur les fesses au milieu des prunelliers.

— Jésus, Marie, Joseph ! Quel est le fou aveugle et
inconscient qui cherche à écraser de pauvres innocents ?

Elle récupéra la casquette qu'elle avait perdue dans
sa chute, se l'enfonça au ras des yeux et leva la tête.

— Oh, évidemment... Ça ne pouvait être que toi.

— Tu es blessée ? cria Rogan en se précipitant à
son secours. Surtout, ne bouge pas.

— Je peux bouger, lâche-moi ! s'exclama-t-elle en
le repoussant. Qu'est-ce qui te prend de rouler à cette
vitesse infernale ? On n'est pas sur un circuit !

Soulagé de constater qu'elle était indemne, Rogan
retrouva son ton habituel.

— Je ne roulais pas vite. Je te signale que tu étais
en plein milieu de la route, en train de rêvasser. Si
j'étais arrivé une seconde plus tôt, je t'aurais écrasée
comme un lapin.

— Je n'étais pas en train de rêvasser ! Figure-toi
que je réfléchissais... je ne pouvais pas imaginer qu'un
abruti allait arriver à une telle vitesse dans sa grosse
voiture ! Et regarde ce que tu as fait. J'ai un pneu crevé.

— Il vaut mieux que ce soit le pneu que toi.

— Mais... qu'est-ce que tu fabriques ?

— Je profite de cette excuse pour te prendre dans ma voiture, répondit-il en mettant le vélo dans le coffre. Viens, je vais te ramener chez toi.

— Je n'allais pas chez moi. Si tu avais un tout petit peu le sens de l'orientation, tu aurais remarqué que j'allais au village, où je comptais déjeuner.

— Ça attendra.

Rogan la prit par le bras d'un geste possessif qu'elle oublia avoir trouvé un jour amusant.

— Oh, tu crois ça ? Soit tu me conduis au village, soit j'y vais toute seule, car il se trouve que j'ai faim.

— Je te ramène à la maison, insista-t-il. Il faut que je te parle de quelque chose, et en privé. Si j'avais réussi à te joindre ce matin, j'aurais pu te prévenir de mon arrivée et tu ne n'aurais pas été en train de te balader imprudemment au beau milieu de la route.

Sur ces mots, il claqua la portière derrière elle.

— Si tu avais réussi à me joindre ce matin, et que tu aies eu ce ton désagréable, je t'aurais dit que ce n'était pas la peine de venir.

— Maggie, j'ai eu un début de journée difficile, dit Rogan, en proie à un violent mal de tête. Alors, ne me pousse pas à bout.

Elle faillit cependant le faire, mais réalisa soudain qu'il était sérieux. Il y avait quelque chose de profondément troublé dans son regard.

— Il s'agit d'un problème de travail ?

— Non. Bien qu'il y ait effectivement quelques complications à Limerick. C'est là que je vais.

— Alors, tu ne restes pas ?

— Non, dit-il en lui jetant un bref coup d'œil. Je ne reste pas. Mais ce n'est pas de l'usine que je suis venu parler avec toi.

Il arrêta la voiture devant le portail et coupa le moteur.

— Si tu n'as rien à manger, je peux filer au village et te rapporter quelque chose.

— Ce n'est pas grave. Je me débrouillerai, répliqua-t-elle en lui prenant la main. Je suis contente de te voir, bien que tu aies failli m'écraser.

— Moi aussi, je suis content de te voir, dit-il en portant sa main à ses lèvres. Bien que tu aies failli me rentrer dedans. Je vais sortir ton vélo.

— Laisse-le ici.

Maggie s'engagea sur le sentier.

— Tu n'as pas un baiser digne de ce nom à me donner ?

Rogan ne résista pas à son sourire éclatant, ni à la façon dont elle le prit par le cou.

— Si, j'en ai un.

Il s'abandonna sans résistance à la chaleur de son étreinte. En revanche, il dut faire un gigantesque effort pour résister à l'envie de la soulever dans ses bras et de l'entraîner dans la chambre.

— Peut-être bien que je rêvassais tout à l'heure, confessa Maggie en effleurant ses lèvres. En fait, je pensais à toi. Je me demandais pendant combien de temps tu allais continuer à me punir.

— Qu'est-ce que tu veux dire ?

— En restant loin de moi.

— Je ne cherche pas à te punir.

— Mais tu restes loin de moi.

— J'ai seulement pris mes distances, afin de te laisser le temps de réfléchir.

— Et de me manquer.

— De te manquer. Et de te faire changer d'avis.

— Tu m'as manqué, mais je n'ai pas changé d'avis. Pourquoi ne t'assieds-tu pas ? Je vais aller chercher de la tourbe pour le feu.

— Je t'aime, Maggie.

Elle se figea sur place et ferma les yeux un instant avant de se retourner.

— Je veux bien te croire, Rogan. Mais, même si ça me fait chaud au cœur, ça ne change rien.

Et elle s'empressa de sortir.

Il n'était pas venu là pour la supplier, songea-t-il. Il était venu pour lui demander de l'aider à régler un problème. Toutefois, à voir sa réaction, les choses semblaient changer plus vite qu'elle ne voulait l'avouer.

Rogan se mit à faire les cent pas entre la fenêtre et le canapé tout avachi.

— Tu ne veux pas t'asseoir ? lui demanda-t-elle en revenant, les bras chargés de morceaux de tourbe. Tu vas user le plancher. Quel est le problème, à Limerick ?

— Oh ! quelques complications, rien de plus.

Rogan la regarda s'agenouiller devant l'âtre. Il pensa tout à coup qu'il n'avait jamais vu quelqu'un préparer un feu de tourbe. C'était un spectacle apaisant, qui vous réchauffait le cœur. Il poussa un long soupir.

— Ton travail se passe bien ? reprit-il d'un ton plus doux.

— Très bien, dit-elle en s'asseyant en tailleur devant le feu rougeoyant. Je te montrerai ce que j'ai fait avant que tu t'en ailles, si tu en as le temps.

— Nous avons pris un peu de retard à la galerie. Je suppose que tu sais que Joseph et Patricia ont fui en Écosse.

— Oui, je sais. Ils m'ont envoyé une carte postale.

Rogan inclina légèrement la tête.

— Ça n'a pas l'air de te surprendre.

— Non. Ils étaient fous amoureux l'un de l'autre.

— Pourtant, si je me souviens bien, tu prétendais que c'était de moi que Patricia était amoureuse.

— Pas du tout. J'ai dit qu'elle était à moitié amoureuse de toi, et je le maintiens. Je crois qu'elle aurait voulu l'être complètement – cela aurait été plus pratique pour tout le monde. Mais c'est Joseph qu'elle aimait. Ce n'est pas ça qui te trouble, dis-moi ?

— Non. J'avoue avoir été surpris, mais ça ne me trouble pas du tout.

— Alors, qu'est-ce que c'est ?

— As-tu reçu une lettre de ton oncle Niall ?

— Moi, non, mais Brianna, oui. C'est elle qui se charge de correspondre avec lui. Il lui a écrit qu'il était à Dublin et qu'il passerait sans doute sur le chemin du retour. Tu l'as vu ?

— Si je l'ai vu ? répéta Rogan avec une moue dégoûtée. Je ne peux plus approcher ma grand-mère sans tomber sur lui. Il est incrusté chez elle depuis bientôt deux semaines. Il faut qu'on décide ce qu'on va faire.

— Pourquoi faudrait-il faire quelque chose ?

— Tu ne m'as donc pas écouté, Maggie ? Ils vivent ensemble. Ma grand-mère et ton oncle...

— Mon grand-oncle, pour être exact.

— Grand-oncle ou pas, ils se sont enflammés l'un pour l'autre.

— C'est vrai ? s'écria Maggie en éclatant de rire. Mais c'est extraordinaire !

— Extraordinaire ? C'est de la folie, tu veux dire ! Elle se comporte comme une gamine, va danser, passe la moitié de ses nuits dehors et partage son lit avec un homme qui porte des costumes couleur jaune d'œuf !

— Je vois, tu n'approuves pas sa manière de s'habiller.

— C'est lui que je n'approuve pas ! Je n'ai pas envie de le voir valser dans la maison de ma grand-mère et se planter dans le salon comme s'il était chez lui. J'ignore à quel petit jeu il joue, mais je ne le laisserai pas profiter de sa générosité, ni de sa vulnérabilité. S'il pense mettre la main sur un seul penny de sa fortune...

— Attends ! cria Maggie en se relevant d'un bond. C'est de ma famille que tu parles, Sweeney.

— Ce n'est vraiment pas le moment d'être hypersensible.

— Hypersensible ? Tu es mal placé pour dire ça ! Tu es jaloux parce que ta grand-mère a quelqu'un d'autre que toi dans sa vie.

— C'est ridicule.

— C'est la pure vérité. Tu ne penses pas qu'un homme puisse s'intéresser à elle pour autre chose que pour son argent ?

L'orgueil familial le fit se raidir aussitôt.

— Ma grand-mère est une femme très belle et très intelligente.

— Ce n'est pas moi qui te contredirai là-dessus. Mon oncle Niall n'a rien d'un chasseur de dot. Depuis qu'il s'est retiré des affaires, il vit très confortablement. Il n'a peut-être pas de villa en France, ne se fait pas couper ses costumes sur mesure chez un tailleur anglais, mais il a largement de quoi vivre et n'a nullement besoin de jouer les gigolos. Je ne veux pas t'entendre parler de ma famille de cette manière chez moi.

— Je ne voulais pas t'offenser. Je suis venu te voir parce que, étant de leur famille, c'est à nous de faire quelque chose. Puisqu'ils comptent aller à Galway dans les prochains jours, et qu'ils vont passer par ici, j'espérais que tu accepterais de lui parler.

— Évidemment que je vais lui parler. Niall est mon grand-oncle, non ? Je ne vais quand même pas l'ignorer. En revanche, je n'ai pas l'intention de me mêler de ce qui ne me regarde pas. Tu n'es qu'un snob, Rogan, et un puritain.

— Puritain ?

— À la seule idée que ta grand-mère ait une vie sexuelle pleine et épanouie, tu es offusqué.

Il ferma les yeux et siffla entre ses dents.

— Oh, je t'en prie ! Je préfère ne pas y penser.

— Et tu n'as pas à le faire, car cela ne te concerne pas. Quoique... ce soit très intéressant, ajouta-t-elle avec un petit sourire coquin.

— Arrête ! dit-il en se laissant retomber dans le fauteuil, l'air vaincu. S'il y a une chose que je n'ai pas envie d'imaginer, c'est bien celle-là.

— À vrai dire, je n'y arrive pas vraiment non plus. Tout de même, ce serait drôle qu'ils se marient ! Nous deviendrions en quelque sorte cousins.

En riant, elle lui tapa dans le dos quand il manqua s'étrangler.

— Tu veux un whisky, mon chéri ?

— Volontiers...

Rogan s'efforça de reprendre sa respiration tandis qu'elle s'éclipsait dans la cuisine.

— Maggie... Je ne voudrais pas qu'elle souffre, tu comprends.

— Je sais, dit-elle en revenant avec deux verres. C'est d'ailleurs la seule raison qui m'ait empêchée de te donner un coup de poing dans le nez quand tu as parlé ainsi d'oncle Niall. Ta grand-mère est une femme bien, Rogan, et elle est sage.

— Elle est... Elle est tout ce qui me reste de famille, avoua-t-il enfin.

Le regard de Maggie se radoucit.

— Mais tu ne vas pas la perdre.

— Tu me prends pour un idiot, soupira-t-il en contemplant son verre.

— Non, pas exactement, dit-elle dans un sourire. Il est normal qu'un homme s'énerve un peu en voyant sa mamie avec un petit ami.

Rogan plissa les yeux et Maggie éclata de rire.

— Pourquoi ne pas la laisser tranquille ? Si cela peut te rassurer, je verrai où en est la situation quand ils passeront ici.

— C'est déjà ça...

Il trinqua avec elle et ils avalèrent leur whisky d'un trait.

— Bon, il faut que je parte.

— Tu viens à peine d'arriver. Pourquoi ne viens-tu pas au pub avec moi ? Nous pourrions déjeuner ensemble. Sinon... on peut rester ici, le ventre vide, dit-elle en le prenant par le cou.

Ils ne resteraient pas longtemps comme ça, pensa Rogan en l'embrassant sur la bouche.

— Je ne peux pas. Si je reste, nous allons nous retrouver au lit, ce qui ne résoudrait rien.

— Il n'y a rien à résoudre. Pourquoi compliques-tu les choses ? Nous sommes bien ensemble.

— Oui. Et c'est une des raisons pour lesquelles je veux passer ma vie avec toi. Non, ne t'en va pas. Rien de ce que tu me diras ne changera quoi que ce soit à cela. Une fois que tu t'en seras rendu compte, tu viendras me chercher. J'attendrai.

— Tu vas t'en aller, et rester loin de moi ? Si je comprends bien, c'est le mariage ou rien ?

— C'est le mariage...

Il l'embrassa à nouveau.

— ... et tout le reste. Je vais rester à Limerick pratiquement toute la semaine. Au bureau, ils savent où me joindre.

— Je n'appellerai pas.

Il lui effleura les lèvres du bout du pouce.

— Mais tu en auras envie. Ce qui est suffisant pour l'instant.

19

— Tu es vraiment têtue, Maggie.

— J'en ai assez de m'entendre dire ce mot à tout bout de champ.

Ses lunettes de protection sur les yeux, Maggie était en train de s'essayer à la création d'une lampe. Depuis une semaine qu'elle soufflait dans sa canne, rien de ce qu'elle avait fait ne l'avait satisfaite. Elle était en train de chauffer un tube de verre au-dessus des flammes.

— Si tu te l'entends dire si souvent, c'est peut-être parce que c'est vrai, rétorqua Brianna. C'est notre famille. Tu peux bien passer une soirée en famille.

— Là n'est pas la question. Pourquoi me forcerais-je à dîner avec elle ? Je t'assure, ça ne me dit rien du tout. Et à elle non plus.

— Il n'y aura pas que maman. Oncle Niall et Mme Sweeney seront là aussi. Et Lottie, bien entendu. Ce serait très impoli de ta part de ne pas venir.

— Oui, je sais, je suis impolie et têtue, on me l'a déjà dit !

— Tu n'as pas revu l'oncle Niall depuis l'enterrement de papa. Et il amène la grand-mère de Rogan avec lui. Tu m'as dit que tu l'aimais beaucoup.

— Oui, c'est exact...

Mais que lui arrivait-il ? Les formes qu'elle souf-flait rataient lamentablement les unes après les autres. Qu'arrivait-il à ses mains ? À son cœur ?

— Justement, je ne veux pas lui faire supporter un de nos charmants repas de famille.

Le sarcasme qui animait la voix de Maggie était aussi brûlant que les tisons du four. Brianna réagit avec une implacable froideur.

— Cela ne te coûterait pas beaucoup de mettre tes sentiments dans ta poche, pour une fois. Si oncle Niall et Mme Sweeney ont décidé de passer nous voir avant d'aller à Galway, nous les accueillerons. Ensemble.

— Arrête de me faire la morale, tu veux ? Tu ne cesses de me houspiller ! Tu ne vois donc pas que je travaille ?

— Tu ne fais que ça, par conséquent, on est bien obligé de t'interrompre si on veut placer un mot. Ils vont bientôt arriver, Maggie, et je ne te trouverai aucune excuse si tu refuses de venir.

Brianna croisa calmement les bras.

— Et je resterai là à te houspiller jusqu'à ce que tu fasses ce que tu dois faire.

— Seigneur, d'accord, d'accord... je viendrai à ton fichu dîner.

Brianna sourit, l'air serein. N'en attendant pas moins.

— À sept heures et demie. Je ferai dîner mes clients plus tôt pour que nous soyons tranquilles pendant le repas.

— Oh, ça va être charmant !

— Ça se passera très bien si tu promets de tenir ta méchante langue. Je ne te demande pas un si gros effort...

— Je sourirai, je serai polie et je ne mangerai pas avec mes doigts.

Avec un soupir amer, Maggie releva ses lunettes et retira la canne des flammes.

— Qu'est-ce que tu as fait là ? demanda Brianna en s'approchant avec curiosité.

— Je deviens folle.

— C'est joli. C'est une licorne ?

— Oui, une licorne – il ne lui manque plus qu'un peu de doré sur la corne et les sabots, et ce sera parfait.

Elle se retourna en riant et agita sa canne en l'air.

— C'est une blague... Une blague pour me moquer de moi-même. Bon, je crois que je n'arriverai à rien aujourd'hui. Je viendrai à ton dîner. Tant pis pour toi.

— Pourquoi ne vas-tu pas te reposer un peu, Maggie ? Tu as l'air épuisée.

— Oui, tout à l'heure... Il faut d'abord que j'emballe quelques pièces. Mais ne t'inquiète pas, Brie. Tu n'auras pas besoin de lancer les chiens sur moi. Je t'ai dit que je serais là.

— Merci, Maggie, dit Brianna en serrant la main de sa sœur dans la sienne. Il faut que j'y aille pour vérifier si tout est en ordre. N'oublie pas, sept heures et demie !

— D'accord.

Elle fit un petit signe de la main à sa sœur. Pour s'occuper l'esprit à des choses concrètes, elle commença à empaqueter la dernière de ses œuvres réussies.

Depuis quelque temps, elle n'arrivait à rien. Jour après jour, elle fondait et refondait le verre. Et jour après jour, elle se rendait compte que quelque chose en elle n'allait pas.

C'était la faute de Rogan. Il lui avait fait miroiter la gloire et la fortune, lui avait fait connaître un succès rapide et foudroyant. Et maintenant, elle se sentait vide et desséchée comme une vieille coque de noix.

À cause de lui, elle avait eu envie de trop de choses. Trop envie de lui. Puis il était parti, brutalement. Et elle se rendait compte à présent de ce que c'était de ne rien avoir du tout.

Mais elle n'abandonnerait pas, ne lui céderait pas. Elle garderait sa fierté, se dit-elle en allant s'asseoir dans son fauteuil.

Sans doute avait-elle trop travaillé. Oui, c'était sûrement ça. Elle s'obligeait à faire mieux, encore et toujours. La pression du succès la bloquait, voilà tout.

Toutefois, elle n'arrivait pas à se retirer de la tête l'idée qu'elle ne prendrait plus jamais sa canne à souffler pour son propre plaisir. Rogan avait changé tout cela. Il l'avait changée, elle, comme elle l'avait prévu.

Mais comment était-il possible, songea-t-elle en fermant les yeux, qu'un homme parvienne à se faire aimer en disparaissant ?

— Tu as fait là quelque chose de splendide, ma chérie !

L'oncle Niall, boudiné telle une saucisse dans un de ses costumes de couleur criarde, regardait Brianna d'un air rayonnant.

— J'ai toujours dit que tu étais une maligne ! Brianna tient beaucoup de ma sœur, Chrissy.

— Votre maison est merveilleuse, dit Christine en prenant le verre que Brianna lui tendait. Et votre jardin tout simplement époustouflant.

— Merci. J'adore m'en occuper.

— Rogan m'a raconté combien il a apprécié son bref séjour chez vous...

Christine soupira, éprouvant un profond bien-être à être assise près du feu dans ce salon à la lumière tamisée.

— Je comprends maintenant pourquoi.

— Cette petite a un don pour ça, dit Niall en posant sa patte énorme sur l'épaule de Brianna. C'est de famille. C'est le sang qui parle.

— Je veux bien le croire. Vous savez, j'ai très bien connu votre grand-mère.

— Chrissy s'est trompée sur toute la ligne ! déclara Niall en clignant de l'œil. Elle croyait que je ne l'avais pas remarquée. Il faut dire que j'étais si timide...

— Timide, toi ? Tu ne l'as jamais été une seule seconde, rétorqua Christine en riant. Tu me trouvais casse-pieds.

— Si c'était le cas, en tout cas, j'ai bien changé d'avis !

Il se pencha pour l'embrasser sur la bouche.

— Cela t'a quand même pris plus de cinquante ans.

— Pour moi, c'est comme si c'était hier.

— Bon, eh bien...

Déconcertée, Brianna s'éclaircit discrètement la gorge.

— Je crois que je vais aller jeter un coup d'œil sur... Oh, c'est sûrement maman et Lottie, poursuivit-elle en entendant des voix dans le couloir.

— Vous conduisez comme une aveugle, maugréait Maeve. Je vous préviens, je préfère rentrer à Ennis à pied plutôt que de remonter dans cette voiture avec vous.

— Vous n'avez qu'à apprendre à conduire. Comme ça, vous seriez plus indépendante.

Visiblement peu troublée, Lottie entra dans le salon et retira l'écharpe qu'elle avait sur la tête.

— Il fait froid, ce soir, dit-elle en souriant, les joues toutes roses.

— Quand je pense que vous m'avez forcée à sortir par ce temps... Je vais devoir garder le lit toute la semaine.

— Maman, dit Brianna en aidant Maeve à ôter son manteau, je te présente Mme Sweeney. Madame

Sweeney, voici ma mère, Maeve Concannon, et notre amie Lottie Sullivan.

— Je suis ravie de vous rencontrer, toutes les deux, dit Christine en se levant pour leur serrer la main. J'ai été amie de votre mère, Mme Concannon. Nous avons passé toute notre enfance à Galway. Je m'appelais alors Christine Rogan.

— En effet, elle m'a parlé de vous, laissa tomber Maeve. Enchantée de faire votre connaissance.

Son regard se posa sur son oncle et elle plissa les yeux.

— Alors, te voilà, oncle Niall. Il y a longtemps que tu ne nous avais pas fait la grâce de ta présence.

— Te revoir me réchauffe le cœur, Maeve, dit-il en la serrant contre lui et en la gratifiant d'une grosse bourrade dans le dos. J'espère que la vie t'a été douce.

— Pourquoi l'aurait-elle été ?

Dès qu'il la relâcha, Maeve s'assit dans un fauteuil près du feu.

— Ça ne flambe pas bien, Brianna.

Ce n'était pas vrai, mais Brianna se précipita aussitôt pour attiser le feu.

— Laisse ! ordonna Niall. Ce feu est parfait comme ça. Nous savons tous que Maeve passe sa vie à se plaindre.

— N'est-ce pas ? dit Lottie d'un ton badin en sortant ses aiguilles à tricoter du panier qu'elle avait apporté. Personnellement, je n'y prête plus attention. Mais c'est sans doute parce que j'ai élevé quatre enfants.

Ne sachant pas très bien quelle attitude adopter, Christine se concentra sur Lottie.

— Quelle ravissante laine vous avez là, madame Sullivan !

— Merci. Je suis très exigeante sur ce point. Votre voyage depuis Dublin s'est bien passé ?

— Oui, merveilleusement. J'avais oublié combien cette région est belle.

— Il n'y a que des champs et des vaches, glissa Maeve, agacée de voir que la conversation ne tournait pas autour d'elle. Quand on habite Dublin et qu'on passe ici par une belle journée d'automne, c'est facile. Mais en hiver, vous ne trouveriez pas ça aussi merveilleux.

Sans doute aurait-elle continué à broder sur ce thème, si Maggie n'avait fait son entrée.

— Mais c'est l'oncle Niall en chair et en os ! s'écria-t-elle en se jetant dans ses bras.

— Ma petite Maggie Mae, comme tu as grandi !

— Ça fait déjà pas mal de temps que je suis comme ça...

Elle recula et rit à nouveau.

— Dis donc, tu les as presque tous perdus ! fit-elle en lui passant une main affectueuse sur le crâne.

— J'avais une si belle tête, vois-tu, que le Seigneur n'a pas jugé bon d'y mettre des cheveux. J'ai entendu dire que ça marchait très bien pour toi, ma belle. Je suis fier.

— Mme Sweeney t'a sûrement dit cela pour vanter les mérites de son petit-fils, dit Maggie en se tournant vers Christine. Je suis ravie de vous revoir. J'espère que vous n'allez pas laisser Niall vous faire courir dans tous les sens, quand vous serez à Galway.

— Je crois que je tiendrai le coup. Avant notre départ, j'aimerais beaucoup passer voir votre atelier, si cela ne vous dérange pas.

— Je serais ravie de vous le montrer. Bonsoir, Lottie. Comment allez-vous ?

— Je suis en pleine forme, répondit-elle en faisant tinter ses aiguilles. J'espérais que vous passeriez nous voir pour nous raconter votre voyage en France.

Cette remarque arracha un reniflement instantané à Maeve. Maggie se raidit et se retourna.

— Bonsoir, maman.

— Margaret Mary... Tu es une fois de plus débordée par tes activités, apparemment.

— En effet.

— Brianna, elle, trouve le temps de venir deux fois par semaine pour s'assurer que je ne manque de rien.

Maggie hocha la tête.

— Il est donc inutile que j'en fasse autant.

— Si tout le monde est prêt, nous pouvons passer à table, coupa Brianna.

— Pour ça, je suis toujours prêt ! commenta Niall.

Il garda la main de Christine dans la sienne et serra l'épaule de Maggie de l'autre lorsqu'ils gagnèrent la salle à manger.

La table était recouverte d'une nappe en lin, avec un bouquet de fleurs des champs ainsi qu'un chandelier allumé à chaque bout. La nourriture, présentée avec beaucoup de raffinement, abondait. La soirée aurait dû être agréable et conviviale. Ce qui, bien entendu, fut loin d'être le cas.

Maeve rongeait son frein. Plus l'ambiance autour de la table se fit légère, plus son humeur s'assombrit. Elle enviait la robe élégante de Christine, le rang de perles qui scintillait à son cou, tout comme le parfum délicat qui émanait de sa peau. Même sa peau était douce et bichonnée, grâce à sa fortune.

Une amie de sa mère, songea Maeve. Son amie d'enfance. La vie que menait Christine Sweeney aurait dû être la sienne. Aurait été la sienne, sans cette terrible faute. Sans Maggie.

À cette idée, elle eut envie de pleurer de rage et de honte. Mais aussi de désespoir.

Autour d'elle, la conversation allait bon train. On parla de vins fins, de fleurs et du bon vieux temps, de Paris et de Dublin. Et d'enfants.

— Quelle chance vous avez d'avoir une si grande famille, disait Christine à Lottie. J'ai toujours regretté que Michael et moi n'ayons pas pu avoir d'autres enfants. Bien que nous ayons adoré notre fils, et ensuite Rogan.

— Un fils, marmonna Maeve. Un fils n'oublie jamais sa mère.

— Il est vrai que c'est un lien tout à fait spécial, dit Christine en souriant, dans l'espoir d'adoucir l'amertume de Maeve. Cependant, je dois avouer que j'aurais beaucoup aimé avoir une fille. Vous avez de la chance d'en avoir deux, madame Concannon.

— C'est une malédiction, vous voulez dire.

— Goûtez à ces champignons, Maeve, s'empressa de proposer Lottie en remplissant délibérément son assiette. Ils sont cuits à point. Vous avez un sacré tour de main, Brianna.

— Je tiens ça de ma grand-mère. Je ne cessais de l'embêter pour qu'elle m'apprenne à faire la cuisine.

— Et de me faire des reproches parce que je refusais de m'enchaîner à un fourneau, dit Maeve en relevant la tête. Ça ne me plaisait pas. Je parie que vous ne passez pas beaucoup de temps à la cuisine, madame Sweeney.

— Pas beaucoup, en effet.

Consciente d'avoir été quelque peu glaciale, Christine s'efforça de reprendre un ton plus léger.

— Je dois admettre que, malgré tous mes efforts, je n'arriverai jamais à faire quoi que ce soit d'aussi bon que ce que vous nous avez servi ce soir, Brianna. Rogan a eu raison de louer vos dons de cuisinière.

— C'est de ça qu'elle vit. En ouvrant sa table et son toit à des étrangers.

— Fiche-lui la paix, dit calmement Maggie, des éclairs dans le regard. Dieu sait qu'elle t'en a fait largement profiter.

— Comme l'exigeait son devoir. Personne autour de cette table n'oserait nier que le devoir d'une fille est de s'occuper de sa mère. Ce que tu n'as jamais fait pour moi, Margaret Mary.

— Ni ne ferai jamais. Par conséquent, remercie le Ciel que Brie te supporte.

— Je ne vais quand même pas remercier le Ciel du fait que mes enfants m'aient mise à la porte de chez moi ! Pour m'abandonner, seule et malade.

— Mais vous n'avez pas été malade une seule fois ! souligna Lottie avec suffisance. Et comment osez-vous dire que vous êtes toute seule alors que je suis là jour et nuit ?

— Vous êtes payée assez cher pour ça. Ce sont mes propres enfants qui devraient veiller sur moi, mais pensez-vous... Mes filles m'ont tourné le dos. Quant à mon oncle, avec sa belle maison à Galway, il ne s'intéresse pas à moi.

— Suffisamment toutefois pour constater que tu n'as pas changé, Maeve, dit Niall en la considérant avec pitié. Chrissy, je suis vraiment désolé de la conduite détestable de ma nièce.

— Nous allons prendre le dessert au salon...

Brianna se leva, calme et toute pâle.

— Si vous voulez bien vous installer, je l'apporte tout de suite.

— Bonne idée, ce sera plus intime, acquiesça Lottie. Je vais vous aider, Brianna.

— Oncle Niall, madame Sweeney, si vous permettez, j'aimerais dire un mot à ma mère avant de venir vous rejoindre.

Maggie resta à sa place en attendant que tout le monde ait quitté la salle.

— Pourquoi fais-tu cela ? Pourquoi cherches-tu à tout lui gâcher ? Tu ne pouvais pas, pour une fois, lui laisser l'illusion que nous formions une vraie famille ?

L'embarras ne fit qu'acérer la langue de Maeve.

— Je ne me fais aucune illusion, et je n'ai nul besoin d'impressionner Mme Sweeney de Dublin.

— Ce que tu as tout de même fait – mais en mal. Et cela rejaillit sur nous tous.

— Tu te trouves vraiment meilleure que les autres, Margaret Mary ? Tu penses être mieux parce que tu vas traîner à Venise et à Paris ? Tu t'imagines que je ne sais pas ce que tu as fait avec le petit-fils de cette femme ? Tu te prostitues sans la moindre honte. Ah oui, il se charge de t'apporter la fortune et la gloire que tu as toujours voulues ! Seulement, pour obtenir tout ça, il a fallu que tu te vendes corps et âme.

Maggie croisa les mains sur la table pour s'empêcher de trembler.

— C'est mon travail que je vends, aussi as-tu peut-être raison de parler de mon âme. Mais mon corps est à moi. Et c'est librement que je me suis donnée à Rogan.

Maeve pâlit en entendant se confirmer ses soupçons.

— Et tu le paieras, comme moi je l'ai payé. Un homme de son rang ne veut rien d'autre d'une fille comme toi que ce qu'il peut prendre dans l'obscurité.

— Tu n'en sais rien. Tu ne le connais pas.

— Mais je te connais, toi. Qu'adviendra-t-il de ta splendide carrière le jour où tu t'apercevras que tu as un bébé dans le ventre ?

— Si je me retrouvais avec un enfant à élever, j'espère que, je m'en tirerais mieux que toi. Et je n'abandonnerais pas tout pour m'enfermer dans un sac le restant de ma vie.

— Tu n'en sais rien du tout, rétorqua Maeve avec dureté. Mais continue comme ça, et c'est ce qui t'arrivera. Tu comprendras alors ce que c'est que de voir sa vie s'arrêter et d'avoir le cœur brisé.

— Tu aurais pu faire autrement. De nombreux musiciens ont des familles.

— Je possédais un don...

À sa grande désolation, Maeve sentit des larmes lui brûler les yeux.

— Mais parce que j'étais arrogante, comme tu l'es, il m'a été enlevé. Il n'y a plus jamais eu aucune musique en moi du jour où tu as été là.

— Tout aurait pu se passer autrement, murmura Maggie. Si tu l'avais vraiment voulu.

Voulu ?

— À quoi sert de vouloir ? Toute ta vie, tu as voulu quelque chose, et regarde où tu en es ! Tu risques de tout perdre uniquement pour le plaisir d'avoir un homme entre les jambes !

— Il m'aime, s'entendit répliquer Maggie.

— Dans le noir, les hommes parlent facilement d'amour. Tu ne seras jamais heureuse. Tu es née dans le péché, tu vivras dans le péché et tu mourras dans le péché. Seule, toute seule. Comme je le suis, moi.

— Me haïr a été le centre de ta vie, et tu y as mis toute ton énergie.

Lentement, d'un pas mal assuré, Maggie se leva.

— Et tu sais ce qui m'effraie le plus, ce qui me glace jusqu'aux os ? C'est que tu me détestes parce que, chaque fois que tu me regardes, c'est toi que tu vois. Dieu m'en préserve.

Sur ces mots, elle sortit en hâte et disparut dans la nuit.

Le plus dur à avaler était de devoir présenter ses excuses. Maggie faisait de son mieux pour repousser ce moment, trompant le temps en montrant son atelier à Christine et à Niall. La méchanceté de la veille s'était dissipée quelque peu dans la lumière fraîche du matin. En outre, expliquer les différents outils et techniques lui procura une sorte d'apaisement, même quand Niall insista pour qu'elle lui fasse souffler sa première bulle de verre.

— Ce n'est pas une trompette ! cria Maggie en rabaissant la canne qu'il avait levée trop haut. Si tu te pavanes comme ça, tu vas seulement réussir à faire couler du verre brûlant sur toi.

— Je crois que je vais m'en tenir au golf, dit l'oncle en clignant de l'œil et en lui rendant la canne. Une artiste dans la famille, ça suffit.

— Et je vois que vous faites vous-même votre verre. Avec du sable.

Christine se promenait dans l'atelier, vêtue d'un pantalon bien coupé et d'un chemisier en soie.

— Sable, soude, calcaire. Feldspath, dolomite. Et un peu d'arsenic.

— De l'arsenic ? répéta Christine en écarquillant les yeux.

— Plus deux ou trois autres petites choses, dit Maggie avec un sourire malicieux. Je garde mes formules secrètes, comme une sorcière celle de sa potion magique ! Selon la couleur que l'on veut obtenir, il faut ajouter d'autres produits chimiques. Plusieurs colorants modifient le verre de base. Le cobalt, le cuivre, le manganèse. Et puis, il y a aussi les carbonates et les oxydes. L'arsenic est un excellent oxyde.

Christine considéra les produits chimiques que Maggie lui montrait d'un air dubitatif.

— Je n'avais pas réalisé qu'il vous fallait être chimiste autant qu'artiste.

— Notre Maggie a toujours été brillante ! dit Niall en la prenant par l'épaule. Dans ses lettres, Sarah me disait sans cesse comme elle était brillante en classe et comme Brianna était gentille.

— C'est exactement ça, fit Maggie en riant. J'étais la brillante et Brie était la gentille.

— Elle disait que Brie était brillante elle aussi.

— Mais je parie qu'elle n'a jamais dit que j'étais gentille, dit-elle en enfouissant son visage dans le col de son oncle. Je suis si contente de te revoir ! Je n'imaginais pas que cela me ferait autant plaisir.

— Depuis la mort de Tom, je t'ai un peu négligée, Maggie Mae.

— Non. Nous avons chacun nos vies, et nous savons bien que maman n'encourage guère les visites. À ce propos...

Elle recula d'un pas et prit une grande inspiration.

— Je voudrais vous faire mes excuses pour hier soir. Je n'aurais pas dû la provoquer ainsi, et encore moins m'en aller sans même vous dire au revoir.

— Tu n'as pas besoin de t'excuser, pas plus que Brianna, à qui je l'ai d'ailleurs dit ce matin, dit Niall en tapotant la joue de Maggie. Maeve était de mauvaise humeur avant même d'arriver. Tu n'as rien provoqué du tout. Tu n'as pas à te reprocher la façon qu'elle a choisie de vivre sa vie.

— Que je le doive ou non, je regrette que la soirée ait été si peu agréable.

— Personnellement, je l'ai trouvée très instructive, dit calmement Christine.

— En un sens, oui, reconnut Maggie. Oncle Niall, l'as-tu déjà entendue chanter ?

— Bien sûr. Un vrai rossignol ! Et elle ne tenait pas en place. Tu sais, Maggie, elle n'a jamais été facile. Elle n'était heureuse que lorsque les gens se taisaient pour l'écouter chanter.

— Et puis... il y a eu mon père.

— Oui, il y a eu Tom. Plus rien ni personne n'existait à leurs yeux. Peut-être même ne se voyaient-ils pas l'un l'autre. Ou, du moins, ce qu'ils voyaient en chacun d'eux était différent de ce qu'ils avaient espéré. Très vite, Maeve s'est retranchée dans l'amertume.

— Tu crois qu'elle aurait été différente s'ils ne s'étaient pas rencontrés ?

Niall lui fit un petit sourire et lui caressa doucement les cheveux.

— Chacun va où le vent le pousse, Maggie Mae. Mais, au bout du compte, on finit par être ce qu'on voulait devenir.

— Je suis désolée pour elle, murmura-t-elle. Je n'aurais jamais cru l'être un jour.

— Tu as fait ce qu'il fallait, dit Niall en l'embrassant sur le front. Maintenant, il est temps que tu deviennes ce que tu as envie de devenir.

— J'y travaille...

Elle sourit à nouveau.

— J'y travaille très dur.

Jugeant le moment idéal, Christine prit la parole.

— Niall, aurais-tu la gentillesse de me laisser un instant avec Maggie ?

— Une petite conversation entre filles, c'est ça ?

Son visage tout rond se creusa de rides lorsqu'il sourit.

— Prenez tout votre temps, je vais faire un tour !

— Voilà, commença Christine dès que Niall eut refermé la porte. J'ai une confession à vous faire. Hier soir, je ne suis pas allée tout de suite au salon. Je suis revenue sur mes pas, en pensant que je pouvais peut-être apaiser les choses.

Maggie baissa les yeux et les garda rivés sur le plancher.

— Je vois.

— Et j'ai écouté, ce qui est très impoli. J'ai vraiment dû faire un gros effort pour ne pas entrer dans la pièce et dire à votre mère ce que je pensais d'elle.

— Ça n'aurait fait qu'empirer les choses.

— C'est ce que j'ai pensé – pourtant, j'en aurais tiré une immense satisfaction.

388

Christine prit Maggie par le bras et la secoua affectueusement.

— Elle n'a aucune idée de votre malheur.

— Peut-être le sait-elle trop bien. J'ai vendu une partie de ma production parce qu'il y a ce besoin en moi, comme elle l'a en elle, de toujours vouloir plus.

— Et vous avez plus.

— Oui, mais ça ne change rien. Je voulais me contenter de ce que j'avais, madame Sweeney. Je le voulais vraiment. Sinon, j'aurais dû admettre que ce que j'avais n'était pas assez, que mon père nous avait trompées, ce qui n'est pas vrai. Avant que Rogan ne franchisse cette porte, j'étais heureuse, du moins, je me persuadais que je pouvais l'être. Désormais, la porte est ouverte, et j'ai eu un avant-goût de ce qui se trouve derrière. En une semaine de travail, je n'ai rien fait de bien.

— Et pourquoi, d'après vous ?

— Il m'a poussée dans mes retranchements, voilà pourquoi. Je ne peux plus travailler pour moi, je ne peux plus être moi. Il a tout changé. Je n'ai plus d'inspiration. Or, d'habitude, j'en ai toujours.

— Votre travail sort tout droit de votre cœur. C'est évident pour quiconque a vu vos œuvres. Peut-être empêchez-vous votre cœur de s'exprimer, Maggie.

— Si je fais ça, c'est parce qu'il le faut. Je ne veux pas faire comme ma mère. Ni comme mon père. Je ne veux pas être la cause d'un malheur, ni sa victime.

— Vous en êtes cependant victime, ma petite Maggie. Vous vous sentez coupable d'avoir du succès, et plus coupable encore d'avoir l'ambition de réussir. Je pense que vous refusez de laisser sortir ce que vous avez au fond du cœur parce que, dès l'instant où vous le ferez, vous ne pourrez plus le reprendre, bien que le garder enfermé vous rende malheureuse. Vous êtes amoureuse de Rogan, n'est-ce pas ?

— Si je le suis, c'est bien sa faute.

— Je suis persuadée qu'il s'en tirera admirablement.

Maggie se retourna pour tripoter des outils sur l'établi.

— Il n'a jamais rencontré maman. Sans doute ai-je pris garde que cela ne se produise pas afin qu'il ne puisse pas voir à quel point j'étais comme elle. Sombre, méchante et insatisfaite.

— Et seule, dit Christine d'une voix douce en soutenant le regard de Maggie. C'est une femme seule, même si c'est sa faute à elle et à personne d'autre. Et vous ne pourrez blâmer personne à part vous, si vous vous retrouvez seule à votre tour.

Christine s'approcha pour prendre les mains de Maggie dans les siennes.

— Je n'ai pas connu votre père, mais il doit également y avoir quelque chose de lui en vous.

— Il passait son temps à rêver. Moi aussi.

— Et votre grand-mère, avec son esprit vif et son joyeux caractère, elle est en vous aussi. Et Niall, avec son formidable appétit de vivre ! Toutes ces choses font partie de vous, mais aucune d'elles ne fait le tout. Sur ce point, Niall a parfaitement raison, Maggie ; vous deviendrez ce que vous aurez décidé de devenir.

— Je le croyais. Je croyais savoir exactement qui j'étais, qui je voulais être. Mais maintenant, tout s'embrouille dans ma tête...

— Quand on ne trouve pas de réponse dans sa tête, mieux vaut écouter son cœur.

— Je n'aime pas la réponse qu'il me souffle.

Christine éclata de rire.

— Dans ce cas, ma chère enfant, vous pouvez être certaine que c'est la bonne !

20

Vers le milieu de la matinée, ayant retrouvé sa chère solitude, Maggie reprit sa canne à souffler. Deux heures plus tard, tous ses efforts atterrirent dans la cuve où elle récupérait les déchets de verre pour les faire refondre.

Elle se pencha sur ses dessins, en élimina certains, en sélectionna d'autres et, après un regard furieux à la licorne posée sur une étagère, essaya de se remettre au travail. Le projet de lampe qu'elle avait en tête se brouilla aussitôt. Elle n'arrivait à rien. D'un geste distrait et machinal, elle commença à lancer des morceaux de verre fondu dans un seau d'eau.

Quelques-uns se brisèrent, d'autres résistèrent. Maggie en attrapa un morceau pour l'examiner de près. Bien que né du feu, le bout de verre était maintenant refroidi et avait pris la forme d'une larme. Une grosse larme qui, loin de faire penser à l'œuvre originale d'un maître verrier, donnait l'impression d'avoir été faite par un enfant.

Faisant rouler la goutte de verre entre ses doigts, elle la regarda en pleine lumière. À l'intérieur, on distinguait un magnifique arc-en-ciel. *Tant de rêves enfermés dans une si petite chose*, songea-t-elle.

Elle glissa la goutte dans sa poche et en repêcha plusieurs autres dans le seau. Puis elle éteignit son four. Dix minutes plus tard, Maggie entrait dans la cuisine de sa sœur.

— Brianna, quand tu me regardes, à quoi penses-tu ?

— À ma sœur, évidemment, répondit celle-ci en continuant de pétrir son pain.

— Non, non. Pour une fois, essaie de ne pas être si terre à terre. Que vois-tu en moi ?

— Une femme qui a toujours l'air d'être agacée par quelque chose. Et qui a assez d'énergie pour m'épuiser. Et de colère. Une colère qui me rend triste et me désole.

— Et égoïste ?

Brianna lui jeta un regard étonné.

— Non, ça, jamais. C'est un défaut que tu n'as jamais eu.

— Quels sont mes autres défauts ?

— Tu en as pas mal. Qu'est-ce qu'il y a, tu as décidé d'être parfaite ?

Le ton détaché de sa sœur alarma Maggie.

— Tu es encore fâchée contre moi pour hier soir ?

— Non. Contre moi, les circonstances, la destinée... mais pas contre toi. Tu n'y es pour rien. D'ailleurs, tu m'avais prévenue que ça ne marcherait pas. Mais j'aimerais bien que tu cesses de toujours bondir pour prendre ma défense.

— C'est plus fort que moi.

— Je sais.

Brianna transvasa la pâte dans un récipient pour la faire lever.

— Elle s'est mieux comportée une fois que tu as été partie. Je crois qu'elle était un peu gênée. Avant de s'en aller, elle m'a dit avoir trouvé le repas très bon. Elle n'a pas mangé plus pour autant mais, au moins, elle l'a dit.

— Nous avons connu des soirées bien plus épouvantables.

— C'est vrai. Tu sais, Maggie, elle a dit autre chose.

— Elle a dit des tas de choses. Mais je ne suis pas venue ici pour reparler de tout ça.

— À propos des chandeliers, poursuivit Brianna, imperturbable.

— Eh bien quoi ?

— Ceux qui sont sur le buffet... que tu m'as offerts l'année dernière. Elle a trouvé que c'était du beau travail.

Maggie secoua la tête en éclatant de rire.

— Tu as dû rêver !

— J'étais debout dans le couloir et parfaitement réveillée. Elle m'a regardée en face pour me dire ça. Elle est restée plantée là, jusqu'à ce que je comprenne qu'elle n'arrivait pas à te le dire elle-même, mais qu'elle voulait que tu le saches.

— Pourquoi le voudrait-elle ? rétorqua Maggie, vaguement déboussolée.

— Je pense que c'est pour elle une manière de s'excuser de ce qui s'est passé entre vous deux hier soir, dans la salle à manger. Elle ne peut pas faire mieux. Dès qu'elle a vu que j'avais compris, elle s'en est prise à nouveau à Lottie et elles sont reparties comme elles étaient arrivées. En se querellant.

— Eh bien...

Maggie ne savait comment réagir, ni quoi penser exactement de tout cela. Pour se donner une contenance, elle enfouit les mains dans ses poches et tripota les gouttes de verre.

— C'est un tout petit progrès, mais c'est un progrès quand même, lui fit remarquer Brianna.

Elle commença à s'enduire les mains de farine pour préparer la pâte du pain suivant.

— Maman est heureuse dans la maison que tu lui as offerte, même si elle ne le sait pas encore.

— Tu dois avoir raison. En tout cas, je l'espère. Mais, je t'en prie, ne prévois pas d'autres repas de famille avant un bon bout de temps.

— Tu peux compter sur moi.

— Brianna...

Maggie hésita, puis leva un regard perdu vers sa sœur.

— Je prends la route pour Dublin.

— Oh, alors, tu vas avoir une longue journée. On a besoin de toi à la galerie ?

— Non. Je vais voir Rogan. Pour lui dire soit que je ne veux plus le revoir, soit que je me marie avec lui.

— Te marier avec lui ? s'exclama Brianna en écrasant la pâte de ses mains. Il t'a demandé de l'épouser ?

— Pendant notre dernière soirée en France. Je lui ai répondu non, qu'il n'en était pas question. Je le pensais sincèrement. Et il se peut que je le pense encore. C'est pour ça que je pars en camion, pour avoir le temps d'y réfléchir. J'ai fini par comprendre qu'il n'y avait pas d'autres solutions. C'est l'une ou l'autre.

Elle referma les doigts sur les gouttes de verre.

— Donc, j'y vais. Je voulais juste te prévenir.

— Maggie...

Les mains couvertes de farine, Brianna regardait fixement la porte qui venait de claquer.

Le pire fut de ne pas trouver Rogan chez lui – et de se dire qu'elle aurait dû s'assurer qu'il serait là avant de partir. Il était à la galerie, l'informa son majordome. Mais quand elle arriva, après avoir maudit les embouteillages de Dublin tout le long du chemin, il était déjà reparti à son bureau.

Cette fois encore, elle le rata. À cinq minutes près. Il était en route pour l'aéroport où il devait prendre un avion pour Rome. Désirait-elle appeler son téléphone de voiture ?

Maggie décida que non. Elle n'allait pas prendre une des décisions les plus importantes de sa vie par téléphone ! Finalement, elle remonta dans son camion et reprit la route de Clare toute seule.

C'était sans doute mieux qu'elle ne l'ait pas trouvé. Éreintée par plusieurs longues heures de conduite, elle dormit comme une souche jusqu'au lendemain midi.

Puis elle essaya de se mettre au travail.

— Je veux qu'on mette *Chercheur* devant, et *Triade* ici, en plein milieu.

Dans la salle ensoleillée de la Worldwide Gallery de Rome, Rogan regardait les employés disposer les œuvres de Maggie. Les sculptures étaient merveilleusement mises en valeur par le décor doré de style rococo. Le velours rouge qu'il avait choisi pour draper les socles ajoutait une touche de noblesse à l'ensemble. Ce qui aurait certainement déplu à Maggie, mais conviendrait parfaitement à la clientèle de la galerie romaine.

Rogan jeta un coup d'œil sur sa montre et marmonna entre ses dents. Il avait un rendez-vous dans vingt minutes. Il n'y pouvait rien, pensa-t-il en donnant un nouvel ordre pour rectifier un dernier détail, il serait en retard. L'influence de Maggie, sans aucun doute. Elle avait réussi à corrompre son sens de l'exactitude.

— La galerie ouvre dans un quart d'heure, rappela-t-il au personnel. Attendez-vous à voir arriver pas mal de journalistes, et assurez-vous que chacun d'eux reçoit un catalogue.

Il fit une dernière fois le tour de la salle, notant l'emplacement de chacune des œuvres et le tombé de chaque drapé.

— Parfait.

Puis il sortit dans la rue écrasée de soleil où son chauffeur l'attendait.

— Je suis en retard, Carlo.

Rogan s'installa à l'arrière et ouvrit son attaché-case.

Carlo sourit, enfonça sa casquette de chauffeur au ras des yeux et fit bouger ses doigts comme un pianiste se préparant à attaquer des arpèges.

— Pas pour longtemps, *signore*.

Et il démarra sur les chapeaux de roues.

Rogan se concentra sur un relevé de chiffres concernant la filiale romaine.

L'année s'avérait très bonne. Rien de comparable avec l'explosion du marché de l'art du milieu des années 1980, mais assez bonne quand même. Il allait pouvoir réaliser son désir d'ouvrir une plus petite galerie, dans laquelle il n'exposerait et ne vendrait que des artistes irlandais. Il y avait déjà plusieurs années que l'idée avait germé dans son esprit, mais tout récemment elle avait pris une soudaine importance.

Une petite galerie sympathique – très accessible au grand public, aussi bien au niveau du décor que des œuvres d'art qui y seraient exposées. Un endroit qui inviterait à flâner, présentant des créations de qualité, mais à des prix qui susciteraient l'envie de les acquérir.

Oui, le moment était venu.

La voiture s'arrêta dans un crissement de pneus, se cabrant comme un étalon. Carlo courut ouvrir la portière de Rogan.

— Vous êtes à l'heure, *signore*.

— Carlo, vous êtes un vrai magicien.

Rogan passa trente minutes avec le directeur de la filiale de Rome, suivies d'un conseil d'administration d'une heure, puis accorda quelques entretiens pour promouvoir l'exposition Concannon. Il consacra plusieurs heures à étudier les nouvelles acquisitions de la galerie et à rencontrer des artistes. Il avait prévu de s'envoler pour Venise le soir même afin de s'occuper des préparatifs, puisque c'était là que s'en irait ensuite l'exposition. Calculant le temps qui lui restait, il s'éclipsa pour passer quelques coups de fil à Dublin.

— Joseph...

— Rogan, comment ça va à Rome ?

— Il y a du soleil. Je viens de terminer ce que j'avais à faire ici. Je devrais être à Venise vers sept heures au plus tard. Si j'ai le temps, je passerai à la galerie en fin de soirée. Sinon, j'irai demain.

— J'ai ton emploi du temps sous les yeux. Tu seras de retour dans une semaine ?

— Plus tôt, si j'arrive à me débrouiller. Tu as quelque chose à me signaler ?

— Aiman est passé. Je lui ai acheté deux dessins qu'il a faits sur le trottoir. Ils sont assez bons.

— Très bien. J'ai eu une idée qui nous permettra de vendre davantage de ses œuvres au début de l'année prochaine.

— Ah, bon ?

— Un nouveau projet dont je te parlerai à mon retour. Rien d'autre ?

— Si, j'ai vu ta grand-mère et son ami qui revenaient de Galway.

Rogan marmonna dans sa barbe.

— Elle l'a amené à la galerie ?

— Il voulait voir le travail de Maggie – dans un endroit approprié. Dis-moi, c'est un sacré personnage !

— C'est certain.

— Oh, à propos de Maggie, elle est passée en début de semaine.

— Où ça ? À Dublin ? Pour quelle raison ?

— Elle ne l'a pas dit. Elle est passée en coup de vent. Je n'ai même pas eu le temps de lui parler. Elle a fait envoyer un colis, avec un message qui semble t'être destiné.

— Un message ?

— « C'est bleu. »

La main de Rogan se figea sur son carnet.

— Le message est bleu ?

— Non, non. Sur le message, il est écrit : « C'est bleu. » C'est une pièce magnifique, très fine et élancée. Apparemment, elle a supposé que tu comprendrais ce qu'elle voulait dire.

— J'ai compris, fit Rogan dans un sourire en se frottant l'arête du nez. C'est pour le comte de Lorraine, à Paris. Un cadeau de mariage pour sa petite-fille. Tu devrais le contacter.

— Je vais le faire. Oh ! il semble que Maggie soit également passée à ton bureau et chez toi. J'ignore pourquoi, mais il est clair qu'elle te cherchait.

— Je vois…

Après quelques secondes de réflexion, Rogan décida de suivre son instinct.

— Joseph, tu peux me rendre un service ? Appelle la galerie à Venise et préviens-les que j'aurai quelques jours de retard.

— Avec plaisir. Il y a une raison particulière ?

— Je t'expliquerai. Mes amitiés à Patricia. Je te rappelle bientôt.

Maggie tambourina des doigts sur la petite table, tapa du pied et poussa un long soupir exaspéré.

— Tim, tu peux me donner un sandwich pour accompagner cette pinte ? Je ne vais pas attendre Murphy tout l'après-midi l'estomac vide.

— Je t'apporte ça tout de suite. Alors, comme ça tu sors avec lui ?

Le patron du pub lui fit un grand sourire par-dessus le bar en fronçant les sourcils.

— Ha ! Le jour où je sortirai avec Murphy Maldoon, ce sera signe que j'ai perdu la tête ! Il m'a dit qu'il devait passer au village et m'a demandé de le retrouver ici.

Maggie montra la boîte en carton posée à ses pieds.

— J'ai là le cadeau d'anniversaire qu'il veut offrir à sa mère.

— Une de tes créations ?

— Oui. Et s'il n'est pas là quand j'aurai fini de déjeuner, il faudra qu'il vienne le chercher tout seul !

— Alice Maldoon, dit David Ryan, assis au bar en train de fumer une cigarette. Elle habite bien à Killarney, maintenant ?

— Oui, depuis bientôt plus de dix ans, précisa Maggie.

— Je ne pensais pas qu'on la reverrait. Elle s'est remariée, non, après la mort de Rory Maldoon ?

— Oui, oui, fit Tim, se joignant à la conversation tout en tirant une pinte de Guinness. Elle a épousé un riche médecin du nom de Colin Brennan.

— Il est parent avec Daniel Brennan, fit remarquer un autre client, penché sur un bol de soupe. Tu sais, celui qui tient une épicerie à Clarecastle.

— Non, rectifia Tim en apportant son sandwich à Maggie. Il n'est pas apparenté à Daniel Brennan, mais à Bobby Brennan, qui vit à Newmarket.

— Ah ! je crois bien que tu fais erreur, dit David en pointant sa cigarette.

— Je te parie deux livres.

— Pari tenu. On va demander à Murphy.

— Si jamais il arrive ! marmonna Maggie en mordant dans son sandwich. Comme si je n'avais pas mieux à faire que de rester là à me tourner les pouces !

— J'ai connu un Brennan, autrefois, reprit un vieil homme installé au bout du bar en soufflant un nuage de fumée. Frankie Brennan, il s'appelait. Il venait de

Ballybunion, où j'ai vécu étant gosse. Un soir, il rentrait du pub... – il était bâti comme un débardeur, mais avait une cervelle de moineau.

L'homme souffla un rond de fumée. Quelques minutes passèrent, mais personne ne parla. Une légende était en train de naître.

— Il est donc rentré chez lui, en titubant un peu, et a coupé à travers champs pour prendre un raccourci. Il est passé près d'une motte remplie de lutins et, vu son état d'ébriété, il a marché en plein dessus. Ivre ou pas, il aurait dû faire attention, mais, le jour où le Seigneur a distribué le bon sens, Frankie Brennan devait être absent. Et, bien entendu, les lutins ont voulu lui donner une leçon, pour lui apprendre le respect et les bonnes manières. Ils l'ont dépouillé de tous ses vêtements pendant qu'il traversait le champ en zigzag. Et il est arrivé chez lui nu comme un ver, à part son chapeau et une chaussure.

Le vieil homme s'arrêta à nouveau et sourit.

— Eh ben, on n'a jamais retrouvé la deuxième !

Maggie rit de bon cœur et allongea les jambes sur la chaise qui se trouvait devant elle. Que lui importaient Paris, Rome et tout le reste ? songea-t-elle. Elle était exactement là où elle voulait être.

C'est alors que Rogan entra.

Quelques regards approbateurs se tournèrent vers lui. Il était rare qu'un homme aussi élégant débarque chez *O'Malley's* en plein après-midi. Maggie se figea, sa pinte de bière à quelques centimètres de ses lèvres.

— Bonjour, je peux vous servir quelque chose ? demanda Tim.

— Une pinte de Guinness, merci.

Rogan s'accouda au bar et sourit à Maggie pendant que le patron le servait.

— Bonjour, Margaret Mary.

— Que fais-tu ici ?

— Tu vois bien... Je bois une pinte.

Toujours souriant, il déposa quelques pièces de monnaie sur le comptoir.

— Tu as l'air en pleine forme.

— Je... je croyais que tu étais à Rome.

— J'y étais. Ton exposition se passe très bien.

— Vous êtes sans doute Rogan Sweeney ? dit Tim en lui tendant son verre.

— Sans aucun doute.

— Je m'appelle O'Malley, Tim O'Malley.

Après s'être essuyé les mains sur son tablier, il donna une chaleureuse poignée de main à Rogan.

— J'étais un grand ami du père de Maggie. Il aurait été content de voir ce que vous faites pour elle. Content et fier. Nous avons commencé à réunir les articles dans un album, ma femme et moi.

— Je peux vous promettre que vous en aurez beaucoup d'autres, monsieur O'Malley. Et pendant un bon bout de temps.

— Si tu es venu ici pour voir où en était mon travail, lança Maggie, je te préviens tout de suite que je n'ai rien fait. Et je ne ferai toujours rien si tu restes là à me surveiller.

— Je ne suis pas venu voir ton travail.

Rogan fit un petit signe de tête à Tim avant de venir rejoindre Maggie. Il s'assit près d'elle, la prit doucement par le menton et l'embrassa.

— Je suis venu te voir, toi.

Elle laissa échapper le gros soupir qu'elle retenait depuis si longtemps au fond de son cœur. D'un froncement de sourcils, le patron du pub encouragea les curieux à se détourner et à porter leur attention ailleurs. Ou à faire semblant.

— Tu as pris tout ton temps.

— Juste le temps nécessaire pour te manquer un peu.

— Je n'ai pratiquement pas travaillé depuis que tu m'as quittée...

C'était si difficile à dire que Maggie garda les yeux baissés sur son verre.

— J'ai essayé et essayé encore. Rien ne venait comme je voulais. Tu sais, ce que je ressens m'est égal, Rogan. Ça m'est complètement égal.

— De quoi parles-tu ?

Maggie lui jeta un regard sous ses longs cils.

— Tu m'as manqué. Je suis allée à Dublin.

— Je sais.

Rogan joua un instant avec les boucles de ses cheveux. Ils avaient poussé, remarqua-t-il, en se demandant dans combien de temps elle les taillerait à coups de ciseaux, ainsi qu'elle disait le faire parfois.

— Venir vers moi était donc si difficile que ça, Maggie ?

— Oui, très. Je n'ai jamais rien fait d'aussi difficile. En plus, tu n'étais pas là.

— Mais maintenant, je suis là.

Oui, il était là. Et elle n'était pas sûre de pouvoir lui parler tellement son cœur cognait fort dans sa poitrine.

— Il y a des choses que je veux te dire. Je ne...

Maggie s'arrêta net en voyant la porte s'ouvrir.

— Ah, tiens, il tombe bien, celui-là !

Murphy salua Tim avant de se diriger vers Maggie.

— Je vois que tu as déjeuné...

Avec le plus grand naturel, il approcha une chaise et prit une frite dans l'assiette de Maggie.

— Tu l'as apporté ?

— Oui. Mais tu m'as fait attendre la moitié de la journée.

— Il est à peine une heure.

Jetant un coup d'œil à Rogan, il prit une autre frite.

— Vous devez être Rogan Sweeney ?

— En effet.

— C'est à cause du costume. Maggie m'a dit que vous étiez habillé tous les jours comme si c'était dimanche. Je suis Murphy Maldoon, le voisin de Maggie.

Son premier baiser, pensa Rogan en serrant prudemment la main de Murphy.

— Ravi de vous rencontrer.

— Moi aussi, répondit le fermier.

Il se balança sur sa chaise tout en observant Rogan.

— Vous savez, je suis un peu comme son frère. Vu que Maggie n'a pas d'homme pour veiller sur elle...

— Et elle n'en a pas besoin ! rétorqua Maggie. Je me débrouille très bien toute seule, merci.

— Ça, elle me l'a souvent dit, dit Rogan en s'adressant à Murphy. Mais qu'elle en ait besoin ou pas, elle en a un.

Murphy comprit le message. Après quelques secondes de réflexion, il hocha la tête.

— Eh bien, tant mieux. Alors, Maggie, tu l'as apporté ?

— Je t'ai dit que oui...

D'un geste impatient, elle se pencha pour prendre le carton posé par terre et le mit sur la table.

— Si je n'aimais pas autant ta mère, je te le casserais volontiers sur la tête.

— Elle te sera reconnaissante de t'être retenue, dit-il en ouvrant la boîte. C'est super, Maggie. Elle va être ravie.

Rogan n'en douta pas un instant. La coupe en verre rose pâle avait la transparence de l'eau, et les bords remontaient en une crête d'une extrême délicatesse. Si fine, si fragile, qu'il voyait l'ombre des mains de Murphy au-travers.

— Tu lui souhaiteras un bon anniversaire de ma part.

— Je n'y manquerai pas.

Murphy effleura la coupe de ses doigts calleux avant de la remettre dans le carton.

— Cinquante livres, c'était bien ça ?

— C'était bien ça, confirma Maggie en tendant sa main ouverte. En liquide.

Prenant un air réticent, Murphy se gratta la joue.

— Ça semble beaucoup pour une petite coupe dans laquelle on ne peut même pas manger, Maggie Mae. Mais ma mère adore les trucs inutiles.

— Continue à parler, Murphy, et le prix va monter.

— Cinquante livres, répéta-t-il en sortant son portefeuille et en comptant les billets un à un. Pour ce prix-là, j'aurais pu lui acheter un service entier. Et peut-être même une poêle à frire.

— Et elle se serait fait une joie de t'en donner un coup sur la tête.

Satisfaite, Maggie rangea les billets dans sa poche.

— Aucune femme n'a envie d'une poêle à frire pour son anniversaire. Et tout homme qui croit ça mérite d'en subir les conséquences.

— Murphy, dit David Ryan en se tournant sur son tabouret, quand tu auras fini ta transaction, nous avons une question à te poser.

— Alors, je vais y répondre.

Murphy prit sa bière et se leva.

— Vous avez un beau costume, monsieur Sweeney, dit-il encore avant de se retourner.

Puis il s'en alla départager ceux qui avaient parié sur les Brennan.

— Cinquante livres ? murmura Rogan en regardant la boîte que Murphy avait laissée sur la table. Toi et moi savons parfaitement que tu aurais facilement pu en demander vingt fois plus.

— Et alors ? répondit Maggie, immédiatement sur la défensive, en poussant la boîte sur le côté. C'est mon travail, et j'en demande le prix qui me plaît. Je sais qu'il y a cette fichue clause d'exclusivité, Sweeney. Si ça t'amuse, tu n'as qu'à me poursuivre en justice, mais tu n'auras pas cette coupe.

— Je ne voulais pas…

— J'avais donné ma parole à Murphy, reprit-elle. Je n'ai qu'une parole. Ne t'en fais pas, tu les auras, tes satanés vingt-cinq pour cent. Mais quand je choisis de faire quelque chose pour un ami…

— Ce n'était pas un reproche, dit Rogan en prenant sa main crispée dans la sienne. C'était un compliment. Tu es très généreuse, Maggie.

Elle poussa un soupir.

— Le contrat dit pourtant que je ne dois rien faire sans te le remettre à toi.

— Oui, c'est ce que dit le contrat. Mais je me doute bien que tu continueras à tricher et à faire des cadeaux pour tes amis quand bon te semblera.

Le regard qu'elle lui jeta par en dessous était si rempli de culpabilité que Rogan ne put s'empêcher d'éclater de rire.

— Si je comprends bien, j'aurais pu te faire pas mal de procès depuis quelques mois ! Nous allons conclure un nouvel accord. Tacite, cette fois. Je renonce à prendre mes vingt-cinq pour cent sur tes cinquante livres, mais tu feras quelque chose pour ma grand-mère à Noël.

Maggie acquiesça en silence et baissa à nouveau les yeux.

— L'argent n'est pas tout, n'est-ce pas, Rogan ? Quelquefois, j'ai peur d'en arriver là. Parce que j'aime l'argent, vois-tu. J'aime beaucoup ça, et tout ce qui va avec.

— Non, Maggie, l'argent n'est pas tout. De même que les vernissages avec petits fours et champagne, les articles dans la presse ou les soirées parisiennes ne sont que des fioritures sans importance. Ce qui compte, c'est ce qu'il y a en toi, ce que tu es, et qui te permet de créer des œuvres uniques, belles et fascinantes.

— Je ne peux plus revenir en arrière. Les choses ne redeviendront jamais comme elles étaient avant. Avant toi.

Elle le regarda, observa longuement son visage tandis qu'il serrait sa main tendrement dans la sienne.

— Tu m'emmènes faire un tour ? Je voudrais te montrer quelque chose.

— Ma voiture est juste devant. J'ai déjà mis ton vélo dans le coffre.

Maggie ne put réprimer un sourire.

— J'aurais dû m'en douter !

Le vent d'automne faisait tourbillonner les feuilles aux couleurs mordorées. Ils roulèrent jusqu'à Loop Hea. De chaque côté de la petite route, s'étendant à perte de vue comme la mer, on apercevait les champs de ce vert infiniment doux et profond si particulier à l'Irlande. Maggie vit les pierres qui s'élevaient vers le ciel, semblables à celles qu'elle avait vues il y avait maintenant presque cinq ans. La lande était toujours aussi magnifique, et les gens veillaient sur elle comme ils l'avaient toujours fait. Comme ils le feraient toujours.

Lorsqu'elle entendit le rugissement des vagues et qu'elle sentit l'air vif qui montait de l'océan, son cœur se serra. Elle ferma les yeux, puis les rouvrit et aperçut la petite enseigne.

DERNIER PUB AVANT NEW YORK.

Et si on s'embarquait pour New York, Maggie, histoire d'aller s'offrir une pinte ?

Quand la voiture s'arrêta, elle ne dit rien, mais descendit pour sentir le vent lui fouetter le visage. Puis, prenant Rogan par la main, elle l'entraîna sur le petit sentier qui menait à l'océan.

La guerre se poursuivait. Inlassablement, les vagues s'abattaient sur les rochers dans un mouvement régulier et éternel. La brume s'était levée, si bien qu'on ne distinguait plus très bien la limite entre la mer et le ciel. L'horizon n'était plus qu'une immense toile de fond gris pâle.

— Il y a presque cinq ans que je ne suis pas venue ici. J'ignorais que j'y reviendrais un jour.

Elle se mordit les lèvres, souhaitant en silence que l'étau se desserre un peu dans sa poitrine.

— C'est là que mon père est mort. Nous étions venus nous promener, tous les deux. C'était l'hiver, et il faisait un froid de canard, mais il adorait cet endroit plus que tout au monde. Ce jour-là, j'avais vendu quelques pièces à un marchand d'Ennis, et nous avions fêté ça chez *O'Malley's*.

— Tu étais seule avec lui ?

Rogan réalisa soudain l'horreur que ce moment avait dû être pour elle. Il ne trouva rien d'autre à faire que de la prendre dans ses bras pour la serrer contre lui.

— Je suis désolé, Maggie. Sincèrement désolé.

Elle frotta sa joue contre la laine douce de son manteau pour respirer son odeur. Puis elle ferma les yeux.

— Nous avons parlé. De ma mère, de leur mariage... Je n'ai jamais compris pourquoi il était resté. Et je ne comprendrai sans doute jamais. Mais il y avait en lui une sorte de désir fou. Celui de voir Brianna et moi accomplir nos rêves jusqu'au bout. Je crois que j'ai ce même désir, mais que j'aurai peut-être la chance de le réaliser.

Maggie recula pour qu'il puisse voir son visage.

— J'ai quelque chose pour toi.

Sans le quitter des yeux, elle sortit une des gouttes de verre de sa poche et la tint dans sa paume ouverte.

— On dirait une larme.

— Oui.

Rogan prit la goutte pour l'examiner en pleine lumière, et elle attendit sans rien dire.

Il passa son pouce sur le verre tout lisse.

— Tu m'offres tes larmes, Maggie ?

— Peut-être...

Elle en sortit une autre de sa poche.

— C'est du verre brûlant qu'on jette dans l'eau. Quand on fait ça, certains morceaux éclatent tout de suite, d'autres résistent. Et deviennent tout durs. Très durs...

Maggie s'accroupit pour ramasser une pierre sur laquelle elle frappa la goutte de verre d'un coup sec.

— Assez durs pour ne pas se briser sous un coup de marteau.

Elle se redressa et lui montra le bout de verre intact.

— Tu vois, ça résiste. Mais là, à l'extrémité, c'est tout fin, et il suffit de tourner un tout petit peu...

Prenant l'extrémité délicate entre ses doigts, elle la tourna légèrement et le morceau de verre se réduisit en une fine poussière.

— Tu vois, il n'y a plus rien. Comme si ça n'avait jamais existé.

— Les larmes viennent du cœur, dit Rogan. Et il faut les manipuler avec précaution. Je ne te briserai pas le cœur, Maggie, ni toi le mien.

— Non, soupira-t-elle. Mais nous nous donnerons des coups de marteau. Nous sommes aussi différents que le sont l'eau et le feu.

— Et aussi capables de construire quelque chose de solide entre nous.

— Je crois que oui. Pourtant, je me demande combien de temps tu supporterais de vivre dans un petit cottage à Clare, et moi dans une maison pleine de domestiques à Dublin.

— Nous pourrions nous installer à égale distance des deux ! suggéra-t-il en la regardant sourire. À vrai dire, j'ai longuement réfléchi au problème. La négociation et le compromis, c'est la seule solution, Maggie.

— Ah, c'est toujours l'homme d'affaires qui parle, où que l'on se trouve !

Rogan ignora l'ironie de sa remarque.

— J'ai l'intention d'ouvrir une galerie à Clare, pour exposer les artistes irlandais.

— À Clare ? s'exclama-t-elle en repoussant ses cheveux ébouriffés par le vent. Une filiale de Worldwide ? Ici, à Clare ? Tu ferais ça pour moi ?

— Bien sûr. Mais je vais sans doute te décevoir en te disant que cette idée m'est venue avant que je te rencontre. Le concept n'a aucun rapport avec toi, l'endroit, par contre, si. Ou je devrais dire plutôt qu'il a un rapport avec nous.

Comme le vent soufflait de plus belle, Rogan lui boutonna sa veste.

— Je pense que je pourrais vivre dans un cottage de l'Ouest pendant une partie de l'année, tout comme tu pourrais vivre avec des domestiques pendant l'autre.

— Tu as tout envisagé, n'est-ce pas ?

— Oui. Certains aspects, bien entendu, pourront se discuter.

Il jeta un coup d'œil sur la goutte de verre avant de la fourrer dans sa poche.

— Il y en a un, toutefois, pour lequel ce ne sera pas le cas.

— À savoir ?

— Une autre demande d'exclusivité, Maggie, sous forme de contrat de mariage. Un contrat à vie, sans aucune clause d'annulation possible.

L'étau qui lui comprimait le cœur se resserra plus encore.

— Tu es dur en affaires, Sweeney.

— C'est vrai.

Maggie se tourna vers l'océan où les vagues continuaient à monter à l'assaut des rochers.

— J'ai été heureuse toute seule, dit-elle doucement. J'ai été heureuse sans toi. Je n'ai jamais voulu dépendre de qui que ce soit, ni laisser quelqu'un m'aimer au point de pouvoir me rendre malheureuse. Mais je dépends de toi, Rogan...

Tout doucement, elle leva la main pour lui caresser la joue.

— ... et je t'aime...

Ces mots coulèrent en lui avec une infinie douceur. Il approcha sa main de ses lèvres.

— Je sais.

Maggie sentit l'étau se desserrer aussitôt.

— Tu sais ! répéta-t-elle en riant et en secouant la tête. Oh, ce doit être agréable de toujours avoir raison !

— Ça n'a jamais été plus agréable...

Il la souleva dans ses bras et la fit tournoyer une fois avant que leurs bouches ne se collent l'une contre l'autre. Le vent qui soufflait en rafales les enveloppa d'une pluie d'embruns salés.

— Puisque je peux te rendre malheureuse, Maggie, je dois aussi pouvoir te rendre heureuse.

Elle le serra de toutes ses forces dans ses bras.

— Si tu ne le fais pas, Rogan, je ferai de ta vie un enfer, je te le promets ! Mon Dieu, moi qui n'ai jamais voulu être la femme de personne !

— Tu seras la mienne. Et ravie de l'être.

— Oui, je serai la tienne, murmura-t-elle en offrant son visage au vent de l'Atlantique. Et ravie de l'être.

DE LA MÊME AUTRICE AUX ÉDITIONS J'AI LU

L'HÔTEL DES SOUVENIRS
Un parfum de chèvrefeuille
Comme par magie
Sous le charme

LES HÉRITIERS DE SORCHA
À l'aube du grand amour
À l'heure où les cœurs s'éveillent
Au crépuscule des amants

LES ÉTOILES DE LA FORTUNE
Sasha
Annika
Riley

ABÎMES ET TÉNÈBRES
L'éclipse
La prophétie
L'élue

EN GRAND FORMAT

SONGES D'IRLANDE
Révélations
Trahisons
Résolutions

INTÉGRALES
Affaires de cœurs
Le secret des fleurs
Les étoiles de la fortune
Les trois clés
Quatre saisons de fiançailles